Dem Drachen helfen

Die Stonefire-Drachen
Buch 9

Jessie Donovan

Mythical Lake Press, LLC

Impressum

Dem Drachen helfen
Englisches Copyright © 2017 Laura Hoak-Kagey
Deutsches Copyright © 2024 Laura Hoak-Kagey
Deutsche Übersetzung von Anna Drago und Katrin Dolle
Mythical Lake Press, LLC
www.JessieDonovan.com

Cover-Art von Laura Hoak-Kagey von Mythical Lake Design

ISBN: 979-8891560369

Die Stonefire Drachen und Lochguard Highland Drachen Serien sind miteinander verflochten. Da so viele Leser nach der Lesereihenfolge fragen, habe ich sie in dieses Buch aufgenommen. (Diese Liste gilt ab April 2026.)

Kapitel Eins

Aaron Caruso vom Clan Stonefire starrte auf das alte Metalltor zu Clan Glenloughs Ländereien und widerstand dem Drang, die Überwachungskamera lahmzulegen, die ihn beobachtete. Er hatte das verdammt lächerliche Klopfzeichen gemacht, das sie von ihm verlangt hatten. Und doch, zehn Minuten später, stand er immer noch im Regen.

Wenigstens war es Sommer, und er musste verdammt nochmal nicht frieren. Nicht, dass der irische Sommer besser war als der Sommer zu Hause, im Norden Englands.

Sein Drache meldete sich zu Wort. *Vergiss das Wetter. Wir werden sie bald sehen.*

Nicht mal, wenn man mich in einen Bottich voller giftiger Schlangen setzt, wird mich das dazu bringen, sie zu küssen, Drache. Also halt die Klappe!

Das hier ist nicht Italien. Teagan ist anders.

Teagan O'Shea war die irische Anführerin des Clans Glenlough. *Ich habe meine Lektion, was Frauen angeht, gelernt. Vielleicht ändere ich in zehn Jahren meine Meinung. Aber im Moment sind sie mehr Ärger, als es wert ist.*

Versuch mal, das unserer Mum zu erzählen.

Hör mit der Logik auf. Natürlich ist Mum anders.

Das Metalltor quietschte, als es sich langsam öffnete. In wenigen Sekunden zeigte sich die Gestalt eines jungen Mannes mit roten Haaren und der Weichheit der späten Jugend. Aaron fügte hinzu: *Na großartig. Sie haben uns ein Kind geschickt. So viel zum Thema diplomatisches Willkommen.*

Der trällernde Akzent des Jungen hinderte seinen Drachen daran zu antworten. „Die Verzögerung tut mir leid. Es ist was dazwischengekommen."

Aaron grunzte. „Na schön. Können wir jetzt aus dem Regen raus?"

Der Junge hob eine Augenbraue. „Mir wurde schon gesagt, dass bewölktes Wetter Sie reizbar macht. Merkwürdig, wenn man bedenkt, woher Sie kommen."

Toll zu wissen, dass der irische Clan bereits über ihn sprach. Er zwang seine Stimme, höflich zu bleiben. „Wenn es dir nichts ausmacht, würde ich gern reinkommen und mit deiner Clan-Führerin sprechen."

„Dann folgen Sie mir."

Als Aaron am Tor vorbeiging, bemerkte er nur wenige Leute, die umherliefen. Das einzige andere

Mal, dass er Glenlough betreten hatte, war es Nacht und pechschwarz gewesen. Nicht einmal in den Cottages hatten Lichter in den Fenstern gebrannt.

Während er hinter den Vorhängen einiger Häuser Bewegungen beobachtete, hatte er das Gefühl, dass sich alle zurückgezogen hatten, um einfach zuzusehen, was er tun würde. Aaron dachte allmählich, er hätte seine Reise um ein paar Tage verzögern sollen, um einen Ersatz für seinen üblichen Beschützer-Partner Quinn Summers zu finden. Dass bei Quinns Gefährtin die Wehen eingesetzt hatten, war schlechtes Timing gewesen.

Sein Tier seufzte. *Als hätte sie die Kontrolle darüber.*

Ich fange langsam an, das zu glauben. Vivian hat nie gewollt, dass Quinn wochenlang nach Irland geht.

Vivian ist ein weiteres Beispiel für eine gute Frau. Du malst mit einem zu breiten Pinsel.

Aaron seufzte innerlich. *Es gibt anständige, nur nicht für etwas Romantisches mit mir. Akzeptiere es.*

Es muss nichts Romantisches sein. Nur ein oder zwei Küsse wären genug.

Aaron würdigte seinen Drachen keiner Antwort und holte den Jungen ein. „Werde ich immer noch keinen Hinweis darauf bekommen, warum ich hier bin?"

Der Junge schüttelte den Kopf. „Das ist nicht meine Aufgabe. Teagan wird es Ihnen sagen."

Beim Namen von Glenloughs Anführerin blühte

sein Drache auf. *Gut. Also werden wir ein Treffen mit ihr haben.*

Es ist wahrscheinlich das Einzige, also mach dir keine Hoffnungen.

Ich sage immer noch, wir sollten nach Möglichkeiten suchen, sie wiederzusehen. Wenn du deine Bitterkeit beiseiteschiebst, würdest du sehen, was ich sehe.

Was? Und zulassen, dass eine weitere Frau mich benutzt und wegwirft wie Nerina?

Sie hat dich getäuscht, nicht mich. Deshalb solltest du diesmal zuhören.

Aaron wollte sich nicht mit einem streitenden Drachen auseinandersetzen, errichtete ein mentales Gefängnis und warf ihn hinein. Aaron seufzte erleichtert, als das Brüllen seines Tiers nun nicht mehr als ein Murmeln war. Vielleicht könnte er jetzt etwas verdammte Arbeit erledigen.

Denn egal, was sein Tier wollte, Aaron würde Teagan O'Shea auf keinen verdammten Fall küssen. Frauen waren für die nächsten Jahre vom Tisch. Seine Zeit verbrachte er besser damit, Bedrohungen zu beseitigen und seinen Clan in Sicherheit zu bringen.

Oder, wie es sein derzeitiger Auftrag vorschrieb, die Sicherheit des irischen Clans zu gewährleisten.

Als sie endlich aus dem mit Cottages überfüllten Bereich kamen, kam die große, drohende Form einer alten Burg in Sicht. Von seinem vorherigen Besuch wusste er, dass das ihre große Halle war. Bei Tageslicht konnte er besser die Steine sehen, aus denen die Wände gemauert waren, sowie die Türme. „Ich wusste nicht, dass mein Besuch ein clanweite Angelegenheit ist."

„Ist es nicht", sagte der Teenager lediglich, mit einem Hauch von Endgültigkeit in seiner Stimme.

Er mochte jung sein, aber er war engagiert. Aaron dachte nicht, dass er weitere Informationen ausspucken würde, also folgte er dem Iren einfach in die große Halle und eine Treppe hinunter. Aber anstatt wie bei seinem letzten Besuch einen Gang entlang, gingen sie noch ein paar weitere Treppen hinunter.

Als sie ziemlich weit unter der Erde sein mussten, wandte der Junge sich schließlich in einen Flur und hielt an der Tür an dessen Ende an. Er klopfte fünfmal und ging dann, wie er gekommen war, ohne ein Wort zu sagen.

So viel zur irischen Gastfreundschaft.

Die Tür öffnete sich. Killian O'Sheas große, dunkelhaarige Gestalt füllte den Rahmen. Er war Glenloughs oberster Beschützer und verantwortlich für die Clan-Sicherheit. Er war außerdem Teagans jüngerer, aber überfürsorglicher Bruder.

Ganz zu schweigen davon, dass Killian, da Anführerinnen als schwächer angesehen wurden, das öffentliche Gesicht des Clans war. Für die meisten Teile der Welt war Killian O'Shea Clanführer.

Killian grunzte. „Komm leise rein."

Seine Neugier war geweckt, und Aaron folgte. Der Raum war jedoch leer, außer ihm, Killian und einem Tisch mit Stühlen. Es hing nicht einmal ein Bild an den weinroten Wänden. Aaron öffnete den Mund, um zu fragen, was los war, aber Killians Blick brachte ihn zum Schweigen.

Aaron setzte sich und hoffte, dass sein Einsatz in Glenlough kurz sei. Er war sich nicht sicher, wie lange er sich noch davon abhalten konnte, zu sagen, was ihm wirklich auf dem Herzen lag, und das würde nicht funktionieren, da Stonefire und Bram, der Clanführer von Stonefire, auf ihn zählten, um ihre Allianz mit dem irischen Clan zu stärken.

Er müsste sich nur auf das Endspiel konzentrieren: nach Hause zu gehen und seine Mutter zu beschützen. Das würde ihn in Schach halten, vorausgesetzt, sein Drache beruhigte sich verdammt nochmal. Wie um an sich zu erinnern, schlug sein Tier gegen die mentalen Wände, aber sie hielten.

Aaron trommelte mit den Fingern auf den Tisch und wartete auf Teagan.

Teagan O'Shea legte eine Hand auf den Arm der älteren Frau, die neben ihr saß. „Bist du sicher, dass sie nicht nur auf ein Abenteuer draußen ist? Sadie hat sich schon einmal in Schwierigkeiten gebracht, indem sie sich weggeschlichen hat."

Eliza Kavanagh schüttelte den Kopf, ihre kurzen,

grauen Locken hüpften um ihr Gesicht. „Meine Sadie ist nicht so dramatisch. Wenn sie in einer Nachricht sagt, dass sie mit diesem Jungen durchbrennt, dann hat sie es getan."

„Ich glaube dir." Teagan hielt ihre Stimme weich. „Warum hast du mir das nicht früher erzählt, gleich, nachdem du die Nachricht gefunden hast?"

Eliza rang sich die Hände. „Ich weiß, dass Tändeleien mit Clan Northcastle derzeit verboten sind. Ich wollte nicht, dass meine Enkelin Schwierigkeiten bekommt."

Clan Northcastle war der nordirische Clan bei Belfast. Die beiden Clans standen einander seit einigen Jahren feindselig gegenüber, und keiner mochte deshalb Paarungen zwischen den Clans.

Teagan starrte, bis die ältere Frau ihrem Blick wieder begegnete. „Eliza, du kannst immer zu mir kommen, egal was ist. Sadie ist nicht das erste Mädchen, das sich in jemanden verliebt, in den sie sich nicht hätte verlieben sollen."

Tränen rannen Elizas Gesicht herunter. „Ich weiß, ich hätte kommen sollen. Ich hoffe nur, dass mein Zögern die Dinge nicht verschlimmert hat. Aber jetzt bin ich hier. Kannst du meiner Enkelin irgendwie helfen?"

Tatsächlich war Sadie Kavanagh bereits das zweite Mitglied von Clan Glenlough, das im vergangenen Jahr mit jemandem aus Northcastle durchgebrannt war. Auch wenn Teagan daran gearbeitet hatte, die Beziehungen zu verbessern, war es zu früh.

Ihr Versagen hatte nun eine weitere Familie auseinandergerissen.

Ihr Drache schnaubte. *Wir können nicht alles reparieren.*

Vielleicht, aber das geht nun schon so lange. Ich habe unseren Leuten versprochen, ich werde versuchen, die Beziehungen zu verbessern.

Es ist nicht unsere Schuld, dass der Bastard-Anführer von Northcastle sich wie ein Kind aufführt und alles verlangt, ohne etwas dafür anzubieten.

Da Teagan sich nicht zum hundertsten Mal auf diese Debatte einlassen wollte, konzentrierte sie sich auf Eliza. „Ich möchte, dass du mit Killian gehst und ihm alles erzählst, was du weißt, bis ins kleinste Detail. Nimm ihn auch mit zu deinem Haus und hilf ihm, Sadies Sachen durchzugehen. Vielleicht gibt es irgendwo einen Hinweis, den er benutzen kann, um die Suche zu verschärfen. Wenn es einen Weg gibt, sie zu finden, wird mein Bruder es tun."

Eliza schniefte und wischte sich die Tränen weg. „Okay. Glaubst du, es besteht die Möglichkeit, dass sie zu mir nach Hause kommt? Sie ist die einzige Familie, die ich noch habe."

Teagan legte Vertrauen in ihre Stimme. „Ich werde alles in meiner Macht Stehende tun, um dafür zu sorgen, auch wenn es bedeutet, den Angehörigen des Northcastle-Clans einzuladen, bei uns zu leben. Mach dir keine Sorgen, okay? Sadie ist schlau genug, um unter dem Radar des Ministeriums für Drachenangelegenheiten zu bleiben."

Das MDA war die Aufsichtsbehörde der irischen Regierung für alle Drachenwandler in Irland. Ihr Wort war Gesetz, obwohl ihre Einmischung in der Regel mehr Kopfschmerzen verursachte als alles andere.

Eliza nickte. Teagan drückte die Hand der älteren Frau und stand auf, wobei sie sagte: „Bleib hier, während ich Killian hole. Kommst du ein oder zwei Minuten allein zurecht? Wenn nicht, schicke ich jemanden, der ihn holt, und warte mit dir."

„Nein, mir wird es schon gutgehen. Ich werde alles tun, was nötig ist, um sicherzustellen, dass meine Enkelin zurückkehrt. Dann kann ich sie fest umarmen und ihr gleichzeitig eine Standpauke halten."

Teagan lachte. „Back einfach eine Portion deines berühmten Whisky-Kuchens, und es wird sie daran erinnern, warum sie bleiben sollte."

„Bring sie zu mir zurück, und ich backe alles, was du willst als Dankeschön und lege noch Kartoffel-pfannkuchen obendrauf."

„Jetzt bekomm' ich Hunger, Eliza. Ich beeile mich besser und setze die Dinge in Gang. Ich werde auf jeden Fall auf dein Angebot zurückkommen, sobald Sadie wieder zu Hause ist." Teagan ging zur Tür. „Du kannst dich jederzeit an mich wenden, wenn du was brauchst. Ich hole Killian für dich. Er wird gleich da sein."

„Vielen Dank, Teagan."

Zufrieden, dass ihr Clanmitglied zumindest

aufgehört hatte zu weinen und in etwas besserer Stimmung war, atmete Teagan tief durch und ging die kurze Distanz zwischen dem Raum mit Eliza und dem, in dem sie wusste, dass Aaron Caruso dort warten sollte.

Ihr Drache meldete sich zu Wort. *Es wird ihm nicht gefallen, dass wir ihn haben warten lassen. Er ist immer so ungeduldig.*

Zu schade. Eliza hat uns gebraucht. Nur weil Killian auf ihn aufpasst, lasse ich Aaron nicht noch eine halbe Stunde warten, damit er seinen Platz in Glenlough versteht. Seine Arroganz in der Vergangenheit, sowohl persönlich als auch bei den Videokonferenzen, wird auf meinem Heimatboden nicht toleriert.

Ihr Drache seufzte. *Du solltest ihn nicht reizen. Das macht ihn nur launisch. Seinem Ruf nach ist er jemand, der viel scherzt und sich amüsiert. Die Seite möchte ich an ihm gern sehen.*

Selbst wenn ich an dieser Seite von ihm interessiert wäre – was ich nicht bin –, kann ein Clanführer nicht immer tun, was er will. Der Clan kommt an erster Stelle. Immer.

Bring nicht irgendwelche Sprüche bei mir. Ein Clanführer kann mehr als nur eine Sache gleichzeitig tun. Um ehrlich zu sein, weiß ich nicht, warum du dich weigerst, ihn zu küssen. Ich bin nicht nur neugierig, er könnte auch gut passen.

Als sie Aaron Caruso zum ersten Mal getroffen hatte, als ihr Clan Hilfe brauchte, um einige

Drachenjäger zu verjagen, hatte ihr Drache ständig davon geredet, sie solle den Mann küssen.

Teagan antwortete: *Nein, du weißt, was normalerweise passiert, wenn eine Anführerin einen Gefährten findet – sie gibt ihren Platz auf, sobald sie eine Paarungszeremonie hatte. Das werde ich nicht tun.*

Ihr Tier grunzte. *Ich weiß nicht, warum Frauen das tun müssen, wenn Männer es nicht tun. Das ist lächerlich.*

Dem stimme ich zu, aber konzentrieren wir uns zuerst darauf, die Beziehungen zu Northcastle zu verbessern. Dann können wir uns vielleicht Sorgen um uns selbst machen. Oder, besser noch: Wir können Killian in Richtung einer Frau stoßen. Ich wäre glücklich als Tante.

Viel Glück dabei. Er arbeitet die ganze Zeit und bemerkt selten eine der Frauen, die ihn anstarren.

Nun, das könnte sich ändern, wenn wir die Allianz mit Clan Stonefire sichern und unsere Position mit Northcastle festigen. Killian wird ziemlich viel Zeit haben, wenn das passiert. Dann kann ich ihn zu einer guten Frau bewegen.

Ich bezweifle, dass das klappt, aber ich bin offen, es zu versuchen. Wenn er nicht lernt, sich ein wenig zu entspannen, wird er jung sterben. Genau wie Da.

Teagan hielt eine Sekunde inne, bevor sie antwortete: *Da war anders. Wir haben keinen wirklichen Kampf zu fechten. Noch nicht.*

Ein weiterer Grund, nett zu Aaron zu sein. Stone-

fire wird helfen, eine stabile Zukunft zu sichern, hoffentlich frei von Krieg.

Ich kenne meinen verdammten Job, knurrte sie ihr Tier an.

Als Teagan die Tür zum anderen Raum erreichte, verstummte ihr Drache. Auch wenn ihr Tier immer wieder dieselbe Leier vorbrachte und starke Meinungen äußerte, wusste es, wann es schweigen sollte. Das war eins von vielen Dingen, die Teagan an ihrem Drachen bewunderte. Nicht jeder Drachenwandler hatte solches Glück, wie ihre Großmutter und andere sagten.

Teagan drehte den Knauf und betrat den kleinen Raum. Aarons Rücken war ihr zugewandt. Während sie seine breiten Schultern und sein dickes, dunkles Haar bewunderte, lächelte sie darüber, wie er mit den Fingern trommelte. Das machte er immer, wenn er sie treffen sollte, entweder persönlich oder über eine Videokonferenz. „Achte nur darauf, meinen Tisch nicht mit deinen Nägeln abzunutzen."

Aarons Bewegungen hörten auf. Er drehte sich um, und Teagan verbarg ihre Überraschung. Der Mann hatte sich einen knappen Bart stehen lassen, seit sie ihn das letzte Mal gesehen hatte. Die dunklen Barthaare ließen ihn weiser aussehen.

Und vielleicht ein kleines bisschen sexyer. Nicht, dass sie ihm das jemals sagen würde.

Dann runzelte er die Stirn, und sie verbannte diesen Gedanken. Mürrisch war nicht das, was sie brauchte, neben vielen anderen Dingen.

Aaron knurrte: „Ich müsste nicht mit den Fingern trommeln, wenn du pünktlich wärst."

Killian ging einen Schritt auf Aaron zu, aber Teagan hob eine Hand. „Ich werde mich um ihn kümmern. Eliza wartet auf dich. Geh mit ihr und durchsuche Sadies Sachen. Informiere mich über alle Entwicklungen."

Ihr Bruder nickte und verließ den Raum. Wie die meisten Männer in ihrem Clan gehorchte er ihren Befehlen, ohne Fragen zu stellen.

Aaron hingegen lehnte sich in seinen Stuhl zurück und legte die Füße auf den Tisch. „Soll ich es mir gemütlich machen, während du ein Machtspiel benutzt, um mir deine Dominanz zu beweisen? Oder wirst du mir endlich sagen, weswegen ich hier bin?"

Sie ging zu seinen Füßen und stieß sie vom Tisch. „Lass deine verdammten dreckigen Stiefel auf dem Boden. Mach das noch einmal, und ich werde dafür sorgen, dass du immer einen Eimer und Lappen dabeihast, um hinter dir selbst herzuputzen."

Seine Pupillen blitzten zu Schlitzen und zurück und signalisierten, dass er mit seinem Drachen sprach. „Ich bin nicht hier, um zu putzen."

Sie zuckte die Schultern. „So wie ich das verstehe, bist du hier, um mir für die nächsten Wochen zu helfen. Bram hat nicht gesagt, dass Putzen nicht erlaubt sei."

Aaron stand auf. Seine dunkelbraunen Augen begegneten ihren grünen. Sie waren genau gleich groß, was eine nette Abwechslung war. Teagan war groß, sogar für weibliche Drachenwandler-Standards.

Sie hatte kaum Zeit, die Flecken in seinen Augen zu bemerken, als er ausspuckte: „Putzen kommt nicht in Frage. Genauso wenig den Babysitter zu spielen oder Anfängerwachaufgaben. Ich bin ein ausgebildeter Beschützer. Wenn es nicht mit meinem Job zusammenhängt, werde ich mich weigern."

Sie hob eine Braue. „Und dann was? Deinen Clanführer enttäuschen und seine harte Arbeit beim Versuch, unsere Allianz zu stärken, zerstören?"

„Bram würde es wie ich sehen. Außerdem brauchst du diese Allianz mehr als wir. Wir haben schon Lochguard hinter uns. Wen hast du?"

Seine Worte taten weh, und ihr Drache stand stramm.

Er hatte recht, dass sie die Allianz brauchte, aber sie hatte nicht vor, sich solchen Mist gefallen zu lassen, um sie zu erreichen. Das war die falsche Botschaft an Stonefire.

Sie hatte mit vielen Männern wie Aaron Caruso zu tun. Sie wusste, was zu tun war.

Sie krallte sich in sein Hemd und zog ihn dicht an sich. Für den Bruchteil einer Sekunde schwelgte ihr Drache in seinem Duft und der Hitze seines Körpers, der so nahe an ihrem war, aber Teagan drückte ihr Tier schnell in den Hinterkopf. Als Aarons Augen aufblitzten, fegte sie seine Beine mit ihren eigenen weg. Aaron verlor das Gleichgewicht, und Teagan führte ihn mit dem Gesicht nach unten zu Boden. Sie hielt seine Hände hinter ihn und mit dem Knie in seinem unteren Rücken beugte sie sich zu seinem Ohr und flüsterte: „Nur weil ich eine Frau bin, heißt das nicht, dass du mich als geringeren Clanführer behandeln wirst, verstanden?"

Er drehte den Kopf, um in ihre Augen zu sehen. „Ich mache das nicht, weil du eine Frau bist. Ich mache es, weil du mich wütend machst."

Sie widersetzte sich dem Drang, ihm eine Kralle gegen den Hals zu drücken, und antwortete: „Das hat dir gerade die Wachtpflicht eingebracht. Vielleicht lehren dich vierundzwanzig Stunden ohne Schlaf eine Lektion in Etikette."

Sie holte einen Schlüssel aus ihrer Tasche und ließ Aaron frei. Bevor er mehr tun konnte, als sich auf die Hände und Knie zu erheben, stürzte sie aus der einzigen Tür und schloss sie ab.

Seine Stimme wurde durch die Tür gedämpft. „Lass mich raus, verdammte Frau! So behandelt man keinen Gast."

„Aye, du hast recht. So behandle ich eine lästige Person."

Damit marschierte Teagan den Flur hinunter. Sie würde einen ihrer Beschützer schicken, um sich früh genug um ihn zu kümmern, aber dreißig Minuten allein könnten sein Temperament etwas abkühlen.

In der Zwischenzeit müsste sie Bram wegen eines Ersatzes kontaktieren. Auf keinen verdammten Fall würde sie mit so einem unangenehmen Mann

zusammenarbeiten. Er würde die Dinge mit Northcastle sicher schlimmer machen, nicht besser.

Ihr Drache schnaubte. *Du willst es dir nur
leichter machen.*

Es brauchte herkulische Anstrengung, aber
Teagan hielt Aarons breite Schultern davon ab,
wieder in ihrem Kopf aufzublitzen. *Ich sehe nicht,
was falsch daran ist. Schon so mancher Clanführer ist
aus Versuchung gefallen. Ich habe nicht vor, eine
davon zu sein.*

Kapitel Zwei

Nach ein paar Minuten hörte Aaron auf, an die Tür zu klopfen. Teagan kam nicht zurück.

Er fluchte leise, bevor er sich in den Stuhl setzte und seine Stiefel wieder auf den Tisch legte. Es war keine große Trotzgeste, aber er tat, was er konnte.

Warte nur, bis Bram davon erfährt, sagte er zu seinem Drachen.

Bram wird sich wahrscheinlich fragen, was zum Teufel mit dir passiert ist. In Stonefire lächelst du normalerweise und ärgerst alle. Wenn überhaupt, wird er wahrscheinlich mit der irischen Anführerin übereinstimmen, was dein Verhalten angeht.

Er kann jemand anderen schicken. Ich kann nicht hierbleiben.

Warum? Weil du dich immer wieder daran erinnerst, wie sich ihr warmer Körper auf unserem angefühlt hat? Stell dir vor, sie wäre nackt.

Nein, hör einfach auf! Kein Küssen und kein Sex. Du wirst einfach damit leben müssen. Wenn ich es noch einmal riskiere, einer Frau eine Chance zu geben, wird es mit jemandem sein, der mich als gleichberechtigt behandelt, nicht als Untergebenen, niemand, der von mir erwartet, dass ich jeden Befehl befolge.

Wenn du das willst, dann musst du Teagan zuerst als die Anführerin behandeln, die sie ist.

In Wahrheit hatte er vergessen, dass sie die Anführerin war. *Sie hat mich aufgeregt. Ein guter Anführer würde das nicht tun.*

Ich habe keine Zeit, mit dir zu streiten. Der Wachdienst könnte dir helfen, dir über ein paar Dinge Gedanken zu machen.

Sein Drache verstummte.

Es schien, als ob gerade alle gegen ihn waren.

Doch seine Beschützerseite war neugierig, warum Glenlough ihre Hilfe brauchte. Hätte sie es ihm nur gesagt, ohne ihn wie ein Kind zu behandeln, dann könnte er ihr jetzt schon helfen.

Außerdem, wenn sie die stärkste Kandidatin war, um Glenlough zu führen, hatte er Zweifel daran, dass sein Clan eine Allianz schmiedete. Drachenwandler-Männer hatten Egos von der Größe der Sonne. Eine Anführerin müsste sich dessen bewusst sein und vorsichtig vorgehen.

Sein Drache meldete sich erneut. *Aber warum? Sie ist eine Anführerin. Drachenhälften verstehen das.*

Die menschliche Seite der Dinge ist nicht so einfach.

Könnte es aber. Vielleicht bist du unsicherer, als ich dachte.

Ich bin verdammt nochmal nicht unsicher. Aber ich sollte respektiert werden, wie es meiner Rolle als Beschützer entspricht.

Dann verdiene es dir, anstatt sie zu beleidigen.

Das Schloss klickte an der Tür, und er konnte seinem Tier nicht mehr antworten. Aaron blieb, wo er war, da er nicht übereifrig erscheinen wollte. Als er jedoch die braunhaarige Gestalt von Brenna Rossi sah – dem Mitglied des Stonefire-Clans, das sie vor Kurzem bei den irischen Drachen gelassen hatten – stand er auf. „Brenna. Bist du hier, um mich zu retten?"

Sie runzelte die Stirn. „Was hast du gemacht, dass Teagan so angepisst ist?"

Er winkte das mit einer Hand ab. „Nichts. Sie hat nur überreagiert."

Sein Drache seufzte, aber Aaron ignorierte ihn. Brenna drehte sich zur Tür zurück. „Das bezweifle ich, aber egal, du kommst mit mir, und ich bringe dich zu einem von Glenloughs oberen Beschützern."

„Du stellst dich auf ihre Seite gegen mich?"

Brenna zuckte mit den Schultern. „Sie hat sich meine Loyalität verdient. Du hingegen neigst dazu, zu unangemessenen Zeiten Witze zu machen und zu reden, ohne nachzudenken. Ich werde mich auf die Seite des Vernünftigeren, Besonneneren stellen."

Er fragte sich, ob die Leute ihn zu Hause wirklich so sahen – als egoistischen Bastard, der nur Ärger machen wollte.

Italien hatte ihn in vielerlei Hinsicht verändert, und vielleicht waren einige Veränderungen nicht zum Besten.

Er schob diesen Gedanken beiseite und antwortete: „Bring mich einfach zum Stellvertreter. Vielleicht kann ich dann Bram anrufen."

„Nicht, wenn du Wachdienst hast. Hier draußen gibt es mehr Bedrohungen als zu Hause, vor allem, da dieser Ort abgelegener ist. Das bedeutet strengere Regeln, was man im Dienst tun darf und was nicht. Ablenkungen können Leben kosten, also keine Smartphones. Jeder Wachmann hat ein einfaches Mobiltelefon für Notfälle, das nichts anderes kann als Anrufe tätigen."

„Sind wir hier in der Steinzeit?", fragte er. „Hier zu sitzen und vor mich hinzustarren wird mich mehr ablenken als ein Handy."

Sie deutete mit dem Kopf. „Hör mit dem Gejammer auf. Kein Wunder, dass Teagan dich hier eingesperrt hat. Geh weiter, sonst kommen wir noch zu spät. Ich kann unterwegs noch Fragen beantworten."

Er folgte Brenna. Er ignorierte ihre schnippischen Bemerkungen und nahm ihr Angebot an, mehr Informationen zu bekommen. „Was sind das für Bedrohungen gegen Glenlough? Niemand hat mir was über meine Aufgabe hier erzählt."

Brenna sah ihn an. „Teagan wird dir die Einzel-heiten mitteilen, wenn es für deine Pflichten relevant ist. Du musst nur wissen, dass es Ärger geben wird."

„Mehr wirst du mir nicht sagen? Ich kann nichts ohne Informationen tun", antwortete er.

„Sagen wir einfach, dass du nicht hier bist, um die Beziehungen zum Clan Northcastle zu verbes-sern. Wie gesagt, wenn Teagan dir eine entspre-chende Pflicht zuweist, wirst du erfahren, was vor sich geht."

Er sah die jüngere Frau an. „Woher weißt du so viel? Du bist doch noch gar nicht so lange hier."

Sie zuckte die Schultern. „Lange genug. Im Gegensatz zu dir respektiere ich Teagan und habe mir ihr Vertrauen verdient, also schließt sie mich in Clan-Angelegenheiten ein. Versuche dasselbe, und du könntest viel mehr darüber erfahren, was hier vor sich geht."

Er runzelte die Stirn. „Sei vorsichtig, Brenna, sonst schmeißen sie dich noch von ihrem Land, weil du mir was erzählt hast."

Sie lächelte. „Man hat mir gesagt, ich solle dich zumindest darüber informieren. Ansonsten hätte ich nichts gesagt."

Scheinbar war Brenna Glenlough loyal. Er hatte das Gefühl, dass sie nie wieder nach Stonefire zurückkehren würde. „Deine Anführerin hat auf dich abgefärbt. Ich hoffe, du behandelst sie nicht wie eine Göttin."

Brenna sah ihn mit zusammengekniffenen

Augen an. „Hör auf, sie zu beleidigen. Sie ist wie Bram sofort zur Stelle, wenn es darum geht, sich um ihre Leute zu kümmern und alles zu tun, um sie zu beschützen. Gib ihr eine Chance, und du könntest es so sehen, wie ich es tue."

Aaron bezweifelte das.

Sein Drache meldete sich zu Wort. *Warum bist du so vehement gegen sie eingestellt? Sie hat uns besiegt, ja. Aber ich dachte, du magst die Herausforderung.*

Aaron machte sich nicht die Mühe zu antworten. Alle Frauen, bis auf ganz wenige, bedeuteten Ärger.

Er steigerte kaum sein Tempo. Er würde die Sekunden bis zum Ende seiner Wachtätigkeit herunterzählen. Sobald es vorbei war, wäre seine oberste Priorität, Bram zu kontaktieren und zu hören, was zu tun war, damit er einen anderen Beschützer schickte, der Aarons Platz einnehmen konnte.

Teagan setzte sich gerade auf, als Bram Moore-Llewellyns dunkles Haar und blaue Augen auf ihrem Computerbildschirm erschienen. „Das ging aber schnell."

Der Anführer des Stonefire-Clans antwortete: „Aye, nun, du sagtest, es sei wichtig. Und da ich dir nur einen Beschützer geschickt habe, anstatt zwei, muss ich sicherstellen, dass alles reibungslos läuft."

Ihre Beziehung war nicht so stark, wie sie wollte,

aber sie war gut genug, um gedehnt zu sagen: „Als gut würde ich es nicht beschreiben."

Bram hob die dunklen Brauen. „Was ist passiert?"

„Sagen wir einfach, Aaron kommt nicht gut damit zurecht, meine Befehle zu befolgen."

Bram war eine Sekunde still, bevor er antwortete: „Es gibt etwas, das du über ihn wissen solltest, O'Shea. Er ist fähig, intelligent und einer unserer besten Beschützer. Seine Mutter wurde jedoch kürzlich angegriffen und nicht zum ersten Mal in seinem Leben. Ich glaube, es hat ihn ein bisschen aufgewühlt. Ich werde zwar bald noch jemanden aus meinem Clan schicken, aber gib Aaron eine Chance."

Teagan musterte Brams Augen, aber sie zeigten keine Emotionen. Sie hatte von dem Angriff auf Aarons Mutter gehört, aber seitdem nicht mehr wirklich darüber nachgedacht. „Wenn er immer noch vom Angriff erschüttert ist, warum hast du ihn dann geschickt?"

Bram zuckte die Schultern. „Er war unser Verbindungsmann und weiß mehr über deinen Clan als jeder andere hier, außer derjenigen, die du als Geisel hältst – Brenna."

„Sie ist nur hier, bis du herkommst und dich persönlich mit mir triffst. Aber ich muss dich warnen, ich weiß nicht, ob sie nach Stonefire zurückkehren will."

Brams Mundwinkel zuckte hoch. „Ist das dein

langfristiger Plan? Meine Clan-Mitglieder nacheinander anzulocken, bis ihr genug habt, um euch meinen Schutz zu sichern?"

Teagan blinzelte. Keiner der irischen Führer hatte Sinn für Humor. Sie fragte sich, ob das in Großbritannien anders war.

Sie verdrängte den Gedanken und antwortete: „Nein, es sei denn, es wird notwendig. Aaron ist nicht jemand, den ich überzeugen möchte, zu bleiben."

Bram schnaubte. „Vielleicht wächst er dir ja noch ans Herz. Außerdem hat er bei einem früheren Auftrag mit ein paar Mitgliedern des Northcastle-Clans zusammengearbeitet, was dir vielleicht bei deren Anführer Lorcan Todd einen Fuß in die Tür verschaffen könnte. Es käme uns allen zugute, wenn die Drachen aus Irland und Nordirland miteinander wieder zurechtkämen."

Die Beziehungen zwischen den irischen und nordirischen Clans schwankten zwischen Freunden und erbitterten Feinden. Teagan glaubte, dass Ersteres eine Notwendigkeit für das Überleben in der Zukunft sei.

Sie antwortete: „Ich gebe zu, dass es nützlich sein wird, wenn Aaron Erfahrungen mit einigen ihrer Clan-Mitglieder hat, aber es bedeutet mir nichts, wenn er sein Verhalten nicht ändert. Ich kann ihn den ganzen Tag bestrafen und ermahnen, aber wenn er unbedingt nach Hause will, wird er alles geben, um mich so sehr zu reizen, dass ich ihn seine Sachen packen lasse."

Bram erwiderte: „Ich gebe dir einen Rat: Lass ihn arbeiten, und er wird sich konzentrieren. Lass ihn sich langweilen, und er wird Ärger machen." Sie schwieg und überlegte sich, wie sie Bram sonst dazu bringen könnte, jemand anderen zu schicken, als der erneut das Wort ergriff. „Ich spüre, dass du an mehr als nur Aarons Verhalten denkst. Du verschweigst mir etwas. Ich kann dir nicht helfen, wenn du mir nicht sagst, was los ist, Mädel."

Teagan hielt inne. Angesichts der möglichen Bedrohung fiel es ihr nicht leicht, zu vertrauen.

Ihr Drache meldete sich zu Wort. *Bram ist ehrlich. Er hat es mit dem britischen Ministerium für Drachenangelegenheiten aufgenommen und gewonnen, und zwar bei mehr als einer Gelegenheit. Er hat außerdem riskiert, vom irischen MDA-Büro dabei erwischt zu werden, dass er seine Clanmitglieder hierher geschickt hat, um uns zu helfen, ohne vorher einen Besuchspass zu beantragen. Er hätte nichts davon getan, wenn ihm nicht etwas an den Drachenwandlern im Allgemeinen läge.*

Das stimmte, sie hatte schon viel über Bram Moore-Llewellyns Ruf und seine Taten gehört. Der Mann hatte menschliche Besuche auf Drachenwandlerland in Großbritannien ermöglicht, vorausgesetzt, sie erhielten die Erlaubnis des MDA. Er hatte sogar eine Sonderlizenz erwirkt, damit sein weibliches Clan-Mitglied einen menschlichen Mann paaren konnte, was in seinem Land zuvor illegal gewesen war.

Trotzdem war es nicht so einfach für sie, einem männlichen Anführer zu vertrauen. *Erinnerst du dich an das letzte Mal, als unser Clan einem anderen Anführer so schnell vertraut hat? Sie haben angegriffen, und wir haben Da verloren.*

Das war vor vielen Jahren. Und der Mann hat sich nie als auch nur annähernd auf Brams Niveau gezeigt, wenn es darum ging, eine bessere Zukunft für alle Drachenwandler zu schaffen. Die Präzedenzfälle, die er geschaffen hat, könnten sogar uns in Irland helfen.

Du klingst wie ein Politiker.

Und? Clan-Führer sind eine Art Politiker. Mein Einfluss wird dir guttun.

Ihr Drache hatte recht. Plattitüden und falsches Lächeln waren schon immer der schwierigste Aspekt ihres Jobs gewesen. Wenn Teagan männlich wäre, könnte sie stoisch sein und grunzen wie ihr Bruder. Aber für eine Frau waren die Standards höher. Sie musste nicht nur führen, sondern auch alle daran erinnern, dass Frauen ebenfalls Kraft besitzen konnten. Aber es musste genau die richtige Menge sein, sonst würde sie als Schlampe bezeichnet werden, oder Schlimmeres.

Glücklicherweise war sie durch die Liebe ihres Clans und ihren Wunsch, ihn erfolgreich zu sehen, bislang fokussiert und vernünftig geblieben.

Nachdem sie Bram noch ein paar Sekunden

angestarrt hatte, seufzte sie. „Ist diese Leitung an deinem Ende sicher?"

„Aye. Nur wenige Menschen können sie hacken. Ich würde ja sagen, niemand, aber es gibt immer jemanden, der klüger ist und einen Weg finden kann."

Er ist ehrlich, sagte ihr Tier. *Ich mag ihn.*

Sie atmete tief durch und beschloss, ein Risiko einzugehen, sonst könnte sie nie Erfolg haben. Anführer, die immer auf Nummer Sicher gingen, erreichten selten großartige Dinge. „Greenpeak, der Clan in Killarney, hat herausgefunden, dass ich Glenloughs Anführerin bin, und hat es allen gesagt, die zuhören wollten."

„Und jetzt klopfen Männer an deine Tür, um dich herauszufordern."

Sie blinzelte. „Ja. Woher wusstest du das?"

Bram wedelte mit einer Hand. „Ich verstehe Männer. Viele von ihnen fühlen sich von einem weiblichen Anführer bedroht. Anstatt tatenlos zuzusehen, wie ihre Macht und ihr Einfluss auf die Frauen möglicherweise geringer wird, würden sie alles tun, um den Status quo in ihren Clans aufrechtzuhalten." Er hob eine Braue. „Habe ich recht?"

„Ja. Obwohl ich neugierig bin, warum du dich nicht bedroht fühlst."

Brams Mundwinkel zuckte hoch. „Sagen wir einfach, dass starke Frauen auch in meinen Clan eingedrungen sind, und das war zum Besseren. Ich sehe sie nicht als Bedrohung, sondern als einen Vorteil."

Ihr Drache richtete sich auf. *Siehst du? Ich hab' doch gesagt, dass ich ihn mag.*

Teagan ignorierte ihr Tier. „Aber nicht jeder sieht das so wie du. Und ich kann nicht riskieren, Northcastle zu kontaktieren, bis das geklärt ist, oder sie werden Glenlough als Belastung abweisen und nicht als Gewinn sehen. Wenn Aaron sich meinen Befehlen widersetzt, wird das jeden Versuch behindern, zu zeigen, dass ich stark genug bin, den Clan zu führen, wenn die anderen Clanführer an meine Tore klopfen."

Bram hielt inne und sagte schließlich: „Sag Aaron, dass er zu Hause nicht willkommen ist, bis dein Clan wieder sicher ist. Wenn du einverstanden bist, natürlich."

„Ich kann ihn in einen Raum eingesperrt halten ..."

Bram grinste. „Unter normalen Umständen würde ich deiner Denkweise zustimmen." Er wurde ernst. „Aber du brauchst seine Hilfe. Vertrau mir. Sobald Aaron weiß, dass ich es ernst meine, wird er sich konzentrieren. Achte nur darauf, dass du nicht übertreibst, wenn du deine Dominanz geltend machst." Sie öffnete den Mund, aber er kam ihr zuvor. „Es hat nichts damit zu tun, dass du eine Frau bist. Du hast deinen Clan seit ein paar Jahren zusammengehalten. Du hast eindeutig Talent. Aber Aarons Vater hat versucht, Dominanz einzusetzen, um ihn und seine Mutter mit Angst unterwürfig zu machen, als er ein Kind war. Das belastet ihn auch heute noch."

Ihr Drache meldete sich erneut zu Wort. *Das erklärt einiges.*

Sie ignorierte ihr Tier. „Es wird ihm nicht gefallen, dass du mir von seinem Vater erzählt hast."

„Ich vertraue dir das an, O'Shea. Du hast schon dein ganzes Leben mit Männern zu tun und bist mit ihren Egos vertrauter als die meisten, vor allem seit du die Führung übernommen hast. Behandle Aaron wie einen der deinen, und alles wird funktionieren."

„Ich versuche es. Aber du schickst immer noch jemand anderen?"

„Aye, Aarons gewöhnlicher Beschützer-Partner ist für eine Weile nicht verfügbar, da seine Gefährtin gerade einen Jungen bekommen hat. Ich denke, ich werde Sebastian Randall schicken. Er ist jung, aber entschlossen und bodenständig. Er hat schon mal Befehle von einer Frau angenommen, also sollte er kein Problem sein. Er kennt auch Brenna gut, da sie zusammen in der Armee gedient haben. Ich werde es dir sagen, sobald Sebastian auf dem Weg ist."

„Danke! Und ich verspreche, dass ich, sobald das erledigt ist, mein Ende der Abmachung einhalten werde."

Bram wollte, dass eines ihrer Clan-Mitglieder so tat, als würde es abtrünnig, und sich den Drachen-verrätern anschloss, die sich in der schottischen

Wildnis versteckten. So könnten sie die Gruppe von innen infiltrieren und sie ausschalten.

Bram erwiderte: „Das ist ein langfristiger Plan, und dein Clan-Mitglied müsste sowieso ein paar Monate warten, da sich nicht zu viele Drachen auf einmal anschließen können, sonst werden die Schurken misstrauisch."

„Wenn es also sonst nichts gibt – ich muss meinen Clan auf die Herausforderungen und/oder Angriffe vorbereiten, von denen ich weiß, dass sie kommen werden."

Bram nickte. „Ihr werdet Erfolg haben. Vielleicht können wir uns dann endlich persönlich treffen, auf Augenhöhe. Dann könnte ich Brenna davon überzeugen, nach Hause zu kommen und vielleicht ein oder zwei deiner Clan-Mitglieder für einen Gastaufenthalt in Stonefire gewinnen."

„Das ist eine Möglichkeit, aber wir sollten uns zuerst um den ganzen Mist hier kümmern. Außerdem hat Brenna es mit der Rückkehr nicht eilig. Nicht einmal dein Charme wird ihre Meinung ändern, glaub' ich", antwortete Teagan.

Bram schnaubte. „Das überrascht mich nicht. Es gibt zu wenige weibliche Drachenwandler-Vorbilder. Ich hoffe, du wirst sie zu einer guten Frau machen, die eines Tages die Führung hier oder sogar dort übernehmen könnte."

Am liebsten hätte sie Brams Akzeptanz einer weiblichen Anführerin in Flaschen abgefüllt und über ganz Irland oder sogar die Welt verteilt. Aber das war unmöglich. Nur harte Arbeit und Stärke würden die anderen fernhalten und möglicherweise Herzen und Gedanken verändern. „Danke, Bram. Ich melde mich in ein paar Tagen bei dir. Ich hoffe, dass mein Bericht über Aaron dann besser ausfällt."

„Ich vertraue dir, O'Shea. Bis dann also."

Ihr Bildschirm wurde schwarz, und sie lehnte sich in ihren Stuhl zurück.

Sie hoffte, Bram hätte recht mit Aaron. Sie hatte, was ihn anging, ihre Hausaufgaben gemacht, bevor er ihren Clan zum ersten Mal besucht hatte. Er war fähig, die meisten mochten ihn, und er hatte kürzlich mit zwei von Northcastles Beschützern in Schottland interagiert. Auf dem Papier hätte er genau das sein sollen, was sie zur Unterstützung brauchte, wenn Glenlough Kontakt zum Clan Northcastle aufnahm.

Die Realität erwies sich aber gerade als ganz anders.

Das Wissen um seine Vergangenheit half ihr, ihn zu verstehen, selbst wenn Bram etwas vage gewesen war. Vielleicht konnte sie ihn dazu bringen, sich mehr zu engagieren und ihr zu vertrauen, ohne zu enthüllen, dass sie von den Taten seines Vaters wusste.

Ihr Tier grunzte. *Wir bekommen das schon hin. Er ist nicht der erste Drachenwandler, mit einer nicht gerade glücklichen Vergangenheit. Sobald du ihn repariert hast, siehst du ihn vielleicht so wie ich und willst ihn küssen.*

Nur nein. Sowohl zu dem Kuss als auch dazu, ihn

zu reparieren. Ich brauche nur seine Fähigkeiten als Beschützer und seinen früheren Kontakt zu Northcastle.

Rede dir das nur ein, wenn du willst.

Die Andeutungen ihres Drachen erzählten ihr mehr, als sie wissen wollte, dass Aaron Caruso in ihrer Zukunft eine Rolle spielen konnte.

Sie würde sich jedoch später überlegen, wie sie damit umgehen sollte. Im Moment musste sie sich auf die Angriffe vorbereiten, von denen sie wusste, dass sie kommen würden. Sie hoffte nur, dass sich kein weiterer Bürgerkrieg unter den irischen Drachenwandlerclans zusammenbraute.

Kapitel Drei

Aaron saß auf einem Stuhl vor einer kleinen Gefängniszelle, die für Bagatellfälle benutzt wurde. Drinnen schlief ein Mann in seinen Zwanzigern. Der jüngere Drachenwandler hatte anscheinend einen Kampf begonnen, bei dem er Eigentum zerstört hatte, und kühlte sich jetzt bis zum Morgen ab.

Die ganze Nacht hatte Aaron auf dem Stuhl gesessen und nur Kaffee gehabt, um sich wachzuhalten. Er war sich nicht sicher, warum sie ihm sein Handy abgenommen hatten, da es in dem kleinen Raum keine große Bedrohung gab, die seine Aufmerksamkeit und Konzentration erfordert hätte, aber die lange Nacht hatte ihm viel Zeit zum Nachdenken gegeben, und viele Gelegenheiten, mit seinem Tier zu streiten.

Sein Drache meldete sich zu Wort. *Stimmst du jetzt mit meiner Denkweise überein?*

Er hielt inne und antwortete, *Vielleicht.*

Sein Tier schnaubte. *Nicht jeder in einer Autoritätsposition wird es zum Schaden nutzen. Du lässt dich durch deinen Hass auf unseren Vater daran hindern, Teagan fair zu behandeln.*

Aaron versuchte, nicht an seinen Vater zu denken, wenn möglich. *Aber wenn sie mich wenigstens als gleichberechtigt behandelt hätte, würden wir dieses Gespräch nicht führen. Ich bin nicht der Einzige, dem ein Vorwurf zu machen ist.*

Dann, wie ich schon fünfzig Mal gesagt habe, rede mit ihr. Teagan ist nicht unser Vater. Sie wird dich nicht herabsetzen oder dir das Gefühl geben, du seist zu weit gegangen, weil du nur einen Vorschlag machst.

Den größten Teil seines Lebens hatte Aaron seine Vergangenheit hinter einem Lächeln oder einem Witz versteckt, um Fragen aus dem Weg zu gehen. Sein Vater hatte ihn während seiner Kindheit verbal misshandelt, und Humor hatte dazu beigetragen, die spitzen Bemerkungen zu überwinden und einige Aspekte des Lebens zu genießen. Seine Mutter hatte die Hauptlast davon getragen, zumindest bis Aaron älter war und er die Aufmerksamkeit von seiner Mutter weg und auf sich selbst gelenkt hatte.

Und dennoch war ein Teil von ihm die Fassade satt, immer glücklich und sorglos sein zu müssen. Er hatte in Italien gedacht, er hätte endlich eine Frau gefunden, mit der er alles teilen könnte, auch sein wahres Selbst.

Nerina hatte ihn natürlich nur benutzt, um an einen anderen Mann heranzukommen. Und wenn das nicht schon genug gewesen wäre, hatte sie auch noch seine Vergangenheit und sein Vertrauen ausgenutzt und ihn vor dem gesamten italienischen Clan beschämt.

Ihre Stimme klingelte noch in seinen Ohren. *Niemand will dich winseln hören. Alle Eltern schimpfen mit ihren Kindern. Du bist ein lächerliches Exemplar von einem Mann.*

Aaron ballte die Fäuste. Nicht alle Eltern gaben ihrem Kind die Schuld daran, ihr Leben ruiniert zu haben, und sorgten dafür, dass er es jeden Tag wusste.

Sein Tier knurrte. *Genug. Nerina ist unsere Zeit nicht wert. Und Teagan ist eine Clanführerin. Sie wird keine Informationen gegen uns verwenden, und ganz sicher nicht in der Öffentlichkeit.*

Ich bin mir verdammt sicher, dass ich nicht mit ihr über unseren Dad reden werde.

Du machst die Dinge schwieriger, als sie sein müssen.

Sein Drache kehrte Aaron den Rücken zu und legte sich für ein Nickerchen nieder. Sie waren stundenlang im Kreis herumgelaufen, und Aaron hatte nicht mehr als ein wenig Ruhe und Frieden gewollt. Jetzt, da er sie hatte, rieb das unheimliche Schweigen des Nichts, abgesehen von dem leisen Schnarchen des Mannes in der Gefängniszelle, falsch an seinen Ohren. Es war, als würde ihn die Stille dazu anregen, wieder an seine Vergangenheit zu denken – das Gebrüll, das Nie-gut-genug-Sein und die Schuld dafür, dass alles im Leben seines Vaters schiefging.

Dass alle glücklicher wären, wenn Aaron nie geboren worden wäre.

Er knirschte mit den Zähnen. Er würde nicht zulassen, dass sein Bastard von einem Vater sein Leben noch mehr ruinierte. Glenlough war ein neuer Clan, und er plante, diese Tatsache auszunutzen.

Mit etwas Übung würde er die Gedanken an seine Vergangenheit verbannen. Aaron stand auf, streckte die Arme über den Kopf, dann zog er sein Hemd aus und ließ sich in eine Plank-Position hinab. Liegestütze würden ihn wach und beschäftigt halten. Sein Wachdienst sollte sowieso fast vorbei sein.

Als er seine Muskeln benutzte, um seinen Körper zu senken und wieder hochzudrücken, fragte er sich, wie sein Leben gewesen wäre, wenn Nerina ihn nicht betrogen hätte, sondern sich in Aaron verliebt und sich mit ihm gepaart hätte. Er wäre immer noch in Italien und könnte sogar bald Vater werden.

Das alles wollte er eines Tages. Er hielt diesen Gedanken jedoch vor seinem Drachen verborgen. Sosehr sein Tier auch daran denken mochte, dass er Teagan wollte, Aarons Zuhause war in Stonefire. Er vertraute fast jedem dort. Außerdem musste er an seine Mutter denken. Sein Vater war jetzt zwar tot, doch sie brauchte ihn immer noch. Aaron wollte nicht, dass sie wieder verletzt wurde, besonders, nachdem sie kürzlich von den Drachenrittern angegriffen worden war.

Allein der Gedanke daran, wie sie bewusstlos in einem Krankenhausbett gelegen hatte, nährte seinen Wunsch, nach Hause zurückzukehren, um sich zu überzeugen, dass sie in Sicherheit war. Die Ärzte hatten sie für gesund befunden, aber es gab viel, was sie nicht über das Gebräu der Drachenritter wussten. Sie konnte vielleicht einen Rückfall erleiden, was bedeutete, dass ihr Drache die volle Kontrolle übernahm und abtrünnig wurde.

Als er seinen fünfzigsten Liegestütz beendet hatte, öffnete sich die Tür zum Raum. Das musste seine Ablösung sein. Aaron wandte den Kopf um und fiel fast zu Boden.

Teagan stand da, mit einem sanften Lächeln im Gesicht und der Hand in der Hüfte. Er hatte sie dabei erwischt, wie sie seinen Rücken betrachtet hatte, auch wenn sie ihren Blick schnell abgewandt hatte. Ihr langes, dunkles Haar ergoss sich um ihre Schultern, und der leise Duft nach Frau driftete an seine Nase.

Sein Drache drehte sich um. *Sieh dir ihre Augen an. Sie ist interessiert. Nutz das aus.*

Aaron ignorierte sein Tier, drehte sich um, setzte sich und stützte seinen Arm auf sein gebeugtes Knie. „Gefällt dir die Aussicht, o große Anführerin?"

Ihr Lächeln versiegte. „Ich habe gerade nur

gedacht, dass ich dich in einem Push-up-Wettbewerb vielleicht schlagen könnte. Wenn wir mal zehn Minuten übrighaben, zeige ich es dir."

Er beschloss, einfach ehrlich zu sein und den ersten Schritt zu machen. „Du musst dich mir nicht beweisen."

Ihre Augen weiteten sich, wurden aber schnell wieder normal. Sie räusperte sich und sah zur Zelle. Der Ire schlief noch. „Komm kurz in den Flur."

Es lag ihm auf der Zungenspitze, darauf hinzuweisen, dass er seine Pflicht vernachlässigen würde, wenn er den Raum verließ, aber er hielt die Bemerkung zurück. Sie würde nie Informationen preisgeben, wenn er sie nur verärgerte.

Sein Drache schnaubte. *Gut, dass du das endlich begreifst und zugibst.*

Aaron stand auf und folgte Teagan aus dem Raum. Er achtete darauf, seinen Blick auf ihren Hinterkopf zu halten. Wenn sie ihn dabei erwischte, wie er auf ihren Po starrte, würde er sich das ewig anhören müssen. Er wollte sie vielleicht nicht küssen, aber jeder Mann mit Augen würde zugeben, dass ihr langer, schlanker Körper an den richtigen Stellen gekurvt war.

Als sie im Flur waren und die Tür zum Aufenthaltsraum sich schloss, stemmte Teagan die Hände in die Hüften und neigte den Kopf. „Ich denke, wir sollten nochmal von vorn anfangen."

„Pardon?"

Sie hob eine dunkle Augenbraue. „Bram sagte, du bist klug. Ich hoffe, er hat nicht gelogen."

„Sagen wir einfach, das hier ist nicht das, was ich heute Morgen erwartet habe", erwiderte er gedehnt.

„Ich bin eben immer voller Überraschungen."

„Ach ja? Heißt das also, ich sollte mich darauf vorbereiten, dass du nackig in den nahe gelegenen See tauchst?"

Einer ihrer Mundwinkel hob sich. „Das gehört zu meiner täglichen Routine. Wenn du also versuchst, mich zu provozieren, musst du wohl einen anderen Ansatz versuchen."

Das Bild von Teagans großem, schlankem, nacktem Körper, der durch das Wasser glitt, blitzte in seinem Kopf auf, aber er schob ihn schnell beiseite. „Ich bin mir sicher, dass du eine vielbeschäftigte Person bist. Wollen wir zurück zum Punkt kommen?"

Feuer blitzte in ihren Augen auf, aber es war verschwunden, bevor er es genauer mustern konnte. „Meine erste Aufgabe ist, dir etwas von Bram mitzuteilen. Er sagte, du sollst hierbleiben, bis Glenlough nach meinen Maßstäben sicher ist und deine Aufgaben zu meiner Zufriedenheit abgeschlossen sind."

„Warte, was? Seit wann besteht Gefahr?"

„Von Anfang an. Ich hätte dir die Situation früher erklärt, wenn du mich nicht so respektlos behandelt hättest, indem du deine Stiefel auf den Tisch gelegt und mich dann auch noch herausgefordert hast." Er öffnete den Mund, um zu reden, aber sie hob eine Hand und unterbrach ihn. „Dies ist nicht der Ort, um die Details der Bedrohungen zu besprechen oder mir ein weiteres Argument anzuhören, das dein Verhalten rechtfertigt. Sobald deine Wachablösung eintrifft, begibst du dich zu Killians Büro oben. Er wird dich informieren."

Sein Tier meldete sich: *Siehst du? Sie ist ehrlich.*

Und verdammt kryptisch.

Aaron antwortete: „Wie lautet der nächste Befehl? Du sagtest Aufgaben, Plural."

Sie sah ihm in die Augen. „Ich hatte erwartet, dass du dich mehr dagegen wehren würdest, bleiben zu müssen."

Er zuckte die Schultern. „Ich hoffe, dass ich selbst mit Bram sprechen kann, aber wenn das, was du sagst, wahr ist, dann muss ich mein Bestes tun, um deine Aufgaben zu erledigen, damit ich so schnell wie möglich nach Hause gehen kann."

Sie musterte ihn eine Sekunde, bevor sie sagte: „Die zweite Aufgabe ist, dass du, wenn du mit meinem Bruder fertig bist, in mein Büro kommen sollst. Wir müssen uns unterhalten."

„Bekomme ich mehr Informationen als das?"

„Nein", erwiderte sie schlicht.

Er merkte, dass sie seine Reaktion einschätzte. Wenn er sich ihr widersetzte, erfuhr er vielleicht nie die Wahrheit.

Und er brauchte alle Informationen, die er

sammeln konnte, damit er nach Stonefire zurückkehren konnte.

Er zuckte mit der Schulter. „Na schön. Sobald
jemand kommt, um mich abzulösen, werde ich
Killian und dann dich aufsuchen."

Sie öffnete den Mund, um darauf zu antworten,
aber Aaron ging zurück zur Zelle. Vielleicht hätte er
ihr erlauben sollen, das Gespräch zu beenden, aber
je länger er in ihrer Gegenwart war, desto größer war
die Chance, sie zu beleidigen. Sie konnte ihn später
dafür rügen, aber damit könnte er leben.

Außerdem hätte er, sobald er von der myste-
riösen Gefahr erfuhr, ein Ziel und konnte seine Zeit
mit der Arbeit verbringen. Auf diese Weise würde er
nicht an ihren straffen Körper denken, der an der
Oberfläche des Sees schwamm. Oder wie ihre Brüste
nach oben zeigen würden, als wollten sie ihn einladen, an einer zu lecken.

Sein Drache knurrte. *Sie könnte uns gehören.*

*Sosehr ich dein Selbstvertrauen auch mag, wir
machen das auf meine Art.*

Der Mann in der Gefängniszelle regte sich, und
Aaron setzte sich wieder auf seinen Stuhl. In den
nächsten Stunden würde er endlich erfahren, was los
war und wie er damit umgehen konnte.

Teagan ging zum Büro ihres Bruders und versuchte,
sich auf ihr Treffen mit Killian zu konzentrieren.

Ihr Drache hatte jedoch andere Vorstellungen. Ein Video in Zeitlupe, wie Aaron sich mit breitem Rücken hoch- und runterpumpte, spielte in Dauerschleife in ihrem Kopf.

Sie knurrte innerlich. *Hör auf.*

Warum? Ist doch bloß eine Erinnerung. Und eine, die dir gefällt.

Nur eine Erinnerung an das, was ich nicht haben kann.

Das stimmt nicht. Die Regeln gelten für die Paarung mit einem Mann. Aber wenn du ihn nicht paarst, könntest du Anführerin bleiben.

Sie stolperte, fing sich aber schnell. *Ich weiß nicht, warum du das nicht schon erwähnt hast.*

Weil kein Mann würdig war.

Wir kennen Caruso nicht einmal.

Er hat etwas an sich, das mir sagt, dass er es sein könnte. Jeder Mann, der sich einsetzt, um seine Mutter vor Schaden zu bewahren, verdient eine Chance.

Das ist nur eine Vermutung. Wir wissen nicht genau, was er getan hat.

Es reicht dennoch für mich. Wenn du mich jetzt entschuldigen würdest, ich werde diese Erinnerung noch ein paar Mal genießen, bevor wir mit Killian reden müssen.

Teagan knirschte mit den Zähnen und ging schneller. Sie konnte ihr Tier vielleicht nicht davon abhalten – sie brauchte es zu sehr, um es einzusperren –, aber je schneller sie in Killians Büro kam, desto schneller hörte ihr Drache mit dem Necken auf.

Denn, ja, sie fühlte sich zu Aaron hingezogen. Sein breiter Rücken und seine ausgeprägten Muskeln waren nichts Ungewöhnliches, wenn es um einen Drachenwandler-Beschützer ging. Trotzdem hatte sie noch nie gewollt, dass jemand sie an sich zog und sie mit besagten Muskeln festhielt.

Als er sich nicht stritt oder ihr auf die Nerven ging, schien Aaron fast nett zu sein.

Na ja, mehr als nett.

Aber dass sie ein weiteres Mitglied des Stonefire-Clans stahl, war keine Option, selbst wenn sie mit Bram darüber gescherzt hatte. Nicht, dass sie ihrem Tier überhaupt nachgeben würde. Da sie nie ein Kind in die Welt setzen würde, wenn ein Krieg drohte, läge es vielleicht niemals in ihrer Zukunft, eine Familie zu haben.

Sie kamen an Killians Tür an. Sie klopfte an und trat ein, ohne auf eine Antwort zu warten.

Wie üblich saß ihr jüngerer Bruder vor einem Laptop und sah stirnrunzelnd etwas an. „Und was jetzt?", fragte sie.

Seine grünen Augen trafen ihre eigenen. „Wenn du eine Sekunde Zeit hast, solltest du dir die Bankkonten ansehen. Etwas stimmt nicht."

„Dass etwas nicht stimmt, heißt ein paar Cent oder Tausende von Euro?"

„Irgendwo dazwischen."

Sie wedelte mit einer Hand durch die Luft. „Und? Was kannst du mir sonst noch sagen?"

„Lass mich noch einmal nachsehen, und mach du dasselbe. Dann können wir es detailliert besprechen."

Teagan sollte an seine Gründlichkeit gewöhnt sein. Manchmal wünschte sie sich jedoch, er würde eine Vermutung anstellen und von dort aus anfangen.

„Okay." Sie parkte ihren Po auf der Ecke seines Schreibtischs und wechselte das Thema. „Ich übergebe dir Caruso."

Er nickte. „Wir haben schon einmal zusammengearbeitet. Er ist begabt."

„Ich will nicht, dass er eitel wird, also halt ihn im Griff. Vielleicht einige zusätzliche Trainingseinheiten."

Killian hob die Brauen. „Er ist kein Neuling. Ihn als solchen zu behandeln, könnte unklug sein."

„Ich habe nicht vor, ihn wie einen Neuling zu behandeln, ich möchte ihn nur beschäftigt halten. Dann kann er auch den Clan besser kennenlernen. Es ist lange her, dass wir zwei englische Drachenwandler als Gäste in unserem Land hatten. Aber wenn die Dinge mit Bram gut laufen, könnten sie ein gewöhnlicher Anblick werden. Ich muss das Misstrauen eher früher als später zerstreuen."

„Ich werde ihn einsetzen, aber in strategischen Aufgaben und als Mentor. Revelin Collins könnte eine ältere, strengere Hand gebrauchen."

„Sei einfach vorsichtig. Rev ist aufbrausend. Ich kann keinen Faustkampf gebrauchen – oder schlimmer noch einen Drachenkampf."

Killian setzte sich in seinem Stuhl zurück. „Das werde ich nicht zulassen. Ich habe übrigens ein Update über Sadie Kavanagh."

Manche mochten ihren Bruder für arrogant halten, aber Killian hatte sich Teagan schon oft bewiesen. „Ja?"

„Sadie hat ein paar Anweisungen auf einen Fetzen Papier gekritzelt und in den Mülleimer geworfen. Sie ist wahrscheinlich am Zielort mit ihrem Mann aus Northcastle, aber ich wollte niemanden zum Nachsehen schicken, bis du den Plan genehmigt hast."

„Halte dich vorerst zurück, sie zu konfrontieren, aber vielleicht sollte jemand diskret die Gegend beobachten. Ich will Eliza etwas Frieden geben, aber nicht zu viel. Bis Lorcan Todd und ich unsere Differenzen beigelegt haben, bezweifle ich, dass er irgendwem aus Northcastle erlaubt, hier zu wohnen." Killian nickte. Teagan stand auf. „Ich werde mir diese Konten ansehen und mich wieder bei dir melden. Schick Caruso zu mir, sobald du mit der Nachbesprechung fertig bist."

„Wie viel soll er wissen?"

„Alles." Ihr Bruder zog die Augenbrauen hoch, und sie fügte hinzu: „Er hat eine Mutter, die in England auf ihn wartet, und zu der er zurückwill. Caruso wird nicht davonlaufen und Geheimnisse verraten. Bram würde ihn bestrafen, wenn er es täte, und wenn es schlimm genug wäre, ihn vielleicht verbannen. Aaron wird das nicht riskieren."

Killian musterte ihre Augen. Zweifellos wusste ihr Bruder, dass noch mehr an der Geschichte war, aber er fragte sie nicht. „Ich werde mit ihm reden."

„Gut. „Sonst irgendwelche Updates, von denen ich wissen sollte?"

„Der Killarney-Clan hat noch keinen Schritt unternommen, ebenso wenig die beiden anderen irischen Clans. Ich habe ein Team, das sich regelmäßig mit unseren Kontakten in Verbindung setzt, nur für den Fall, dass sie etwas unternehmen."

„Hoffen wir, dass die anderen Vernunft annehmen und fernbleiben. Wenn uns irgendeiner der anderen Clans angreift, wird das irische MDA uns wahrscheinlich alle bestrafen. Unabhängig von ihrer Meinung zu Anführerinnen geht es uns allen besser ohne die Beteiligung des MDA." Sie ging zur Tür. „Wenn du sonst noch etwas Besonderes findest oder dir Sorgen über die Bankunterlagen machst oder ein Update über die anderen Clans hast, kontaktiere mich sofort."

Mit einem Winken zum Abschied verließ Teagan ihren Bruder und ging in Richtung ihres eigenen Büros. Sie hatte an diesem Tag viel zu tun und hatte noch nicht einmal gefrühstückt. Nach vier Jahren als Clanführerin sollte sie an die hektische Arbeitsbelastung gewöhnt sein, aber ab und zu juckte es sie, die Flügel zu strecken und einfach stundenlang in irgendeine Richtung zu fliegen. Es gab viel von Irland, das sie noch nicht erkundet hatte.

Ihr Drache meldete sich zu Wort. *Wir können uns jederzeit kurz aus dem Staub machen. Ich bin diskret. Niemand wird es sehen.*

Ich weiß, dass du das bist, Liebes. Aber wenn du uns nicht in zwei Teile teilen kannst, damit eine Hälfte den Clan verwaltet und die andere wegfliegen kann, wird es nicht passieren.

Wenn wir in jeder Hinsicht einen Partner hätten, könnte der Mann helfen, etwas Zeit freizuschaufeln. Es ist möglich.

Anstatt ihrem Tier zu antworten, trat Teagan in ihr Büro und setzte sich vor ihren Computer. Sie hatte Arbeit zu erledigen. Der Clan würde immer an erster Stelle stehen. Und wenn sie sich weiter um ihn kümmern wollte, konnte sie keinen Gefährten nehmen. Die älteren Drachenwandler würden es missbilligen, wenn sie mit einem Mann lebte, ihn aber nicht paarte. Und sie weigerte sich, wegen einer lächerlichen Tradition zurückzutreten.

Also loggte Teagan sich in ihren Computer ein und verdrängte die Gedanken an einen Gefährten zum Anlehnen. Sie konnte die Dinge selbst regeln, wie sie es in der Vergangenheit auch getan hatte.

Kapitel Vier

Aaron versuchte sein Bestes, sich seine Erschöpfung nicht anmerken zu lassen, als er zu Teagans Büro ging. Wenn er nicht vorsichtig wäre, könnte er in Teagans Gegenwart gähnen und würde sich das ewig anhören.

Sein Tier meldete sich zu Wort. *Wenn du nicht einen rauslässt, wirst du gähnen.*

Du bist gerade nicht sehr hilfreich.

Das bin ich. Gähne jetzt, und es wird dir aus dem Weg sein.

Nein. Ich werde an meinem ersten vollen Tag in Glenlough keine Schwäche zeigen.

Sein Drache schnaubte. Um die Dinge noch schlimmer zu machen, rollte sich sein Tier zusammen und schlief ein. Es war nicht das erste Mal, dass Aaron dachte, sein innerer Drache sei eher wie ein nerviger Bruder als ein Partner im Leben.

Sein Tier öffnete ein Auge und schloss es sofort.

Aaron würde wahrscheinlich später für diesen Gedanken bezahlen.

Er atmete tief ein, schloss einige Sekunden die Augen und öffnete sie wieder. Killian war direkt auf den Punkt gekommen bei der Besprechung. Der Clan wartete darauf, dass ein Herausforderer kam und versuchte, Glenlough zu übernehmen. Auch wenn Aaron die Informationen zu schätzen wusste, war das Fehlen alternativer Lösungen nervenaufreibend. Er hätte Killian von seiner Idee erzählen können, hatte aber beschlossen, sie für Teagan aufzubewahren. So konnte er die Überraschung in ihren Augen sehen.

Wenn er hart arbeitete, könnte er sie vielleicht mehr überraschen als sie ihn.

Sein Drachen schüttelte den Kopf und machte sich wieder daran, Schlaf vorzutäuschen. Das Tier musste erschöpft sein, wenn es sich die Gelegenheit entgehen ließ, ihn zu ärgern.

Aaron kam an der alten Eichentür ganz am Ende des Flurs an. Er klopfte, und Teagans gedämpfte Stimme sagte ihm, er solle eintreten.

Als er die Tür öffnete, sah er Teagan stirnrunzelnd an ihrem Computer. Sein Blick driftete zu den zahlreichen Papierstapeln in ihrem Zimmer – auf dem Schreibtisch, dem anderen Tisch, Bücherregal und sogar auf dem kleinen Sofa. Bevor er sich zurückhalten konnte, fragte er: „Wie kannst du hier irgendwas finden?"

Teagan runzelte die Stirn noch tiefer, als sie zu

ihm aufblickte. „Ich habe ein System. Schließ die Tür!"

Das tat er und fragte dann: „Möchtest du mir das System erklären? Für mich sieht das wie ein Müllhaufen aus."

„Bitte mich, etwas zu finden."

Er deutete in den Raum. „Wo sind die Geburtsdaten des letzten Jahres?"

Teagan zeigte auf einen Stapel auf dem Tisch an einer Wand. „Da. Es wurden zwölf Babys geboren. Ich kann sie nach Namen und Geburtsmonat auflisten, wenn du willst."

Er blinzelte bei ihrer schnellen Reaktion. „Ähm, nein, ist schon okay."

Zufriedenheit leuchtete in ihren Augen. „Wenn du also damit fertig bist, mich zu kritisieren, dann pflanz deinen Hintern hin. Wir müssen uns unterhalten."

„Ich würde ja das Sofa nehmen, aber ich möchte dein System nicht stören. Ich muss mich wohl stattdessen mit dem harten Holzstuhl zufriedengeben."

Als er auf einem der beiden Holzstühle vor ihrem Schreibtisch saß, machte sie weiter, als hätte er nichts gesagt. „Während Killian für deine Aufgaben verantwortlich ist, sollst du wissen, dass du trotz deiner Neigung, mich zu provozieren, jederzeit mit mir reden kannst, vorausgesetzt, wir befinden uns nicht mitten in einer Krise. Wenn jemand dich falsch behandelt, will ich es wissen."

Er legte einen Arm auf die Rückenlehne seines Stuhls. „Ich komme schon allein klar."

Sie schüttelte den Kopf. „Das ist nicht der Punkt. Die Situation ist extrem angespannt, während wir abwarten, ob die anderen Clans angreifen. Ich kann es mir nicht leisten, dass eine Schlägerei sich in mehr verwandelt. Ohnehin wird wahrscheinlich mehr als ein Mann einen Penismess-Wettbewerb mit dir verlangen."

„Nicht wörtlich, hoffe ich. Ich stehe nicht so auf Typen."

„Caruso", knurrte sie warnend.

Aaron entschied sich, einfach offen zu sein und nicht weiter um den heißen Brei herumzureden. Sonst würde sein Blick noch auf der entzückenden Falte auf ihrer Stirn verweilen. „Was die angespannte Situation bezüglich möglicher Bedrohungen angeht, so habe ich eine Idee."

„Pardon?"

Einer seiner Mundwinkel zuckte hoch. „In mir steckt mehr als nur Muskeln und Stärke."

Sie räusperte sich. „Natürlich. Du hast nur so schnell das Thema gewechselt. Was ist das für eine Idee, Herr Ich-bin-gerade-erst-angekommen-aber-ich-weiß-schon-alles-besser?"

Er hätte wegen ihres schnippischen Kommentars fast seine Füße auf ihren Schreibtisch gelegt, aber irgendwie verkniff er es sich. Wenn er sie verärgerte, würde sie ihm nicht zuhören, und das würde seinen Aufenthalt nur verlängern. „Lade die anderen irischen Clanführer ein, zu einer offiziellen Herausforderung hierherzukommen."

Sie gestikulierte mit den Händen. „Das musst du mir erklären."

Er zuckte die Schultern. „Anstatt zu warten, wer anklopft, lade sie einfach ein. Die anderen irischen Führer sind alle männlich, aye? Die Einladung wird sie herbringen. Wenn sie dich wirklich für schwach und unfähig halten, werden sie kommen. Wenn nicht, bleiben sie fern. Wenn jedoch jemand kommt, gibt es dir die Möglichkeit, dich vorzubereiten und sicherzustellen, dass du ihnen in den Arsch treten kannst."

Er beobachtete Teagans Gesicht, aber es blieb neutral. Ausnahmsweise versuchte er, sich dazu zu bringen, geduldig zu sein. Die Frau zu hetzen wäre kontraproduktiv.

Sie seufzte schließlich. „Was ist das nur mit Männern und ihrem Wunsch, sich zu prügeln? Man sollte doch meinen, im einundzwanzigsten Jahrhundert könnten wir einfach reden und Details ausarbeiten."

Er neigte den Kopf. „Ist das ein Zweifel, den ich da spüre? Hast du dich so sehr gehen lassen?"

Sie zeigte ihm den Mittelfinger. „Wahrscheinlich nicht. Glenlough zu gewinnen war nicht einfach, aber ich habe es geschafft. Ich kann es wieder tun und es mit jedem Südländer, der hier anklopft, aufnehmen."

Er hätte fast gesagt: „Das ist mein Mädchen",

aber er fing sich noch rechtzeitig. Sein Drache schmunzelte. *Du siehst es schon früh genug so wie ich.*

Er ignorierte sein Tier. „Also, heißt das, du wirst meinen Plan umsetzen?"

„Das hängt davon ab." Sie zeigte mit einem Finger auf ihn. „Wirst du dich deswegen mir gegenüber als überlegen aufspielen?"

Er wusste, dass ihre Frage eine tiefere Bedeutung hatte. „Nicht in der Öffentlichkeit. Ich weiß, wie wichtig der Auftritt für Clanführer ist. Aber privat? Werde ich dich oft an meine List und Intelligenz erinnern."

Sie verdrehte die Augen. „Warum hat mir Stonefire nicht noch eine Frau statt eines Mannes geschickt?"

„Bram hat den Besten geschickt, der verfügbar war. Und das wäre ich."

„Du bist dir deiner ja ziemlich sicher", sagte sie gedehnt.

„Bist du da anders? Ich kann mir nicht vorstellen, dass du deine Talente kleinredest."

„Guter Punkt." Sie legte die Hände auf den Schreibtisch. „Ich brauche Zeit, um darüber nachzudenken. Ich weiß ja nicht, was du normalerweise machst, aber ich stürze mich nicht in Situationen, in denen etwas Wichtiges auf dem Spiel steht, wenn ich es verhindern kann."

„Warte nur nicht zu lang. Wenn du die Herausforderung erst stellst, wenn sie schon ans Tor klopfen, wird sie nicht mehr so überraschend sein. Dann werden sie es als eine Panikentscheidung auffassen."

Sie runzelte die Stirn, und er konnte nicht umhin, sich die süßen Falten noch einmal anzusehen. Der Anblick machte ihr knallhartes Aussehen tatsächlich weicher.

Sein Drache meldete sich zu Wort. *Wir alle haben viele Seiten zu teilen.*

Hör auf, dich wie ein verdammter Glückskeks anzuhören.

Teagans Stimme hinderte sein Tier daran zu antworten. „Nach deinen Augen zu urteilen, hat dein Drache was dazu zu sagen. Lust, es mir zu erzählen?"

Sein Tier lachte leise. *Sag ihr, dass sie wunderschön und klug ist und dass ich sie gerne nackt ausziehen würde, bevor ich –*

Nein. Aaron konzentrierte sich wieder auf Teagan. „Er hofft, dass du meinen Plan nutzt."

„Ach ja?", fragte sie gedehnt. „Auch wenn ich denke, dass du lügst, ist es wahrscheinlich das Beste, dass ich die Wahrheit nicht kenne, da ich weiß, woran männliche Drachen oft denken."

„Weibliche Drachen denken dasselbe, aber sie verstecken es besser."

Teagans Pupillen blitzten. „Und glaub mir, du willst nicht wissen, was meiner gerade denkt."

Sein eigener Drache meldete sich zu Wort. *Lade sie ein zu wandeln, und wir Drachen können die Dinge in Drachengestalt regeln.*

Wird nicht passieren, Kumpel. Aaron sagte: „Können wir uns wieder auf den Plan konzentrieren? Wirst du ihn benutzen? Ich denke, es ist deine beste Chance, die anderen in ihre Schranken zu verweisen."

Sie legte eine Hand an ihre Brust und täuschte Überraschung vor. „Das klingt ja fast so, als wolltest du, dass ich gewinne und die Männer in ihre Schranken verweise. Das kann nicht stimmen."

Die O-Form ihres Mundes ließ ihn daran denken, was sie mit diesen weichen Lippen machen könnte.

Sein Drache meldete sich erneut. *Ja, genau so.*

Sein Tier ließ ein Bild von Teagan aufblitzen, nackt, während sie seinen Schwanz tief in ihre Kehle aufnahm.

Er musste sich anstrengen, sich nicht zu verschlucken, und erst recht, keine Erektion zu bekommen. Da er die Ablenkung nicht wollte, sprach er eine Warnung aus. *Mach das nochmal, und ich werde dich einsperren.*

Ich zeige nur, was du verstecken willst.

Vielleicht musste er eine Frau für einen schnellen Fick finden, um seinen Kopf klar zu bekommen. Eine Frau wie Teagan erwartete, zu Bett gebracht und umworben zu werden, und er hatte kein Interesse am Werben.

Teagans Stimme drang durch seine Gedanken. „Dein Drache ist ja ziemlich gesprächig."

Aaron zuckte mit den Schultern. „Kommt vor.

Was jetzt deinen Wunsch zu siegen angeht, wissen Bram und ich bereits, wer du bist. Einen neuen Clanführer kennenzulernen, besonders einen, der vielleicht keine Allianz mit Stonefire eingehen möchte, würde die Dinge erschweren. Ich bin nur praktisch."

Ihre eigenen Augen blitzten auf, aber nur kurz. Sie antwortete: „Ich werde mit Killian sprechen und die Vor- und Nachteile in Betracht ziehen. Für den Moment: Geh dich ausruhen. Du wirst nicht nur heute Nachmittag deine neuen Aufgaben antreten, sondern wir haben zu deinen Ehren heute Abend auch ein Begrüßungsessen im großen Saal."

„Warum sagst du das mit diesem hinterhältigen Glanz in deinen Augen?"

Sie neigte den Kopf mit einem Lächeln. „Ach, nichts. Du wirst schon sehen."

Ihm gefiel der Tonfall ihrer Stimme nicht, wusste aber, dass sie es nicht weiter ausführen würde. „Du solltest nur wissen, dass mich nicht viel in Verlegenheit bringt."

„Ach ja? Das werde ich mir merken."

Aaron stand auf. „Clanführerin oder nicht, wenn du versuchst, mir einen Streich zu spielen oder mich in meine Schranken zu verweisen, werde ich den Gefallen erwidern, wenn du es am wenigsten erwartest."

Teagan beugte sich vor und legte ihre Unterarme auf den Schreibtisch. Er verkniff es sich, auf ihre

Brüste zu sehen. „Wir werden sehen, Caruso. In mir steckt mehr, als du zu wissen meinst."

Sein Drache grunzte. *Ich möchte alles wissen.*

Er würdigte sein Tier keiner Antwort und ging zur Tür. „Herausforderung angenommen, Teagan O'Shea. Ich kann so einiges tun, ohne deine Führung öffentlich in Frage zu stellen."

Bevor sie noch ein Wort sagen konnte, verließ er ihr Büro mit einem Lächeln. Vielleicht wäre seine Zeit in Glenlough doch nicht ganz langweilig. Er könnte sogar helfen, die Allianz zu stärken. Das würde ihm zu Hause Bonuspunkte bescheren.

Sein Tier seufzte. *Es wäre nicht langweilig, wenn du sie küsst. Sie könnte helfen, die Zeit zu vertreiben.*

Sie zu necken, wird reichen. Die Komplikation einer Beziehung kann ich nicht gebrauchen, geschweige denn eine Gefährtin.

Ich habe nie gesagt, dass sie unsere wahre Gefährtin ist.

Er stolperte. *Dein Verhalten sagt etwas anderes.*

Ein Drache kann aus vielen Gründen eine Frau wollen.

Und was bedeutet das?

Das wirst du schon selbst herausfinden müssen. Sie zu küssen wird keinen Rausch auslösen, also ist deine Ausrede ‚Ich will keine Gefährtin' null und nichtig. Es wird Spaß machen zu sehen, was du als Nächstes tust.

Als sein Drache verstummte, fragte sich Aaron, ob sein Tier scherzte, um zu sehen, ob er Teagan küssen würde oder nicht. Nach seiner Erfahrung wollte ein Drache nur selten jemanden so sehr, ohne von einem wahren Gefährten angezogen zu werden.

Dann erinnerte er sich daran, dass Stonefires oberster Beschützer – und Aarons Chef – Kai Sutherland eine menschliche Frau gepaart hatte, die nicht seine wahre Gefährtin war. Wenn jedoch jemand versuchte, Jane Hartley von Kais Seite zu nehmen, wäre derjenige auf dem Boden und binnen Sekunden in Gewahrsam, wenn nicht Schlimmeres. Kais und Janes Bindung erschien so stark wie die aller wahren Paare, die er je gesehen hatte. In manchen Fällen sogar stärker, wenn man sich seine eigenen Eltern ansah, die wahre Gefährten gewesen waren.

Er fragte sich, ob Kais Drache Jane verzweifelt gewollt hatte, obwohl sie nicht seine wahre Gefährtin war.

Nicht, dass Aaron ihn fragen würde. Mit Kai über Frauen zu reden, wäre unangenehm, da Kai nicht sehr gesprächig war.

Aaron müsste einfach vergessen, dass sein Drache mit seinem Verstand spielte. Er hatte nicht vor, in naher Zukunft irgendeiner Frau nachzustellen, außer für einen schnellen Fick.

Außerdem gab es wichtigere Dinge, über die er nachdenken sollte, wie die Tatsache, dass, wenn Teagan ihn ärgerte, er sich rächen dürfte, und er müsste sich was Gutes einfallen lassen. Ganz gleich, was sein Drache sagen oder andeuten mochte, Aaron würde seine Gelegenheit nicht ungenutzt lassen, Glenloughs Anführerin in einer offiziell genehmigten Situation in Verlegenheit zu bringen. Obwohl das bedeutete, für ein paar Stunden ein Lächeln aufzusetzen und charmant zu sein, freute er sich auf die abendliche Feier.

Als das Licht schwächer wurde und der Tag in den Abend überging, sah Teagan zu, wie Colm MacDermot mit einem fünfzehnjährigen Jungen namens Emmet sprach. Colm war ein großer, blonder Mann, der ein paar Jahre älter war als Teagan. Er brachte den älteren Kindern das Fliegen und die Kontrolle über ihre Tiere bei und kam besonders gut mit schwierigen Schülern zurecht.

Auch wenn sie ihr Bestes gab, nicht zu lauschen, konnte sie Colms Worte nicht überhören. „Ich weiß, dass deine Eltern immer sagen, es sei gefährlich, sich vom Gebiet des Clans zu schleichen. Und obwohl ich bis zu einem gewissen Punkt zu Erkundungen ermuntere, stimme ich deinen Eltern zu. Du weißt, dass andere Clans jeden Moment angreifen könnten, also erkläre mir, warum du heute Morgen dachtest, es sei okay, dich davonzuschleichen."

Emmet hob sein Kinn und versuchte, sich höher aufzurichten. Allerdings war er immer noch dreißig Zentimeter kleiner als Colm. Teagan verkniff sich ein Lächeln und erinnert sich an ihre eigenen

Versuche mit fünfzehn, sich zu beweisen. Der Junge sagte: „Gannon meinte, ich habe Angst und sollte in die jüngere Klasse zurückgehen. Ich konnte nicht zulassen, dass er mich missachtet."

„Aye, und warum?"

„Weil", antwortete Emmet, „wenn ich Beschützer sein will, muss ich stark sein."

„Stärke gibt es in vielen Formen, mein Sohn. Glaubst du, wenn jemand Killian unterstellt, er sei schwach, weil er nicht gegen einen Bären kämpft, würde er losgehen und einen finden, um mit ihm zu ringen?", fragte Colm.

Emmet runzelte die Stirn. „Natürlich nicht. Das ist lächerlich."

„Das ist es auch, sich von einem Klassenkameraden verrückt machen zu lassen. Ein Beschützer konzentriert seine Energie auf wichtige Angelegenheiten. Jede Herausforderung anzunehmen gehört nicht dazu. Du verlierst den Fokus, und es wird dich aufzehren. Glaub mir, mein Cousin hat sich geweigert zu glauben, dass er sich niemandem gegenüber beweisen musste, der ihn herausforderte, und er starb, bevor er achtzehn wurde."

Emmets Haltung sank bei Colms Worten um einen Bruchteil ein. „Das hatte ich vergessen."

„Aye, nun, du warst damals ja auch noch ein kleines Kind. Wenn ich also sage, dass es eine Zeitverschwendung ist, sich allen zu beweisen, dann meine ich es so. Du musst nur Killian und Teagan beeindrucken, wenn du wirklich ein Beschützer werden willst. Das bedeutet, Zurückhaltung zu zeigen, um dein gutes Urteilsvermögen zu demonstrieren."

Teagan entschied, dass dies ihr Stichwort war, ihr Schweigen zu brechen. Sie ging auf die beiden zu und sagte: „Er hat recht, Emmet, weißt du? Verbessere deine Fähigkeiten, zeig gutes Urteilsvermögen und beweise, dass du Befehle befolgen kannst. Das wird dich bei der Verwirklichung deines Traums weit bringen."

Emmets Wangen röteten sich. „Natürlich, Teagan. Ich werde mir mehr Mühe geben."

„Gut. Dann lauf nach Hause und fange morgen neu an. Wenn du uns zeigst, dass du dich ändern kannst, dann werden Mr. MacDermot und ich vergessen, deinen Eltern von deiner kleinen Übertretung zu erzählen." Sie sah zu Colm. „Stimmt das nicht?"

Colm nickte. „Aber ich muss sofort eine Änderung in deinem Verhalten sehen. Ich werde dir nicht eine Chance nach der anderen geben. Wenn Beschützer zu sein das ist, was du wirklich willst, dann musst du es dir verdienen. In einer Situation, in der es um Leben oder Tod geht, gibt es keine zweite Chance."

„Ich verstehe", antwortete Emmet schnell.

Damit rannte Emmet davon, und Teagan lachte. „Ich vergesse manchmal, wie schwierig dieses Alter sein kann. Mit Drachen, die jeden Moment die Kontrolle übernehmen wollen, und menschlichen

Hormonen, die durch den Körper rasen, bin ich mir nicht sicher, wie ein Teenager das überlebt."

Colm schnaubte. „Ich denke, du willst dich einfach nicht daran erinnern, wie abenteuerlustig du selbst warst."

Sie lächelte. „Aye, ich war anstrengend." Sie wurde wieder ernst. „Aber wir müssen uns die Erinnerung für einen anderen Tag aufsparen. Ich muss dich um einen Gefallen bitten."

Colm hob eine Braue. „Und der wäre?"

„Bevor ich dazu komme, solltest du wissen, dass ich nicht versuche, dir meinen Sieg in den Führungsprüfungen unter die Nase zu reiben, das verspreche ich. Aber ich brauche deine Erfahrung."

Er verdrehte die Augen. „Im Gegensatz zu Hugh hege ich keinen Groll. Du warst die Beste, und du hast gewonnen, Ende der Geschichte."

Zusammen mit Colm war Hugh Burns einer ihrer Gegner beim Kampf um die Führung des Clans gewesen. „Gut." Sie senkte die Stimme. „Ich werde eine weitere Kraftprobe veranstalten, und ich brauche deine Hilfe bei der Planung und Ausführung."

Colm runzelte die Stirn. „Trittst du wegen der Arschlöcher zurück, die dich für zu schwach halten? Das musst du nicht, Teagan. Der Clan stärkt dir den Rücken."

„Ich weiß, und ich trete so bald nicht zurück. Aber wenn ich Orin Daly aus Killarney oder einen der anderen Führer einlade, die mich zu einem offiziellen Wettkampf herausfordern wollen, dann kann ich ein für alle Mal den Mythos zerstreuen, dass Frauen zu schwach sind, um Führungspersönlichkeiten zu sein."

Colm grinste. „Allein der Gedanke an Daly auf seinem Hintern versüßt mir den Tag. Natürlich werde ich helfen."

„Gut. Dann komm morgen in der Mittagspause in mein Büro. Ich möchte heute Abend offiziell meine Absichten verkünden, aber ich wollte es nicht tun, ohne mir vorher deine Hilfe zu sichern. Ich kann das nicht allein machen und wüsste gern den Zweitplatzierten hinter mir."

„Du wirst immer meine Hilfe haben, Teagan. Wenn du noch einmal daran zweifelst, muss ich dich vielleicht selbst herausfordern."

Er zwinkerte, und sie versetzte ihm einen Stoß. „Schön, dann werde ich das nicht tun. Denk dran zu kommen, aye?" Colm nickte, und sie fuhr fort: „Dann sollte ich mich vor der offiziellen Feier umziehen. Es sei denn, du möchtest noch über irgendwas sprechen?"

„Nein, meine Schüler machen sich insgesamt recht gut. Wenn Emmet wirklich versucht, zu beweisen, dass er Beschützermaterial ist, sollten die meisten anderen Jungs ihm folgen. Er weiß es vielleicht noch nicht, aber sie schauen zu ihm auf. Eines Tages wird er ein guter Beschützer sein."

„Gut." Sie wandte sich ab. „Ich sehe dich dann heute Abend, hoffe ich. Wenn nicht, dann morgen."

Colm winkte, und Teagan ging zügig auf ihr Cottage zu. Ihr Drache meldete sich zu Wort. *Bist du dir sicher, dass du das so bald verkünden möchtest? Vielleicht ist es besser, zu warten.*

Jeder ist unruhig. Wenn sie wissen, dass wir einen Plan haben, dann können sie erleichtert aufatmen und vielleicht sogar bei der Vorbereitung helfen. Ich kann das nicht allein machen.

Du gehst davon aus, dass mindestens einer der anderen Anführer das akzeptiert.

Orin Daly wird es. Er hat zu viel zu verlieren, um einen Rückzieher zu machen. Wenn er schweigt, öffnet es seinem eigenen Clan die Gelegenheit, ihn herauszufordern.

Ihr Tier grunzte. *Und er ist zu stolz, um das passieren zu lassen.*

Ja. Ich habe ihn nur einmal getroffen, aber das hat auch schon gereicht. Angst und Schrecken statt Vertrauen, Liebe und Respekt einzusetzen, um einen Clan zu kontrollieren, endet nie gut.

Das ist sein Problem und nicht unseres. Die dringendere Sorge ist, dafür zu sorgen, dass Aaron heute Abend der Mund offen stehen bleibt.

Teagan verdrehte die Augen. *Das ist wahrscheinlich der unwichtigste Punkt auf meiner Liste.*

Aber gib zu, dass es befriedigend wäre, wenn er große Augen machte und sprachlos wäre. Du kannst ihn später damit necken.

Ich sehe, was du tust, Drache.

So? Du möchtest es trotzdem tun. Du weißt so gut

wie ich, dass wir Spaß mit ihm haben und ihn dann vergessen können. Schließlich ist er nicht unser wahrer Gefährte, von dem wir angezogen werden.

Seit wann das denn? Du hechelst Aaron hinterher, seit wir ihn kennengelernt haben.

Er ist ein guter Mann. Was kann man daran nicht mögen? Außerdem bedeutet die Tatsache, dass er nicht unser wahrer Gefährte ist, dass du Optionen hast. Am wichtigsten ist, dass du nicht gezwungen wirst, ein Kind zu bekommen und deinen Platz aufzugeben.

Sie erinnerte sich an Aarons muskulösen Rücken, als er Liegestütze gemacht hatte. Sie hatte auch einen Blick auf seinen Po geworfen und hatte keinen Zweifel, dass die Rundungen so fest waren wie der Rest von ihm.

Ihr Drache schnaubte. *Ich bin sicher, dass er überall hart ist, wenn er uns ansieht.*

Schwanzwitze sind unter deinem Niveau.

Da ich mich nicht erinnern kann, wann wir das letzte Mal einen harten aus einem durchtrainierten Körper hinausragen gesehen haben, werde ich alles tun, um dich dazu zu bringen, daran zu denken. Nicht nur freistehend, sondern in deinem Mund, deiner Pussy und vielleicht sogar deinem Po.

Da stellte sich ihr Drache Aaron über ihnen vor, seine intensiven braunen Augen voller Hitze.

Sie erbebte und schob das Bild beiseite. *Ich glaube, du willst nur mein Einverständnis, dafür zu sorgen, dass Aaron der Mund offen stehen bleibt, anstatt ihn zu bespringen.* Ihr Tier saß still da, und Teagan seufzte innerlich. *Gut, aber wenn ich zustimme, mich so richtig rauszuputzen, dann versprichst du, keine Nacktbilder von ihm aufblitzen zu lassen, wenn wir in seiner Gegenwart sind.*

Vielleicht, vielleicht auch nicht. Das hängt von deiner Anstrengung ab. Aber du kannst nicht leugnen, dass dir ein wenig Sex helfen würde, dich zu entspannen und vor der Herausforderung Spannungen zu lösen.

Sex mit unserem Verbindungsmann aus Stonefire ist eine schlechte Idee, wie ich schon oft gesagt habe.

Aber warum? Wenn wir unsere Aufmerksamkeit auf Männer in Glenlough richten, werden die anderen reden und planen. Hugh denkt vielleicht sogar, dass du zurücktrittst. Ein Fremder ist unsere einzige Chance auf unverbindlichen Spaß.

Teagan seufzte. *Wir können ihn necken und in den Wahnsinn treiben, aber keinen Sex.*

Was ist mit einem Kuss?

Das Bild von Aaron, der ihren Hals küsste, während sein heller Bart gegen ihre Haut kratzte, ließ einen Schauer durch ihren Körper fahren. Ihr Drache lachte leise, aber Teagan ignorierte ihn. *Anstatt darüber zu streiten, wie weit wir gehen, bevor wir überhaupt wissen, wie wir ihn überraschen können, ist sinnlos. Wenn du Spaß haben willst, dann hilf mir. Es ist schon eine Weile her, dass ich dafür gesorgt habe, dass jemandem der Mund offen stehen* bleibt. *Zumindest, wenn ich ihm dafür nicht in den Sack getreten habe.*

Ihr Tier kicherte. *Es hat Spaß gemacht, Hugh während der Prüfungen zu Boden gehen und sich krümmen zu sehen.*

Er hat versucht zu grapschen. Er hatte es verdient.

Natürlich hat er das. Aber bei Aaron sollte es etwas netter sein. Trotz seines Lächelns und seiner Neigung, uns zu reizen, spüre ich, dass er innerlich Schmerzen hat. Vielleicht wartest du noch damit, ihn zu schlagen oder zu treten, bis er dich wirklich verärgert.

Moment, wovon sprichst du überhaupt?

Nichts. Konzentrier dich einfach darauf, dich für die Feier vorzubereiten. Vielleicht entdeckst du den Rest selbst.

Teagan schüttelte den Kopf und joggte den Rest des Weges zu ihrem Cottage. Sie vermisste die Direktheit ihres Drachen, die verschwunden zu sein schien, wenn es irgendwie mit Aaron Caruso zu tun hatte. Vielleicht würde sich ihr Tier, sobald er nach Stonefire zurückgekehrt war, wieder normal verhalten.

Und das würde lange Zeit nicht passieren, also konzentrierte Teagan sich auf den bevorstehenden Abend. Jeder hätte Fragen, und sie müsste sich Zeit für sie nehmen. Wenn sie Glück hatte, müsste sie ohnehin nicht viel Zeit in Aarons Gegenwart verbringen.

Kapitel Fünf

Als Aaron in Richtung Glenloughs Burg ging, war er froh über die Sommertemperaturen, die höher waren als normal.

Bei formellen Feiern mussten Drachenwandler traditionelle Kleidung tragen. Der Stoffstreifen über seiner Brust war an dem kiltähnlichen Rock befestigt, der um seine Hüften gewickelt war. Da er die dunkelrote Farbe von Stonefire trug, stach er inmitten des Meers aus Jägergrün hervor. Während die Frauen etwas mehr Abwechslung in den Grüntönen hatten, trugen die Männer alle das gleiche Dunkelgrün. Und als er an den Mitgliedern des Glenlough-Clans vorbeikam, musterten sie ihn. Nicht mit Ekel oder Angst, sondern mit Neugier.

Um ehrlich zu sein, es hätte viel schlimmer sein können.

Doch als er die Beobachter ansah, fehlte ein Gesicht.

Er hatte Teagan noch nicht gesehen.

Nicht, dass er sie suchen sollte. Aber sie war ein vertrautes Gesicht, das ihm helfen würde, im irischen Clan Fuß zu fassen.

Sein Drache meldete sich zu Wort. *Wir werden sie finden. Ich glaube, du bist so eifrig wie ich, sie in ihrer traditionellen Kleidung zu sehen.*

Mir ist so ziemlich egal, was sie trägt, solange sie nicht nackt ist.

Heißt das also, du gibst zu, dass du sie attraktiv findest? Sonst sollte Nacktheit keine Rolle spielen.

Das werde ich nicht beantworten. Pst!

Um sich abzulenken, sah er auf Brenna Rossi an seiner Seite; sie trug dieselbe dunkelrote Farbe. „Angesichts dessen, wie gern du hier bist, bin ich überrascht, dass du nicht Grün trägst."

Sie sah zu ihm auf. „Nur, weil ich Teagan und was sie tut respektiere, bedeutet das nicht, dass ich mein Zuhause nicht liebe. Selbst, wenn ich den Rest meiner Tage in Glenlough verbringe, werde ich im Herzen immer ein Mitglied von Stonefire sein."

Als Brenna dem zehnten Mann zuwinkte, seit sie von ihrem Cottage zum großen Saal losgegangen waren, schüttelte Aaron den Kopf. „Schätze, du wirst schon früh genug einen Gefährten finden."

Ihre Augen schlossen sich. „Das bezweifle ich."

Da Brenna nicht nur eine entfernte Cousine, sondern auch wie eine jüngere Schwester für ihn war, wollte Aaron sie weiter drängen. Doch eine vertraute weibliche Stimme erregte seine Aufmerksamkeit. „Wenn ihr direkt neben einem meiner Clan-Mitglieder steht, könnten die Leute anfangen zu fragen, ob wir Weihnachten früh feiern."

Er sah in die Richtung von Teagans Stimme und blieb abrupt stehen.

Ihr langes, dunkles Haar war hochgesteckt, mit ein paar Löckchen, die um ihre Schultern tanzten. Helle Blumen waren hier und da in ihre Haare gesteckt, ein krasser Kontrast zu ihrem dunklen Haar. Ihr Kleid war das gleiche einschultrige, boden-lange Gewand wie das jeder anderen Frau, aber das Grün war eher Smaragd. Der gleiche Farbton wie ihre Augen, um genau zu sein.

Und obwohl das Kleid nur eng an der Taille anliegend war, war es der klarste Blick, den er je auf ihre kleinen Brüste und ihren schmalen Brustkorb bekommen hatte. Beides passte zu ihrer großen Statur.

Trotz der Zurschaustellung ihrer weiblichen Attribute jedoch erinnerten ihn die definierten Muskeln ihrer Arme daran, dass sie auch Kraft besaß.

Als er Glenloughs Anführerin beäugte, kicherte sein Drache. *Willst du immer noch leugnen, dass sie attraktiv ist?*

Er räusperte sich innerlich. *Natürlich ist sie verdammt nochmal attraktiv. Das heißt aber nicht, dass ich irgendwas deswegen unternehme.*

Als Teagans Mundwinkel hochzuckte, konzen-trierte er sich wieder auf die Frau und sagte: „Jeder,

der einem Drachenwandler gegenüber Weihnachten erwähnte, würde damit einfach seine Unwissenheit zeigen, da Drachenwandler in Großbritannien und Irland die Wintersonnenwende feiern, nicht Weihnachten."

„Du warst fast zehn Sekunden lang sprachlos, und das ist die Retourkutsche, die du dir einfallen lässt?" Teagan machte Tss. „Du wirst an deinem Humor arbeiten müssen, wenn du mit mir zu tun hast."

Sein Tier grunzte. *Vergiss den verbalen Kampf. Sag ihr, dass sie schön ist.*

Nein.

Aber –

Das steht nicht zur Diskussion.

Aaron streckte seinen Arm nach Brenna aus. Mit einem überraschten Blick im Gesicht, gab sie nach und fädelte ihren Arm durch seinen. Aaron blickte zu Teagan zurück. „Wenn du uns jetzt bitte entschuldigst, wir sollten unsere Plätze einnehmen."

„Ich denke, du versuchst nur, das Thema zu wechseln. Das werde ich jetzt mal durchgehen lassen. Komm mit mir. Du bist der Ehrengast, was bedeutet, dass du an meiner rechten Seite sitzt, genau wie die Könige und Königinnen es in der alten Zeit getan haben."

„Jetzt bist du also eine Königin?", fragte Aaron gedehnt.

„Nein, aber es ist nichts falsch an ein wenig Tradition ab und zu, solange wir dabei die Gegenwart im Hinterkopf behalten und keine Angst haben, sie nach Bedarf anzupassen."

Ihre Antwort war seltsam, aber Aaron entschied sich, seine Neugier abzustreifen. „Dann geht voraus, Mylady. Könige gehen immer voraus."

Teagan hielt seinen Blick eine weitere Sekunde, bevor sie sich umdrehte und zum steinernen Eingang der großen Halle stolzierte. Als sie ihn nicht mehr ansah, ließ er seine Augen zu ihren schaukelnden Hüften und ihrem Po wandern.

Brenna flüsterte leise genug, dass niemand sie hören sollte: „Wenn ich Killian gegenüber erwähne, dass du ihr auf den Po starrst, wird er dich schlagen und dich in eine Gefängniszelle werfen, bis du dich abgekühlt hast. Oder, wenn ich so darüber nachdenke, er könnte dich auch für den Rest deines natürlichen Lebens einsperren."

Er sah zu Brenna und flüsterte zurück: „Jetzt petzt du also Killian?" Er legte eine Hand über sein Herz. „Und ich dachte, du wärst wie eine Schwester für mich. Es gehört sich nicht, seinem Bruder zu wünschen, dass er eingesperrt wird."

„Vergiss diese Dummheit. Teagan hat dich auch angeschaut. Sie ist ungebunden, weißt du. Vielleicht ist Glenlough der Ort, an dem du letzten Endes landen solltest."

Er steigerte sein Tempo. „Auf keinen Fall. Nach meiner Zeit in Italien bin ich mir mehr als je zuvor sicher, dass Stonefire das ist, wo ich hingehöre. Sie kann schauen, wie sie will, aber sie wird diese Muskeln nicht für sich allein bekommen."

Brenna öffnete den Mund, um zu antworten, aber sie erreichten die Menge derer, die ins Gebäude strömten, und sie schloss ihn wieder. Die Beschützerin hatte immer noch Verstand. Natürlich würde sie es wahrscheinlich später ansprechen.

Sein Drache streckte seine Flügel, bevor er sie wieder gegen seinen Rücken faltete. *Ich bin nicht der Einzige, der ihr Interesse bemerkt. Bitte Teagan unbedingt heute Abend um einen Tanz.*

Ich werde verdammt nochmal nicht vor einer Horde Fremder tanzen. Soweit wir wissen, könnten sie den traditionellen irischen Tanz mit all dieser schicken Beinarbeit machen, und Teagan wird mir „versehentlich" in den Sack treten.

Sein Tier schnaubte. *Es ist amüsant, dich wieder so unbehaglich und vorsichtig zu sehen. Ich wette, Bram würde diese Version von dir mögen. Als Teenager hättest du viel weniger Ärger verursacht.*

Ich bin verdammt vorsichtig, weil wir Stonefire vertreten. Denk dran, der Clan zählt auf uns.

Sein Drache grunzte, reagierte aber nicht. Der Gedanke an den Clan war eine der wenigen Möglichkeiten, sein Tier zum Schweigen zu bringen.

Aaron hoffte nur, dass das Schweigen seines Drachen den ganzen Abend hielt. Denn wenn sein Tier immer dieselbe Leier über Teagans Aussehen vorbrachte, vor allem wenn sie ihn verdammt nochmal provozierte, dann könnte er etwas Dummes tun.

Nein. Aaron war mit Nerina in Italien zu unvorsichtig gewesen, und seine Mutter war wegen seines verantwortungslosen Verhaltens gezwungen gewesen, nach England zurückzukehren. Er wollte nicht noch jemanden im Stich lassen, wegen der Bedürfnisse seines verdammten Drachen oder weil er eine bestimmte Frau nackt und unter sich sehen wollte.

Sein Drache setzte sich auf diesen Kommentar hin selbstgefällig in seinen Hinterkopf.

Benimm dich, flüsterte er innerlich seinem Tier zu. Er näherte sich den Stufen zu dem erhöhten Podest und befreite sein Gesicht von jeglichen Emotionen. Es war Showtime.

Teagan war froh und traurig zugleich, Aaron den Rücken zuzukehren. Froh, weil es ihr Zeit gab, den Schock beim Anblick des tiefroten Stoffs an seiner getönten Haut und seiner schmalen Taille zu überwinden; traurig, weil sie ihn nicht noch ein paar Sekunden lang anstarren und den Mann trinken konnte, den sie nie bekommen würde.

Das Leben war einfacher gewesen, bevor sie Clanführerin geworden war. Vor fünf Jahren, wenn sie einen Mann gesehen hatte, den sie wollte, hatte sie mit ihm schlafen können und sich nichts dabei gedacht. Jetzt würde jede Aufmerksamkeit, die sie zeigte, vom Clan hinterfragt werden. Selbst wenn der betreffende Mann nicht schreiend davonlief, konnte er es schließlich leid sein, in der Öffentlichkeit die zweite Geige hinter einer Frau zu spielen.

Es war einfacher, Männer im Allgemeinen zu ignorieren.

Ihr Drache schnaubte. *Mal sehen, wie der Abend läuft. Du hast vorhin auf die Idee reagiert, ihn zu küssen.*

Das war Fantasie, sonst nichts. Es gibt heute Abend wichtigere Dinge, über die wir uns Sorgen machen müssen.

Ihr Tier hielt eine Sekunde inne. *Na schön, aber vielleicht solltest du Aarons Rolle in dem Plan anerkennen, den anderen Führungskräften eine Kraftprobe anzubieten. Das wäre ein großer Schritt in Richtung einer stärkeren Allianz.*

Ich bin kein Neuling. Natürlich werde ich ihn anerkennen, wenn auch nicht ganz so direkt.

Ich war mir nicht sicher, denn das bedeutete, dass er sich, wenn wir unter vier Augen sind, überheblich aufführen könnte.

Teagan hätte ihrem Tier fast erzählt, dass sie es ziemlich genoss, den Mann zu necken, sich aber zurückhielt, als sie den langen Tisch auf dem erhöhten Podium erreichte. Sie drehte sich um und deutete auf bestimmte Sitze. „Aaron wird neben mir sitzen und Brenna neben Killian."

Brenna versteifte sich eine Sekunde, lächelte

dann aber. „Ich bin sicher, mein Cousin wird sich geehrt fühlen."

Teagan sah zwischen den beiden hin und her. Abgesehen vom gleichen dunklen Haar und dem gleichen bräunlichen Hautton gab es keine anderen Ähnlichkeiten. „Ihr seid Cousins?"

Aaron nickte. „Aye, aber entfernte."

Als er nichts weiter sagte, räusperte Teagan sich. „Wir sollten uns setzen. Ich werde bald offiziell mit der Veranstaltung beginnen."

Nachdem Brenna und Aaron einen Blick ausgetauscht hatten, trennten sie sich. Während Aaron auf sie zuging, schwankte sein Blick nicht.

Etwas an der Entschlossenheit und Stärke in seinen dunkelbraunen Augen ließ sie fast zittern.

Ihr Tier schnaubte. *Das zu beobachten wird lustig werden*

Sobald Aaron neben ihr saß, lehnte sie sich zu ihm und sagte: „Bevor ich dem Clan etwas mitteile, wollte ich dir sagen, dass ich mit deinem Plan einverstanden bin."

Er beugte sich zu ihr, und Teagan musste sich zusammenreißen, um sich auf seine Worte zu konzentrieren, anstatt auf den scharfen männlichen Duft, der ihre Nase füllte. „Wie du auch solltest. Das ist der einzige Weg nach vorn, wirklich."

Gerade noch hatte sie seine Nähe genossen, doch diese Worte rissen sie zurück in ihre Rolle als Clanführerin. „Es gibt mehrere Möglichkeiten, mit der Situation umzugehen. Ich freue mich nur darauf, dass mich einer der Männer herausfordert, damit ich gewinnen und mich an dem ungläubigen Ausdruck in seinem Gesicht laben kann."

Aaron hob die Brauen. „Vielleicht solltest du zuerst mit mir üben, nur um deine Fähigkeiten aufzufrischen. Schließlich neigen Clanführer dazu, etwas weich zu werden, sobald sie die Führung übernehmen."

Sie hob eine Braue. „Ich kann mit Killian und den anderen trainieren, wie ich es regelmäßig tue, darf ich hinzufügen."

Er beugte sich einen Bruchteil näher, und ihr Herz schlug schneller bei der Hitze, die von seinem Körper ausstrahlte. „Das kannst du, aber es hilft dir nicht, dich richtig vorzubereiten. Du hast bereits die stärksten Mitglieder deines Clans besiegt. Was du brauchst, ist ein neuer Herausforderer. Ich habe selbst noch nie an einem Führungswettkampf teilgenommen, weil Anführer zu sein zu viel Diplomatie und Papierkram mit sich bringt, aber ich denke, ich hätte eine Chance, wenn ich es versuchen würde."

„Du wirst natürlich verlieren. Erträgt es dein Ego, gegen eine Frau zu verlieren?"

Er lächelte langsam. „Die größere Frage ist, kannst du akzeptieren, gegen einen Fremden zu verlieren?"

Sie hob die Brauen. „Das ist ziemlich anmaßend."

Er zuckte die Schultern. „Ich bin gut in dem, was

ich tue, auch wenn ich etwas ungeduldiger bin, als mein oberster Beschützer es mag."

Ihr Drache meldete sich zu Wort: *Fordere ihn heraus. Es wird brillant sein, über ihm zu stehen und ihn zu zwingen, die Niederlage einzugestehen. Dann können wir unseren Preis einfordern. Eine Nacht voller Leidenschaft sollte genügen.*

Aarons Stimme hinderte sie daran zu antworten. „Möchtest du mir erzählen, was dein Drache gerade sagt?"

Teagan zog sich zurück und setzte sich gerade auf. „Nein. Wir können später darüber diskutieren. Mein Bruder signalisiert mir, dass es an der Zeit ist, anzufangen."

Sie musste Aaron anerkennen, dass er nur nickte und schwieg. Scheinbar konnte er doch Befehle befolgen, wenn es um wichtige Angelegenheiten ging.

Sobald die Türen zum großen Saal zufielen, stand Teagan auf und trat an den vorderen Rand des Podiums. Trotz der Tatsache, dass ein ganzer Tisch von Leuten sie von hinten anstarrte, spürte sie Aarons Blick auf ihrem Po. Ihr verräterischer Körper erwärmte sich bei der Vorstellung.

Sie verdrängte, was nur ihre Reaktion auf die Aufmerksamkeit eines gutaussehenden Mannes war, und hob ihre Stimme. „Herzlich willkommen, ihr alle!" Das verbliebene Geplauder erstarb, und sie fuhr fort: „Heute Abend begrüßen wir offiziell den Vertreter und Beschützer von Stonefire, Aaron

Caruso, im Clan. Während die meisten von euch Brenna aus Stonefire gegenüber bereits warm geworden sind, hoffe ich, dass ihr dasselbe mit Aaron macht. Er ist hier, um zu lernen und zu helfen, wenn es nötig ist."

Jemand rief aus der Menge: „Wir brauchen keine Außenstehenden, die uns helfen!"

Teagan zögerte nicht. „Ich weiß, dass wir viele Jahre isoliert gelebt haben, aus der Not heraus. Aber die Tatsache, dass ich Clanführerin bin, ist durchgesickert. Und ich weiß nicht, wie es euch geht, aber ich habe es satt, eine Lüge zu leben und eine List aufrechtzuerhalten. Glenlough hat eine lange Tradition von weiblichen Führern, und andere Clans sollten das akzeptieren. Verbündete im Rücken zu haben, wird uns auf lange Sicht nur zugutekommen." Ein Murmeln ging durch die Menge, und Teagan entschied sich, den Rest zu erläutern. „Aber ich möchte euch versichern, dass Killian, Aaron und ich einen Plan haben, wie wir mit den anderen irischen Clans umgehen wollen. Ich werde die irischen Anführer zu einem Führungswettkampf einladen."

Brüllen und Geschrei begrüßten ihre Ohren. Teagan hielt eine Faust hoch und wartete, bis der Raum wieder größtenteils ruhig war. „Das ist der beste Weg, um mit ihnen umzugehen. Ansonsten kämpfen wir wer weiß wie viele Jahre mit ihnen. Sobald das passiert, könnte Northcastle zuschlagen und das Chaos ausnutzen. Ich würde lieber den anderen Anführern zeigen, aus welchem Holz ich geschnitzt bin, und dann Northcastle als potenzieller starker Verbündeter ansprechen."

Ein Mann rief: „Northcastle ist voller Wichser! Die brauchen wir nicht!"

Teagan antwortete, ohne zu zögern. „Wenn das wahr ist, sollen wir uns dann zurücklehnen und zusehen, wie immer mehr von unserem Clan mit Northcastle-Gefährten davonlaufen? Es ist für unser langfristiges Überleben von entscheidender Bedeutung, dass Drachenwandler überall in Irland, im Norden oder Süden, ihre Gefährten frei beanspruchen können. Viele von uns haben entfernte Verwandte in Northcastle. Es wäre schön, sie zu sehen, meint ihr nicht?"

Einige Leute stimmten widerwillig zu, während andere noch protestierten. Teagan hatte gewusst, dass dieser Teil knifflig wäre. Sie hob eine Faust und wartete darauf, dass alle schwiegen, bevor sie fortfuhr. „Aber etwas mit Northcastle zu tun, ist sekundär, wenn ich für mein Recht kämpfe, Glenlough zu führen. Und nicht nur für mich, sondern auch für die Zukunft anderer Clans. Viele von euch erinnern sich an die Zeit meiner Großmutter als Clanführerin. Sie half uns, die menschlichen Probleme zu überleben und unseren Clan zu stärken, als die Wirtschaft viele andere in unserem Land erschütterte. Frauen haben das Recht, Führungspersönlichkeiten zu sein, ebenso wie Männer."

Sie hielt inne, als ein zustimmendes Brüllen im Saal widerhallte. Da nun alle wieder auf ihrer Seite waren, näherte sie sich dem Ende. „Aber um zu beweisen, wie fähig Frauen sein können, brauche ich die Unterstützung meines Clans. Euer Jubel und Vertrauen in mich werden mir die zusätzliche Kraft geben, die ich brauche, damit niemand uns je wieder als schwächer ansieht. Wer ist bei mir?"

Für den Bruchteil einer Sekunde, als sich die Stille ausdehnte, fragte sich Teagan, ob sie einen Fehler gemacht hatte. Dann erhoben sich Anfeuerungen und aufmunternde Rufe.

Ihr Tier summte. *Natürlich unterstützen sie uns, sonst hätten wir schon lange zuvor eine andere Herausforderung gehabt.*

Logisch weiß ich das. Trotzdem nehme ich unseren Clan und seine Unterstützung nicht gern für selbstverständlich.

Sie hob ein letztes Mal die Faust, und der Lärm erstarb. „Gut, dann habe ich noch eine Bitte. Für die nächsten Wochen solltet ihr alle nur dann um eine Audienz bei mir bitten, wenn es wirklich wichtig ist. Killian wird auch bei der Beilegung von Streitigkeiten helfen, bis das hier vorbei ist, damit ich mich auf die bevorstehende Herausforderung konzentrieren kann. Ich vertraue darauf, dass Glenlough mir den Rücken stärkt. Habe ich recht?" Ein lautstarkes Ja rollte durch die Menge. „Dann genießt die Feierlichkeiten heute Abend! Wenn ich in der Sache etwas zu sagen habe, dann sollten wir schon bald ein weiteres Fest veranstalten, weil wir den anderen

Clans gezeigt haben, dass eine Frau genauso das Recht zu führen hat wie ein Mann."

Es kamen ein paar weitere Jubelrufe, und Teagan winkte bestimmten Mitgliedern des Publikums zu. Als die Leute sich hinsetzten und anfingen, Essen von den Servierplatten, die in der Mitte der Tische standen, zu verteilen, drehte sie sich um und stieß den Atem aus, den sie angehalten hatte. Das erste Paar Augen, das sie fand, waren Aarons dunkelbraune Augen. Er nickte fast unmerklich, und sie erwiderte die Geste.

Nicht, dass sie wusste, warum sie das getan hatte. Aarons Zustimmung war für den größeren Plan der Dinge nicht wichtig.

Bevor ihr Drache weiter darüber reden konnte, warum es wichtig sein sollte, nahm Teagan ihren Platz ein und nahm ihr Weinglas. Sie trank einen Schluck, und Aaron beugte sich zu ihr und flüsterte: „Ich freue mich darauf, der starken Frau entgegenzutreten, die gerade die Unterstützung ihres Clans eingeholt hat. Dich zu überlisten, wird ein lohnendes Geduldspiel sein."

Nachdem sie den lieblichen Rotwein getrunken hatte, wandte sie sich ihm zu. „Täuschen mich meine Ohren oder war das fast ein Kompliment?"

Er zwinkerte. „Gewöhn dich nur nicht daran. Aber ich habe die Größe zuzugeben, wenn jemand gute Arbeit leistet. Ich werde noch mehr Komplimente machen, bis ich dir gegenüberstehe und sehe, woraus du gemacht bist."

Aarons Worte sollten ihr Ego anstacheln, aber stattdessen wurde sie begierig, anfangen zu können. „Und das wirst du. Wie wär's mit zwanzig Minuten nach Sonnenaufgang? Es sei denn, das ist zu früh für dich."

„Das hängt davon ab. Bekomme ich vorher Kaffee oder nicht?"

„Ich bin versucht, Nein zu sagen, aber ich möchte, dass du dein Bestes für meinen Sieg gibst. Trink also so viel, wie du willst. Ich liebe die Morgenstunden, also fliege ich vielleicht ein paar Runden, während ich warte."

Er grunzte. „Sag mir einfach wo, und ich werde da sein."

Sie lächelte und nahm erneut ihr Weinglas. „Ich glaube, ich werde dich noch eine Weile auf die Folter spannen. Auf diese Weise musst du bleiben und an deiner Begrüßungsfeier teilnehmen."

Aarons Blick fegte durch den Raum. „Ich hab' nichts für Smalltalk und Diplomatie übrig." Er sah zu ihr zurück. „Vertrau mir, du solltest mich drängen, so schnell wie möglich zu gehen, bevor ich einen Krieg zwischen unseren Clans anzettele."

Sie zuckte die Schultern. „Ich weiß ja nicht, wie es in Stonefire ist, aber das hier ist Glenlough. Wir bevorzugen Ehrlichkeit."

„Ich bezweifle, dass ihr Ehrlichkeit immer mit einem Lächeln und Nicken hinnehmt."

„Natürlich nicht. Aber die daraus resultierenden Konsequenzen können Spaß machen. Die einzigen wirklichen Regeln lauten, dass niemand dauerhaft verstümmelt oder getötet werden darf."

Er hob die Brauen. „Das könnten berühmte letzte Worte sein."

Sie winkte das mit einer Hand ab. „Das alles ist im Moment nicht wichtig. Worüber du dir Sorgen machen solltest, ist, dass von dir erwartet wird, heute Abend zu tanzen."

„Wenn du denkst, ich werde mit den Beinen um mich treten und mich zum Narren machen, dann verspreche ich dir, dass ich heute Abend mehr als eine Person treten werde."

Sie schnaubte. „Wir haben viele traditionelle Drachenwandler-Tänze, die ihr auch habt, also hör auf zu stöhnen. Ich werde dich wissen lassen, wann es Zeit ist, allen zu zeigen, aus welchem Holz du geschnitzt bist. Sobald du ein paar Tänze hinter dir hast, nenne ich dir den Ort für morgen früh."

„Du bist hinterhältig!"

Sie nippte an dem Wein. „Bei dir hört sich das an, als wäre das etwas Schlechtes."

Aaron öffnete den Mund, um zu antworten, aber einer ihrer Berater rief ihren Namen, und Teagan ging ans Ende des Tisches, um mit ihm zu sprechen.

Trotzdem blitzten ihre Augen, während sie dem Mann zuhörte, immer wieder zu einem anderen. Aaron Caruso war dabei, ihre anfängliche Meinung über ihn zu erschüttern. Vielleicht würde sie bald schon seine sorglose, neckende Seite sehen.

Und vielleicht würde sie den Vorschlag ihres

Drachen aufgreifen, ein wenig Spaß zu haben, während Aaron da war. Sie musste ihm nur zu verstehen geben, dass es vorübergehend war und er die Allianz deswegen nicht auflösen durfte, egal, was passierte.

Ihr Tier freute sich, aber Teagan ignorierte es, um sich auf ihren Berater zu konzentrieren. Sich um ihren Clan zu kümmern, wäre immer ihre oberste Priorität, auch wenn das eine isolierte Existenz bedeuten würde, um ihre Aufgaben zu erfüllen.

Kapitel Sechs

Aaron beobachtete Teagan aus dem Augenwinkel, als sie mit einem ihrer Clanmitglieder sprach. Der ältere Mann hatte graue Haare und Lachfalten um den Mund. Sein Instinkt sagte ihm, dass der Mann mehr wie ein Großvater für Teagan war als alles andere. Es gab Aaron die Gelegenheit, sie einfach bei ihrer Arbeit zu beobachten.

Im Gegensatz zu Stonefires Anführer, der Humor benutzte, um zu trösten und zu beruhigen, berührte Teagan oft einen Bizeps, Unterarm oder die Schulter, während sie sprach. Es war eine viel weiblichere Art, mit der Situation umzugehen, aber das machte es nicht falsch, nur anders.

Sein Tier meldete sich zu Wort. *Du bist viel zu ernst. Das hier ist eine Feier. Wir sollten etwas Spaß haben.*

Es ist nichts falsch daran, andere zu beobachten,

vor allem, wenn wir in Zukunft eng mit Glenlough zusammenarbeiten wollen.

Ich denke, es liegt eher daran, dass du sie morgen früh besiegen willst.

Das auch. Den Gegner zu kennen, ist nie schlecht.

Teagan bemerkte seinen Blick und neigte den Kopf in seine Richtung. Aaron wich nicht vom Fleck. Er lächelte nur.

Sie verdrehte die Augen und konzentrierte sich wieder auf den Clan. Dennoch konnte Teagan die Röte auf ihren Wangen nicht verbergen, von dem er wettete, dass es nicht vom Wein kam.

Sein Tier meldete sich wieder zu Wort. *Sie findet uns attraktiv. Nutz das aus. Ich wette, sie ist ein Tiger zwischen den Laken.*

Aaron sollte sein Tier nicht auch noch ermuntern, aber er konnte nicht anders, als zu antworten, *Ich glaube, du meinst, sie ist ein Drache.*

Das auch.

Sein Blick bewegte sich zur Kurve ihres Halses, wo er ihre Schulter traf. Einige Frauen waren an dieser Stelle kitzelig, und er fragte sich, ob sie mit seinem bärtigen Kiefer gegen ihre Haut stöhnen oder kichern würde.

Wäre sie nur keine Clanführerin, würde Aaron sie flachlegen und am nächsten Morgen ohne Bedauern gehen.

Aber Teagan *war* Clanführerin, und er hatte nicht vor, seine Aufgabe zu verbocken, um seinem

Schwanz oder seinem Drachen einen Gefallen zu tun.

Sein Tier schnaubte. *Ich werde mir überlegen, wie wir alles haben können.*

Aaron würdigte seinen Drachen keiner Antwort und beobachtete sie noch etwas länger. Als sie sich schließlich zum Stehen aufrichtete und eine Strähne ihre Brust streifte, wünschte er, er könnte derjenige sein, der nicht nur ihre weiche Brust berührte, sondern sie auch drückte.

Teagan begegnete seinem Blick, und er weigerte sich, einen Rückzieher zu machen, als sie zu ihm zurückkehrte. Als sie wieder neben ihm saß, fragte sie: „Genießt du die Aussicht? Du sollst den Clan für dich gewinnen, nicht mich anstarren."

Er drehte sich ein wenig zu ihr. „Und wie soll ich sie für mich gewinnen? Du hast deine Bla-Bla-Rede gehalten, aber dann warst du plötzlich weg."

Einer ihrer Mundwinkel hob sich. „Hat mich da jemand vermisst?"

„Sei nicht albern", erwiderte er. „Ohne dich hier konnten die Leute mich frei anstarren. Du solltest stolz sein, dass ich nicht angefangen habe, allen zuzuwinken, die mir aufgefallen sind."

„Soll ich dir einen Keks dafür geben, dass du ihnen keinen Vogel gezeigt hast?"

„Teagan", knurrte er.

Sie schnaubte. „Du lässt dich so leicht ärgern." Sie winkte zum Parkett hinunter. „Du kannst dich frei in der Halle bewegen. Obwohl, ich warne dich, ein paar der jüngeren Clanmitglieder könnten dich blöd anquatschen. Wenn ja, bist du auf dich allein gestellt."

„Ihr habt also Regeln dafür, wo Gäste sitzen müssen, aber ihr ignoriert die alte Tradition der Clanführer, die Besucher zur Begrüßung des Clans herumzuführen?"

Sie beugte sich zu ihm, und Aaron widerstand dem wilden, erdigen Geruch, den Teagan ausströmte, um sich auf ihre geflüsterten Worte zu konzentrieren. „Wenn du willst, dass ich dich rumführe, musst du mich bitten zu tanzen."

Sein Tier summte. *Ja, dann können wir ihre Haut berühren und sehen, wie weich sie ist.*

Er räusperte sich. „Sei nicht albern. Ich versuche doch nur, höflich zu sein."

„Oh, ich denke nicht." Sie stand wieder auf und bot ihm ihren Arm an. „Komm, Caruso. Du kannst die Einladung eines Clanführers nicht ablehnen, oder?"

„Ich könnte, aber wer sagt, dass ich das will?" Aaron stand auf und fädelte seinen Arm durch ihren. Beim Kontakt ihrer warmen Haut gegen seine, setzte sein Herz einen Schlag aus. Er hatte keine Ahnung, warum die verdammte Frau ihm so an die Nieren ging, besonders, weil er wusste, dass sie nicht seine wahre Gefährtin war.

Er schob diese Gedanken beiseite und achtete darauf, seine Stimme ruhig zu halten, als er hinzufügte: „Was auch immer du vorhast, ich werde dich überbieten. Ich habe dich gewarnt."

Teagan blinzelte, gewann aber schnell ihre Gelassenheit zurück. „Wir werden sehen. Ich freue mich darauf, dich wieder versagen zu sehen. Das wird eine Vorschau auf das sein, was morgen früh geschehen wird."

Sie ging los, und Aaron hatte keine andere Wahl, als ihr zu folgen. Als er sie einholte, bemerkte er, dass die Leute von Glenlough auf ihn zeigten und redeten.

Das Flüstern juckte Teagan nicht. Sie hielt den Kopf hoch und die Schultern zurück, während sie geradewegs auf einen Tisch an einer Seite des großen Raumes zusteuerte, wo eine Vielzahl von Audiogeräten stand. Ein Mann stand mit einem Lächeln hinter dem Tisch. Als sie ihn erreichten, fragte er: „Du bist gespannt auf meine Fähigkeiten, oder, Teagan?"

Sie lachte. „Ich möchte unserem Gast nur zeigen, was er verpasst. Fang mit meinem Favoriten an. Doch zuerst brauche ich das Mikrofon."

Als der unbekannte Mann eines aufnahm, fragte sich Aaron, was Teagans Favorit war.

Ihre Stimme schallte durch den Raum. „Ich weiß, dass einige von euch gerade erst angefangen haben zu essen, aber unser Gast aus Stonefire kann es nicht abwarten zu tanzen. Er und ich werden also die Dinge in Gang setzen, und dann könnt ihr mitmachen, wenn ihr so weit seid."

Sie gab dem Mann das Mikrofon zurück und zog Aaron in Richtung des freigeräumten Bereichs in der Mitte. Er runzelte die Stirn. „Wir sind die Einzigen, die zu diesem Lied tanzen?"

Belustigung tanzte in ihren Augen. „Ist das ein Problem? Ich dachte, es wäre schwierig, dich zu beschämen."

„Oh, ich schäme mich nicht, aber wenn ich den Tanz nicht kenne, will ich nicht so schnell schon dumm dastehen."

Sie grinste. „Du gibst also zu, dass du manchmal dumm dastehst?"

Er knurrte. „Das habe ich nicht gesagt."

„Ich glaube doch." Sie erreichten den freien Bereich, und sie ließ seinen Arm los. Sobald sie ein paar Schritte von ihm entfernt war, legte sie ihre Arme an die Seiten. „Und wenn du diesen Tanz nicht kennst, dann liegt es daran, dass du den Unterricht an diesem Tag geschwänzt hast, und es ist deine eigene Schuld."

Aaron öffnete seinen Mund, aber die Anfangstöne eines der ältesten Drachenwandler-Tänze füllten den Saal. Er kannte den Tanz und nicht nur wegen des Unterrichts. Es war der Liebling seiner Mutter, und Aaron hatte mehr als einmal aufstehen müssen, um mit ihr zu tanzen, nachdem sein Vater sie verlassen hatte.

Als er sich verbeugte, flüsterte er: „Mal sehen, ob du mit mir mithalten kannst."

Die Musik unterbrach Teagans Antwort, und Aaron machte den ersten Schritt.

Teagans Herz trommelte in ihrer Brust. Nicht wegen all der Augen auf ihr. Daran war sie gewöhnt.

Nein, es war wegen des teuflischen Blicks in Aarons Augen. Sie hatte so das Gefühl, er würde sie alles vergessen lassen, außer mit ihm Schritt zu halten.

Ihr Drache meldete sich zu Wort. *Das ist eine gute Sache. Sobald er unsere Berührung kennt, wird er uns anflehen, uns irgendwo in einer dunklen Ecke küssen zu dürfen.*

Bevor sie noch einmal sagen konnte, dass sie Aaron an diesem Abend nicht küssen würde, begann die Musik. Sie und Aaron verbeugten sich voreinander, bevor sie sich links und dann rechts umkreisten.

Seine dunkelbraunen Augen waren intensiv, aber es war dumm zu glauben, dass er sich auf sie konzentrierte. Der Mann war auf einen Wettkampf aus und würde gewinnen. Er suchte wahrscheinlich nach irgendeinem Fehler, den er ausnutzen konnte.

Zu schade, dass Teagan entschlossen war, ihn zuerst zu übertreffen. Nur, weil sie einen Mann zur Strecke bringen konnte, der mehr Pfund wog als sie, hieß das nicht, dass sie nicht zierlich und anmutig sein konnte, um auch auf der Tanzfläche besser als ein Mann zu sein.

Sie streckte ihre rechte Hand aus und Aaron seine linke. Sobald sich ihre Handflächen berührten, lief ein elektrischer Schlag durch ihren Körper. Aber sie hatte keine Zeit, Aaron zu mustern und zu sehen, ob er die gleiche Anziehung wie sie fühlte.

Wahrer Gefährte oder nicht, sie musste zugeben, dass er ein gutaussehender Mann war. Und mit seinen Augen und seinem Lächeln hatte er wahrscheinlich mit vielen Frauen getanzt. Teagan würde nichts hineininterpretieren.

Sie drehten sich mit ineinanderliegenden Händen, die sie im richtigen Moment losließen, um sich einzeln zu drehen und sich erneut einander zuzuwenden. Aaron legte eine Hand an ihre Taille, um sie an sich zu ziehen. Sie hielt den Atem an bei der Hitze seiner Haut durch den dünnen Stoff ihres Kleides.

Aarons Pupillen blitzten zu Schlitzen und zurück, bevor er ihre Hand nahm und sie durch die Schrittfolge des Tanzes führte. Als ihre Körper sich zur Musik bewegten, war sie damit zufrieden, ihn führen zu lassen.

Ihr Drache lachte leise. *Das ist der erste Schritt meines großen Plans. Ich freue mich darauf, wenn er auf andere Weise führt, zum Beispiel, wenn wir nackt sind.*

Teagan konzentrierte sich auf die Schritte des Tanzes, bevor sie antwortete, *Du bist nicht sehr hilfreich. Ich will nicht stolpern.*

Aaron beschleunigte seine Bewegungen mit

zunehmendem Tempo der Musik. Sie murmelte: „Du bist besser darin, als ich dachte."

Er neigte den Kopf. „Du bist also bereit, dich über meine Tanzkünste auszulassen?"

Sie verdrehte die Augen. „Ein Tanz beweist noch gar nichts. Ich muss nur um einen Irischen bitten, und du wärst innerhalb von Sekunden am Rande und müsstest dich um einen verdrehten Knöchel kümmern oder Schlimmeres."

„Dann ist es ja gut, dass ich kein Paar dieser speziellen Schuhe besitze, die man braucht, um diese Klopfgeräusche zu machen. Ich kann von Anfang an sitzen und nur auf deine Beine schauen, wie sie um dich treten."

Als Aaron sie herumwirbelte, zog er sie fester an seinen Körper. Nur weil der Tanz in ihrem Wesen verwurzelt war, verpasste sie keinen Schritt. Aaron strahlte eine unvorstellbare Menge Wärme aus. Ein Schimmer von Schweiß überzog wahrscheinlich ihr Gesicht, sowohl vom Tanz als auch von Aarons Nähe.

Ihr Tier meldete sich zu Wort. *Uns wäre nie wieder kalt im Bett.*

Sie konzentrierte sich auf den Mann und hielt mit ihm Schritt. „Wir haben jede Menge Schuhe, die wir dir geben können. Ich bin mir sicher, einer meiner Beschützer würde dir seine leihen."

„Ich verdrehe mir vielleicht den Knöchel, und dann wäre ich nicht in der Lage, mich dir am Morgen zu stellen. Was wäre dir lieber – wenn ich stolpere, um zu beweisen, dass du eine bessere Tänzerin bist, oder wenn ich bereit bin, deine Fähigkeiten aufzufrischen, um dich auf die bevorstehende Herausforderung vorzubereiten?", fragte er.

„Du hast recht. Ich glaube, ich würde dich lieber zu Boden drücken und dich zum Aufgeben zwingen. Das wird befriedigender sein."

Aaron legte zusätzliche Energie in seine Drehung, als er sagte: „Ich habe gerade genau dasselbe gedacht."

Als das Lied endete, verlangsamte Aaron seine Schritte. Und als sie auseinander traten, um einander anzusehen und sich bei den letzten Noten zu verbeugen, widersetzte sich Teagan dem Drang, seine Hand zu nehmen und um einen weiteren Tanz zu bitten, damit sich ihre Körper wieder berühren würden.

Ihr Drache schnaubte. *Lade ihn in den Flur ein und wir können uns davonschleichen.*

Sosehr ich mich auch gern wie ein Teenager mit seinem ersten Freund aufführen würde, der Clan wird Fragen zu meiner Ankündigung haben. Ich muss meine Runden machen.

Der Clan genießt das Abendessen und die Musik. Sie können eine Stunde ohne dich überleben.

Eine Stunde ist großzügig. Die meisten Männer halten kaum fünf Minuten aus.

Ihr Drache grunzte. *Ich habe was vor. Es macht Spaß, zu necken und das Ereignis zu verlängern. Wir könnten viel tun, bevor wir mit ihm schlafen.*

Teagan war sich bewusst, dass die Musik aufgehört hatte, hielt ihren Arm hin, und Aaron fädelte seinen wieder durch ihren. Sie sagte schnell zu ihrem Tier, *Nicht heute Abend*.

Du hast aber nicht nie gesagt.

Aarons raue Stimme füllte ihr Ohr. „Ist dein Drache von meinem Tanz beeindruckt?"

„Das wüsstest du wohl gern. Wenn du morgen gewinnst, sage ich es dir."

„Das ist ein zusätzlicher Anreiz für mich. Aber wenn ich einen Preis bekomme, solltest du auch einen haben. Das wird den Wettbewerb viel interessanter machen."

Du weißt, was wir wollen, antwortete ihr Drache.

Teagan wusste, dass sie sich auf dünnem Eis bewegte. Aaron war ihre Verbindung zu Stonefire. Sie sollte Abstand halten und ihn nur als Werkzeug benutzen, um Glenlough besser zu helfen.

Bevor sie sich jedoch zurückhalten konnte, platzte sie heraus: „Du kommst in mein Cottage und machst mir Abendessen."

Er hob die Brauen ein wenig. „Woher weißt du überhaupt, dass ich kochen kann?"

„Ich habe recherchiert. Ich weiß, dass du es kannst."

Er schnaubte. „Das ist keine große Bitte."

„Ah, aber ich war auch noch nicht fertig. Ich möchte, dass du Abendessen machst, solange du hier bist. Ich hasse es zu kochen, und es wird mir so viel Zeit für andere Dinge verschaffen. Stell dir das als etwas vor, womit Stonefire Glenlough hilft. Das ist eine ganz schön wichtige Aufgabe."

Er schüttelte den Kopf und antwortete: „Mal abgesehen von deinen lächerlichen Ausreden, wenn ich mich einverstanden erkläre, dann sollte ich aber mehr als nur den Kommentar deines Drachen zu meinem Tanzen bekommen. Du musst mir jederzeit sagen, was dein Drache denkt, wenn ich frage, vorausgesetzt, es verletzt nicht die Sicherheitsprotokolle oder gefährdet jemandes Sicherheit."

Die amüsierte Stimme ihres Drachen füllte ihren Kopf. *Das könnte lustig sein.*

Teagan konnte Ausreden erfinden und sich dem entziehen. Sie war Aaron überlegen. Als Soldat müsste er das akzeptieren, wenn er seinen Auftrag in Glenlough abschließen wollte.

Das würde natürlich Abstand zwischen sie bringen. Und egal, wie sehr sie das nicht wollen sollte, sie sehnte sich schon jetzt nach der Leichtigkeit, in Aarons Gegenwart einfach sie selbst zu sein.

Zum ersten Mal seit langer Zeit musste sie keine Anführerin bei jemandem sein. Sie könnte einfach Teagan O'Shea sein. Schon, das waren kleine Schritte, aber es war mehr, als sie seit Jahren hatte.

Sie richtete sich etwas größer auf. „Okay, aber ich mache mir keine Sorgen. Ich freue mich darauf, einige Wochen lang einen Koch zu haben."

Aaron beugte sich zu ihrem Ohr vor und murmelte: „Da ich verstehe, wie Drachen denken, freue ich mich darauf, zu hören, was deiner zu sagen hat. Ich bin sicher, dass deine Wangen mehrmals die Stunde rot werden."

Ihr Drache lachte leise, aber Teagan ignorierte ihn. Da sie gewinnen würde, machte sie sich keine Sorgen, dass ihr Drache sich mit Aaron zusammentat, um sie erröten zu lassen.

Ihr Tier mischte sich ein. *Du hast gerade auch eine Herausforderung an mich gestellt. Vielleicht sollte ich versuchen, dich zu sabotieren und dich verlieren zu lassen.*

Sie näherten sich dem Tisch, an dem ihre Mutter und Großmutter saßen. *Benimm dich, oder Gran wird uns verhören, um herauszufinden, was los ist. Wein kann nur bereits gerötete Wangen erklären und nicht einen plötzlichen Ausbruch von Rosa.*

Gut, ich werde es mir für später aufsparen. Du sollst aber wissen, dass ich noch nicht fertig damit bin, ihn mir nackt vorzustellen. Und ich werde mir wirklich überlegen, ob es mehr Spaß macht, Aaron oder dir zum Sieg zu verhelfen.

Teagan wollte den Kopf schütteln, aber sie flüsterte Aaron nur zu: „Da unser Deal besiegelt und aus dem Weg geräumt ist, musst du dich wieder wie ein Repräsentant verhalten. Meine Großmutter war früher Clanführerin, und wenn du nicht vorsichtig bist, wird sie denken, dass etwas zwischen uns ist. Oder schlimmer noch: Sie wird die Kupplerin spielen, und sie ist eine hartnäckige Drachenfrau."

Aarons Muskeln verkrampften sich unter ihren Fingern. „Das wollen wir jetzt nicht haben, oder?"

Seine Worte waren pragmatisch, aber sie stachen. Sie hoffte nur, dass Aaron sich nicht wieder in einen formellen, kalten Beschützer verwandelte. Sie würde ihre seltenen Gelegenheiten verlieren, wieder sie selbst zu sein. Und wer wusste, für wie lange, besonders, wenn sie nie einen Gefährten nahm.

Glücklicherweise war Teagan gut darin, ein Lächeln auf ihr Gesicht zu setzen und zu tun, was im Moment nötig war.

Ihr Drache meldete sich zu Wort. *Du könntest auch zuerst an einen anderen Tisch gehen, um dich besser auf ein Treffen mit Gran vorzubereiten.*

Das wird Gran nur misstrauisch machen. Das weißt du.

Aarons Worte hinderten sie daran zu antworten. „Das muss sie sein. Lassen wir die Party steigen! Ich kann sehr charmant zu älteren Frauen sein, besonders fremden."

Teagan widerstand nur so gerade dem Drang, die Augen zu verdrehen. Nur weil ihre Großmutter gesehen hatte, dass sie auf sie zukamen, hielt Teagan ihr Gesicht neutral. Auch wenn ihre Gran sie nie öffentlich tadeln oder befragen würde, scheute sie sich nicht davor, dies privat zu tun. Und sie wollte ganz sicher nicht auch noch ein Verhör zu allem übrigen.

Teagan lächelte breiter und blieb vor ihrer Mutter stehen. „Großmutter, Mam, ich möchte euch Aaron Caruso vorstellen, vom Clan Stonefire. Aaron,

Jessie Donovan

das sind meine Großmutter Orla Kelly und meine Mutter Caitlin O'Shea."

Ihre Mum lächelte, und an den Winkeln ihrer blauen Augen bildeten sich Falten. „Es ist schön, weitere Stonefire-Mitglieder in unserem Land zu sehen. Zuerst Bennett Moore-Llewellyn mit seiner Gefährtin, um nach seiner Schwiegermutter zu sehen, dann Brenna Rossi und jetzt du. Es könnte bald wie in meiner Kindheit sein, als wir, ohne mit der Wimper zu zucken, hin- und hergereist sind."

Ihre Großmutter runzelte die Stirn. „Ganz so war es nicht, Caitlin. Ich bin das alte Huhn, das die Vergangenheit romantisieren sollte." Orla wandte Aaron den Blick zu und musterte ihn kurz. „Sie sind ein bisschen jung, mein Sohn."

Teagan biss sich auf die Wange, um nicht zu lachen. Ihre Großmutter wäre nicht leicht zu bezirzen, und sie freute sich darauf zuzusehen, wie Aaron es versuchte.

Aaron wusste, dass die ältere, silberhaarige Drachenfrau ihn ködern wollte, aber sie war nicht der erste grauhaarige Drache, der das tat. Er lächelte. „Wir sind alle jung im Herzen, und das ist alles, was zählt."

Orla winkte mit einer Hand. „Ich kenne ein paar Männer in ihren Sechzigern, die sich wie Kinder verhalten. Oder schlimmer noch, diejenigen in ihren

Vierzigern, die sich darauf verlassen, dass ihre Frauen funktionieren, weil sie einfach faul sind. Verantwortungslosigkeit ist einer der schlimmsten Fehler. Es gibt so etwas wie zu jung im Herzen."

„Es gibt aber auch das richtige Maß", antwortete Aaron. „Ich bin mir sicher, dass ich Sie im Laufe der Zeit davon überzeugen kann, dass ich diese Balance besitze."

„Sie sind ein bisschen übermütig", sagte Orla.

„Es ist eine Sache, übermütig zu sein und eine ganz andere, sich selbst zu kennen. Falsche Bescheidenheit verzögert meiner Meinung nach alles. Ich optimiere gerne meine Zeit. Und ich glaube, Sie mögen Effizienz, aye?"

Die ältere Frau musterte ihn, bevor sie antwortete: „Das war die richtige Antwort. Seien Sie immer direkt zu mir, Aaron Caruso. Ich bin zu alt, um um den heißen Brei herumreden."

Teagans Mutter, Caitlin, runzelte die Stirn. „Mam, sei nett. Schließlich ist er unser Gast."

„Wenn er ein Mann wäre, der ausgefallene Worte braucht, würde ich schon nicht mehr mit ihm reden. Er kann damit umgehen, nicht wahr, mein Junge?", fragte Orla.

Aaron spürte Teagans Blick auf sich, aber er konzentrierte sich weiter auf Orla. „Sonst wäre ich kein Beschützer."

Orla lachte. „Auch noch Ehrlichkeit." Sie hob ihren Stock, um auf ihn zu zeigen. „Ich werde Sie dennoch im Auge behalten. Ich habe diesen Clan während meiner Zeit nicht zusammengehalten, um dann zu sehen, wie die Dinge jetzt auseinanderfallen. Untergraben Sie meine Enkelin, und ich werde mich nicht zurückhalten."

Teagan meldete sich zu Wort. „Gran, ich kann auf mich selbst aufpassen."

„Natürlich kannst du das. Aber du bist immer noch meine Enkelin. Wenn ich nicht auf dich aufpasse, wer dann?"

„Mutter, ich sitze direkt hier", antwortete Caitlin.

„Du bist zu gutherzig", sagte Orla seufzend. „Der Himmel weiß, dass du in dieser Hinsicht nach deinem Vater kommst."

Als Aaron einen wiederkehrenden Streit erkannte, ergriff er das Wort. „Wenn einer von Ihnen später tanzen möchte, würde ich gern einen Tanz beanspruchen. Dann können wir uns besser kennenlernen."

„Warum? Haben Sie vor, mir den Hof zu machen? Ich bin mir nicht sicher, ob Sie mit mir umgehen können", erklärte Orla.

Aaron grinste. „Beim Tanzen geht's nur darum, mit dem Partner umzugehen, aber ich werde ein Gentleman sein und Ihrem Flirten widerstehen."

Teagan verschluckte sich neben ihm, aber Aaron konzentrierte sich weiter auf Orla. Er spürte, dass er eine Prüfung bestanden hatte, und wollte verdammt sein, wenn er scheiterte.

In Orlas Augen tanzte Belustigung. „Ich tanze

heutzutage selten, aber wenn ich mich auf Sie stützen kann, dann würde ich es vielleicht tun. Ich mache Ihnen ein Zeichen, wenn ich so weit bin."

Teagan räusperte sich, und Aaron sah zu ihr hinüber. Nur, weil er neben ihr stand, bemerkte er, wie sie die Zähne aufeinanderbiss.

Sein Drache lachte. *Es scheint, als müssten sich sogar Clanführer mit exzentrischen Familienmitgliedern herumschlagen.*

Aaron wandte sich Teagans Mutter zu. „Mein Angebot gilt auch für Sie."

Caitlin lächelte warmherzig. „Nein, danke. Mein Sohn laugt mich normalerweise schon nach ein paar Tänzen aus."

Orla schüttelte den Kopf. „Dieser Junge behütet dich zu sehr."

Als alle drei Frauen schwiegen, spürte er, dass mehr hinter der Geschichte steckte.

Er wollte jedoch nicht nachhaken und die Stimmung zerstören. Familiengeheimnisse mussten manchmal genau das bleiben. „Wir sollten gehen, da Teagan erwähnt hat, dass ich viele Leute kennenlernen müsse. Bis später, Mrs. Kelly. Ich warte auf Ihren Tanz."

Orla sah zu Teagan. „Nutz ihn nur nicht ab, bevor ich diesen Tanz beanspruche. Es ist schon lange her, dass ein gutaussehender Kerl, der nicht mit mir verwandt ist, darum gebeten hat, diese alten Knochen um den großen Saal herumzuwirbeln."

„Er wird mehr als bereit für dich sein, Gran", antwortete Teagan schlicht.

„Gut." Orla wandte ihren Blick Aaron zu. „Dann sehe ich Sie gleich, Mr. Caruso."

Nachdem Aaron sich verabschiedet hatte, gingen sie zu einem anderen Tisch, und sobald sie außer Hörweite ihrer Verwandten waren, stieß Teagan ein langes Seufzen aus. Aaron drückte ihren Arm in seinen. „Ich glaube, ich hab' das gut hinbekommen."

„Wir können später darüber reden, dass du mit meiner Großmutter geflirtet hast. Vorerst muss ich dich durch den Raum führen, bevor meine Gran tanzen will. Lass sie warten, und du wirst dir das ewig anhören."

„Sie ist also wie alle Großeltern?"

Teagan lächelte. „Ja, aber erzähl das niemandem. Sie ist in erster Linie eine ehemalige Anführerin. Sie will nicht weich erscheinen."

„Nun, ich mag sie. Sie hat Feuer."

Teagan sah ihn einige Sekunden an, bevor sie ihn zu einem bestimmten Tisch führte. „Versuch einfach nicht, sie für deinen eigenen Clan abzuwerben. Orla Kelly lebt und atmet Glenlough."

„Ich habe nichts davon gesagt, dass ich sie euch nehmen will. Unter anderem, weil Bram mich töten würde, wenn ich eine willensstarke, ältere Frau mitbringe. Aber es ist schön, Verbündete zu haben, wenn man auf fremdem Boden lebt."

„Warum brauchst du sie als Verbündete? Damit du gegen mich intrigieren kannst?"

„Nun, wenn ich morgen früh durch irgendeinen kleinen Zufall verlieren sollte, dann werde ich sie an den meisten Abenden zum Essen einladen. Auf diese Weise werden es zwei gegen eine sein."

Er zwinkerte, und Teagans Pupillen blitzten auf. Nicht zum ersten Mal fragte Aaron sich, ob ihr Drache auf seiner Seite oder gegen ihn war.

Sein Tier meldete sich zu Wort. *Ich glaube, er ist auf unserer Seite. Teagan errötet normalerweise, wenn ihre Augen aufblitzen. Ich kann das später vielleicht verwenden, um sie zu einem Kuss oder mehr zu überreden.*

Fängst du schon wieder damit an, dass ich mit ihr schlafen soll?

Warum nicht? Offensichtlich will sie uns auch.

Bevor er sich noch eine weitere Ausrede ausdenken konnte, warum das eine schlechte Idee war, hielt Teagan an einem der Tische an und stellte ihm weitere Clanmitglieder vor. Sein Austausch mit Orla hatte seine Stimmung aufgehellt, sodass es jetzt leicht war, zu zwinkern und charmant zu sein.

Es half auch, ihn davon abzuhalten, über seine Herausforderung mit Teagan am nächsten Morgen nachzudenken.

Kapitel Sieben

Am nächsten Morgen, als die frühen Sonnenstrahlen durch die Wolken brachen, stand Teagan am Rande einer zwischen den Hügeln eingebetteten Lichtung, mit dem See zu ihrer Rechten. Sie hasste es, einen ihrer geheimen Orte mit Aaron zu teilen, aber je weniger Clan-Mitglieder von ihrem Training mit dem Stonefire-Mann wussten, desto besser.

Wer wusste schon, was ihre Großmutter tun würde, wenn sie es herausfand? Aaron hatte es geschafft, Orla zu bezaubern, was nicht leicht war. Allein der Gedanke daran, wie ihre Gran am Abend zuvor mit ihm hatte tanzen wollen, weckte in ihr den Wunsch, gleichzeitig zu lächeln und zu stöhnen. Wenn er so weitermachte, würde Orla versuchen, Wege zu finden, damit der Stonefire-Mann blieb. Orla mochte es, unterhalten zu werden, und Aaron war ihre neueste Ablenkung.

Ihr Drache meldete sich zu Wort. *Und? Er wird bald genug unsere Ablenkung sein.*

Wenn man vom Teufel sprach: Aarons große grüne Drachengestalt zeigte ich. Als sie sah, wie sich seine mächtigen Flügelmuskeln bewegten und schlugen, musste sie zugeben, dass er ein feines Exemplar war.

Ihr Tier schnaubte. *Wir sind besser.*

Jetzt bist du also plötzlich auf meiner Seite?

Ich stehe auf meiner eigenen Seite.

Aaron manövrierte seinen Drachen nach unten und landete sanft etwa drei Meter entfernt. Als sein Körper zu schrumpfen begann, beschleunigte sich ihr Herzschlag. Sie würde endlich seinen nackten Körper sehen.

Nicht, dass ihr daran etwas liegen sollte. Alle Männer, besonders Beschützer, hatten die gleichen Teile – muskulöse Brust, breite Schultern, straffe Bauchmuskeln und kräftige Oberschenkel. Doch als Aarons menschliche Form Gestalt annahm, musterte sie seine schöne, aber nicht gerade teppichartige Menge an Brusthaaren, die wie gemeißelt aussehenden Bauchmuskeln und das definierte V seiner Hüftknochen, das alle Frauen zum Sabbern brachte. Als sie schließlich seine Leistengegend erreichte, summte ihr Drache. *Er wird ganz gut passen.*

Teagan gab ihr Bestes, nicht rot zu werden, aber so wie sie ihre verräterische, blasse Haut kannte, würde es immer noch zu sehen sein.

Aaron kam mit einem Lächeln auf sie zu. „Schön, dass dir gefällt, was du siehst, Darling."

Sie hob eine Braue. „Mein Name ist nicht ‚Darling'. Und ich habe nur meinen Gegner eingeschätzt. Ist das nicht das, was du gestern Abend getan hast?"

Er grinste breit. „Red dir nur ein, dass das alles ist, wenn es hilft." Er kam bei ihr an, und die Brise zerzauste sein Haar. Teagan hätte fast die Hand ausgestreckt, um eine verirrte Strähne wieder in Position zu bringen, aber Aarons Stimme hielt sie davon ab. Er fuhr fort: „Aber ich weiß, dass deine Zeit wertvoll ist, also nenn mir die Regeln und lass uns anfangen."

Sie hielt bei seinen Worten eine Sekunde inne, überrascht, dass er anerkannte, dass ihre Zeit knapp war, und antwortete schließlich: „Die Regeln sind einfach. Es wird zwei Runden in Drachengestalt geben. Du wirst dich als Erster verstecken. Dann muss ich dich finden und, um zu gewinnen, muss ich dich dazu bringen, die Niederlage einzugestehen. Du kannst die Runde auch gewinnen, indem du mich zum Aufgeben bringst. In der zweiten Runde verstecke ich mich, und wieder muss der Sieger den anderen dazu bringen, zuzugeben, dass er verloren hat. Wenn wir beide eine Runde gewinnen, dann haben wir einen Abschlusskampf in menschlicher Gestalt. Die einzige Einschränkung für jede der Runden ist, sich nicht gegenseitig zu töten oder dauerhaft zu verstümmeln. Fragen?"

„Kampf, aye? Da ich keine Kleidung mitgebracht habe, muss ich vorsichtig sein. Obwohl es fast ein Vorteil zu sein scheint, ein loses Kleid zu tragen wie um, um all deine weiblichen Partien zu beschützen."

Teagan widersetzte sich dem Drang, den lila und blau gemusterten Stoff zu glätten. „Wenn es zu einem Einstand kommt, ziehe ich mein Kleid aus. Schließlich würde es meine Bewegung nur behindern, und ich möchte dich so schnell wie möglich zu Boden strecken."

„Wenn du das überhaupt kannst."

„Nun, arroganter Kerl, du bist dran, dich zuerst zu verstecken. Ich zähle bis Hundert und jage dir nach."

Sie begann zu zählen, und Aaron stürzte weit genug weg, um sich zu wandeln. Sie sah zu, wie sein Körper zu einem großen Drachen wuchs.

Ihr Tier meldete sich zu Wort. *Ich will seine Drachenhaut spüren. Ich sehe mindestens eine Narbe an seiner Seite. Dazu gibt es eine Geschichte. Vielleicht sogar eine mutige.*

Oder eine dumme. Der Punkt an diesem Morgen ist nicht, seine Haut in irgendeiner Form zu fühlen. Konzentrier dich, Drache, damit wir gewinnen können. Dann wird er jeden Abend vorbeikommen. Das sollte dir gefallen.

Ihr Tier schnaubte. *Ich wusste, dass du mehr willst als gekochte Mahlzeiten. Gewinn ihn, dann können wir ihn küssen, wann immer wir wollen, ohne dass der Clan es weiß. Wenn jemand fragt, müssen wir nur sagen, dass er eine Wette verloren hat und deshalb in unserem Cottage ist.*

Ich interessiere mich eher dafür, einen Koch zu haben. Du kannst ihn beäugen und den Stonefire-Mann aus deinem System bekommen.

Du siehst es schon früh genug so wie ich. Wenn er da ist, wird mir das Zeit geben, dich zu überzeugen. Ich weiß jetzt schon, dass du gern Zeit mit ihm verbringst.

Ihr früheres Vertrauen, dass Aaron nicht ihr wahrer Gefährte war, verrutschte um einen Bruchteil. *Verbirgst du was vor mir?*

Nein. Aber manchmal ist ein wahrer Gefährte nicht die beste Option für alle Beteiligten.

Ihr Tier verstummte. Anstatt über die kryptische Aussage ihres Drachen nachzudenken, zählte Teagan weiter, während Aaron in die Ferne flog.

Die meisten Hügel im Glenveagh National Park, wo der Clan Glenlough wohnte, waren nicht hoch genug, um einen Drachen zu verstecken, es sei denn, er hockte sich hin. Und ein Drache, der mit gefalteten Flügeln gegen den Rücken zusammengekauert war, hatte wenig Platz, um schnell in die Luft zu springen. Alles, was sie tun musste, war, die Hügel auszuschließen, die niedriger waren als Aarons Drachengestalt; das würde ihre Liste möglicher Verstecke einschränken.

Als sie schließlich bis Hundert gezählt hatte, zog Teagan das Kleid über den Kopf und stellte sich vor, wie ihre Arme und Beine wuchsen, ihre Nase sich zu einer Schnauze dehnte und Flügel aus ihrem Rücken sprossen. In der Sekunde, in der sie in ihrer goldenen Drachengestalt dastand, sprang sie in die Luft und überblickte schnell das Land.

Aaron war nicht hinter den Hügeln in ihrer unmittelbaren Umgebung. Sie konnte ihn auch nicht riechen, was bedeutete, dass er entweder im Wind oder weit genug entfernt war, dass sie seinen Standort nicht erkennen konnte. Mit ihrem Wissen über die Gegend und der gegenwärtigen Richtung des Windes flog Teagan nach Süden los.

Während sie das Land unter sich überblickte, hätte sie am liebsten über das Schicksal gelacht, das Aaron einen grünen Drachen sein ließ. Irland war im Sommer leuchtend grün, vor allem in diesem Jahr mit der Menge an Regen, die sie gehabt hatten, wodurch er noch schwerer zu erkennen war.

Teagan näherte sich einem ihrer Lieblingsverstecke als Kind, eingebettet zwischen zwei Hügeln. Einer der Büsche bewegte sich in die entgegengesetzte Richtung des Windes und signalisierte, dass etwas Lebendiges dort war. Sie faltete ihre Flügel gegen den Rücken und tauchte nach unten.

Im nächsten Moment sprang Aaron in die Luft und nutzte die Kombination aus Wind und mächtigen Muskeln, um wegzufliegen. Männliche Drachen hatten etwas größere Flügelspannen als die meisten weiblichen, aber die weiblichen waren leichter. Teagan nahm ihr Tier an und schlug ihre Flügel so hart, wie sie konnte.

Aaron tauchte in Richtung See, aber anstatt hochzuziehen, ging er ins Wasser. Teagan schwebte in der Luft darüber und wartete darauf, dass er auftauchte. Solange sie in der Luft war, war sie im Vorteil.

Als Aaron nicht auftauchte, nach Luft zu holen, fragte sie sich, ob er sich den Kopf an einem der großen Felsvorsprünge unter der Wasseroberfläche angeschlagen hatte. Viele Stellen des Sees waren tief, aber die flacheren Bereiche hatten in der Vergangenheit für mehr als ein paar Verletzungen bei jungen Drachenwandlern gesorgt, die handelten, ohne erst darüber nachzudenken.

Ihr Tier meldete sich zu Wort. *Gib ihm noch eine Minute. Sonst nutzt er unsere Sorge um andere vielleicht aus.*

Sie wollte argumentieren, dass Fürsorge nicht als negative Eigenschaft angesehen werden sollte, aber ihr Drache hatte recht. Wenn es um eine Herausforderung ging, würde ein guter Beschützer alle Werkzeuge einsetzen, die ihm zur Verfügung standen.

Ein grüner Drachenkopf tauchte in der Nähe des Ufers aus dem See, gefolgt vom Rest seines Oberkörpers, als er aufrecht im flachen Wasser stand. Er schlug mit den Flügeln, und Wassertropfen tanzten in der Luft, bevor Aaron wieder in den Himmel sprang.

Teagan stürzte auf ihn zu und schaffte es, mit seinem großen grünen Körper zusammenzustoßen. Sie öffnete die Flügel, um ihren Abstieg zu verlangsamen, und sie schlugen sanft genug auf den Boden, um keinen Schaden anzurichten. Als sie über den Boden rollten, bemerkte Teagan, dass Aaron es schwerer fiel, Kontrolle über seine linke Seite zu bekommen. Also änderte sie ihre Bewegungen und zwang ihn damit nach links. Sie hatte ihn fast am Boden, aber Aaron schaffte es endlich, sein schwereres Gewicht zu nutzen, um sie umzudrehen. Bevor er ihre Schultern festhalten konnte, schlug sie ihren Schwanz gegen seine Hoden. Aaron brüllte, und Teagan rollte unter ihm hervor und sprang ihm auf den Rücken. Sie wickelte ihre Vordergliedmaße um seinen Hals und übte genug Druck aus, um seine Atmung zu erschweren, aber nicht genug, um ihn zu ersticken.

Aaron versuchte, sie mit seinem Schwanz wegzuschlagen, aber Teagan ignorierte die scharfen Stiche bei jedem Schlag. Sie knurrte fragend – würde er aufgeben?

Vorsichtshalber legte sie noch die Krallen ihrer freien Hand an die Hauptschlagader, die Aarons Hals hinunterlief, und drückte sachte.

Aarons ganzer Körper wurde schlaff, und er stieß ein leises Brüllen aus.

Teagan hatte gewonnen.

Sie sprang zurück und wartete darauf, dass Aaron wandelte. Seine Flügel verschmolzen in seinen Rücken, seine Größe schrumpfte, und seine grüne Haut verblasste in den bräunlichen Teint seiner menschlichen Gestalt. Sobald der Wandel abgeschlossen war, starrte er sie finster an. „Was zum Teufel war das? Dass du mir in den Schritt schlägst, verstößt gegen jede Regel, die ich je in einem Drachenwettbewerb gesehen habe."

Teagan zuckte eine goldene Schulter. Ihrer Erfahrung nach befolgten große Herausforderungen wie die um die Clanführung nie alle Regeln. Sie hatte auch bereits vorhin erklärt, dass die einzigen Einschränkungen darin bestanden, nicht zu töten oder dauerhaft zu verstümmeln. In die Hoden zu treten, gehörte sicher in den Bereich des Erlaubten.

Nicht, dass sie wandeln und es Aaron erklären würde. Teagan hockte sich hin und sprang in die Luft. Jetzt war es an ihr, sich zu verstecken.

Als sie von Aaron wegflog, hörte sie gerade noch sein „verdammte Hölle". Sie lächelte, so sehr ein Drache lächeln konnte, und schlug kräftiger mit den Flügeln. Eine Runde war um, noch eine weitere.

Aaron beobachtete, wie Teagans goldene Gestalt am Horizont verschwand. Er hatte verloren und auch noch ziemlich schnell.

Sein Stolz mochte verletzt sein, aber seine Niederlage brachte ihn nur dazu, sie besiegen zu wollen. Es schien buchstäblich keine Regeln zu geben, abgesehen davon, nicht zu töten. Er wollte sich nicht länger zurückhalten.

Sein Drache knurrte. *Ich sagte doch, du sollst*

nicht zu zurückhaltend sein, nur weil sie eine Frau ist.

Glaub mir, das werde ich auch nicht mehr. Sie will eine Herausforderung, und ich werde versuchen, sie ihr zu geben.

Er stellte sich wieder vor, wie sein Körper seine Gestalt veränderte, und als er fertig war, sprang er in die Luft.

Da Teagan ein Golddrache war, musste sie kreativer mit ihrem Versteck sein. Es gab nicht viel Gold oder Braun, um sie im Sommer zu verstecken.

Aaron kannte die Gegend vielleicht nicht, aber das bedeutete einem Beschützer nicht viel. Feinde tauchten oft nicht in der Nachbarschaft auf, mussten aber trotzdem besiegt werden. Mit ihren begrenzten Möglichkeiten musste sie sich entweder in einem See oder in einem ausreichend großen Baumbestand verstecken.

Sein Drache ergriff das Wort. *Oder in einer Höhle oder in einem großen Loch.*

Ich weiß, Drache.

Sein Tier schnaubte. *Ich wollte nur sichergehen. Wenn du ihr keine anständige Leistung bietest, dann muss ich vielleicht die Kontrolle übernehmen. Ansonsten sind wir für sie keine wirkliche Hilfe dabei, sich auf mögliche Herausforderer vorzubereiten.*

Bis diese Runde endet, ist sie die Feindin und nichts mehr.

Du willst sie nur beeindrucken.

Nein, ich möchte nur gewinnen.

Zu verlieren wäre nicht so schlimm, sagte sein Drache. *Schließlich können wir sie dann jeden Abend sehen.*

Aaron war darauf bedacht, seine Gedanken auf die Aufgabe zu konzentrieren und nicht auf das, was passieren könnte, wenn er sie jeden Abend sah. *Wenn sie uns als schwach sieht, könnte sie uns nach Hause schicken. Italien hat uns weicher gemacht, als ich dachte.*

Wir sind nicht weich. Jetzt hör auf zu plappern und lass uns diese Runde gewinnen.

Aaron würde normalerweise darauf hinweisen, dass sein Drache das Gespräch begonnen hatte, aber stattdessen nahm er die Sinne seines Drachen an. Es gab keinen süßen weiblichen Duft in der Luft und keine goldene Haut, die im Sonnenlicht glänzte. Auch wenn sich die dichtesten Wälder bei der ehemaligen menschlichen Burg befanden, dachte Aaron nicht, dass Teagan sich ihnen nähern würde, nur für den Fall, dass Menschen da wären; zwei Drachen, die kämpften, selbst in der Nähe des Landes eines Drachenclans, würden wahrscheinlich eine Verurteilung oder sogar eine Strafe vom irischen MDA zur Folge haben.

Und da Aaron ohne offiziellen Besuchspass in Irland war, könnte er sogar im Gefängnis landen.

In größerer Entfernung entdeckte er eine kleine Insel mitten im See, die dicht mit Bäumen bewachsen war, aber das würde ihre Fluchtmöglichkeiten stark einschränken.

Etwa eine Meile vor dem Burggelände gab es jedoch ebenfalls einen dichteren Baumbestand.

Vorsichtig, so weit wie möglich unter dem Wind zu bleiben, machte er sich auf den Weg dorthin. Teagan mochte sich gegen die Regeln wieder in ihre menschliche Gestalt gewandelt haben, aber Aaron würde ein Drache bleiben. Das würde ihm einen Vorteil verschaffen, selbst wenn er durch die Bäume krachen und sich vielleicht einen oder zwei Knochen brechen müsste, um sie zu fangen.

Sein Drache grunzte. *Keine Knochenbrüche. Dann werden wir ihr nichts nützen.*

Wenn es bedeutet, dass wir eine Runde gewinnen, dann ist es das wert.

Warum liegt dir so viel an ihrer Wertschätzung?

Können wir später darüber reden? Ich muss eine Drachenfrau finden.

Sein Tier verstummte, und Aaron suchte nach gebrochenen Bäumen oder ungewöhnlichen Bewegungen unter sich.

Bei näherem Hinsehen waren viele der Bäume zu kurz, um einen ausgewachsenen Drachen zu verstecken. Aber einige von denen, die auf einem Hügel etwas schräg wuchsen, konnten sie tarnen. Die krummen Stämme boten möglicherweise ausreichend viel Platz für Teagan, um dazuliegen und abzuwarten.

Er schwebte über einem großen Hügel und

nutzte die Windströmungen, wenn möglich, um seine Energie zu sparen. Der Geruch der Frau traf seine Nase, und er bewegte sich einen Bruchteil tiefer in die Baumkronen. Der Geruch intensivierte sich aus dem Bereich direkt unter ihm.

Die Geruchsmarkierung konnte eine Falle sein, aber da sie weiter Aarons Sinne durchdrang, musste sie sich unter ihm befinden, sonst hätte sich der Geruch bereits aufgelöst. Es war ja nicht so, als hätte sie einen Sack getragener Kleidung bei sich gehabt, um ihn in die Irre zu führen.

Als Aaron die beste Lücke erspähte, faltete er seine Flügel und ließ sich zwischen die Bäume fallen. Einer krachte in seine rechte Seite, aber er achtete nicht darauf. Seine Augen passten sich an das schwächere Licht an, aber er sah keine Anzeichen von goldener Haut. *Fuck!* Gerade als er aufsah, um den besten Ausweg zu finden, sprang Teagans nackte menschliche Gestalt heraus. Sie fing seinen Hals mit den Armen und rutschte auf seinen Rücken. In Sekundenbruchteilen hatte sie eine Kralle ausgefahren und drückte wieder gegen seine Arterie, aber er sollte verdammt sein, wenn er wieder verlieren würde.

Er stellte sich vor, dass seine Gestalt zu einem Menschen schrumpfte. Als er wandelte, landete Teagan mit einem Umpf neben ihm, das Gesicht nach unten; wahrscheinlich war ihr die Luft ausgegangen.

Er verschwendete keine Zeit, und sobald er

wieder in seiner menschlichen Gestalt dastand, stürzte er sich vor, um ihren Körper mit seinem zu bedecken. Während Adrenalin durch seinen Körper pumpte, achtete er nicht auf ihren nackten Rücken und Po gegen sich.

Er schlang einen Ellenbogen um ihren Hals, packte ein Haarbüschel und zog vorsichtig ihren Kopf zurück. „Du verlierst. Gib auf."

Mit einem Knurren schwang sie den Kopf zurück und schlug gegen sein Kinn. Auf den kurzen, scharfen Schmerz hin lockerte sich sein Griff, und Teagan gelang es, sie beide herumzurollen. Sie bewegte sich schnell, um seinen Hals zwischen ihre Oberschenkel zu klemmen, und packte seine Daumen. Als sie sie weiter nach hinten in die falsche Richtung zog, grunzte er. Sie würde ihm verdammt nochmal die Finger brechen.

Doch mit ihren blitzenden Pupillen und ihrer sich hebenden und senkenden Brust über sich wollte Aaron fast verlieren, wenn das bedeutete, Teagans geschmeidigen Körper noch eine Minute länger anstarren zu können.

Dann brüllte das Tier in seinem Kopf. *Nein. Diesmal gewinnen wir.*

Die Worte rissen Aaron zurück in die Realität. Er schwang seine Beine hoch und um Teagans Hals, bevor er sie herunterzog. Sie ließ los, und Aaron drehte sie herum, bis er ihren Bauch am Boden hatte. Er riss ihre Handgelenke hinter sie und grub ihr sein Knie in den Rücken. Sicherheitshalber zog er noch etwas mehr an ihren Armen, bis sie grunzte. Er knurrte: „Ich gewinne diese Runde. Gib auf!"

Ein paar Herzschläge lang füllte nur das Geräusch ihres angestrengten Atmens die Luft. Dann lehnte Aaron etwas mehr von seinem Gewicht auf Teagans Rücken. Sie schrie, und sein Instinkt wollte sie freilassen und untersuchen, um sicherzustellen, dass sie nicht verletzt war.

Aber aufzugeben würde ihr nicht helfen, sich auf eine mögliche Herausforderung vorzubereiten. Die anderen irischen Clanführer würden nicht innehalten, um nach Verletzungen zu suchen.

Er packte ihre Handgelenke fester und zog daran. „Gib die Niederlage zu, und wir gehen zur Entscheidungsrunde. Wenn ich dich in Aktion beobachte, wird es dir auf lange Sicht nur helfen."

Teagan entspannte sich unter seinem Körper. „Schön, dann gewinnst du diese eine."

Aaron ließ sie frei und stand auf. Als sie sich umdrehte, bot er ihr eine Hand an, und sie nahm sie.

Er zog sie hoch, sie stolperte und taumelte gegen seinen Körper. Aaron hielt sie an sich, damit sie nicht stürzte, aber ihre Brustwarzen waren harte Spitzen gegen seine Brust, und es entging seinem Schwanz nicht.

Wenn er sich hinunterbeugte, um einen der verlockenden Punkte in seinen Mund zu nehmen, fragte er sich, ob Teagan ihm sagen würde, er solle aufhören, oder ihre Finger durch sein Haar fädeln und um mehr betteln.

Er bewegte eine Hand an ihrer Wirbelsäule hinab, aber bevor er die Einbuchtung ihres unteren Rückens erreichen konnte, hob Teagan den Kopf, um ihm in die Augen zu sehen. Ihre Pupillen waren Schlitze. Vielleicht wollte ihr Drache dasselbe.

Oder sie könnte ihm sagen, er solle aufhören.

Nein, schnurrte sein Drache. *Du kannst ihre Erregung so riechen wie ich.*

Ihre raue Stimme unterbrach seine Gedanken. „Ich glaube, du freust dich, mich zu sehen, Caruso."

Sie lehnte ihren Körper einen Bruchteil zurück. Bevor er knurren und sie zurückziehen konnte, fuhr sie mit der Hand über seine Brust. Die Bewegung ihrer Finger ließ seine Haut brennen, und er sehnte sich nach dem Kratzen ihrer Nägel.

Als sie nach unten fuhr, hielt Aaron den Atem an. Sein Schwanz war hart und schwer gegen seinen Bauch, und er pulsierte für Teagans sanfte Berührung.

Sie strich über seine empfindliche Spitze und neckte sein geschwollenes Fleisch mit ihren Nägeln. Er stöhnte, und sie bewegte ihren Finger von seiner Spitze zur Seite seines Schaftes.

Ohne nachzudenken, flüsterte er: „Scheiße, hör nicht auf!"

Teagan schmunzelte und legte ihre Finger um seinen Schwanz. Sie drückte ihn sanft, und Aaron wagte es, eine Hand an ihre Brust zu bewegen. Wenn er schon den Verstand verlor, dann sollte sie es auch.

Er zwickte ihre Brustwarze, und Teagan zischte durch die Zähne. Als er die harte Knospe weiter zusammendrückte und rollte, erhöhte sie den Druck um seinem Schwanz. Mit ihrer Berührung, dem femininen Duft, der in seine Nase drang, und der Hitze ihres Körpers, der so nah an seinem lag, sagte Aaron sich *Scheiß drauf*. Ein Kuss konnte nicht schaden. Sie könnten beide ein bisschen Stressabbau durch Nahkampf gebrauchen.

Er beugte sich hinunter, aber als er nur einen Bruchteil davon entfernt war, Kontakt mit ihren Lippen aufzunehmen, stieß etwas Scharfes gegen seine Eier.

Teagans raue Stimme füllte seine Ohren. „Ich gewinne diese Runde und damit insgesamt."

Er blinzelte. „Das war also alles nur ein Trick?"

„Oh, ich habe dich gern zum Stöhnen gebracht. Aber das hier ist ein Wettbewerb, und ich werde alles tun, um zu gewinnen."

Der starke Druck auf seinen Eiern, was ihre verdammten Krallen sein mussten, nahm zu. Er knurrte. „Das würdest du nicht."

„Oh, glaub mir, ich würde. Die Wahl, Eunuch zu werden oder nicht, liegt bei dir. Gibst du auf?"

Er schob den Stich, dass er in ihre Falle gegangen war, beiseite. Die verdammten Frauen schienen ihn immer für etwas zu benutzen. „Ich glaube, du bluffst", brachte er zwischen zusammengebissenen Zähnen heraus.

Sie hob die Brauen. „Offensichtlich hast du

noch keine echte Clan-Führer-Herausforderung erlebt. Abgesehen davon, dass ein Gegner nicht getötet oder dauerhaft verstümmelt werden darf, gibt es keine Regeln." Sie drückte ihre Kralle härter gegen ihn. „Auch wenn die Regel mit dem Verstümmeln sich manchmal als etwas schwammig erweist."

„Mit anderen Worten, du schummelst."

Sie zuckte die Schultern. „Hältst du dich immer an die Regeln, wenn es um Missionen oder den Schutz des Clans geht?"

Widerwillig murmelte er: „Da ist was dran."

Sie neigte den Kopf, während sie eine ihrer Krallen gegen seine Pobacken klopfte. „Jetzt gib die Niederlage zu, und vielleicht schlage ich in Zukunft einen anderen Wettbewerb vor. Dann kannst du mir eine echte Herausforderung stellen."

Es lag ihm auf der Zunge, eine spitze Bemerkung zu machen, aber sein Drache sagte: *Tu es einfach. Wir sehen sie dann nicht nur jeden Abend und können ihre Schwächen besser einschätzen, wir können auch eine weitere Wette vorschlagen und das nächste Mal gewinnen. Vielleicht können wir dann mehr beanspruchen, als nur ihre Gedanken zu erfahren oder wie sie zischt, wenn wir mit ihren Nippeln spielen. Ich will ihren Körper mit unserer Zunge erkunden.*

Soweit wir wissen, hat sie alles vorgetäuscht, um uns in die Falle zu locken.

Sie hat es getan, um einen Wettbewerb zu gewin-

nen. Es hat nichts damit zu tun, mit deinem Herzen zu spielen.

Verdammt, Drache, du lässt mich wie einen sentimentalen Idioten klingen.

Sein Tier schnaubte. *Manchmal bist du das. Gib Teagan eine echte Chance.*

Als Teagan ihn anstarrte und auf eine Antwort wartete, fragte er sich, ob er das Gleiche fühlen würde, wenn ein Mann ihn betrogen hätte, um ihn zu besiegen. Zugegeben, ein Drachenmann würde ihn nicht mit zarten Fingern und scharfen Brüsten anmachen, aber es gab immer noch andere Möglichkeiten, einen Gegner zu erschrecken und/oder zu entwaffnen. Teagan hatte lediglich die ihr zur Verfügung stehenden Mittel benutzt.

Mit anderen Worten: Sie war clever.

Darüber hinaus: Aaron sollte sich zwar benutzt fühlen, aber nach seiner kurzen Begegnung mit Teagans Fingern an seinem Schwanz und seinen Händen an ihren Brüsten wollte er mehr. Er hatte nicht den Wunsch, eine langfristige Bindung einzugehen, aber sie ein oder zweimal ins Bett zu kriegen, würde reichen.

Er räusperte sich. „Ich gebe eine Niederlage zu, unter einer Bedingung – dass es bald einen Rückkampf gibt. Jetzt, da ich weiß, dass es keine Regeln gibt, plane ich, alles zu tun, um zu gewinnen, ohne Einschränkungen."

Teagan hob ihre Augenbrauen. „Man bekommt nicht immer im echten Leben eine zweite Chance.

Aber da ich neugierig bin, wie Aaron Caruso aussieht, wenn er sich nicht zurückhält, werde ich es in Betracht ziehen. Ich möchte jedoch zumindest ein paar Abende lang einen persönlichen Koch haben, bevor ich Gefahr laufe, das aufzugeben."

Er sah ihr in die Augen. „Du denkst also, ich kann gewinnen?"

Sie zuckte die Schultern. „Ein Anführer, der denkt, er sei unbesiegbar, wird eher früher als später scheitern."

Aarons Meinung von Teagan ging um eine weitere Kerbe nach oben. „Gut, dann gebe ich auf und freue mich auf unseren nächsten Rückkampf."

Der Druck der Krallen gegen Aarons Hoden verschwand, und sie tätschelte ihn zweimal, wodurch ein Ruck durch seinen Körper ging. „Gut. Ich würde deinen besten Stücken lieber keinen Schaden zufügen." Sie sah nach unten und wieder hoch. „Sie sind ziemlich beeindruckend."

Sein Tier meldete sich zu Wort. *Sie will uns.*

Während sie einander in die Augen starrten, wartete Aaron darauf, dass Teagan sich zurückzog, aber sie rührte sich nicht. Sie neigte nur noch einmal den Kopf. „Gefällt dir, was du siehst, Caruso? Oder bist du sauer, weil du von einer Frau besiegt wurdest?"

Die Neugier in ihren grünen Augen war echt.

Es gab hundert Gründe, warum Aaron eine sarkastische Bemerkung machen und weggehen sollte. Die Katastrophe mit Nerina war der wichtigste. Er wusste auch, dass Kämpfe ihn immer hart und bereit für Sex machten. Aber als ihr heißer Atem sein Kinn kitzelte, dachte er nicht an die Allianz, seine Vergangenheit oder warum er zurück nach Stonefire musste. Es juckte ihm in den Fingern, Teagans Haar zu packen und ihre süßen Lippen zu kosten. Irgendwas an der Frau sprach seine niederen Triebe an.

Sein Drache knurrte. *Küss sie einfach, bevor sie ihre Meinung ändert.*

Er legte eine Hand an ihre nackte Hüfte und streichelte ihre Haut. Einige Männer mochten durch das straffe Fleisch unter ihren Fingern eingeschüchtert werden, aber Aaron sah nur Kraft und Hingabe. Teagan tat, was nötig war, um ihren Clan zu beschützen.

Ihre blitzenden Pupillen gaben ihm den Mut zu murmeln: „Ich bin das Gegenteil von sauer. Ich bin beeindruckt. Und ich werde es dir beweisen."

Aaron beugte sich hinab und küsste sie.

Von Bäumen umgeben zu sein, in einem abgelegenen Gebiet, hatte Teagan ermutigt. Zuerst, als sie Aaron fast einen runtergeholt und ihn dann mit Worten provoziert hatte.

Ihr Plan, ihn abzulenken, war jedoch fast nach hinten losgegangen. Allein das Streichen seiner Finger hatte ihre Knie fast zum Nachgeben gebracht.

Seine Haut war rau, aber warm. Aaron war ein Mann, der keine Angst hatte, mit seinen Händen zu arbeiten. Sie hatte schon immer eine Schwäche für starke, raue Hände gehabt.

Ihr Drache summte. *Ja, ja, ich will sie überall spüren.*

Sie ignorierte ihr Tier und musterte Aarons Augen. Sobald er die Niederlage eingestanden hatte, hätte sie leicht weggehen und nach Glenlough zurückkehren können. Der Stich für Aarons Stolz hätte ihn zum Packen gebracht und ihr eine Ablenkung weniger gegeben, um die sie sich Sorgen hätte machen müssen.

Doch als ihr Herz in der Brust pochte und das Fleisch zwischen ihren Oberschenkeln pulsierte, gab sie zu, dass sie mindestens einmal seine Lippen kosten wollte. Sie konnte sich nicht einmal an das letzte Mal erinnern, dass sie einen Mann geküsst hatte.

Ihr Drache schnaubte. *Das ist deine eigene Schuld.*

Und einen weiteren Vorfall riskieren, wie mit Bard? Ich brauche keinen Mann, der sich vor dem ganzen Clan damit brüstet, mich geküsst zu haben, und dann zu sagen, wie mittelmäßig ich bin.

Pah! Er war der schlabbrige Küsser. Die Frau, die am Ende bei ihm landet, tut mir leid.

Aaron senkte den Kopf zu ihrem, und Teagan entschied, dass sie ein paar Minuten für sich hatte, ohne an den Clan zu denken. Alles, was die Spannung löste, würde ihr helfen, Herausforderer ihrer Position abzuwehren, also war es nicht ganz egoistisch.

Aarons warme Lippen streiften ihre, bevor er ihre Unterlippe zwischen die Zähne nahm. Während er das zarte Fleisch bearbeitete, schlang Teagan die Arme um seinen Hals und öffnete den Mund, um seine Zunge willkommen zu heißen. Es gab keinen Gefährtenrausch, der sich durch ihren Körper ausbreitete und sie dazu trieb, Aaron zu ficken, bis sie sein Kind trug, aber als seine Zunge ihre streichelte, stöhnte sie und lehnte sich gegen ihn.

Er war kein schlabbriger Küsser.

Als er seine Zunge um ihre wand, kam sie ihm Schlag für Schlag entgegen. Teagan war nicht die Art Frau, die schnell aufgab, und es war besser, dass Aaron das jetzt verstand.

Ihr Drache summte. *Und warum das?*

Sie ignorierte ihr Tier, um ihre Brustwarzen an Aarons Brust zu reiben. Der Flaum von Brusthaaren rieb an ihrer eigenen zarten Haut, und sie verstärkte ihre Zungenschläge.

Sie hatte so das Gefühl, dass Aaron die Art von Mann war, die ihr im Bett entschieden entgegentreten würde.

Aaron legte eine Hand an ihre Pobacke und drückte sie. Jedes Flüstern seiner Finger rief eine Hitze hervor, die direkt zwischen ihre Oberschenkel schoss.

Ihr Drache knurrte. *Ja, ja! Vielleicht wird er uns gleich hier nehmen. Ich mag Sex im Freien.*

Als hätte Aaron die Gedanken ihres Drachen gelesen, schwang er sie herum, bis ihr Rücken gegen einen Baum gedrückt war. Sie unterbrach den Kuss bei der schnellen Bewegung, aber Aaron kam ihr zuvor. Seine blitzenden Augen sagten ihr, dass sein Drache nahe an der Oberfläche war. „Sag mir, was du möchtest, Teagan", flüsterte er. „Ich möchte Glenloughs Anführerin nicht enttäuschen."

Bei der Erwähnung des Wortes „Anführerin" war es, als ob Eis über ihren Körper gegossen worden wäre.

Aaron war genau wie alle anderen Männer, die ihr nachgestellt hatten, seit sie Clanführerin war, und ihre Rolle zuerst und die Person erst danach sahen. Sie war nur eine weitere Kerbe, die er seinem Gürtel hinzufügen konnte. Sobald er nach Hause kam, konnte er damit prahlen, sie gefickt zu haben.

Sie drückte hart gegen seine Brust, und Aaron trat mit einem verwirrten Ausdruck zurück. „Was?"

Sie schüttelte den Kopf. „Das hätte nie passieren dürfen." Teagan atmete tief durch und fügte hinzu: „Killian wird dich erwarten. Und vergiss nicht, du kochst mir das Abendessen. Denk daran, komplett bekleidet zu sein, wenn du auftauchst, sonst habe ich Ersatzkleidung für dich. Und zwar welche, die dich zweimal darüber nachdenken lassen, meine Befehle zu missachten."

„Teagan –"

Sie ignorierte ihn und ging zum Rand der Bäume. Sie musste Abstand zwischen ihnen schaffen.

Ihr Tier knurrte. *Warum hast du aufgehört?*

Wenn du diese Frage stellen musst, dann kennst du mich überhaupt nicht.

Ihr Tier seufzte. *Er will uns nicht nur, weil wir Anführer sind.*

Und das weißt du wie?

Ich spüre es.

Zu schade. Ich habe schon einmal einem heißen Körper und meinem eigenen Verlangen erlaubt, mein Urteilsvermögen zu trüben. Jeder Mann, der mich küsst und noch einen will, tut das, weil er mich will. Meine Position sollte nicht der erste Faktor sein.

Aber –

Nein. Ich habe in der Vergangenheit bei zu vielen Männern zugelassen, dass du mich überredet hast, und sie sahen mich alle als etwas, das erobert werden sollte. Und dann musste ich mit Fragen über mein Urteilsvermögen und meine Führungsfähigkeit fertig werden. Nie wieder, besonders, wenn mir Herausforderungen von anderen Clans bevorstehen. Ich kann mir keine Herausforderung in Glenlough selbst leisten.

Teagan wollte nicht mit ihrem Drachen darüber streiten und warf ihr Tier in ein mentales Gefängnis.

Sie glättete ihr Haar und ging schneller weiter auf die Bäume zu. Sie hatte mehrere geheime Kleiderverstecke im Nationalpark. Da oft Menschen zu

Besuch waren, konnte sie nicht riskieren, hier fest-
zusitzen.

Als das Unterholz und die unteren Äste ihre
Haut kitzelten, atmete Teagan tief durch und ballte
ihre Finger zu Fäusten an den Seiten. Wäre sie ein
Mann, wäre alles einfacher. Sie könnte schlafen, mit
wem sie wollte, und der Clan würde Witze darüber
machen, dass sie den Clan durchprobierte, um den
richtigen Partner zu finden.

Sie war jedoch eine Frau. Und trotz Glenloughs
seltener Tradition von überwiegend weiblichen
Anführern herrschten die alten Ansichten über Sex
und Gefährten immer noch vor. Man erwartete, dass
sie einen Mann und nur einen hatte; Herumschlafen
ließ sie unentschlossen wirken. Verdammt, zur Zeit
ihrer Großmutter hatten sie oft erwartet, dass die
Frauen bis zur Paarung Jungfrauen blieben, aber
nicht die Männer. Und einige der älteren Clan-
Mitglieder erwarteten wahrscheinlich dasselbe von
Teagan.

Während ihres ersten Jahres als Anführerin
hatte sie diesen Überzeugungen den Mittelfinger
gezeigt und mit allen geschlafen, an denen sie
Geschmack fand. Es hatte nicht lange gedauert, bis
ihr das in den Po biss. Sie war einer Herausforderung
um die Führungsaufgabe gefährlich nahegekommen,
weil ein beleidigter ehemaliger Liebhaber Gerüchte
verbreitet hatte.

Nun, scheiß drauf. Sie hob den Kopf hoch, und
die Vernunft kehrte in ihr Gehirn zurück. Sie musste

nur allen Männern abschwören, bis sie entweder einen Partner fand, der ihr dabei helfen würde, die Tradition herauszufordern, oder Teagan würde schließlich ihre Rolle als Anführerin aufgeben, um eine Familie zu haben.

Trotzdem würde sie nicht für das Machtspiel eines anderen Mannes benutzt werden. Und ganz sicher nicht von einem englischen Drachenmann. Sie müsste ihn nur auf seinen Platz verweisen und dürfte nicht davon abweichen.

Kapitel Acht

Als Aaron das Cottage erreichte, in dem er in Glenlough wohnte, schlug er die Tür hinter sich zu und stampfte die Treppe hoch.

Er hatte nicht erwartet, dass Teagan ihn antörnen und dann weggehen würde.

Sein Tier meldete sich zu Wort. *Es ist nicht fair anzunehmen, dass sie uns angemacht oder benutzt hat. Das war Nerinas Art.*

Was zum Teufel ist dann passiert? Ich war sogar charmant.

Es gibt vieles, das wir nicht über Teagan wissen. Vielleicht finden wir es heraus, wenn wir etwas Zeit mit Orla verbringen.

Und warum sollte es mich interessieren? Wir haben sie geküsst, und es gibt keine Anziehung zu ihr als meine wahre Gefährtin. Die meisten Drachen würden weiterziehen und sich die nächste Frau suchen.

Sein Tier schnaubte. *Sie ist interessant. Ich möchte sie besser kennenlernen.*

Seit wann wendest du dich gegen deinen Instinkt?

Wir sind nicht im Mittelalter. Wenn es eine faszinierende Frau gibt, können wir ihr nachstellen. Ich hätte lieber jemanden, der uns auf Trab hält, als nur eine Frau zu finden, die ein Baby bekommt.

Aaron sagte gedehnt: *Ziemlich vorausschauend für einen Drachen.*

Hör auf, mich zu beleidigen, oder ich wiederhole den Kuss mit Teagan, wenn du es am wenigsten erwartest.

Denk nicht einmal daran.

Wirst schon sehen.

Sein Drache drehte ihm den Rücken zu und ignorierte Aaron, was verdammt schwer war, wenn man bedenkt, dass das in ihrem gemeinsamen Geist geschah.

Trotzdem würde er sein Tier sich abkühlen lassen. Aaron musste sich selbst beruhigen und duschen, bevor er sich mit Killian traf. Teagans Duft war überall an seinem Körper, und er konnte jetzt keine Fragen gebrauchen.

Er nahm sich ein paar Klamotten und sprang unter die Dusche. Als das heiße Wasser sich über seinen Körper ergoss, entspannte die Hitze seine Muskeln und verletzten Rippen. Er war gerade raus, um sich abzutrocknen, als jemand an seine Haustür klopfte. Aaron trocknete sich schnell den Körper ab, wickelte das Handtuch um seine Taille und ging nach unten. Er öffnete die Tür und sah einen stoisch dreinblickenden Killian.

Aaron hob eine Braue. „Ich habe keinen Besuch von dir erwartet."

Killian grunzte und schob sich ins Cottage. Sobald die Tür geschlossen war, ergriff Killian das Wort. „Wo warst du heute Morgen mit meiner Schwester?"

„Das geht nur sie was an. Frag sie."

„Ich vertraue ihr, aber bei dir bin ich auf der Hut."

„Vor Kurzem hast du mir noch beim Aufspüren dieser Drachenjäger vertraut." Killian trat zwei Schritte auf ihn zu, aber Aaron zuckte nicht mit der Wimper. Er fuhr fort: „Schau, ich werde es dir leicht machen. Ich bin nicht so an deiner Schwester interessiert. Ich bin hier, um mein Ende der Abmachung einzuhalten und nach Hause zu gehen. Aber wenn du mich weiter damit belästigst, könnte ich Teagan gegenüber erwähnen, dass ihr Bruder überfürsorglich ist. Das kann nicht gut für ihr Image sein."

Killian biss die Zähne zusammen, und seine Pupillen blitzten auf. Nach ein paar Herzschlägen antwortete er: „Pass gut auf, Caruso. Wenn du irgendwen in meiner Familie verletzt, sei es meine Schwester oder meine Großmutter, werde ich höchstpersönlich für deine Bestrafung sorgen. Deine

Frechheit und deine Arroganz werden dir dann nicht helfen."

Es lag Aaron auf der Zunge, eine abfällige Bemerkung zu machen, aber er zwang sich, zivilisiert zu sein. Mit Killian zu streiten, würde Teagan unnötige Kopfschmerzen bereiten, und das konnte sie nicht gebrauchen, da ihr schon die möglichen Prüfungen über dem Kopf hingen. „Verstanden. Gibt es noch einen anderen Grund, warum du den ganzen Weg hierher gewandert bist?"

„Ja. Die Einladung wurde heute Morgen veröffentlicht, und zwei Clan-Führer haben bereits bestätigt, dass sie Teagan um die Führung herausfordern werden. Als Außenstehender wirst du für die Sicherheit einiger Richter verantwortlich sein, die alle aus anderen Clans stammen."

„Du vertraust mir also nicht, wenn ich mich mit deiner Schwester treffe, aber du vertraust mir, das zu tun?", fragte er gedehnt.

Killian grunzte. „Du kennst den schottischen Clan gut, und sie vertrauen dir. Das erleichtert meine Arbeit, wenn sie die Einladung annehmen."

„Warte, was? Wer kommt von wo? Ich kann meinen Job nicht erledigen, wenn ich nicht weiß, was los ist."

Killian verschränkte die Arme vor der Brust. „Die anderen Anführer haben der Herausforderung zugestimmt, vorausgesetzt, dass unabhängige Parteien die Bewertung vornehmen. Jeder Clan nominiert ein Paar von der Liste seiner Verbündeten.

Da keiner von ihnen direkte Verbindungen zu Irland haben wird, wird dies die Voreingenommenheit mit verringern."

„Außer, dass sie Verbündete sind", bemerkte er.

„Alle Richter müssen zu einem Konsens kommen. Wenn es unterschiedliche Standpunkte gibt, müssen sie sich gegenseitig von der besten Wahl überzeugen."

Aaron musste zugeben, dass das eine kluge Idee war. „Also, wer kommt zur Wertung vom Clan Lochguard in Schottland?"

Killian antwortete: „Teagan bittet um Lochguards obersten Beschützer Grant McFarland und die Co-Anführerin Faye MacKenzie."

Eine Richterin würde definitiv helfen, die Vorurteile gegen Teagan zu verringern. „Und die anderen?"

„Für Wildheath kommen Richter aus Snowridge in Wales und für Greenpeak aus der Normandie in Frankreich."

Aaron neigte den Kopf. „Vom Clan PerleForet?"

Killian nickte. „Ja. Der französische Clan ist seit Langem ein Verbündeter der Killarney-Drachenwandler."

„Und das irische MDA wird es den Franzosen erlauben, einfach so nach Irland zu kommen?", fragte er.

„Solange nicht mehr als vier Drachenwandler aus einem bestimmten Clan kommen und die

Gesamtzahl aller Besucher unter zwanzig bleibt, werden sie es zulassen."

Aaron bezweifelte, dass das britische MDA so verständnisvoll wäre, geschweige denn so schnell die Erlaubnis erteilen würde. Es musste eine Geschichte in Irland geben, von der er nichts wusste. „Also, wann findet das statt und wann werden McFarland und MacKenzie eintreffen, sofern sie zustimmen, als Richter zu fungieren?"

„Die Richter werden in zwei Wochen, am Tag vor dem Wettbewerb, eintreffen. Was die Wettbewerbe angeht: Teagan hat fünfzehn Tage Zeit, um sie zusammenzustellen."

„Das ist eine ziemlich spezifische Zahl." Als Killian nicht weiter darauf einging, seufzte Aaron. „Schön, ich werde die Bedeutung selbst herausfinden. Gibt es sonst noch irgendetwas, das nicht warten kann? Ich würde mir gern was anziehen, bevor ich meinen nächsten Dienst antrete."

„Da meine Großmutter dich um deine Anwesenheit gebeten hat, solltest du dich tatsächlich besser anziehen. Ich warte hier. Wir gehen, sobald du fertig bist."

Aaron wollte sagen, dass er keine verdammte Eskorte brauchte, aber da er keine offizielle Tour durch Glenlough erhalten hatte, wusste er nicht, wo Orla Kelly lebte.

Er nahm zwei Stufen auf einmal. In seinem Zimmer kleidete er sich an und fragte sich, was die ältere Drachenfrau mit ihm wollte. Es musste wichtig sein, wenn sein Besuch Vorrang vor den Sicherheitsvorkehrungen für Faye und Grant hatte.

Teagan starrte zum zehnten Mal auf ihren Computerbildschirm. Sie wusste von Finlay Stewart, dem schottischen Anführer des Clans Lochguard, nicht viel mehr als Gerüchte, aber sie brauchte seine Hilfe. Die Frage war, ob er ihre plötzliche Anfrage nach einer Videokonferenz beantworten würde oder nicht.

Sie ging zurück zu dem Stapel MDA-Papiere auf ihrem Schreibtisch. Noch ein paar Minuten vergingen, aber ihr Bildschirm blieb leer.

Vielleicht müsste sie sich zuerst an den Clan Stonefire wenden und ihren Anführer bitten, Finn zu erreichen. Klar, es musste eine Überraschung für Lochguard sein zu erfahren, dass Glenloughs Anführer eine Frau war und Killian nur zur Täuschung benutzt wurde. Aber nach dem, was sie wusste, wäre Finn dafür mehr offen als die meisten, wenn man bedachte, dass sein Clan ihn aufgrund seiner nicht traditionellen Ansichten über den Umgang mit Menschen akzeptierte.

Außerdem war er etwa in ihrem Alter. Normalerweise war es dadurch leichter, gleichgestellt betrachtet zu werden, als wenn sie es mit Älteren zu tun hatte.

Gerade als sie ein ausgefülltes Formular aus

ihrem Papierstapel zog, klingelte ihre Videokonferenz-App. Sie räusperte sich, straffte die Schultern und drückte auf Annehmen. Das blonde, müde, aber lächelnde Gesicht von Finn Stewart füllte ihren Bildschirm. Er sprach zuerst. „Ich gebe zu, ich war überrascht, als ich erfuhr, dass Glenloughs Anführer in Wahrheit eine Frau ist, und erst recht, dass du mit mir reden wolltest, aber ich bin immer offen, meine Liste der Verbündeten zu erweitern. Was brauchst du, O'Shea?"

Auch wenn sie fragen wollte, warum er so leicht eine Frau als Anführerin akzeptierte, konzentrierte sich Teagan auf das, was wichtig war. „Ich muss dich um einen Gefallen bitten."

„Ach, aye? Und um welche Art von Gefallen bitten wir?" Sie erläuterte die Herausforderung und die bevorstehenden Prüfungen. Bevor sie ihren Wunsch aussprechen konnte, runzelte Finn die Stirn und sagte: „Haben diese Bastarde nicht wichtigere Dinge zu tun, als sich Gedanken darüber zu machen, welche Genitalien ein Anführer hat?"

Sie lächelte. „Sollte man meinen, aber sie sind nicht so sicher in ihrer Männlichkeit wie du." Sie deutete auf die rosafarbene Babydecke, die auf seiner Schulter lag.

Finn zuckte die Schultern. „Ich habe eine Tochter, und ihre Mutter hasst Rosa, also muss ich es natürlich so oft wie möglich verwenden. Wenn mich das zu einem schlechten Anführer macht, dann sollte die Person, die so denkt, vielleicht nicht Teil meines Clans sein."

Sie hob die Brauen. „Moment, du verärgerst deine Gefährtin absichtlich? Trotz der Tatsache, dass sie kürzlich drei Babys geboren hat?"

„Aye, so sind wir. Es gehört dazu, wenn man mich liebt. Darum geht dieser Anruf aber doch wohl nicht. Frag mich direkt, was du willst, oder ich beende den Anruf. Ich habe drei Kleine, die bald aufwachen werden."

Teagan blinzelte nicht einmal angesichts des stählernen Tons in Finns Stimme. Sie wollte darauf hinweisen, dass er das Gespräch hatte entgleisen lassen, hielt sich aber zurück, bis sie ihn besser kannte, um ihre Meinung zu äußern. „Jeder teilnehmende Anführer muss zwei Richter aus einem nicht irischen Clan einladen. Ich hatte gehofft, du könntest mir zwei deiner Beschützer geben. Deine Mitanführer, McFarland und MacKenzie, wären meine erste Wahl."

Finn musterte sie eine Sekunde lang. „Wenn ich das tue, möchte ich Gespräche über eine Allianz aufnehmen. So kann Bram es mir nicht bei jeder Gelegenheit vorhalten."

Sie neigte den Kopf. „Obwohl du mich kaum kennst, scheinst du ziemlich zuversichtlich, dass ich gewinnen werde."

Er zuckte die Schultern. „Du sorgst dich genug um deinen Clan, um diese beschissene Herausforderung zu bewältigen. Noch dazu bittest du mich aus heiterem Himmel um einen Gefallen, daher bewundere ich deinen Mut."

Ihr Tier meldete sich zu Wort. *Ich mag ihn. Er wird ein guter Verbündeter sein.*

Anstatt sich darüber zu streiten, wie ihr Drache sich dessen schon so sicher sein konnte, antwortete Teagan Finn. „Wir werden mit den Verhandlungen über die Allianz beginnen, sobald der Prozess vorbei ist."

„Gut. Und du musst auch nicht mehr so höflich zu mir sein, O'Shea. Ich spüre, dass du dich zurückhältst. Wenn du jemals nach Lochguard kommst, wirst du sehen, dass das hier keine Bewunderung findet." Sie nickte und fragte sich, ob sie jemals eine Chance hätte, seinen Clan zu sehen. Finn fuhr fort: „Dann schicke ich dir meine zwei obersten Beschützer, Grant und Faye."

„Gut. Ich hatte gehofft, dass wenigstens Faye kommen könnte. Weibliche Beschützer sind selten in Irland."

Finns Mundwinkel zuckte hoch. „Aye, ihr seid nicht die Einzigen mit einer herausfordernden Tradition, Mädel."

Noch vor ein paar Minuten hätte sie den Begriff unkommentiert gelassen, aber Finn wollte Ehrlichkeit. „Ich bin kein ‚Mädel'."

„Du hast recht, O'Shea. Hast den Test bestanden. Ich schicke dir Fayes und Grants Informationen, sobald ich mit ihnen gesprochen habe." Ein

Baby weinte im Hintergrund. „Das Lied geht los. Ich melde mich später bei dir."

Der Bildschirm wurde schwarz.

Teagan beendete die Konferenzapp und drehte ihren Stuhl auf die andere Seite des Schreibtischs. Sie sprach mit ihrem Drachen. *Das lief besser als erwartet. Ich bin mir sicher, die anderen Anführer werden wütend auf mich sein, dass ich weibliche Richter einbeziehe.*

Zu schade. Wir kennen Faye MacKenzie vielleicht nicht, aber sie wird die anderen Richter davon abhalten, sich gegen dich zu wenden, nur, weil du eine Frau bist. Sie müssen alle zustimmen, wenn jemand zum Sieger erklärt wird.

Und wer weiß, der französische Clan könnte auch einen weiblichen Richter haben. Unsere Clans haben einander nie nahegestanden, daher weiß ich nicht viel über sie.

Ihr Drache grunzte nur, um das Gespräch zu beenden, und Teagan konzentrierte sich wieder auf ihren Papierkram. Jedes Formular musste in zweifacher Ausführung ausgefüllt und bis Ende des Tages an das MDA geschickt werden, wenn sie den Wettbewerb überhaupt veranstalten wollte.

Sich um die Papiere zu kümmern war definitiv ihre am wenigstens beliebte Beschäftigung, aber wenigstens gab es ihr etwas zu tun. Eine weitere Stunde war vergangen, bevor es an ihre Tür klopfte. „Herein!"

Colm MacDermot kam in ihr Arbeitszimmer.

Mit seinem warmen Lächeln und dem Talent, mit den jüngeren Drachenwandlern umzugehen, ganz zu schweigen davon, dass er in Glenlough geboren und aufgewachsen war, war er genau der Typ Mann, den sie an ihrer Seite haben wollen sollte.

Aber dieser freundliche Blick bewirkte nichts bei ihr, ganz anders als Aaron Carusos heiße Blicke. Aaron musste ihr nur in die Augen sehen, und ihr Herz schlug schneller.

Sie fragte sich, ob sie jemals einen guten Kompromiss in ihrem eigenen Clan finden würde.

Ihr Drache schnaubte. *Ich will mehr als einen Kompromiss.*

Sie ignorierte ihr Tier und lächelte Colm zu. „Schon Zeit für die Nachmittagspause?"

Colm sah sich in ihrem Arbeitszimmer um. „Ich sage immer noch, dass du Hilfe in der Sache haben solltest. Die meisten Clanführer haben Assistenten."

„Nun, sagen wir einfach, dass ich neben dem Ausräumen von Gerüchten, damit, den Herausforderungen und jetzt auch noch der Koordination dieser Herausforderungen um die Führerschaft nicht viel Zeit habe, auch noch mögliche Assistenten zu befragen."

Colm setzte sich auf den Stuhl vor ihrem Tisch. „Sobald das hier vorüber ist, musst du dir die Zeit nehmen, sonst erwähne ich deiner Mutter gegenüber, wie müde du aussiehst."

Teagan seufzte. „Mach das bitte nicht. Mam wird vermutlich herkommen, um mir selbst etwas von der Belastung abzunehmen. Wenn man bedenkt, dass sie den Kindergarten des Clans betreut, hat sie keine Zeit übrig." Sie setzte sich in ihrem Stuhl auf. „Aber genug davon. Wie ich gestern bereits sagte, brauche ich deine Hilfe."

Er lächelte warmherzig. „Sag, was du brauchst, Teagan."

„Ich bitte dich, die Unterlagen über frühere Wettkämpfe um die Führerschaft durchzusehen. Ich möchte, dass dieser hier einzigartig wird, und anders als jeder andere, dem sie sich bislang gestellt haben."

„Um ihnen eine Überraschung zu bescheren?"

„Aye, das hoffe ich. Ich weiß, dass du viel mit deinem Unterricht zu tun hast, aber kann ich auf dich zählen? Wenn du ein oder zwei Helfer brauchst, können Aaron Caruso und Brenna Rossi das tun."

Colm zögerte eine Sekunde, bevor er begann: „Dein Tanz mit Caruso gestern Abend schien mir ein wenig intensiv. Möchtest du darüber sprechen?"

Seit vielen Jahren hatte Colm eine Schwäche für Teagan. Sie wollte ihm nicht unnötig wehtun, indem sie über einen anderen Mann sprach. „Auf keinen Fall. Wir messen uns beide gern, Ende der Geschichte."

Colm musterte sie und zuckte die Schultern. „Ich will nicht neugierig sein. Aber wenn du ein offenes Ohr brauchst: Ich bin da."

Ihr Tier meldete sich: *Bitte mach ihm keine Hoffnung. Er ist nett, aber langweilig.*

Er wäre ein ausgezeichneter Partner, um die Tradition herauszufordern.

Richtig, und er hätte viel zu große Angst, um dich so herauszufordern, wie du es brauchst. Vergleiche, wie du dich jetzt fühlst – ruhig, vernünftig, gefasst – damit, wie es ist, Aaron heute Abend zu sehen.

Ihr Drache sandte eine Flut von Bildern von Aarons nacktem Körper, sowohl vor ihr als auch auf ihr. *Verdammt, Drache!*

Ihr Tier lachte nur leise. Teagan verdrängte die Bilder und konzentrierte sich wieder auf Colm. „Danke, Colm! Wir können uns gern jeden zweiten Tag treffen, aber wenn dir was Wichtiges einfällt, kannst du jederzeit kommen."

Colm nickte und stand auf. „Ich werde mich wahrscheinlich für Hilfe an Caruso wenden. Das wird mir eine bessere Chance geben, ihn selbst zu beurteilen."

Sie wusste nicht, ob er damit den Clan im Allgemeinen oder sie im Besonderen schützen wollte. „Ich habe bereits einen überfürsorglichen Bruder. Ich brauche nicht noch einen."

Colms Augen wirkten kurz verletzt, aber der Eindruck verschwand, bevor sie blinzeln konnte. „Du hast so viel um die Ohren, Teagan. Es ist nichts falsch daran, dass der Clan sich um dich kümmert. Ich würde das auch tun, wenn du ein Mann wärst."

„Colm, es tut mir leid –"

Er hob eine Hand. „Mach dir keine Sorgen darum. Du stehst unter viel Stress." Er sah auf die

Uhr an der Wand. „Ich muss zurück zu meinen Schülern. Ihr anderer Kurs ist fast vorbei."

Bevor sie noch etwas sagen konnte, verließ Colm den Raum.

Teagan legte den Kopf auf den Schreibtisch. Sie hatte unbeabsichtigt einen ihrer größten Unterstützer verletzt. Sie würde besser aufpassen müssen, was sie sagte.

Ihr Tier meldete sich zu Wort. *Es ist Stress und Verleugnen dessen, was du wirklich willst.*

Wenn du jetzt was über Sex sagst, dann steh mir bei, aber ich werde dich den ganzen Tag einsperren.

Das hast du gesagt, nicht ich.

Ihr Drache kehrte ihr den Rücken zu und ignorierte sie. Teagan stieß einen langen Atem aus und setzte sich dann wieder auf. Vielleicht war es ein schlechter Vorschlag gewesen, Caruso kommen zu lassen, damit er ihr Abendessen kochte.

So oder so, sie würde jetzt keinen Rückzieher machen. Der Abend würde ihr erlauben, zwischen ihnen reinen Tisch zu machen und ihren Fokus zurückzugewinnen. Sie konnte es sich nicht leisten, mehr ihrer Clan-Mitglieder anzublaffen, besonders, wenn sie nur versuchten, ihr zu helfen.

Kapitel Neun

Aaron saß in Orlas Cottage auf einem alten, abgenutzten Sofa, das mit verblassten Blumen verziert war. Es schien, als ob alle Glenlough-Führer, sowohl frühere als auch gegenwärtige, ihn gern warten ließen.

Sein Drache meldete sich zu Wort. *Sie ist schon älter. Wenn sie nicht bald kommt, sollten wir nach ihr sehen.*

Als Aaron noch überlegte, ob er auf seinen Drachen hören sollte oder nicht, stürmte Orla den Flur hinunter und in den Raum. Mit ihrem Stock manövrierte sie sich in einen blassblauen Sessel. Als ihr Po das Kissen berührte, griff sie mit beiden Händen das obere Ende des Stocks und beugte sich nach vorn. „Ich weiß, dass Sie heute Morgen mit meiner Enkelin gegangen sind. Sagen Sie mir warum."

Verdammte Hölle, nicht sie auch noch! Aaron hob

die Brauen. „Das geht nur Teagan und mich was an. Killian hat dasselbe gefragt. Scheinbar hält Ihre Familie es für in akzeptabel, hinter Teagans Rücken herumzufragen, anstatt sie direkt zu konfrontieren."

Orla schlug mit ihrem Stock auf den Boden. „Meine Sorge gilt Ihnen, nicht ihr. Sagen Sie es mir!"

„Nein."

Das Schweigen dauerte fast eine Minute, bevor Orla nickte. „Sie wissen, wie man die Klappe hält, was ein gutes Zeichen ist."

Er widersetzte sich, sich die Stirn zu reiben. „Gibt es einen Grund, warum ich hier bin? Denn wenn ich nur eine verdammte Prüfung bestehen soll, werde ich gehen."

„Immer langsam mit den jungen Pferden, Boyo. Ich habe einen Job für Sie."

„Seit wann verteilen Sie Aufträge?"

Sie neigte den Kopf. „Seit wann tue ich das nicht?"

Aaron seufzte. „Und ich dachte, nach Glenlough zu kommen wäre eine einfache Aufgabe."

Orla schlug noch einmal mit dem Stock auf. „Ach, seien Sie still! Zu meiner Zeit hatten wir Fehden im Gange, plus den Unsinn, den die Menschen *Nordirlandkonflikt* nennen. Derry nahe zu sein, ist eine gute und schlechte Sache."

„Sollten Sie nicht ‚Londonderry Schrägstrich Derry' sagen, um auf Nummer Sicher zu gehen?"

Orla runzelte die Stirn. „Ich bin zu alt, um politisch korrekt zu sein. Wenn ich das jedes Mal sagen würde, wenn ich über die Stadt spreche, würde ich nie etwas erledigt kriegen. Derry ist einfach eine Zeitersparnis für mich."

Aaron widerstand, bei der Bemerkung der alten Frau zu schnauben. „Wenn Sie sich also Sorgen über die verrinnende Zeit machen, warum sagen Sie mir dann nicht, warum ich hier bin? Sie haben bereits wertvolle Minuten Ihrer verbleibenden Lebensdauer verloren."

„Frecher Bastard", sagte Orla, bevor sie lächelte. „Deshalb mag ich Sie und möchte, dass Sie meiner Teagan etwas von ihrer Belastung abnehmen."

„Wenn dazu gehört, dass ich nackt sein muss, dann renne ich direkt zur Haustür hinaus. Mit einer Oma über Sex zu reden, steht nicht ganz oben auf meiner Liste angenehmer Ereignisse."

Orla machte Tss. „Da gehen aber jemandes Gedanken ziemlich leicht in die Gosse."

Aaron packte den Arm des Sofas und schaffte es, herauszubekommen: „Wie soll ich Ihnen helfen?"

Orla schaukelte ihren Stock von der einen in die andere Richtung. „Schleichen Sie sich alle paar Tage mit Teagan aus dem Clan und zwingen Sie sie zum Fliegen. Ihr Drache mag vielleicht auch auf die Jagd gehen."

„Ich bin nicht hier, um den Babysitter zu spielen", brachte er zwischen zusammengebissenen Zähnen hervor.

„Das werden Sie auch nicht. Meine Enkelin

arbeitet härter als jeder andere, den ich je getroffen habe, mich selbst eingeschlossen. Sie scheinen so eine Art zu haben, sie dazu zu bringen, Dinge zu tun, die sie normalerweise nicht tun würde. Sonst hätte sie sich heute Morgen nie mit Ihnen weggeschlichen."

Aaron öffnete den Mund, doch Orla kam ihm zuvor. „Es ist mir egal, was Sie getan haben. Frauen haben heutzutage mehr Freiheiten, vor der Ehe mit Männern zu schlafen, auch wenn sie noch genau beobachtet werden. Gut für sie. Ich bitte nur darum, sie manchmal von dem verdammten Schreibtisch weg und an die frische Luft zu bringen. Wenn sie nicht lernt, eine Balance zu finden, wird sie ihre Position hassen, und auf lange Sicht werden alle leiden. Ein überarbeiteter Clanführer ist nie eine gute Sache."

Er musterte die ältere Frau. „Sprechen Sie aus Erfahrung?"

„Vielleicht. Ich glaube, deshalb habe ich den Vorschlag so schnell angenommen, seine Gefährtin zu werden. Rückblickend hätte ich gegen die verdammt lächerlichen Regeln kämpfen sollen, nach denen Frauen zurücktreten müssen, sobald sie einen Partner gefunden haben. Aber ich war müde und einsam, also habe ich kapituliert."

Da Stonefire seit Jahrhunderten keinen weiblichen Anführer gehabt hatte, hatte Aaron nie von dieser Regel gehört. „Lassen Sie mich raten, Teagan will die Regeln anfechten."

Orla winkte mit einer Hand. „Ich weiß nicht, ob

sie jemals darüber nachdenkt. Sie arbeitet die ganze Zeit und kann Hilfe nicht gut annehmen."

„Sie klingt tatsächlich wie mein Clanführer, bevor er seine Gefährtin fand."

Ihre Pupillen blitzten. „Wäre das nicht was, wenn meine Enkelin ihren fände?"

Aaron räusperte sich. „Ich wurde nicht hierher geschickt, um den Deckhengst zu spielen, und ich bezweifle, dass Teagan Ihre Vorschläge gefallen würden."

„Aye, ich weiß, obwohl es Spaß macht, Ihnen zuzusehen, wie Sie sich winden. Alles, was mir wichtig ist, ist die Gesundheit meiner Enkelin. Werden Sie ihr dabei helfen?"

„Und wenn ich mich weigere?"

Orla zeigte mit ihrem Gehstock auf ihn. „Provozieren Sie mich nicht, Junge. Diese alte Schachtel hat immer noch ein paar Tricks im Ärmel."

Aaron musste unwillkürlich lächeln. „Wenn sich die Dinge jemals beruhigen, würde ich gern sehen, wie Sie einen Mann Ihres Alters herausfordern. Vielleicht müssen wir Sie beide polstern, damit Sie sich nicht die Hüfte brechen, aber es wäre unterhaltsam."

„Sie sind ein Schlingel, Aaron Caruso. Aber ich vermute ein loyaler, nach allem zu urteilen, was ich bisher über Sie gelesen habe. Ich gehe davon aus, Ihre Antwort ist Ja?" Aaron konnte sich keinen Grund einfallen lassen, der wichtig genug war, warum er sich weigern sollte, besonders angesichts dessen, dass Orla ihn gebeten hatte, anstatt ihm einen Befehl zu erteilen. Nicht einmal sein Drache hatte sich zu Wort gemeldet. Also nickte er, und Orla deutete mit ihrer Hand. „Gut, wenn das geklärt ist, können Sie gehen. So gern ich auch unterhalten werden möchte, ich bin mir sicher, dass Sie woanders gebraucht werden."

Er stand auf und verbeugte sich in der Taille. „Bis ich wieder gerufen werde, Mylady."

Orla schnaubte, und Aaron verließ ihr Cottage. Die ältere Drachenfrau erinnerte ihn ein wenig an seine eigene Großmutter. Sie war gestorben, als er ein Junge war, aber ihr Sarkasmus hatte auf Aaron abgefärbt. Egal, was noch passierte, er hoffte, mehr Zeit mit der alten Frau verbringen zu können. Sie verbarg es gut, aber sie vermisste es, beschäftigt und in alles involviert zu sein. Er konnte wenigstens ab und zu dafür sorgen, ihre Langeweile zu lindern.

Sein Drache meldete sich zu Wort. *Wenn du Zeit dafür hast, hast du auch Zeit, um auf Teagan aufzupassen.*

Ich bezweifle, dass „aufpassen" der richtige Ausdruck ist, aber ich werde sehen, was ich tun kann. Bram war auch ein Workaholic, bis Evie und die Babys kamen.

Evie ist Brams Gefährtin geworden. Hast du vor, das Gleiche mit Teagan zu machen?

Du auch? Sei nicht so albern. Aaron ging schneller in Richtung Beschützer-Hauptquartier. *Ich will nur, dass sie gewinnt.*

Wenn du meinst.

Aaron kam am Hauptquartier an und ging hinein. Je eher er seine nächste Aufgabe bekam, desto eher konnte er sie erledigen und Teagans Essen für den Abend planen. Denn obwohl er nicht die Absicht hatte, mit Teagan jemals ins Bett zu gehen, geschweige denn, sie zu umwerben, war er stolz auf seine Kochkünste. Es wäre vielleicht sinnvoller, ganz schreckliche Arbeit zu leisten, damit sie ihm befehlen würde, nie wieder zu kochen, aber wenn er Teagan auf eine kleine Weise helfen könnte, die Kontrolle über ihren Clan zu behalten, würde er es tun. Auf keinen verdammten Fall wollte er Verhandlungen beginnen oder eine Allianz verlieren, wenn einer der anderen Bastarde gewann. Er wollte nicht als Versager nach Stonefire zurückkehren. Die Anführerin von Glenlough zu ernähren, war der erste Schritt zum Erfolg.

Der Himmel war fast dunkel, als Teagan endlich in ihr Cottage kam. Obwohl sie noch nicht für den Tag fertig war, wollte sie ihre verbliebene Arbeit in ihrem Pyjama zu Ende bringen, mit einer schönen Tasse Tee und Keksen zum Abendessen.

Als sie jedoch ihren Stapel Papiere auf den Tisch im Eingang legte, erstarrte sie augenblicklich beim leisen Klappern des Geschirrs aus der Küche. Das Haus sollte leer sein, vor allem, weil sie Aaron geschrieben hatte, sie wolle ihr erstes Abendessen verschieben.

Ihr Tier meldete sich zu Wort. *Er ist dickköpfig und könnte trotzdem hereingekommen sein.*

Wenn ja, dann muss ich ihm vielleicht in den Hintern treten. Das ist mein privater Bereich.

Ja, die Haufen Krempel, die sie entsorgen musste, waren überall auf den meisten erhöhten Oberflächen. Und ihre Dekoration bestand hauptsächlich aus gespendeten Bildern von Blumen und Vögeln von ihrer Großmutter, also war es bei Weitem nicht glamourös. Aber es war der einzige Ort, an dem sie die meiste Verantwortung abschütteln und sich einfach entspannen konnte.

Jeder, der die Grenze überschritt, würde es sich zweimal überlegen, bevor er es wieder tat.

Teagan ging in Richtung Küche, vorsichtig, um dabei nicht auf die zwei knarrenden Dielen zu treten. Gerade, als sie ihren Kopf durch die Tür steckte, ertönte Aarons Stimme. „Du warst vielleicht im Flur leise, aber ein Kind hätte hören können, wie du die Haustür geöffnet hast."

Sie ging in die Küche und runzelte die Stirn. „Was zum Teufel machst du denn hier?"

Er drehte sich nicht vom Herd um. „Stellst du immer Fragen, die du beantworten könntest, wenn du einfach die Augen öffnetest?"

Teagan warf ihre Tasche auf eine der Arbeitsflächen und stürmte zu Aaron. „Du bewegst sich auf ganz dünnem Eis, Caruso."

Er sah über seine Schulter. „Ach ja? Und ich dachte, ich erfülle nur mein Ende der Abmachung."

„Ich habe dir gesagt, dass ich erst spät komme und du dir nicht die Mühe machen sollst."

Er sah ihr in die Augen. „Hast du was gegessen?"

„Nein, aber das tut auch nichts zur Sache."

„Selbst wenn man bedenkt, dass du eine Drachenwandler-Anführerin bist, die in guter Form sein muss, bist du zu dünn. Setz dich auf deinen Hintern, und ich füttere dich."

Sie ballte die Finger einer Hand. „Ich bin so nah dran, dir auf den Kiefer zu schlagen, dich auszuziehen und dich mitten auf der Hauptstraße des Clans abzusetzen, an einen Stab gefesselt, damit alle es sehen können."

Er zuckte die Schultern. „Ich bin mir sicher, dass mehr als einige neugierig sind, einen englischen Drachenwandler zu sehen und woraus er gemacht ist."

Sie öffnete den Mund und schloss ihn wieder. Aaron brachte das Schlimmste aus ihr hervor. Sie musste sich verdammt nochmal beruhigen und einen anderen Ansatz wählen.

Ihr Tier kicherte. *Warum? Das macht Spaß.*

Sie ignorierte den Drachen und verschränkte die Arme vor der Brust. „Hör zu, ich bin müde und hungrig. Geh einfach und versprich, dass du nicht wieder ohne meine Erlaubnis reinkommst, und ich lasse dich mit einer Verwarnung davonkommen."

„Und wenn ich nicht gehe?"

„Du stehst während deines Aufenthalts hier unter meinem Kommando. Du wirst die gleiche Strafe erleiden, wenn du einer klaren Anordnung nicht gehorchst, wie jeder andere."

„So ungern ich ein paar Nächte in einer Gefängniszelle verbringen würde, musst du es zuerst versuchen."

Im Handumdrehen stopfte Aaron ein Stück Huhn zwischen ihre Lippen. Sie hatte keine andere Wahl, als zu kauen, aber als das Fleisch in ihrem Mund schmolz, stöhnte sie fast.

Der Bastard konnte kochen.

Selbstgefälligkeit füllte Aarons Augen, und er sagte: „Du kannst mich entweder bestrafen und hungern oder dich hinsetzen und zu Abend essen. Es wäre eine Schande, all das in den Mülleimer zu werfen."

Teagan wollte ihm gerade schon sagen, er solle sich verpissen, als ihr Magen knurrte. Ihr Drache seufzte. *Iss einfach zu Abend.*

Und ihn denken lassen, es ist okay, meine Befehle zu missachten?

Lege einige Grundregeln fest. Das hier ist unser Zufluchtsort. Hier ist er nur ein Mann, und du bist nur eine Frau. Draußen ist er unser Soldat und muss Befehle entgegennehmen. Meißel das bei ihm in Stein.

Du willst nur seinen Körper beäugen und mich überreden, mit ihm zu schlafen.

Ja und nein. Für heute Abend: Iss einfach. Gutes Essen wird dir helfen, dich zu entspannen.

Sie zögerte. Abgesehen von ihrer Familie lud Teagan selten jemanden in ihr Haus ein. Wenn zu viele ihrer Clan-Mitglieder sie eher als Freundin denn als Anführerin behandelten, würde ihr die Befehlsgewalt bald entgleiten und alles auseinanderfallen.

Das war eines der Dinge, die ihre Gran ihr eingebläut hatte, bevor Teagan ihren Namen für die letzte Führungsherausforderung ins Spiel gebracht hatte. Anführer mussten harte Entscheidungen treffen, und die Clanmitglieder mussten bereit sein, einem Befehl mit wenigen Fragen, wenn überhaupt welchen, in Notsituationen zu folgen.

Aaron öffnete einen Schrank und nahm zwei Teller heraus. Das riss sie aus ihren Gedanken. „Wenn du weißt, wo mein Geschirr ist, dann hast du offensichtlich auch rumgeschnüffelt."

Er setzte ein Grinsen auf, und Teagans Herz setzte einen Schlag aus, als seine Augen sich an den Winkeln in Falten legten. „Natürlich. Obwohl ich dein Schlafzimmer ausgelassen habe. Vorerst."

Sie seufzte. „Hör zu, ich weiß das Essen zu schätzen und werde es auch genießen. Allerdings nur unter einer Bedingung: Außerhalb dieser Küche und des Essbereichs bist du einer meiner Soldaten. Du wirst mich nicht herumkommandieren, mich nicht ausnutzen und meine Befehle nicht missachten, wann immer du willst."

„Du hast unsere Übungseinheiten vergessen. Ich kann dir keine echte Herausforderung stellen, wenn du mich dafür bestrafst, dass ich die Regeln gedehnt habe."

Sie hob eine Braue. „Es gibt nur noch eine. Ich habe nie etwas von regelmäßigem Training gesagt."

Er stellte die Teller auf den Tresen, drehte sich um und lehnte sich dagegen. „Du musst in Form sein. Nachdem ich heute gehört habe, wie viel Zeit du in deinem Büro verbringst, brauchst du das Training."

„Hast du gerade angedeutet, dass ich nicht in Form bin?"

Er winkte das mit einer Hand ab. „Hör mit diesen Feinheiten auf. Ich hab' mir mal das Bein gebrochen und wochenlang meistens auf meinem Hintern gesessen. Es war harte Arbeit, wieder voll kampffähig zu werden. Ich denke, du musst das auch tun, wenn du mich helfen lässt."

„Hast du wirklich gerade um meine Erlaubnis gebeten?", fragte sie gedehnt. „Vielleicht sollte ich mir das Datum und die Uhrzeit für die Nachwelt notieren."

„Sei mal eine Minute ernst, Frau, und denk darüber nach. Ich bin kein Mitglied deines Clans, wenn ich also Schwächen entdecke, wird das dein Ansehen nicht schmälern. Ich habe selbst einen Genesungsprozess hinter mir und weiß, was zu tun ist, auch wenn du in viel besserer Form bist als ich damals. Gib mir freie Hand, um dich an deine

Grenzen zu bringen, und du wirst böser und stärker sein als je zuvor."

Teagan musterte Aarons Gesicht. Seine Pupillen blitzten einmal auf, aber das war das einzige Anzeichen von Emotionen. „Sag mir zuerst, warum du das anbietest. Das war nicht der Grund, warum du nach Glenlough geschickt wurdest. Und du hast vorhin ein großes Tamtam darum gemacht, dass du den Wachdienst übernehmen musstest. Jemandem beim Training zu helfen, ist nicht gerade eine normale Beschützeraufgabe."

Er lächelte. „Sagen wir einfach, ich habe einer alten Frau ein Versprechen gegeben, und ich habe vor, es zu halten."

Gran und ihr verdammtes Einmischen! Teagan würde später mit ihr reden.

Im Moment musterte sie Aaron nur. Sie konnte seine Worte abstreiten, aber dann würde sie lügen. Ein oder zwei zusätzliche Trainingseinheiten pro Woche würden nicht schaden. Sie hatte bereits geplant, mehr zu trainieren, aber jemanden zu haben, der sie daran erinnerte und sie wirklich an ihre Grenzen brachte, würde helfen. Schließlich hatte Teagan nie wie Aaron in der Armee gedient, und zweifellos hatte er ein paar Tricks auf Lager, die er ihr beibringen konnte.

Sie legte eine Hand an die Hüfte und zeigte mit ihrer freien Hand auf ihn. „Bevor ich irgendetwas zustimme, muss ich einige Versprechen von dir bekommen und Bedingungen festlegen. Wirst du sie einhalten, oder muss ich einen Vertrag ausarbeiten, den du dann unterzeichnest, für den Fall, dass ich irgendwann beweisen muss, dass du aus der Reihe tanzt?"

Er verdrehte die Augen. „Du hast eindeutig schon zu oft mit dem MDA zu tun gehabt, wenn Papierkram deine Antwort ist."

Sie ging zu ihm und stach ihm mit dem Finger in die Brust. „Wenn du nicht wirklich eine hungrige, schlecht gelaunte Drachenfrau reizen willst, dann solltest du dich beeilen und antworten."

Einer seiner Mundwinkel zuckte hoch. „Ich bin versucht, einfach zu sehen, was passiert."

„Aaron", knurrte sie.

Er lachte leise. „Na schön. Ich weiß, dass eine deiner Bedingungen lautet, dass ich überall deine Befehle befolgen muss, außer in der Küche, im Esszimmer und während unserer Trainingseinheiten. Mein Trotz passt also, da wir gerade in der Küche sind. Du solltest stolz auf mich sein."

Teagan widerstand dem Drang, ihre Nasenwurzel mit zwei Fingern zu massieren. „Erinnerst du dich an den Teil, dass ich hungrig und schlecht gelaunt bin? Ich bin so gut wie bereit, meinen Drachen auf dich loszulassen."

Ihr Tier schnaubte. *Zieh mich nicht da rein. Ich habe Spaß beim Zuschauen.*

Aaron neigte den Kopf. „Ich werde mich schon bald genug mit ihm befassen. Aber ich werde deine Befehle anderswo nicht in Frage stellen, es sei denn, du verdienst es wirklich, und dann werde ich das diskret tun. Wozu soll ich noch zustimmen?"

„Du brichst nicht mehr in mein Haus ein. Wenn ich dich nicht reinlasse oder dir einen Schlüssel gebe, dann bleibst du draußen."

„Das kann ich machen. Aber wenn du zu viele Mahlzeiten verpasst, bringe ich dir was, egal, wo du dich gerade befindest."

Ein Teil von ihr wollte, dass Aarons Worte tatsächlich Besorgnis waren, aber sie wischte das schnell beiseite. „Gut. Kann ich mich dann setzen und was essen?"

Aaron zeigte auf die beiden Teller. „Einer ist für mich." Sie öffnete den Mund, aber er kam ihr zuvor. „Ich habe auch Hunger, also denk nicht mal daran, mich aus der Küche zu werfen, um mich rumzukommandieren."

Sie stellte sich neben ihn, um Aaron hoffentlich aus der Fassung zu bringen, aber er nahm ihre Schultern und hielt sie auf Armlänge. „Ich habe meine Lektion gelernt, dich nicht in die Nähe meiner Hoden zu lassen. Setz dich, und ich bringe dir dein Essen."

Für eine Sekunde bewegte sich keiner von ihnen. Seine warmen, starken Hände auf ihren Schultern jagten ihr ein Prickeln durch den Körper. Aus nächster Nähe bemerkte sie schließlich die Goldflecken in Aarons braunen Augen. Sie entdeckte auch eine kleine Narbe in der Nähe seines Mundwinkels.

Seine Lippen trennten sich einen Bruchteil, und

Teagan wandte schnell den Blick ab. Wenn er dachte, sie sei interessiert, und sich dann vorbeugte, um sie zu küssen, könnte sie es zulassen, um noch einmal seine weichen Lippen zu kosten. Trotz all seines Sarkasmus und seiner Arroganz waren seine Lippen einladend und wussten verdammt gut, wie man eine Frau richtig küsste.

Ihr Tier kicherte. *Sein Kuss kann unsere Vorspeise sein.*

Hast du das wirklich gerade gesagt?

Ihr Drache summte. *Er würde gut schmecken.*

Aaron beugte sich vor, und Teagan bemerkte seine geschlitzten Pupillen. Mit seinem Atem an ihrer Wange flutete Hitze ihr Gesicht, als sie sich an das letzte Mal erinnerte, dass sie einander geküsst hatten.

Ihre Abwehrtaktik funktionierte nicht so gut, wie sie gehofft hatte.

Ihr Tier seufzte. *Und das ist auch gut so. Warum auf ihn warten? Küss ihn endlich.*

Sie versuchte, sich an die Gründe zu erinnern, warum sie weggehen sollte. Aber als Teagan ihren Blick auf Aarons Lippen und die kleine Narbe an seinem Mundwinkel richtete, spielte sie mit der Idee, die frühere Verletzung zu küssen, bevor sie sanft an seinem Hals hinunter knabberte. Schließlich sah niemand zu.

Bevor sie sich jedoch entscheiden konnte, ob sie ihren Hormonen nachgeben sollte oder nicht, ließ Aaron schnell ihre Schultern frei und trat beiseite.

Er räusperte sich. „Unser Essen wird kalt. Setz dich, und ich geb' dir was."

Teagan drehte sich schnell zum Tisch und konnte kaum widerstehen, ihre Hände auf ihre sicher geröteten Wangen zu legen. Warum musste ausgerechnet Aaron von allen Männern der Welt derjenige sein, der ihren Körper und ihr Tier aufrührte? Angesichts der bevorstehenden Prüfungen hatte sie keine Zeit, sich mit einem Mann zu befassen, geschweige denn einem von einem anderen Clan, der sie gern in den Wahnsinn trieb.

Und der sie vielleicht nur wollte, weil sie Clanführerin war.

Sie müsste einfach so schnell wie möglich essen und ihn auf den Weg schicken. Dann konnte sie sich gegen seine Berührung wappnen und Strategien entwickeln, wie sie seinen Lippen in Zukunft widerstehen würde.

Ihr Drache seufzte. *Wir können mehr als nur eine Sache gleichzeitig tun. Er ist gut für uns.*

Das sagst du, und doch ist er nicht unser wahrer Gefährte. Wir wissen so wenig über ihn.

Dann stell ihm Fragen. Es ist ja nicht so, als würde ich vorschlagen, ihn zu paaren und Babys zu bekommen. Ein bisschen Sex wäre nett.

Klar, denn der Clan würde das auch so beiläufig behandeln wie du, besonders, wenn er anfängt, seinen Mitbeschützern gegenüber zu prahlen.

Ach, hör auf. Er hat sich die Mühe gemacht, hier

einzubrechen, um dir Abendessen zu kochen. *Das ist viel Arbeit für einen One-Night-Stand.*

Er ist immer noch männlich.

Ihr Tier schnaubte. *Sprich mit ihm und gib ihm eine Chance. Außerdem, wenn er hier ist, wird niemand von dem Essen oder mehr erfahren. Nutz die Zeit, um den fremden Besucher kennenzulernen. Das gehört zu deiner Pflicht als Clanführerin.*

Teagan wusste, dass ihr Drache sie absichtlich reizte. Aber als sie sah, wie Aarons breiter Rücken sich unter seinem Hemd bewegte, während er das Abendessen verteilte, juckte es ihr in den Fingern, seine Muskeln zu verfolgen und sich vielleicht von diesen starken Armen halten zu lassen, wenn sie kam. Auch wenn sie ihren Clan liebte, sehnte sie sich ab und zu nach ein oder zwei Nächten, in denen sie einfach eine Frau war.

Sie legte ihre Hände an die Wangen und wollte, dass die Hitze in ihnen abkühlte. Sie musste für das Essen die distanzierte Anführerin des Clans sein. Wenn Aaron verstand, welche Wirkung seine Berührung auf sie hatte, würde er sich ihr gegenüber bestimmt aufführen. Oder schlimmer noch, er könnte sie küssen, und wer wusste schon, welches Chaos daraus entstehen würde.

Sie atmete tief durch und dachte an den ganzen Papierkram, der auf ihrem Schreibtisch lag. Wenn sie sich an ihre Handkrämpfe erinnerte, weil sie winzige Buchstaben in unglaublich kleine Kästchen schrieb, verlangsamte sich ihre Herzfrequenz ein wenig.

Gut. Sie sollte jetzt in der Lage sein, professionell mit Aaron umzugehen.

Ihr Drache lachte, aber Teagan ignorierte ihn.

Aaron kehrte Teagan den Rücken zu und atmete tief durch. Der Frau zu widerstehen, war anstrengend.

Sein Drache meldete sich zu Wort. *Hör auf zu lügen. Das macht Spaß. Du bist nur sauer, dass du sie fast an dich gezogen und geküsst hast.*

Du magst auf ihre hübschen Augen und ihren Witz reinfallen, aber ich habe kein Interesse daran, zum Eunuchen zu werden. Ich nehme an, sie würde nur zu ihren Bedingungen küssen, sonst bohren sich scharfe Krallen in meine Eier.

Hast du ihre geröteten Wangen und die blitzenden Augen nicht gesehen?

Er hatte das Huhn, die Kartoffeln und das Gemüse fertig verteilt. *Lass mich einfach das Essen ohne zu viele Kommentare regeln und überleben. Kannst du das tun?*

Zu Aarons Überraschung verstummte sein Drache.

Er brachte sein Gesicht in einen neutralen Ausdruck, trug die Teller zum Tisch und stellte sie ab. Er rutschte in den Sitz gegenüber von Teagan und deutete auf das Essen. „Ich versichere dir, es ist nicht vergiftet."

Sie hob eine Braue. „Dieser Gedanke war mir bis

jetzt nicht in den Sinn gekommen. Vielleicht sollte ich mir Sorgen machen."

„Ach, verdammt nochmal!" Er nahm eine Gabel, pikste ein bisschen von allem von ihrem Teller und stopfte es sich in den Mund. Sobald er geschluckt hatte, hielt er seine Hände hoch. „Ta-daa!"

Sie lächelte, und sein Blick wurde zu dem Grübchen in einer Wange gezogen. Auf ihre Stimme hin blickte er schnell zu ihren Augen zurück, als sie sagte: „Das war einfach. Ich hatte mehr Widerworte erwartet, bevor du beweisen würdest, dass alles in Ordnung ist."

Die Belustigung in ihren Augen, kombiniert mit ihrem verdammt perfekten Lächeln brachte ihn dazu, sie noch einmal reizen zu wollen. Er fühlte sich mehr unter Kontrolle, wenn sie sich mit ihm stritt. Es war einfacher, dem Verlangen zu widerstehen, ihre Lippen zu schmecken, wenn sie verschiedene Teile seines Körpers bedrohte.

Sein Drache schmunzelte. Aaron ignorierte ihn und machte sich über sein Essen her. Eine Minute verging schweigend, während sie beide aßen. Teagan war die Erste, die das Schweigen brach. „Das Essen ist wirklich gut. Wo hast du Kochen gelernt?"

Anstatt einen Witz zu machen, entschied er sich, wahrheitsgemäß zu antworten. Vielleicht würde Teagan ihn dann nicht mit einem weiteren Grinsen verführen. „Meine Mum. Sie sagte, alle Männer sollten kochen können."

„Sie ist eine kluge Frau."

Er lächelte. „Aye, das ist sie."

Als er es nicht weiter ausführte, fragte Teagan: „Was hat sie dir sonst noch beigebracht?"

Er konnte nicht erkennen, ob Teagan nur höflich oder wirklich interessiert war.

Sein Drache meldete sich zu Wort. *Sag es ihr einfach. Es würde nicht schaden, sich gut mit ihr zu stellen.*

Bei der Neugier in Teagans grünen Augen strömten die Worte von seinen Lippen. „Eigentlich alles. Mein Vater war überhaupt nicht so groß darin, ein Elternteil zu sein."

Fuck! Er sprach selten mit jemandem über seinen Vater. Was zum Teufel stimmte nicht mit ihm?

Sein Drache ergriff das Wort. *Sie ist eine Anführerin, und du weißt, dass sie die Informationen nicht weitergibt.*

Teagan schluckte ihren letzten Bissen und sah ihn wieder an. „War deine Mutter ein Opfer?"

Aaron entschied: Was zur Hölle. „Nein, ich wurde ein paar Jahre vor dem Start des Programms in Stonefire geboren. Meine Eltern waren wahre Gefährten, die irgendwie falsch gelaufen sind."

„Willst du mir sagen, warum, oder ist das in der ‚Auf-keinen-verdammten-Fall'-Spalte?"

Ihm gefiel, dass sie nicht versuchte, ihre Ausdrucksweise zu mäßigen. „Da gibt es nicht viel zu erzählen. Mein Vater war ein Mistkerl, dem es gefallen hat, wenn meine Mum und ich uns durch seine Worte klein und wertlos fühlten. Als ich alt genug war, mich gegen ihn zur Wehr zu setzen und gedroht habe, gegen ihn zu kämpfen, ist er nach Amerika gegangen, um bei einigen seiner entfernten Verwandten zu wohnen. Wir haben ihn nie wieder gesehen, und er ist schließlich dort gestorben."

Er wartete darauf, dass sich Mitleid in Teagans Augen zeigte, aber sie neigte nur den Kopf. „Wenigstens seid du und deine Mutter jetzt für immer frei von ihm."

„Ja, aber ich mache mir nach all den Jahren immer noch Sorgen um meine Mum. Der größte Teil ihrer Familie lebt in Italien, und sie wäre dort glücklicher. Caruso ist ihr Familienname, nicht der meines Vaters."

Sobald ihm die Worte von den Lippen kamen, wollte Aaron sie zurücknehmen. Sie würde wahrscheinlich fragen, warum seine Mutter nicht da war, und er wollte den Abend nicht verderben, indem er über Nerina und seinen eigenen Mist sprach.

Es musste der Clanführer in Teagan sein, der seine Geheimnisse hervorlockte.

Sein Tier meldete sich zu Wort. *Oder vielleicht magst du sie und willst, dass sie dich ganz kennt.*

Teagans Stimme hinderte Aaron glücklicherweise daran, auf sein Tier zu antworten. „Dein Blick wurde gerade wieder vorsichtig. Soll ich nachhaken, oder ist das ein Gespräch für ein anderes Abendessen?"

173

„Du gibst also zu, dass du mich noch einmal hier haben willst?"

Sie zuckte die Schultern. „Vielleicht. Kommt darauf an, was als Nächstes auf der Speisekarte steht."

„Ich werde es spannend für dich machen, und vielleicht hält dich deine Neugier davon ab, über die Abendstunden hinaus zu arbeiten. Dann muss ich nicht mit deiner Gran reden und sie für mich nach deinem Aufenthaltsort suchen lassen."

Sie schluckte ihren letzten Bissen. „Will ich wissen, warum meine Großmutter schon deine Verbündete ist? Sie sollte auf meiner Seite sein, nicht deiner."

Aaron grinste. „Sie mag mich, und das reicht."

Teagan seufzte. „Dass sie einen Narren an dir gefressen hat, ist sowohl ein Segen als auch ein Fluch. Obwohl, wenn sie ihre Zeit auf dich konzentriert, dann lässt sie mich vielleicht für eine Weile in Ruhe."

„Lässt dich in Ruhe womit?" Teagan schwieg, daher fügte er hinzu: „Ich habe mein Herz über meinen Vater ausgeschüttet. Du kannst doch wohl auch eine Frage ganz ehrlich beantworten."

Sie zeigte mit ihrer Gabel auf ihn. „Mir zu erzählen, dass er nach Amerika abgehauen und gestorben ist, geht wohl kaum als Herz ausschütten durch."

„Bist du sicher, dass du eine Clanführerin bist? Denn ich glaube nicht, dass du männliche Drachenwandler verstehst. Das war ein bedeutender Durchbruch." Sie verdrehte die Augen, und er fuhr fort: „Dann erzähl – was hat deine Gran vor?"

Sie sah ihm in die Augen, und Aaron hielt sein Gesicht neutral. So hartnäckig er auch sein konnte, wenn er wollte, es gab einige Dinge, die die Leute nach ihren eigenen Bedingungen erklären mussten. Vielleicht war das eins von denen für Teagan.

Sein Drache schnaubte. *Seit wann bist du geduldig bei irgendwas?*

Halt die Klappe, Drache.

Teagan strich ihr Haar über eine Schulter, und seine Augen bewegten sich zu der anmutigen Kurve ihres Halses. Wenn sie ihr Haar hochtrug, würde es jedem Mann in Sichtweite in den Fingern jucken, die eleganten Linien zu verfolgen. Unter dem Tisch verkrampften sich seine Finger und sehnten sich nach genau dem.

Dann greif hinüber und versuch es, sagte sein Tier.

Seine Hand bewegte sich ein paar Zentimeter, bevor er seine Finger zu einer Faust ballte. Er begegnete erneut ihrem Blick, aber nicht, bevor er die Röte auf ihren Wangen bemerkte. Blut rauschte angesichts des Anblicks in seinen Schwanz. Trotz all ihrer harten Worte war sie extrem feminin und unschuldig in privaten Momenten.

Der Kontrast brachte ihn dazu, sie noch mehr küssen zu wollen.

Teagans Augen blitzten. Ihre Stimme war leise, als sie sagte: „Vielleicht solltest du gehen."

Er lehnte sich ein paar Zentimeter vor. Seine Stimme klang in seinen eigenen Ohren rau. „Was habe ich getan?"

Ihre Haut färbte sich noch dunkler rosa, als sie das, was von ihrem Abendessen übrig war, auf dem Teller herumschob. „Deine Augen blitzen, während du verschiedene Teile meines Körpers anstarrst."

„Ist das eine schlechte Sache?"

Er nahm ihre freie Hand in seine. Angesichts der Berührung knisterte Elektrizität durch seinen Körper.

Er sollte ihre Finger loslassen, sich entschuldigen und in sein eigenes Cottage zurückkehren. Aber als Teagans Hand sich fester um seine schloss, begegnete er ihrem Blick und knurrte über das Verlangen, das dort strahlte. Teagans Stimme streichelte seine Haut, als sie flüsterte: „Meine Gran will, dass ich mich niederlasse und einen Gefährten finde. Aber das ist nicht das, was ich gerade will."

Er streichelte zärtlich ihren Handrücken mit dem Daumen. Jedes Streicheln der weichen Haut brachte ihn dazu, sie noch mehr küssen und sehen zu wollen, ob sie überall so weich war.

Sein Tier summte. *Ja, ja, küss sie. Unverbindlich. Sie wird die Idee mögen, einmal zu ficken und wegzugehen.*

„Das ist auch nicht das, wonach ich suche", antwortete er. Aaron beugte sich und küsste Teagans zartes Handgelenk. So nah an ihrer Haut schwelgte er in ihrem femininen Duft.

Als er ihre Haut mit der Zunge sanft streichelte, atmete Teagan ein. Ihre Stimme war erstickt, als sie fragte: „Was machst du, Caruso?"

Er bewegte seine Lippen zu einem ihrer Finger und küsste dessen Spitze. „Ich denke, es passt besser zu dieser Situation, wenn du mich Aaron nennst." Er schnippte mit der Zunge gegen eine andere Fingerspitze. „Und ich denke, wir brauchen beide eine kleine unverbindliche Erlösung."

Er wartete ab, ob er die Situation falsch gedeutet hatte. Wenn er nicht vom Geschmack und Geruch von Teagans Haut betrunken wäre, hätte er vielleicht vernünftig sein und weggehen können.

Aber nachdem er die Frau gekostet hatte, wollte er mehr. Da sie Clanführerin war und er nur für kurze Zeit in Glenlough, konnten sie sich gegenseitig genießen, ohne eine Bindung einzugehen. Sie hatten beide Verantwortung, die sie nicht vernachlässigen durften. Die Herzen mussten nicht beteiligt werden. Er wäre nicht dazu verdammt, die Vergangenheit zu wiederholen. Er konnte seinen Auftrag beenden und pünktlich nach Stonefire zurückkehren.

Sein Drache knurrte. *Sei da nicht so sicher. Ich glaube, du wirst bald schon eine andere Melodie singen.*

Aaron bemerkte kaum die Worte seines Drachen, als er Teagans Hand an seine Wange hob und sie sanft über seinen Kiefer streichelte. Es war an der Zeit zu sehen, ob sie auf derselben Seite war wie er.

Kapitel Zehn

Teagans Herz klopfte, als Aarons kurze Barthaare ihre Haut kitzelten. Das Gefühl seines harten Schwanzes an ihrem Bauch machte sie feuchter, als sie es je in ihrem Leben gewesen war. Sie konnte sich gut vorstellen, wie es wäre, ihn nackt und über sich zu haben. Verdammt, hinter ihr, unter ihr und auf jede erdenkliche Weise.

Ihr Drache grunzte. *Wir können ihn haben. Es ist sowieso immer am besten, sie auszuprobieren.*

Aaron bewegte ihre Handfläche zu seinen Lippen und schnippte mit seiner Zunge gegen ihre Haut. Sie hielt den Atem an bei der heißen, nassen Empfindung. „Aaron."

„Ist das ein ‚Ja, Aaron' oder ‚Nein, Aaron'?"

Ihr Blick wanderte über seinen Kiefer, seine breiten Schultern und seine muskulösen Arme. Zum ersten Mal seit Jahren wollte sie etwas Spontanes für sich selbst tun.

Sie sah ihm wieder in die Augen. „Solange das, was zwischen uns passiert, in diesem Haus bleibt und niemand sonst es erfährt, ist es ein Ja."

Als Reaktion darauf nahm er einen ihrer Finger zwischen seine Lippen. Er schnippte und ließ seine Zunge um ihn kreisen. Teagan stöhnte, und allzu schnell ließ Aaron sie los. Seine belegte Stimme ging direkt zwischen ihre Oberschenkel, als er sagte: „Das bedeutet, dass dein ganzes Haus jetzt Teil unseres Deals ist."

„Bist du wirklich –"

Aaron stand auf und zog sie hoch und an seine Brust. „Ich will dich überall nehmen, wo ich heute Abend kann. In diesem Cottage bist du keine Clanführerin, und ich gehöre nicht zu deinen Beschützern. Stimm zu, bevor etwas passiert. Ich werde in dieser Arena nicht herumkommandiert werden."

Sie bewegte die Hände an seinen Rücken und fuhr langsam mit ihnen nach unten, bis sie seine Pobacken fassen konnte. „Du solltest besser gut sein, Caruso." Sie drückte ihre Brüste gegen seine Brust, und es gefiel ihr, wie seine Pupillen zu Schlitzen wurden. „Meine Antwort lautet also Ja, aber nur für heute Abend."

Mit einem Knurren nahm er ihre Lippen mit einem groben Kuss. In der nächsten Sekunde knabberte er an ihrer Unterlippe, und sie öffnete sich. Als seine Zunge eindrang und die Innenseite ihres Mundes streichelte, zog sie seinen Unterkörper enger an ihren und schaukelte ihre Hüften. Aaron stöhnte in ihren Mund, und das Geräusch ließ das Verlangen zwischen ihren Beinen härter pochen.

Sie unterbrach den Kuss und schob ihn fort. In seinen Augen blitzte Verwirrung auf, aber als sie ihr Oberteil auszog und es zur Seite warf, bewegten sich seine Augen zu ihrem BH. Aaron leckte seine Lippen, und ihre ohnehin schon harten Brustwarzen verhärteten sich noch weiter.

Sie öffnete den Verschluss am Rücken und zog auch den BH aus. In der nächsten Sekunde war Aaron bei ihr und küsste ihren Hals, ihre Kehle und dann den oberen Teil ihrer Brüste. Ihre Nippel pochten vor Vorfreude. Er wäre besser nicht in Necklaune, sonst könnte sie ihn vielleicht doch herumkommandieren, um zu bekommen, was sie wollte.

Als Aarons heißer Mund eine ihrer Brustwarzen nahm, schob sie ihre Finger durch sein Haar und bog ihren Rücken. Jedes Wirbeln, Knabbern und Saugen machte ihre Knie etwas schwächer. Sie schlang ihren anderen Arm um seinen Hals, um nicht hinzufallen.

Schließlich ließ er die eine Brustwarze los und wandte sich der anderen zu. Er biss etwas kräftiger, und sie schrie bei der Mischung aus Lust und Schmerz. Er beruhigte den Stich mit seiner Zunge, bevor er wieder knabberte.

Der Druck wuchs, und sie fragte sich, ob sie kommen würde, ohne dass Aaron jemals ihre Klitoris berührt hätte. Sie schloss die Augen und konzentrierte sich auf die Lust, aber bevor sie über den Rand fallen konnte, zog er sich zurück.

Teagan öffnete die Augen und fragte: „Warum hast du aufgehört?"

Er küsste einen Mundwinkel und dann den anderen, bevor er flüsterte: „Ich will dich ganz meiner Gnade ausgeliefert wissen." Seine Hände gingen an den Bund ihrer Hose. Er fuhr mit seinen Fingern gerade hinein. Die Rauheit seiner Haut an ihr linderte ihren Zorn und ließ ihren Bauch kribbeln.

Aaron sah auf. Er unterbrach nicht den Blick, als er den oberen Knopf öffnete. Der Reißverschluss öffnete sich Stück für Stück, das Geräusch erfüllte den Raum und ließ ihr Herz pochen. Die meisten Männer rissen die Kleidung herunter, um so schnell wie möglich zur Tat zu schreiten, aber nicht Aaron. Und seltsamerweise machte seine Geduld sie heißer.

Er legte seine Hand auf ihren Bauch und ließ sie sanft um sie herum auf ihren Po gleiten. Das Flüstern seiner Finger hinterließ eine Spur von Hitze in ihrem Gefolge. Sie konnte sich vorstellen, was er mit diesen Fingern machen könnte, wenn sie vollkommen nackt wäre.

Als er volle dreißig Sekunden nichts anderes tat, als langsam die Haut über ihrem Slip zu reiben, was ihre Haut erwärmte und Teagan fast dazu brachte, sich zu winden, verwandelte sich ihre Geduld in etwas anderes. Sie runzelte die Stirn. „Worauf zum Teufel wartest du?"

Er lächelte langsam, und ein räuberischer Blick erfüllte seine Augen. „Vorfreude macht die Dinge so viel süßer. Das solltest du als Anführerin wissen."

Nun, dieses Spiel konnte sie auch.

Sie legte ihre Hand auf seinen Schwanz in seiner Jeans und packte seine Härte. Sie drückte, und Aaron biss sich auf die Lippe, um nicht zu stöhnen. Teagan lachte leise. „Dann bin jetzt vielleicht ich dran, dich daran zu erinnern, wie sich Vorfreude anfühlt."

Es mochte zwei Jahre her sein, seit ihrer letzten sexuellen Begegnung, aber mit Aaron bedeutete die lange Phase nichts. Selbstsicher bewegte sie ihre Hand zur Basis seines Schwanzes und schloss sich darum. Als Reaktion darauf schob Aaron seine Hände in ihr Höschen und packte ihren Po. Eine Hand bewegte sich weiter zwischen ihre Beine und streichelte ihre Falten, und sie saugte einen Atem ein.

Seine raue Stimme ließ sie zittern. „Du scheinst zu vergessen, dass du diejenige bist, die größtenteils ausgezogen ist, was bedeutet, dass ich dich früher schreien lassen kann als du mich."

Ihr Tier zischte. *Ja, lass ihn es versuchen.*
Ich werde nicht so leicht aufgeben.

Sie wollte gerade schon den Reißverschluss seiner Jeans öffnen, um den Spielstand auszuglei-chen, als er ihre Hose und das Höschen hinunterzog und beide um ihre Knöchel zu Boden fielen. Aarons

Blick fiel auf die Stelle zwischen ihren Oberschenkeln, und ihr Herz schlug kräftiger.

Er nahm ihre Hände in seine und nickte zum Boden. „Tritt aus deinen Schuhen und Kleidern."

In anderen Bereichen ihres Lebens hätte Teagan nie den Befehl von jemandem angenommen, der in der Hierarchie unter ihr stand. Aber da sie größtenteils nackt vor Aaron stand, wusste sie, dass das hier anders war. In diesem Cottage war sie nur eine Frau und er ein Mann. Clanpolitik spielte keine Rolle.

Dennoch zögerte sie. Sie hatte schon einmal vertraut und hatte sich verbrannt.

Aarons Stimme füllte erneut den Raum. „Was hier passiert, bleibt hier, Teagan. Ich schwöre es."

Ihr Drache meldete sich zu Wort. *Ich kann die Wahrheit in seiner Stimme hören.*

Teagan atmete tief durch und nickte. „Das hoffe ich."

Seine Pupillen blitzten auf, aber sie konzentrierte sich auf den Moment. Sonst würde sie es sich noch ausreden.

Teagan gehorchte und kickte ihre Kleider aus dem Weg. Aaron hielt ihre Arme zur Seite und betrachtete ausgiebig ihren Körper von Kopf bis Fuß, begleitet von einem Knurren. „Verdammt schön."

Ihr ganzer Körper erwärmte sich, während ihre Pussy pulsierte. Es war etwas seltsam Erotisches daran, nackt zu sein und von Aaron begutachtet zu werden, während er vollkommen bekleidet dastand.

Sie erwartete, dass ihr Drache Haut oder Gleichberechtigung verlangte, aber ihr Tier blieb unheimlich still.

Bevor Teagan zu viel darüber nachdenken konnte, sah Aaron ihr wieder in die Augen. Sie bemerkte kaum die blitzenden Pupillen, als er befahl: „Setz dich auf den Stuhl und spreize deine Beine!" Er ließ eine Hand los und streichelte ihre Wange. „Ich will, dass du offen und willig für mich bist."

Aaron war sich nicht sicher, ob Teagan darauf reagieren würde. Während er im Dienst kein Problem damit hatte, einem Befehl zu folgen, genoss er es, das Sagen zu haben, wenn eine Frau nackt bei ihm war.

Die Frage war, ob Teagan es auch wollte oder nicht.

Nach einer weiteren Sekunde drehte sie sich um, und er beobachtete, wie ihre kurvigen Hüften schaukelten, als sie zum nächsten Stuhl ging, ihn weiter vom Tisch wegschob und sich umdrehte, um sich mit geschlossenen Beinen hinzusetzen. Bevor er sie daran erinnern konnte, ihre Schenkel zu öffnen, spreizte Teagan sie. Beim Anblick des rosa, geschwollenen Fleisches, leckte er sich die Lippen. „Ich will dich kosten." Er sah auf. „Aber wenn ich mich hinhocke, musst du still bleiben, bis ich es sage."

Sie zögerte, bevor sie antwortete: „Ich werde es

versuchen, es sei denn, du tust etwas, das mir nicht gefällt."

„Ich möchte nur sichergehen, dass du zu sehr erregt bist, um etwas anderes außer dem Gefühl meiner Zunge zu spüren."

Ihre schöne, helle Haut rötete sich, und er trank den Anblick von Teagans festen Brüsten, der Schwellung ihrer Hüften und ihrer langen Beine. Er würde sich ihr Bild für zukünftige Duschen merken. Ungeachtet der Gründe, aus denen er sie nie haben konnte, war sie klug und umwerfend, und er wollte sich an sie erinnern.

Er näherte sich Teagan und beugte sich zu ihrem rechten Ohr hinab. „Leg die Hände auf die Seiten des Stuhls und schieb diesen feinen Po etwas weiter in Richtung Stuhlrand."

Ihr angestrengter Atem ließ ihn lächeln.

Sein Drache grunzte. *Du solltest dich zuerst ausziehen. Ich will ihre Hände auf unserer Haut und vielleicht sogar ihre Nägel in unserem Rücken.*

Nein. Ich will mich zuerst nur auf sie konzentrieren. Nach allem, was sie für ihren Clan tut, verdient sie Aufmerksamkeit.

Er knabberte an ihrem Ohrläppchen. Nachdem er die weiche Haut mit seiner Zunge gestreichelt hatte, ging er auf die Knie. Beim Anblick ihrer Hände, die den Sitz packten, und ihrer Pussy, die jetzt noch besser zu sehen war, musste er den Blick zurück in Teagans schöne grüne Augen wenden, und er knurrte: „Meine."

Ihre Augen blitzten auf, aber anstatt ihn zurechtzuweisen, legte sie nur ihren Kopf zurück, während sie ihr Haar schüttelte und die Brüste nach vorn schob. „Entweder beweist du mir deine Fähigkeiten oder geh. Ich werde nicht ewig warten."

Es schien, als hätte die Frau Biss, selbst wenn sie verletzlich war. Aaron würde sich das für später merken.

Er wanderte an der Seite ihres Halses hinunter bis zu ihrem Schlüsselbein und murmelte: „Eine Sache noch: Nimm deine Hände nicht vom Stuhl, bis du kommst, sonst höre ich auf."

„Na schön. Aber wenn du mir wehtust, gilt das nicht."

Er umkreiste einen ihrer Nippel und grunzte. „Ich werde dir nie absichtlich wehtun, Teagan. Wenn ich je etwas tue, das dir nicht gefällt, kannst du meine Hoden aufspießen." Er ging zu ihrem anderen Nippel über. „Obwohl ein wenig Schmerz unter den richtigen Umständen viel Freude bereiten kann."

Bevor sie antworten konnte, kniff er sanft ihre Brustwarze, und Teagans Beine öffneten sich weiter. „Das ist mein Mädchen." Er drehte etwas härter, und Teagan stöhnte, als ihr Kopf zur Seite fiel.

Mit ihren dunklen Haaren, die über eine Schulter fielen, und der geröteten Haut war sie die schönste Frau, die er je gesehen hatte.

Und aus irgendeinem Grund wollte er sie besser kennen.

Sein Drache brüllte. *Dann beeil dich. Ich möchte wissen, wie sie schmeckt.*

Er ignorierte sein Tier und konzentrierte sich allein auf Teagan. „Versuch nicht, dein Stöhnen zurückzuhalten oder zu dämpfen. Deine Reaktionen sind wie Anweisungen. Die meisten Männer neigen dazu, sie zu ignorieren, aber ich nicht. Ich habe vor, sie zu benutzen, um dich lauter schreien zu lassen, als je zuvor."

Sie keuchte schon fast, was sowohl Mann als auch Tier selbstgefällig machte. Teagan flüsterte: „Beeil dich endlich!"

Er nahm ihre Brüste in die Hände und bewegte seinen Kopf, um ihre Lippen zu küssen. „Wenn sonst schon nicht, vertrau mir wenigstens hierbei."

Er lehnte sich zurück, um ihre Augen zu beobachten. Eine Sekunde lang musterte sie seine Augen, bevor sie nickte. „Aber du bekommst nur eine Chance."

Er grinste. „Mehr brauche ich nicht."

Er strich seine Hand von ihren Brüsten bis zu ihrer Taille hinunter und rieb ihre weiche Haut ein paar Minuten, bevor er sich zu ihren Oberschenkeln bewegte.

Er konnte ihrem blassem, straffem Bein nicht widerstehen und beugte sich hinunter, um mit seiner stoppeligen Wange an ihrer empfindlichsten Stelle, an der Innenseite ihres Oberschenkels, hin- und herzustreichen. Er wiederholte die Bewegung auf der anderen Seite, und Teagans Muskeln entspannten sich weiter unter seiner Berührung. „Mal sehen, wie feucht du für mich bist."

Aaron senkte den Kopf und starrte ein paar Sekunden auf ihr geschwollenes Fleisch. Sie glänzte schon für ihn.

Er schnippte mit der Zunge zwischen ihre Falten und schwelgte in dem erdigen, weiblichen Duft, der Teagan O'Shea war.

Sein Drache meldete sich endlich zu Wort. *Mehr, ich will viel mehr.*

Geduld –

Nein. Fick sie mit unserer Zunge.

Als sein Drache in seinem Kopf auf- und abging, erkannte Aaron, dass sein Tier versuchen könnte, die Kontrolle zu übernehmen und all seine harte Arbeit zu ruinieren, wenn er nicht schnell etwas tat.

Aaron packte Teagans Schenkel und begann, sie noch einmal zu kosten. Mit jedem Lecken, Wirbeln und Stoßen seiner Zunge kam ihr Atem heftiger.

Er öffnete seine Augen und beobachtete Teagans Gesicht, während er ihre Pussy verschlang. Ihr Kopf war zurückgeworfen, die Brüste vorgestreckt, und sie war nahe dran.

Aaron hielt an und zog sich ein paar Zentimeter weg.

Teagan öffnete die Augen und bewegte sich so, dass sie zu ihm hinabsehen konnte. Ihre Pupillen blitzten. „Denk nicht einmal daran, aufzuhören."

„Sieh zu, wie ich dich verschlinge, Teagan. Das wird dich viel härter kommen lassen."

Sie zögerte eine Sekunde, und Aaron fragte sich, welche Männer sie vor ihm hatte. Er wettete, dass die meisten ihre Bedürfnisse nie berücksichtigt hatten. Sie hatten wahrscheinlich an ihre eigene Erlösung gedacht und sonst nichts.

Sein Tier brüllte. *Denk nicht an die! Nur sie.*

„Vertrau mir, Liebes! Es wird dir gefallen."

Sie nickte, und er brach nicht den Augenkontakt, als seine Zunge ihren Schlitz hochfuhr, um ihren harten Knoten zu umkreisen. Er erhöhte den Druck auf ihre Klitoris, und Teagans Muskeln verspannten sich unter seinen Händen.

Während ihre Pupillen geschlitzt blieben, saugte er ihre Klitoris zwischen die Zähne und knabberte vorsichtig daran. Ihre Atmung kam unregelmäßiger. Er biss härter zu, und sie stöhnte: „Nochmal!"

Aaron wiederholte es, bevor er das empfindliche Fleisch mit seiner Zunge beruhigte. Während er weiter abwechselnd knabberte und leckte, nahm Teagans Gesicht einen noch leuchtenderen rosa Ton an. Sie schrie schließlich, und Aaron stieß schnell seine Zunge in sie hinein. Als er sich hinein- und herausbewegte, schwelgte er in dem Packen und Loslassen ihrer Muskeln. Und als er endlich ihren Orgasmus schmecken konnte, konzentrierte er sich darauf, ihren Geschmack zu lecken und in sein Gedächtnis einzubrennen.

Teagans Hände strichen über sein Haar, und er bewegte sich widerwillig von ihrer Pussy weg, um Teagans befriedigtem Blick zu begegnen.

Er bewegte seinen Oberkörper nach vorn, bis ihre Schenkel seine Taille umklammerten. Dann fuhr er mit den Fingern durch ihr Haar und fragte: „Hat es dir gefallen?"

„Wirst du mich wirklich dazu bringen, darauf zu antworten?", erwiderte sie mit einem zufriedenen Tonfall.

„Nun, ich kann dich beim nächsten Mal nicht noch härter zum Orgasmus bringen, wenn ich nicht weiß, was du magst."

Sie bewegte ihre Hand von seinem Haar an seine Brust. Dann kratzte sie mit ihren Nägeln vor und zurück über sein Brusthaar. „Warum bist du so versessen auf meine Lust? Meiner Erfahrung nach sind Männer daran gewöhnt, ihre Schwänze so schnell wie möglich reinzubekommen."

„Diese Männer waren Bastarde."

Sie neigte den Kopf. „Du bist voller Überraschungen, Aaron Caruso."

Er zog vorsichtig an ihrem Haar. „Und du auch, Teagan O'Shea."

Als sie sich gegenseitig anlächelten, fragte sich Aaron, ob es das war, was glückliche Paare nach einem Orgasmus erlebten. Normalerweise, nachdem er Nerina hatte kommen lassen, hatte sie gelächelt und Erschöpfung vorgetäuscht, was ihn hart und oft verletzt hatte bleiben lassen.

Nein. Er würde nicht zulassen, dass Nerina diesen Moment ruinierte.

Teagan runzelte die Stirn. „Woran hast du gerade gedacht?"

„Du darfst nicht so entspannt sein, wenn du immer noch so aufmerksam bist."

Ihre Brauen zogen sich näher zusammen. „Ich meine es, Aaron. Dein Gesicht ist verschlossen. Sag mir warum."

„Ich dachte, das hier wäre ein Ort, an dem du mich nicht herumkommandieren kannst."

„Ich kommandiere nicht, ich frage. Und wenn man bedenkt, dass ich nackt bin und du immer noch meinen Geschmack auf der Zunge hast, ist das eine vernünftige Frage."

Er rieb mit einer Hand an ihrem Rücken hinauf und hinab. „Ich dachte, das hier sollte eine unverbindliche Begegnung sein."

„Dann ist das umso mehr ein Grund für dich, mir zu vertrauen. Ich kann dich nicht härter kommen lassen als je zuvor, wenn du dich zurückhältst. Du solltest dich heute Abend auch frei fühlen."

Aaron überlegte, was er tun sollte. Sein Drache ergriff das Wort. *Sag es ihr einfach. Sonst wirst du an die andere denken, während ich Teagans Berührung genießen möchte.*

Meine Geschichte zu teilen bringt Nähe, und das ist nicht das, was ich brauche.

Oft weißt du gar nicht, was du brauchst.

Wovon zum Teufel sprichst du?

Du weißt schon.

Sein Tier verstummte, und Aaron versuchte herauszufinden, worum zum Teufel es ging.

Teagan öffnete den Mund, aber ein schneller Popsong hallte im Raum wider, und sie seufzte. „Das ist wohl Killian. Den Anruf muss ich annehmen."

Dankbar für die Ablenkung zog sich Aaron zurück und stand auf. „Eine Gruppe menschlicher Frauen, die singen, ist nicht das, woran ich bei deinem Bruder als Erstes denken würde."

Teagan verdrehte die Augen, als sie zu ihrem Handy ging und es aufnahm. „Hallo."

Als ihr Blick ernst wurde, wusste Aaron, dass ihre gemeinsame Nacht vorbei war. Sein harter Schwanz war enttäuscht, aber Aaron war fast froh, da es bedeutete, nicht über seine Vergangenheit reden zu müssen und Teagan auf Distanz zu halten.

Sein Drache knurrte. *Feigling.*

Teagan legte auf und sah zu ihm zurück. Er hob fragend die Augenbrauen, und sie antwortete: „Einer der Beschützer hat einen Spion im nahegelegenen Wald gefunden."

Er nahm ihre Kleider auf und gab sie ihr. „Wen?"

Sie nahm die Kleidung. „Einen Beschützer aus dem Clan Wildheath. Es tut mir leid, aber ich muss mir das ansehen und ihn wahrscheinlich verhören."

Er zuckte die Schultern. „Entschuldige dich nicht. Der Clan steht an erster Stelle, immer."

In ihren Augen blitzte die Verwirrung auf, verflüchtigte sich aber schnell. „Ja. Und auch wenn ich wünschte, ich könnte dich einladen zu helfen, solltest du wahrscheinlich in dein eigenes Cottage gehen. Sonst könnte mein Bruder auf uns aufmerksam werden. Trotz der Tatsache, dass es eine Nacht ohne Verpflichtungen ist, lässt sich nicht leugnen, dass die Dinge zwischen uns immer etwas anders sein werden." Sie zeigte auf seinen Schritt. „Und dann ist da natürlich noch das."

Ihr Blick fiel auf seinen erigierten Schwanz, der gegen seine Jeans drückte. Wenn sie weiter seinen Schwanz ansähe, würde er den Bastard nie zähmen können. Aaron räusperte sich. „Ich würde auch eine schnelle Reinigung vorschlagen. Wir können das morgen Abend beenden, nach dem Essen."

Sie zog die Brauen zusammen. „Morgen?"

„Wir hatten keine volle Nacht wie versprochen. Wir müssen noch einige Stunden nachholen. Außerdem kann ich es kaum erwarten, dich auf allen Vieren zu sehen, mit deinem Po in der Luft und Hüften, die in Erwartung meines Schwanzes wackeln." Er hielt inne und fügte hinzu: „Es sei denn, du willst es wirklich nicht. Ich werde dich nie zwingen, etwas zu tun, das du nicht willst, wenn wir allein sind, Teagan. Ich bin jedoch anderer Meinung, wenn es darum geht, dich zum Essen zu bringen oder dazu, eine Pause einzulegen."

Sie starrte ein paar Sekunden, und Aarons Herzfrequenz stieg an. Er würde es jedem gegenüber leugnen, der fragte, aber er wollte mehr mit Teagan schlafen, als er sich selbst eingestehen wollte. Sie einmal zu kosten war nicht genug.

Verdammt, er steckte in Schwierigkeiten.

Sein Drache schnaubte. *Warum solch ein Theater darum, sie wiedersehen zu wollen? Sie ist stark, loyal, hübsch und intelligent. Jeder Mann würde sie wollen.*

Das ist nicht, was ich fürchte, und das weißt du auch.

Deine Angst macht dich blind für das, was du vielleicht brauchst.

Sie ging zu ihm und berührte seine Wange, verbannte alles außer ihrer Berührung und ihren Worten. „Ich will immer noch deinen wunderschönen, nackten Körper sehen. Aber nur für morgen Abend und nicht mehr."

Anstatt zu antworten, küsste er sie. Er verharrte noch ein paar Sekunden, bevor er ihre süßen Lippen losließ. „Ich freue mich darauf, dich meinen Namen schreien zu hören."

Mit einem Zwinkern drehte er sich um und sammelte seine Sachen. Wahrscheinlich würde er in dieser Nacht nicht viel schlafen, aber es gab ihm Zeit zu planen, was er am nächsten Tag mit Teagan machen sollte. Wenn er nur eine Nacht hätte, würde er sie besonders machen.

Sein Tier schnaubte. *Ich bezweifle, dass eine Nacht genug sein wird.*

Zu schade. Das wird es nämlich müssen.

Kapitel Elf

Teagan hatte erwartet, dass Aaron fluchte und sich wie ein verwöhntes Kind verhalten würde, wenn sie sagte, dass sie sich um die Sicherheit des Clans kümmern müsse. Jeder andere Mann, mit dem sie zusammen gewesen war, und der sie zum Orgasmus gebracht, aber nicht seinen eigenen gefunden hatte, hätte das getan, komplett mit mürrischen, gestelzten Antworten.

Doch als sie die Entfernung zum Hauptgebäude der Beschützer zurücklegte, erinnerte sie sich an Aarons schnelle Akzeptanz und das Versprechen, es am nächsten Tag noch einmal zu versuchen.

Er zerstörte immer wieder ihre Annahmen über ihn. Vielleicht gab es einen Grund aus seiner Vergangenheit, warum er jedes Mal mürrisch gewesen war, wenn sie mit ihm gesprochen hatte, als er neulich in Glenlough angekommen war.

Nicht, dass es sie interessieren sollte. Er gehörte

nicht zu ihrem Clan und würde bald nach Stonefire zurückkehren.

Ihr Drache meldete sich zu Wort. *Willst du ihn auch?*

Was ist das denn für eine Frage?

Wir haben es beide genossen, die Kontrolle für eine kurze Zeit abzugeben. Es wäre nett, jeden Abend zu sowas nach Hause zu kommen.

Er ist nicht mal unser wahrer Gefährte.

So? Das muss er auch nicht.

Was für ein Spiel spielst du eigentlich?

Kein Spiel. Ich kann besser beurteilen, was gut für uns ist, als ein zufälliger Akt des Schicksals.

Sie kam am Hintereingang der Kommandozentrale an. *Ich muss mich konzentrieren, also sei still.*

Ihr Drache war es gewohnt, für Clangeschäfte zur Seite gedrängt zu werden, und protestierte deswegen nicht. Das hieß natürlich nicht, dass er Teagan nicht später damit nerven würde, an Aaron zu denken. Vielleicht hätte sie bis dahin ja ein paar weitere Ausreden, warum es eine schlechte Idee war, sich ihm gegenüber zu öffnen.

Doch trotz ihrer Bemühungen, den Abend zu vergessen, kamen Aarons Worte zu ihr zurück. „*Setz dich auf den Stuhl und spreize deine Beine. Ich will, dass du offen und willig für mich bist.*" Teagan erbebte. Tief im Inneren wollte sie seine rauen Befehle noch einmal erleben.

Nicht, dass sie das wieder haben könnte, wenn sie ihre aktuelle Aufgabe nicht beendete und sich nicht vor kommenden Bedrohungen schützen würde. Sie atmete ein paar Mal tief durch, um ihren Verstand zu klären.

Als sie an Killians Büro ankam, trat Teagan ein und schloss die Tür hinter sich. „Würdest du mich bitte informieren?"

Killian stand auf und reichte ihr ein Blatt mit dem Bild von einem Mann mittleren Alters mit dunklen Haaren und den wichtigsten Details darunter. Ihr Bruder antwortete: „Dieser Mann, Roarke Bell, ist vom Clan Wildheath. Er war gerade dabei, ein Zelt aufzuschlagen und ein Lagerfeuer im Wald zu machen, als eine unserer Patrouillen ihn fand."

Sie hob eine Braue und sah ihrem Bruder in die Augen. „Dann ist er nicht schlau. Warum sollte der Anführer von Wildheath sich überhaupt die Mühe machen, ihn zu schicken, wenn er so unfähig ist?"

„Ihr Anführer, Padraig O'Leary, ist schon älter, und das merkt man. Der einzige Weg für ihn, jemanden in dessen Zwanzigern zu besiegen, ist, zu betrügen. Zweifellos wurde Roarke Bell hierher geschickt, um dir beim Training zuzusehen, die Umgebung zu erkunden und alles Mögliche über Glenlough herauszufinden, indem er unsere Aktivitäten beobachtet."

„Hat Bell etwas über einen Kontakt in Glenlough erwähnt?", fragte Teagan.

Killian schüttelte den Kopf. „Nein. Wir konnten nicht viel aus ihm rausbekommen. Du solltest Bell besuchen und sehen, was du in Erfahrung bringen kannst."

„Werde ich. Danach muss ich mir überlegen, ob es langfristig besser sein wird, sich früher oder erst viel später an Wildheaths Anführer zu wenden. Wenn ich ihn einfach wegen Betrugs disqualifiziere, werden die anderen Anführer sagen, ich habe das getan, weil ich fürchte, nicht gewinnen zu können."

Killian grunzte. „Sie sind unsichere Arschlöcher."

Sie schnaubte. „Dem werde ich nicht widersprechen, aber wenn ich ihre empfindlichen männlichen Egos zu schnell beleidige, könnten wir jahrelangen Herausforderungen gegenüberstehen. Da ich nicht den Wunsch habe, durch ständige Angriffe aus dem Weg gedrängt zu werden, müssen wir uns in der Zwischenzeit irgendwie mit ihrem Mist abfinden, zumindest bis die Wettkämpfe vorbei sind."

„Oder wir kaufen dir einfach einen falschen Schwanz, und du kannst ihn schwenken, wenn sie ankommen, denn das ist ja alles, was ihnen wichtig ist."

Ihr Bruder machte selten eine witzige Bemerkung, aber wenn, war sie großartig. Sie grinste. „Ich hebe mir das Dildowedeln vielleicht auf, bis ich ihnen in den Arsch getreten habe."

„Nimm einen silbernen."

„Ja, der glänzt in der Sonne." Sie wurde wieder ernst. „Aber ich kann nichts davon tun, wenn ich mich nicht mit unserem jetzigen Gefangenen auseinandersetze und meine Reaktion plane." Sie reichte ihm das Blatt Papier zurück. „Ich lasse dich wissen, was ich herausfinde. Und sorge dafür, dass von jetzt an bis zum Wettkampf zusätzliche Patrouillen durchgeführt werden. Ich möchte nicht, dass es irgendwelchen Spionen gelingt, sich einen Vorteil zu verschaffen."

„Natürlich. Der Gefangene ist im Verhörraum eins."

Teagan drehte sich um und verließ Killians Büro. Sie ging zum richtigen Raum, trat aber zuerst in die Beobachtungskabine auf einer Seite ein. Einer der älteren Beschützer, Lyall O'Dwyer, saß auf einem Stuhl hinter dem Schreibtisch mit Blick auf den Raum. Durch den Zwei-Wege-Spiegel beobachtete Teagan den Fremden, der auf einem Stuhl saß. Sie sah zu Lyall. „Irgendwas Neues?"

„Nicht wirklich, Teagan. Er sitzt ziemlich ruhig da und starrt auf einen Punkt an der Wand. Wäre er nicht so leicht gefunden worden, würde ich sagen, dass er sich auf dein Verhör vorbereitet", antwortete Lyall. „Aber das widerspricht seinem bisherigen Verhalten."

Teagan musterte den Gefangenen durch das Glas. Er zappelte nicht, und seinen Augen war nichts anzusehen. „Es sei denn, er wollte gefangen genommen und auf das Clanland gebracht werden."

„Aye, das könnte auch sein. Wirst du dennoch mit ihm reden?"

„Wenn ich das tue, könnte das etwas mehr über

mich verraten, aber ich habe keine Wahl." Sie winkte zu dem kleinen Fernsehbildschirm, der den Gefangenen im Raum zeigte. „Stell einfach sicher, dass unsere Sitzung aufgezeichnet wird. Vielleicht muss ich sie später nutzen, wenn ich mit seinem Clan-Führer spreche."

„Alles klar."

Teagan verließ die Beobachtungskabine und betrat den Verhörraum über den Flur. In ihrer Anwesenheit verlagerte der Mann seinen Fokus von der Wand auf sie.

Das Bild, das Killian ihr gezeigt hatte, hatte nicht die reine Verachtung, die in den Augen des Mannes glänzte, eingefangen. So viel zum Thema, dass er sich im Griff hatte.

Oder er hasste den Gedanken an eine Anführerin so sehr.

Ihr Tier knurrte. *Zu Hause benutzt er wahrscheinlich Angst, um Frauen zu kontrollieren.*

Vielleicht, vielleicht auch nicht. Und jetzt sei still.

Glücklicherweise hatte Teagan schon mit einigen arroganten Arschlöchern zu tun gehabt. Sie zog einen Stuhl in sichere Entfernung und drehte ihn um. Sie setzte sich und hob die Augenbrauen. „Wenn du eine Gefährtin hast, dann muss sie entweder unbegrenzte Geduld haben oder was für Idioten übrig."

„Sie folgt der Tradition, anders als dein selbstgefälliger Arsch."

Sie stützte ihr Kinn in die Hände, die wiederum

auf der Rückenlehne lagen. „Du bist ja ein richtiger Charmeur. Zu schade, dass wir keine Zeit für einen gemeinsamen Tee haben."

Der Mann kniff die Augen zusammen „Ich kann es kaum erwarten, dass einer der Männer dich im Wettkampf besiegt und die Kontrolle über deinen Clan übernimmt. Nur ein schwacher weiblicher Anführer würde englische Drachenwandler ins Land einladen, wenn man ihren Verrat über die Jahrhunderte betrachtet."

Teagan verdrehte die Augen und setzte sich auf. Ein Traditionalist und jemand, der lange einen Groll hegte. „Ja, ja. Ich bin abartig. Ich bin ein Verräter aller Männer. Ich bin nur an mir selbst interessiert. Bla, bla, bla. Hab' ich noch was vergessen? Ich will den ganzen Mist aus dem Weg räumen, damit ich erfahren kann, warum du hier bist."

„Wenn du glaubst, mir ein hübsches Lächeln zu zeigen, würde mich zum Reden bringen, dann bist du noch dümmer, als ich gedacht hatte."

Teagan streckte eine Kralle aus, stand auf und schloss den Abstand zwischen ihnen, um die scharfe Spitze gegen die Kehle des Mannes zu drücken. „Ich wollte dir die Möglichkeit geben, ohne Drohungen zu reden. Dein Clan-Führer würde es nie erfahren, und manchmal ist Gewalt nicht nötig, um ein Problem zu lösen." Sie drückte etwas fester, und der Mann schluckte sichtlich. „Ich habe jedoch nichts dagegen, sie zu verwenden, um das zu schützen, was mir gehört. Dass du widerrechtlich mein Land betrittst, gibt mir das Recht, zu tun, was ich für richtig halte. Nicht einmal das MDA wird sich einmischen."

Er öffnete den Mund, um etwas zu sagen, schloss ihn dann aber schnell wieder. Teagan lächelte. „Scheinbar lernst du dazu. Nun, diese dumme Frau hat bereits vermutet, dass du hier bist, um mich auszuspionieren. Padraig O'Leary wird immer älter und kann nur durch Betrug gewinnen. Ich möchte wissen, was dein Grund war, hierherzukommen. Was genau wollte er wissen?"

Die Stille dehnte sich aus, also drückte Teagan hart genug, um in seine Haut zu stechen. Ein paar Tropfen Blut rollten ihm die Kehle hinunter. Sie fuhr mit einem Finger darüber, um es aufzufangen, und hielt es ihm vors Gesicht. „Das ist meine letzte Warnung, bevor ich dich jemandem übergebe, der bei Verhören viel weniger höflich ist als ich. Gibt es da etwas, worüber du sprechen möchtest?"

Der Mann starrte einige Sekunden lang auf das Blut an ihren Fingern, bevor er antwortete: „Nein. Mich zu töten wird die anderen Anführer nur noch mehr anstacheln, dich besiegen zu wollen. Wenn mein Tod bedeutet, die Tradition zu bewahren, wird es sich lohnen."

Verdammt patriarchalischer Wahnsinniger, sagte sie zu ihrem Drachen.

In diesem einen Fall wünschte ich mir, wir würden die alten Traditionen befolgen. Dann würde dieser Mann mit Glanz und Gloria hingerichtet werden.

So gern ich das sehen würde, können wir es nicht. Die Menschen werden niemals unsere Verbündeten werden, wenn wir zu Schrecken und Gewalt zurückkehren, um zu herrschen.

Ihr Drache schnaubte. *Schätze, du hast recht.*

Teagan konzentrierte sich wieder auf den Mann. „Sieht so aus, als müssten wir dich an einen gemütlichen Ort mit einem neuen Mitbewohner bringen. Ich bin sicher, er wird viel schneller eine Kralle ausfahren als ich."

Hass blitzte in seinen Augen. „Schwache Schlampe. Du wirst deinen Platz schon bald genug kennenlernen."

Teagan fiel nicht auf den Köder herein, drehte sich um und verließ den Raum. Ihr Drache knurrte. *Wenn wir ein Mann wären, würden wir als stark und geborene Anführer bezeichnet werden. Aber weil wir eine Frau sind, sind wir eine Schlampe.*

Du darfst ihn nicht an dich ranlassen.

Bist du sicher, dass ich ihn nicht aus großer Höhe fallen lassen kann?

Im Moment nicht. Aber ich schließe nie so früh alle Möglichkeiten aus.

Als sie sich auf den Weg zurück in Richtung Killians Büro machte, widersetzte sich Teagan dem Drang, mit einer Hand durch ihre Haare zu streichen. Sie wollte nicht, dass ihr bester Verhörer den

Mann bearbeitete und womöglich Schaden anrich-
tete, aber sie hatte kaum eine Wahl.

Bis einige der alten Traditionen für immer
zerstört waren, musste sie manchmal den gleichen
Taktiken folgen wie die anderen Clans, um ihren
Standpunkt zu verdeutlichen.

Verdammte sinnlose Gewalt. Sie musste die
Prüfungen so herausfordernd wie eh und je machen,
um sich wirklich zu beweisen. Sie würde auf keinen
verdammten Fall den Prozess Jahr für Jahr wiederholen, nur um altmodische männliche Egos zu
beschwichtigen.

Sie erhöhte ihr Tempo. Es gab viel zu tun, und
Teagan gab nicht so leicht auf. Sie würde Irland zum
Besseren verändern, und wenn es sie umbringen
würde.

Und da einige der Clanführer sich nicht zu
schade waren, sie zu töten, um zu bekommen, was sie
wollten, könnte es das sogar.

Als die Sonne tief am Himmel sank, ging Aaron in
Richtung Killians Büro. Jeder verfügbare Beschützer
hatte eine doppelte Schicht gearbeitet und einen Teil
des Tages damit verbracht, in den Gebieten um den
Clan herum zu patrouillieren, um nach Eindring-
lingen zu suchen. Da jeden Tag viele Menschen
kamen und gingen, um den Glenveagh National
Park zu besuchen, in dem Glenlough lag, machte es

die Aufgabe viel schwieriger, besonders, wenn eine menschliche Gefährtin aus einem der anderen Clans geschickt worden war, um sie auszuspionieren. Es wäre verdammt schwierig, sie zu erkennen, wenn es sie gäbe.

Sein Tier meldete sich zu Wort. *Sture Ärsche! Wenn das so weitergeht, werden wir nie Zeit haben, Teagan beim Trainieren zu helfen.*

Sie hat ohnehin nie versprochen, es heute zu tun.

Trotzdem möchte ich sie in Drachengestalt jagen.

Wir werden sie heute Abend nackt sehen. Das sollte doch auch zählen.

Vielleicht.

Er schnaubte angesichts des Tons seines Drachen. *Prioritäten, Drache, Prioritäten.*

Du scheinst viel an sie zu denken.

Das war einer der Gründe, warum Aaron sich über die zusätzlichen Aufgaben so gefreut hatte; er konnte Teagan vergessen, während er durch die Arbeit abgelenkt war.

Ihr lächelndes Gesicht blitzte jedoch zum hundertsten Mal in seinem Kopf auf. Es sollte ihm egal sein, aber er fragte sich immer wieder, was sie diesen Tag gemacht hatte. Vielleicht konnte er ihr bei irgendwas helfen.

Sein Tier schnaubte. *Das werden wir schon früh genug erfahren. Außerdem müssen wir sicherstellen, dass sie richtig isst.*

Natürlich werden wir das.

Gott sei Dank erreichte er Killians Büro, sodass

Aarons Tier nicht antworten konnte. Aaron klopfte an die Tür, und Killians gedämpfte Stimme rief: „Herein!"

Aaron trat ein, um Killian an seinem Schreibtisch zu finden, mit einem unbekannten Mann, der ihm gegenübersaß. Killin deutete auf den blonden Mann, der vermutlich ein paar Jahre älter war als Aaron. „Das ist Colm MacDermot. Er hilft bei der Planung der Anführerwettbewerbe."

Colm lächelte. „Schön, dich kennenzulernen, Aaron." Er sah zu Killian. „Ich sollte sowieso gehen. Ich muss noch den Unterricht für morgen vorbereiten."

Colm verabschiedete sich. Sobald sie allein waren, sagte Killian: „Hat dein Team was gefunden?"

„Nein, aber es muss einen anderen Grund geben, warum du mich sehen wolltest, da wir schon vor nicht allzu langer Zeit über unsere Ergebnisse oder deren Fehlen berichtet haben."

„Gibt es." Killian lehnte sich in seinem Stuhl zurück und legte die Hände auf die Armlehnen. „Warum bist du gestern Nacht so spät aus dem Haus meiner Schwester gekommen?"

Mist! Er war gesehen worden. „Sie ist eine erwachsene Frau. Das geht dich nichts an."

„Als ihr Bruder und oberster Beschützer geht es mich definitiv etwas an. Sie kann es sich jetzt nicht leisten, abgelenkt zu werden."

Aaron dachte sich *Was zum Teufel* und

beschloss, ehrlich zu sein. „Jeder in deiner Familie behauptet immer wieder, Teagan zu beschützen, trotzdem machst du das hier hinter ihrem Rücken. Warum verdammt setzt du dich nicht hin und redest mit ihr? Vielleicht erfährst du so etwas."

Killian stand auf und ging hinüber. „Es ist ein Privileg für dich, hier zu sein. Ich kann dich morgen nach Stonefire zurückschicken."

Vor ein paar Tagen hätte Aaron sich auf die Gelegenheit gestürzt, nach England zurückzukehren. Er war noch nicht bereit, zurückzugehen. „Versuch es, und ich wende mich an Teagan. Dann kann sie über mein Schicksal entscheiden."

Teagans Stimme füllte den Raum. „Warum muss ich etwas entscheiden? Ihr beide seht aus, als wolltet ihr euch prügeln. Vielleicht sollten wir etwas Trainingszeit gemeinsam einplanen. Männliche Bindung und so. Sich gegenseitig zu Brei zu schlagen, sollte euch zu besten Freunden machen."

Aaron drehte sich zu Teagan um, und er musste sich zusammenreißen, um nicht zu ihr zu eilen und sie zu küssen. Mit ihren Haaren, die um ihre Schultern tanzten, und der Belustigung in ihren Augen war sie so verdammt schön.

Sie hob eine Augenbraue, und Aaron konzentrierte sich wieder auf die Situation. Er zeigte auf Killian und dann zu ihr. „Frag deinen Bruder. Vielleicht zieht er ja doch nicht den Schwanz ein und spricht mit dir."

Teagan sah ihrem Bruder in die Augen. „Was ist

los, Killian? Ich bin für ein paar Minuten weg, und die Hölle bricht los."

Killian grunzte. „Ich versuche nur, dich und den Clan zu beschützen."

„Was ist los?", verlangte sie zu erfahren.

Killian winkte zu Aaron. „Ich habe ihn gestern Nacht aus deinem Cottage kommen sehen. Ich wollte wissen warum."

Sie zuckte die Schultern. „Er hat ein paar Herausforderungen verloren und bezahlt jetzt seine Schulden, indem er mir das Abendessen kocht. Er wird ziemlich oft in meinem Cottage sein."

Sein Drache wurde bei dieser Bemerkung munter, aber Aaron konzentrierte sich auf das Gespräch. Killian seufzte. „Bist du dir sicher, dass das eine gute Idee ist? Ich weiß, du willst, dass die Allianz mit Stonefire funktioniert, aber wir wissen wenig über ihn."

„Ich stehe direkt hier", sagte Aaron gedehnt.

Killian begegnete seinem Blick. „Ich bin mir dessen bewusst."

Der Drang, Killian zu schlagen, strömte durch seinen Körper, aber Teagans Stimme hinderte ihn daran, etwas Dummes zu tun. „Na, na, Jungs. Ich denke, ihr werdet morgen zusammen trainieren. Ich kann mir in den nächsten Wochen keine Streitereien im Clan erlauben."

Aaron fühlte sich, als wäre er ungefähr zehn Jahre alt. Teagan versuchte, ihren Clan zusammen-zuhalten, und er bekam einen Anfall. „Kein Bedarf an Sondertraining. Ich werde nett sein, wenn er es ist."

Killian sah zwischen Teagan und Aaron hin und her. „Ist da was zwischen euch beiden? Denn wenn ja, muss ich es wissen, damit ich mich auf die Auswirkungen vorbereiten kann."

Teagan verdrehte die Augen. „Wenn es ein Skandal ist, dass ich Aaron in meinem Cottage empfange, damit er für mich kocht, werde ich mich darum kümmern. Apropos" – sie holte einen Schlüssel heraus und warf ihn Aaron zu – „fang schon mal mit dem Abendessen an, während ich hier fertig werde."

Killian runzelte die Stirn. „Teagan –"

„Hör einfach auf, Killian. Ich brauche jetzt meinen obersten Beschützer, nicht meinen Bruder."

Bevor er nach Glenlough gekommen war, hätte Aaron gelacht und Killian den Stinkefinger gezeigt. Da er jedoch Teagan keine unnötige Arbeit machen wollte, ging er nur zur Tür. „Komm nicht zu spät, denn ich werde mit dir oder ohne dich essen."

„Dann hoffen wir mal, dass kein weiterer Spion vor unseren Toren auftaucht, sonst musst du vielleicht einen Lieferservice starten. Killian braucht vielleicht auch was zu essen. Du würdest doch nicht wollen, dass wir hungern und den Fokus verlieren, oder?"

Er konnte Killians Blick auf sich spüren, doch Aaron ignorierte ihn. „Das war nicht Teil der Abmachung. Wenn du eine zusätzliche Portion willst, dann kostet das extra."

Ihre Pupillen blitzten. Er fragte sich, ob ihr Drache an Möglichkeiten dachte, ihm Trinkgeld zu geben.

Killians tiefe Stimme gewann seine Aufmerksamkeit. „Mir geht's gut. Wir haben viel zu besprechen, Teagan. Schick deinen Koch weg."

Da begegnete Aaron Killians Blick. Leider war der Gesichtsausdruck des Bastards neutral, sodass er nicht sagen konnte, ob Killian überlegte, wie er ihn ermorden sollte, oder nicht.

Teagan winkte zur Tür. „Ich sag' dir Bescheid, wenn es spät wird."

Da er Killian keine Chance geben wollte, noch etwas zu sagen, verließ Aaron den Raum und ging zügig den Flur hinunter. Sein Drache meldete sich zu Wort. *Mach was Leichtes. Ich möchte die meiste Zeit nackt und in ihr verbringen.*

Geduld, Drache. Mir wäre es lieber, wenn sie erst ihren Tag hinter sich lässt und entspannt und neugierig ins Bett kommt.

Sein Tier schnaubte. *Aber wir sind an der Reihe. Ich will ihre Hände und ihren Mund auf unserem Schwanz.*

Das Bild von Fayes heißen Lippen, die die Kuppe seines Schwanzes streiften, blitzte in seinem Kopf auf. *Hör auf. Ich habe nicht vor, die nächsten zwei oder drei Stunden mit einem Ständer zu verbringen.*

Das wird dich motivieren, die Dinge auf meine Art zu sehen.

Als Reaktion warf er sein Tier in ein mentales Gefängnis. Und obwohl sein Drache dagegen hämmerte und versuchte zu fliehen, hielt es.

Vielleicht konnte er auf diese Weise mit Teagan beim Abendessen tatsächlich reden. Wenn er sich auf sie konzentrierte, müsste er nicht über sich sprechen. Er hatte am Abend zuvor mehr als genug offenbart.

Außerdem hatte er die Anspannung um ihre Augen bemerkt. Etwas war passiert, und er wollte wissen, was.

Kapitel Zwölf

Etwas mehr als eine Stunde später lächelte Teagan und beantwortete Fragen von jedem Clanmitglied, an dem sie auf dem Heimweg vorbeikam. Aus gutem Grund waren alle besorgt und voller Fragen über ihre Ankündigung neulich Abend.

Als endlich die erleuchteten Fenster ihres Cottages in Sicht kamen, seufzte sie erleichtert. Noch ein paar Schritte, und sie wäre in ihrem Refugium.

Ihr Drache meldete sich zu Wort. *Und was ist mit Aaron? Er wird auch warten.*

Bevor Teagan sich fragen konnte, was Aaron mit ihr tun könnte, wenn sie wieder nackt war, dröhnte die Stimme von Colm MacDermot hinter ihr. „Teagan, da bist du ja. Ich hatte mich gefragt, ob ich dich auf dem Heimweg erwische."

So nah und doch so fern.

Sie setzte ein Lächeln auf, richtete sich höher auf und drehte sich um. „Was brauchst du, Colm?"

„Ich hatte gehofft, dass wir einige der historischen Dokumente besprechen könnten, die ich über die Anführerwettbewerbe gefunden habe." Er hob seinen Arm, an dem er eine Stofftasche hielt. „Ich dachte, wir könnten es zu einem Arbeitsessen machen."

Ihr Drache grunzte. *Nein. Aaron macht Essen und wartet darauf, dass wir ihn bespringen.*

Das hier ist wichtiger.

Bist du dir sicher?

Hör zu, ich wollte auch eine Nacht mit versautem Sex. Aber wenn es uns den Clan kostet, was dann?

Ihr Tier seufzte. *Na gut.*

Lächelnd deutete Teagan mit dem Kopf Richtung Tür. „Ich muss nur meinen Besucher über die Planänderung informieren, und dann können wir in einem der Konferenzräume in der Kommandozentrale der Beschützer arbeiten."

„Wenn deine Gran hier ist, können wir es auch morgen früh machen. Ich will Orla Kelly nicht zur Last fallen. Sie wird dafür sorgen, dass ich es nie vergesse, und den Ärger kann ich nicht gebrauchen."

„Nein, es ist nicht sie. Gib mir nur eine Sekunde."

Teagan legte eine Hand an die Tür, aber Colms Stimme hinderte sie daran hineinzugehen. „Wir könnten einfach hier arbeiten, um Zeit zu sparen."

Sie blickte in Colms grüne Augen, konnte sie

aber nicht lesen. Sie glaubte nicht, dass er einen Hintergedanken hatte, sie umwerben wollte, aber bei Drachenmännern war das schwer zu sagen. „Es ist unordentlich, und es ist sicherer für alle, wenn wir einen der Konferenzräume nutzen."

Er lächelte. „Ich lebe allein. Glaub mir, mein Haus ist schlimmer. Wenn deins schlimmer ist, schulde ich dir zwanzig Euro."

Teagan zögerte. Sie mochte es nicht, Arbeit mit nach Hause zu nehmen, und erst recht Arbeit, bei der andere involviert waren. Dennoch brauchte sie Colms Unterstützung und Hilfe. Ihn abzuweisen, könnte ihn distanzieren, zumal sie sich schon ihr ganzes Leben lang kannten und sich immer verstanden hatten.

Er zwinkerte. „So schlimm kann es doch gar nicht sein."

„In Ordnung. Aber ich muss meinen Gast dennoch von der Veränderung wissen lassen. Komm rein." Sie trat ein und winkte zu dem größtenteils sauberen Sofa. „Du kannst da warten."

Colm hob eine Braue. „Wer ist denn dein Gast? Und warum so geheimnisvoll?"

Aarons Stimme hallte durch den Flur. „Ja, warum?"

Aaron erschien einen halben Meter von ihr entfernt, und sie begegnete seinem Blick. Während er den meisten zwar nonchalant erscheinen würde, bemerkte sie jedoch, wie verkrampft sein Kiefer war.

Ihr Drache lachte leise. *Gut. Er wird sich später noch mehr anstrengen, uns zu beeindrucken.*

Teagan tat, als hätte ihr Tier gar nicht gesprochen. „Colm MacDermot, das ist Aaron Caruso. Aaron, das ist Colm. Er hilft mir bei der Planung der Anführerwettbewerbe."

Aaron musterte Colm kurz, bevor er sagte: „Wir haben uns vorhin getroffen. Gut, dass ich mehr gemacht habe. Kommt, lasst uns essen."

Aaron drehte sich um, bevor Teagan ein Wort sagen konnte. Colm sprach, und seine Stimme klang amüsiert. „Ich dachte, er ist ein Beschützer."

„Das ist er. Er hilft mir nur aus."

Ihr Drache meldete sich wieder. *„Du wirst also nicht die Wette erwähnen? Ich frage mich, warum.*

Das ist eine Sache zwischen Aaron und mir. Colm soll nicht denken, dass Aaron schwach ist.

Sieh mal an, wer hier wen verteidigt.

Teagan deutete mit einer Hand zur Küche. „Komm! Ich weiß ja nicht, wie es dir geht, aber ich bin am Verhungern."

Als sie in die Küche kam, hoffte Teagan nur, dass Aaron sich nicht besitzergreifend verhalten und versuchen würde, ihre Autorität zu untergraben. Hoffentlich verstand er, dass, wenn andere im Haus waren, ihre abgemachte Gleichberechtigung auf Eis gelegt war.

Ihr Drache schnaubte. *Er ist intelligent. Kannst ihm schon was zutrauen.*

Ich habe nicht gerade eine brillante Erfolgsbilanz bei Männern.

Aaron ist anders. Warte nur ab.

Teagan hoffte das. Sie wollte vielleicht ein wenig Sex als Stressventil, aber sie hatte nicht vor, Alpha-männerscheiß zu ertragen, um das zu bekommen.

Es war Zeit, zu sehen, ob Aaron den Test bestand.

Und warum ist das wichtig?, fragte ihr Drache.

Teagan ignorierte ihr Tier, und betrat die Küche.

Aaron sollte es egal sein, dass Teagan jemanden mit nach Hause gebracht hatte. Schließlich war es ihr Haus und nicht seins. Ganz zu schweigen davon, dass er keinen Anspruch auf sie hatte.

Doch als er den lächelnden, gutaussehenden Mann sah, den er bereits vorhin in Killians Büro auf Teagans Fersen gesehen hatte, ballte er seine Finger zu einer Faust.

Sein Drache meldete sich zu Wort. *Du solltest einfach zugeben, dass du sie so sehr willst wie ich.*

Du willst eine Beziehung. Ich will nur Sex.

Red dir das nur ein. Wir werden sehen, ob du das Gleiche empfindest, sobald das Abendessen vorbei ist.

Aaron beschäftigte sich damit, den Shepherd's Pie, den er gebacken hatte, auf die Teller zu verteilen. Er hörte, wie Teagan und Colm sich an den Tisch setzten, aber er konzentrierte sich auf seine

Aufgabe. Die rhythmische Bewegung beim Verteilen des Essens, zusammen mit den bewusst langsamen Atemzügen, half ihm dabei, seinen Zorn zu verringern.

Sobald er ein Lächeln aufs Gesicht setzen konnte, nahm er zwei Teller und drehte sich zu Teagan und Colm um. Er ging hinüber und stellte ihr Essen hin. „Ist nichts Besonderes, ich hatte heute nicht viel Zeit."

Teagan lächelte. „Besser als ein Sandwich oder ein aufgewärmter Eintopf zum Abendessen."

Da er das Besteck auf die Teller gelegt hatte, nahmen die beiden gleich ihren ersten Bissen. Aaron holte schnell sein eigenes Abendessen und setzte sich. Er streifte versehentlich Teagans Oberschenkel mit seinem eigenen, als er sich niederließ. Elektrizität lief seine Haut hinauf, und ihr Blick schoss zu seinem.

Sie musste es auch gespürt haben.

Was war denn los mit ihm? Sie war nicht seine wahre Gefährtin, und einen Schenkel zu streifen, sollte ihn nicht so nervös machen.

Außerdem, wenn er sie auf seinen Schoß zog und sie vor dem anderen Mann küsste, würde Teagan ihm das vielleicht nie verzeihen. Der Clan passte wie ein Falke auf sie auf, und sie konnte sich jetzt keinen Tratsch leisten.

Er hielt ihren Blick noch ein paar Sekunden, bevor er zu Colm sah. Der Drachenmann musterte Aaron, sprach dann aber mit einem Lächeln. „Also,

Caruso, wie kommt es, dass du für unsere gute Anführerin kochst?"

Teagan öffnete den Mund, doch Aaron kam ihr zuvor. „Mein eigener Clan-Führer hat mir gesagt, ich solle alles tun, was nötig ist, um zu helfen. Teagan hat gefragt, und ich habe zugestimmt. Das bedeutet auch kostenloses Essen für mich, da Teagan die Lebensmittel kauft."

„Und Männer lieben ihr Essen", sagte Teagan.

Colm grinste. „Das tun wir." Er fragte Aaron weiter: „Also, hilfst du auch bei der Planung? Ich habe gehört, dass du die Richter bewachen sollst, aber ich wusste nicht, ob du sonst noch was machst."

Aaron sah Teagan um Erlaubnis an. Sie schluckte und antwortete: „Aaron hilft auf andere Weise. Aber wir sollten jetzt langsam besprechen, was du in den Aufzeichnungen gefunden hast, damit wir nicht die ganze Nacht hier sitzen." Colm zögerte, und Teagan fügte hinzu: „Wir können Caruso vertrauen."

Ihre Worte streichelten sein Ego, und sein Drache sagte: *Sie kann es genauso wenig erwarten wie wir, diesen Kerl hier rauszubekommen.*

Oder sie könnte nur an ihren Clan denken und ihren Job machen.

Meinen Grund mag ich mehr.

Colms Stimme hinderte Aaron daran zu antworten. „Nun, fangen wir mit den Unterschieden an. Während sich die meisten Wettkämpfe heute auf Ausdauer, Stärke und das Überwinden von schwierigen Situationen konzentrieren, waren die alten eher wie eine Suche."

„Was meinst du mit ‚Suche'?", fragte Aaron.

Colm nahm eine Mappe aus der Stofftasche zu seinen Füßen und öffnete sie auf dem Tisch. Er nahm ein Dokument heraus, überflog es und begann, daraus vorzulesen. „Die Suche nach dem goldenen Dracheneis erwies sich als meine bisher anstrengendste Aufgabe. Ich bin fast ertrunken, als ich einen der Hinweise fand, und habe mir das Haar versengt, um einen weiteren Hinweis so sehr zu erhitzen, dass das Ziel darauf aufglühen konnte."

Teagan unterbrach Colm. „Er oder sie hat es nicht wirklich gefunden, oder? Ich glaube, der Clan würde es wissen, wenn er die mythische Halskette irgendwo aufbewahrt hätte."

Aaron runzelte die Stirn. „Den Tag muss ich wohl in der Schule gefehlt haben. Was genau ist dieses mythische Drachenei?"

Teagan antwortete: „Nur die kostbare Halskette des angeblich ersten Drachenwandlers, der jemals einen Fuß nach Großbritannien gesetzt hat."

„Aber wir sind in Irland", sagte Aaron gedehnt.

„So sehr ich es auch hasse, das zugeben zu müssen, aber die irischen und die britischen Drachenwandler stammen von den gleichen ersten Siedlern ab", erklärte Teagan.

Colm ergriff das Wort. „Die Legende besagt, dass die erste weibliche Drachenwandlerin, die einen Fuß in das gesetzt hat, was heute England ist, drei

Dutzend Dracheneier hervorgebracht hat, während sie die legendäre Halskette getragen hat. In gewisser Weise stellt sie den Anfang unserer Clans dar."

Aaron seufzte. „Aber das ist alles Müll. Drachen legen zum einen keine Eier. Und selbst wenn wir es täten, braucht eine Frau immer noch einen Mann zum Ablaichen."

Teagan verdrehte die Augen. „Ist wieder typisch für dich, das Wunder der Geburt zu nehmen und es auf das ‚Ablaichen' zu degradieren."

Aaron lächelte. „Genau genommen hieße es, Eier zu legen."

Teagan zwang ihren Blick zu Colm. „Ignorier' ihn. Erzähl mir von diesem Anführer und gib mir einen Überblick über die Suche."

„Ich wette, es ging um Ritter, Schwerter und Zauberei", sagte Aaron gedehnt.

Teagan schoss ihm einen Blick zu, ihre Augen warnend, und er konzentrierte sich auf sein Essen. Es war leicht zu vergessen, dass er und Teagan nicht allein waren.

Sein Tier schnaubte. *Sei froh, sonst wäre sie nicht so höflich. Du bist ein wenig nervtötend.*

Sie ist doch diejenige, die von verdammten Legenden und Dracheneiern spricht.

Hör dir einfach an, was der andere Mann zu sagen hat. Wir können Teagan nicht helfen, wenn wir nicht wissen, was sie vielleicht plant.

Aaron stimmte seinem Drachen zu, nahm einen Bissen Kuchen und bedeutete Colm, fortzufahren.

Colm tippte auf das Blatt vor sich. „Ihr Name war Orlaith."

Alles, was Aaron hörte, war „Orla". Aber er dachte nicht, dass sie über Teagans Großmutter sprachen.

„Wie diejenige, die Irland zum ersten Mal vereinigt hat und die Namenspatronin meiner Gran ist?", fragte Teagan atemlos.

„Aye", sagte Colm. „Was umso mehr ein Grund ist, ihre Ideen gegen deine Herausforderer einzusetzen. Die anderen Führer mögen vergessen haben, dass einer der mutigsten Anführer der irischen Drachenwandlergeschichte weiblich war, aber sie werden sich bald erinnern."

Aaron konnte nicht anders, als zu sagen: „Ich kenne ein gutes Stück irische Geschichte, aber ich habe noch nie von Orlaith gehört."

Teagan zuckte die Schultern. „Sie ist ein etwas schlecht gehütetes Geheimnis. Die meisten Texte, in denen sie erwähnt wird, wurden vor ein paar hundert Jahren verbrannt, als Männer versuchten, jegliches Wissen über weibliche Anführer zu vernichten. Glenlough stimmte dem nicht zu, und wer auch immer das Sagen hatte, muss die Aufzeichnungen aufbewahrt haben."

Aaron deutete auf Colms Dokumente. „Was ist also mit dieser Herausforderung verbunden?"

„Ziemlich viel. Aber ich denke, wenn wir die Regeln ändern und eine Gruppe von uns eine neue Suche plant, könnte das funktionieren." Colm sah zu

Teagan. „Lass uns die alte Version durchgehen, und dann kannst du entweder deine Zustimmung geben oder nicht. Du kannst nur nicht Teil der Planung sein, Teagan, schließlich darfst du nichts ahnen."

Sie wackelte mit dem Kopf. „Ich weiß. Aber ich bin gespannt darauf, von dieser alten Suche zu hören."

Während Colm die ganze Geschichte durchging, gab Aaron sein Bestes, seinen Ausdruck neutral zu halten. Einige der Herausforderungen, wie etwa mitten in einem Kreis brennender Stämme zu stehen, um ein Metallobjekt aufzuwärmen und eine bestimmte Inschrift darauf zu sehen, waren verdammt gefährlich.

Sein Drache grunzte. *Teagan ist clever. Es wird kein Problem für sie ein.*

Ich stimme zu, aber was glaubst du wird passieren, wenn einer der anderen Führer dabei getötet wird?

Das wird nicht unser Problem sein.

Da bin ich mir nicht sicher, Drache.

Sein Tier verstummte, und Aaron konzentrierte sich auf Colms Worte. Wenn Teagan einer altmodischen Suche und einer Reihe von Rätseln zustimmte, musste Aaron möglicherweise seine Taktik für ihre Trainingseinheiten anpassen. Jemandem die Scheiße aus dem Leib zu prügeln würde dann nicht reichen. Nein, er müsste sich auch überlegen, wie er ihren Verstand vorbereiten konnte.

Kapitel Dreizehn

Am nächsten Morgen vollendete Aaron seine hundertste Liegestütze und sprang auf die Füße. Er hatte gehofft, dass die Übung ihn wach machen würde, aber die lange Geschichtsstunde am vorigen Abend forderte immer noch ihren Tribut. Colm und Teagan hatten stundenlang geredet, und am Ende war Aaron nach Hause gegangen, um an Schlaf zu bekommen, was er konnte.

Er schlug sich auf die Wangen und ging in seine kleine Küche. Zeit für einen Kaffee.

Aaron pikste mental seinen Drachen und sagte, *Wach auf!*

Nein. Zu früh.

Aaron bereitete die Kaffeemaschine vor. *Hör auf, so mürrisch zu sein.*

Wir sollten eine Nacht mit Teagan haben. Statt-

dessen haben wir diesem Kerl zugehört, der ewig über eine lange vergessene Suche schwadroniert hat. Natürlich bin ich mürrisch.

Ich war anfangs auch skeptisch, aber ich glaube, es ist eine gute Idee. Nichts ist besser, als den anderen Führern eine gute Herausforderung zu stellen.

Sein Tier gähnte. *Ich bin mir sicher, dass sie sich etwas einfallen lassen werden, es gegen sie einzusetzen.*

Da Grant McFarland einer der Richter ist, wird er den Gender-Vorurteil-Scheiß nicht hinnehmen. Seine Gefährtin ist der Beweis dafür, dass er daran glaubt, Frauen die Gelegenheit zu geben, alles zu tun.

Grants Gefährtin Faye MacKenzie war einst die oberste Beschützerin von Lochguard gewesen, bis ihr das durch eine Verletzung entzogen wurde. Nun jedoch teilte sie sich die Verantwortung mit ihrem Gefährten.

Sein Drache grunzte. *Schätze schon. Ich werde jetzt weiterschlafen.*

Als sein Tier sich zusammenrollte und ihn ignorierte, schaltete Aaron die Kaffeemaschine an und lehnte sich gegen den Tresen.

Bevor er sich überlegen konnte, wie er seinen nächsten Auftrag als Mentor für einen jungen Drachenwandler namens Revelin Collins angehen sollte, klopfte jemand an die Hintertür seines Cottages. Mit gerunzelter Stirn ging er hin und riss sie auf.

Teagan stand da, gekleidet in ein langes, fließendes Kleid, das sich zu einem tiefen V senkte und ihm einen Blick auf den oberen Teil ihrer runden Brüste gewährte.

Auch sein Drache nahm es zur Kenntnis. *Hol sie rein, und zieh sie aus!*

Teagans Stimme hinderte ihn daran zu antworten. „Kann ich reinkommen, oder starrst du einfach den ganzen Tag auf meine Brüste?"

Aaron räusperte sich und trat beiseite. „Was wolltest du?"

Sie trat ein. „Da ist ja wohl jemand etwas gereizt."

Aaron schloss die Tür und fuhr sich mit einer Hand durchs Haar. „Ich hatte noch keinen Kaffee. Dräng mich nicht."

Sie neigte den Kopf. „Das hier ist nicht mein Cottage, weißt du. Ich habe hier ohne Ausnahme Autorität."

„Ist mir egal", sagte er und drehte sich zurück in die Küche.

Sein Drache knurrte. *Was machst du denn da?*

Ich bin noch nicht bereit, mich mit ihren Neckereien auseinanderzusetzen.

Und was ist mit Charme? Sie hat die Hintertür aus einem Grund benutzt.

Er starrte auf die Kaffeemaschine und wünschte sich, sie wäre endlich fertig mit Brühen. Teagan lehnte sich gegen den Tresen neben ihn. „Was stimmt nicht mit dir? Du bist so mürrisch heute Morgen. Soll ich einen Arzt rufen?"

„Mir geht's gut, verdammte Frau. Ich war die

halbe Nacht auf und hab' mir alte Geschichten ange-
hört. Ich habe gerade nicht die Energie für dich."

Sie hielt inne, und er fluchte innerlich. Er war
noch nie charmant am frühen Morgen gewesen, aber
Teagan hatte seine Wut nicht verdient. „Hör zu –"

Sie hob eine Hand. „Mach dir keine Sorgen
darum. Du bist nichts im Vergleich zu meinem
Bruder, wenn er eine Mahlzeit verpasst. Er ist mürri-
scher als jeder andere, den ich je getroffen habe, aber
sag ihm nicht, dass ich dir das erzählt habe."

Er drehte sich zu ihr um. „Warum bist du hier,
Teagan?"

Sie fuhr mit einem Finger über seinen nackten
Bizeps und bemerkte: „Du bist ein bisschen
verschwitzt."

Er fing ihre Hand. „Nicht das Thema wechseln."
Er beugte sich weiter zu ihrem Gesicht. „Warum bist
du hier?"

Ihre Pupillen blitzten auf, und Aarons Tier
brüllte. *Küss sie. Warte nicht!*

Teagans Stimme war kaum ein Flüstern, als sie
antwortete: „Ich konnte mich den ganzen Morgen
nicht konzentrieren."

Sie waren vielleicht nicht in ihrem Cottage, aber
scheiß drauf. Auf keinen Fall konnte er mit ihr allein
sein und sie nicht anfassen. Er strich ihr mit einem
Finger über ihren Kiefer. „Und warum ist das so,
Liebes?"

Ihre Augen wanderten zu seiner Brust. Als sie
ihn mit ihren Augen streichelte, schoss Blut in seinen

Schwanz. „Ich hatte mich gestern den ganzen Tag auf den Abend gefreut." Sie sah ihm wieder in die Augen. „Zu sagen, dass ich enttäuscht war, stattdessen arbeiten zu müssen, wäre eine Untertreibung."

Aaron ließ ihre Hand auf seinem Arm los und legte besitzergreifend eine Hand an ihre Hüfte. Er massierte sie in langsamen Kreisen und sagte: „Und ich dachte schon, du hättest einen sichereren Kandidaten gefunden, um deine Erlösung zu finden."

Sie runzelte die Stirn. „Colm? Nein, er ist nur ein alter Freund und Verbündeter. Ihn zu küssen, wäre wie einen Bruder zu küssen."

Aaron lächelte langsam und zog Teagan an seinen Körper. „Gute Antwort."

Sie öffnete den Mund, um darauf zu reagieren, doch Aaron unterbrach sie mit einem Kuss. Als sie gegen ihn schmolz, streichelte er die Innenseite ihres Mundes und genoss den süßen Geschmack, der Teagan war.

Wenn sie nicht aufpasste, würde sie noch süchtig werden.

Er wollte nicht darüber nachdenken, bewegte seine Hände an ihre Taille, packte sie und hob sie hoch, um sie auf den Tresen zu setzen. Nachdem er an ihrer Unterlippe gesaugt hatte, trat er einen Schritt von ihr weg. Teagan blinzelte. „Was ist los? Meine Zeit ist knapp, Caruso. Keine Zeit für Spielchen."

„Aaron", knurrte er.

„Gut, Aaron. Dieselbe Frage."

Er nahm den Saum ihres langen Kleides und schob es langsam ihren Oberschenkel hoch. „Ich muss sicherstellen, dass du bereit bist."

Sie beobachtete den Stoff, als er ihn langsam an ihrem Bein hochzog. Ihre raue Stimme fragte: „Bereit wofür?"

Er bewegte seine Hände weiter und erreichte die Innenseite ihres Oberschenkels. Ihre Haut war weicher als alles, was er seit Langem berührt hatte.

Teagans Stimme wurde schwächer, als sie wiederholte: „Bereit wofür?"

„Auf dem Tresen genommen zu werden."

Ihre Wangen liefen rot an. „Auf dem Tresen."

„Da die meisten Leute die Hintertür nicht benutzen, wird niemand wissen, dass du hier bist, und erst recht können sie nicht zusehen, wenn sie nicht gerade auf der Gartenmauer sitzen." Er raffte den Rock um ihre Taille und sah hinunter. Mit gespreizten Beinen war ihre wunderschöne, rosa Pussy zu sehen. „Du trägst ja keine Unterwäsche. Ist das eine tägliche Sache? Denn wenn ja, werde ich mir ständig wünschen, ich wäre deine Kleidung, denn sie wird immer deinen zartesten Teil berühren."

Er strich mit einem Finger durch ihre Falten, und Teagan keuchte, bevor sie sagte: „Ich dachte, es könnte den Prozess beschleunigen." Sie blickte zu seinem Schwanz hinab, der sich gegen seine Hose drückte. „Ich glaube, es ist Zeit, dass du mir deinen zeigst."

Als sich ihre Hände oben an seine Trainingshose bewegten, verschwanden die letzten Spuren von Aarons Müdigkeit. Es schien, als ob Teagan so gut wie Kaffee war, um ihn morgens wach zu bekommen.

Verdammt, ihn in jeder Hinsicht aufzuwecken.

Sein Drache meldete sich zu Wort. *Ein weiterer Grund, sie jeden Tag zu sehen. Für dein Herz ist das besser.*

Hör auf, an mein verdammtes Herz zu denken. Wir haben wichtigere Dinge, um die wir uns Sorgen machen müssen.

Teagans Finger tauchten unter seinen Taillenbund und streiften die Kuppe seines Schwanzes. Aaron ballte die Fäuste, um nicht nach ihr zu greifen. Teagan verdiente eine Chance, mit ihm zu tun, was sie wollte, und er war gespannt darauf, zu sehen, was die kluge Frau sich einfallen ließ, besonders, da sie immer zu erröten schien, wenn es um Sex ging.

Teagans frühere sexuelle Erfahrungen waren versteckt gewesen in einem Schlafzimmer oder vielleicht einem abgelegenen Waldstück.

Doch als sie ihre Beine weit spreizte und ihr Zentrum der Welt aussetzte, während Aaron in der

Küche vor ihr stand, entschied sie, dass sie sich gern Zeit nahm und alles anders machte. Zuerst auf einem Stuhl und jetzt auf einem Tresen. Vielleicht wäre Aaron sogar offen für Sex in einem See. Sie hatte sich immer gefragt, wie sich das anfühlen würde, wenn sie von Wasser umgeben war.

Ihr Drache knurrte. *Denk später darüber nach. Zieh ihn nackt aus. Ich will seinen Schwanz in uns.*

Teagan fuhr mit dem Finger über die Kuppe von Aarons Penis. Immer, wenn sie ihren Nagel benutzte, blitzten seine Pupillen auf. Sie beschloss zu sehen, ob sie ihn so gut lesen konnte, wie er sie zwei Tage zuvor gelesen hatte, und benutzte seine Hinweise, um ihn wild zu machen.

Teagan zog ihre Finger über seine harte Länge und umkreiste ihn. Aaron hielt den Atem an, und sie lächelte. „Wie wäre es so?"

Sie drückt ihn an der Basis, und Aaron stöhnte. „Scheiße, ja."

Sie ließ nicht los und bewegte in nach oben und dann nach unten. Aaron legte seine Hände auf den Tresen zu beiden Seiten ihrer Hüfte, während sie die Bewegung wiederholte, aber er löste nicht den Augenkontakt.

Sie hörte seinen donnernden Herzschlag und sah seine blitzenden Augen. Der starke, eigenwillige Aaron Caruso war von ihrer Berührung schwach in den Knien.

Trotz aller Kontrolle über ihren Clan hatte

Teagan sich nie so mächtig gefühlt wie in diesem Moment.

Sie erhöhte ihr Tempo, aber Aaron fluchte und packte ihr Handgelenk, um ihre Bewegung zu stoppen. Seine Stimme war leise und sanft, als er sagte: „So gern ich in deiner Hand kommen möchte, ich möchte in dir sein, Liebes."

Als sie einander in die Augen starrten, wünschte sich Teagan, sie könnte mehr Zeit mit dem Drachenmann vor sich verbringen. Er erwies sich als das Gegenteil von dem, was sie erwartet hatte. Stark, hartnäckig und irritierend, ja, aber auch sanft, fürsorglich und bereit, ihre Position zu respektieren.

Ihr Drache flüsterte, *Er würde gut passen.*

Teagan konnte es sich nicht leisten, über die nächsten zwei Wochen hinaus an die Zukunft zu denken. Dieser Gedanke brachte sie schlagartig zurück in die Realität, und sie ließ Aarons Schwanz los und zog ihre Hand zurück. „Also, was nun?"

„Zeit, sich auszuziehen." Er führte ihren Arm zu seiner Schulter. Sie grub ihre Nägel hinein, als er schnell etwas aus der Tasche nahm und seine Trainingshose entfernte.

Ihre Augen konzentrierten sich auf seinen langen, harten Penis, der gegen seinen Bauch gebogen war.

Es juckte ihr in den Fingern, ihn wieder anzufassen und genau das zu finden, was ihn zum Stöhnen brachte.

Aaron riss ein Päckchen auf und schob langsam ein Kondom über seine harte Länge. Teagan lächelte. „Da ist ja jemand gut vorbereitet."

Sobald er fertig war, schob Aaron die Finger in ihr Haar. „Sagen wir einfach, ich habe über Wege nachgedacht, dich flachzulegen, bevor meine Hoden noch blauer werden."

Sie nahm ein Kondompäckchen aus ihrem BH und hielt es hoch. „Und ich dachte, ich wäre diejenige, die flachlegt."

Mit einem Schnauben nahm Aaron das Päckchen und warf es auf den Tresen. „Das bedeutet nur, dass ich dich später noch einmal haben kann."

Ihr Herz stolperte, als sie ihn wieder nackt sah. „Später?"

Er trat näher. „Einmal wird nicht reichen." Er nahm seinen Schwanz und strich ihn durch ihre Falten. Teagan keuchte und bekam kaum seine nächsten Worte mit: „Und ich erinnere mich an einen Deal für eine ganze Nacht Sex. Das bedeutet nur, dass wir es so legen müssen, dass es in deinen Terminkalender passt." Der Bastard streichelte über ihre Klitoris, und Teagan konnte nicht mehr klar denken. Aaron schmunzelte und sagte: „Wir können später über die Terminplanung sprechen."

„Habe ich hier auch was zu sagen?"

Er positionierte seinen Schwanz an ihrer Öffnung und sagte: „Sag jetzt Nein zu mir. Das ist deine letzte Chance, einen Rückzieher zu machen, denn wenn ich anfange, werde ich nicht aufhören wollen."

Wenn sie eine perfekte Clanführerin wäre, würde Teagan ihn wegstoßen und der Versuchung widerstehen.

Ihr Drache knurrte. *Niemand ist verdammt perfekt. Und wenn du nie eine Pause einlegst, wird das auf lange Sicht allen schaden.*

Sie traf ihre Entscheidung und grub ihre Nägel in ihn. „Lass eine Dame nicht warten, Aaron."

Mit einem Knurren küsste er sie und stieß seinen Schwanz in sie. Sie biss die Zähne angesichts seiner Fülle zusammen, aber er küsste sie, und sie öffnete den Mund. Seine Zunge streichelte ihre und ließ sie bald alles vergessen, außer wie tief er reichte. Vielleicht hatten halb-italienische Drachenwandler doch etwas an sich.

Sobald er bis zum Anschlag in ihr war, unterbrach er den Kuss. „Verdammt, du bist eng. Ich liebe es, wie du mich festhältst, als würdest du nie loslassen."

Eine Sehnsucht, die sie lange tief vergraben hatte, nämlich einen Partner an ihrer Seite zu haben, der sie in Clanangelegenheiten unterstützte und am Ende eine Familie mit ihr gründete, brach sich los.

Aber sie wollte den Moment nicht ruinieren. Aaron war nur wegen Sex da, mehr nicht. Sie würde nehmen, was sie bekommen konnte.

Teagan wackelte mit den Hüften. „Beweg dich,

Aaron! Mach, dass es sich lohnt, auf diesem harten, kalten Tresen zu sitzen."

Er nahm wieder ihre Lippen, bevor er seine Hüften bewegte. Jeder lange, träge Stoß brachte sie zum Schreien. Doch Aaron schluckte ihre Schreie und küsste sie weiter.

Da ihr der verbleibende Abstand zwischen ihren Körpern nicht gefiel, zog sie ihn näher, bis sie ihre Beine um seine Taille schlingen konnte. Aaron behielt eine Hand in ihrem Haar und schob die andere unten an ihren Rücken. Er zog sie näher an den Rand des Tresens und steigerte die Bewegung seines Unterkörpers.

Die Spannung baute sich auf, aber es war nicht genug. Sie wollte gerade schon den Kuss beenden und es ihn wissen lassen, als Aaron seine Hand von ihrem Rücken zu ihrem Bauch laufen ließ und dann tiefer ging. Als ein rauer Finger ihre Klitoris streichelte, stöhnte sie. Aaron ließ endlich ihren Mund frei und flüsterte: „Halt dich nicht bei mir zurück, Teagan. Halte dich nie bei mir zurück."

Die Worte durchdrangen kaum ihren Lustnebel. Als Aaron jedoch einen gleichmäßigen Rhythmus auf ihrem empfindlichen Nervenbündel begann, hin und her rieb, bevor er die Finger um die harte Knospe kreisen ließ, konnte sie nicht mehr denken. Sie war so nah dran.

„Mehr", flüsterte sie.

Aaron drückte seinen Daumen gegen ihre Klitoris, und die Lust schoss durch ihren Körper, während Lichter vor ihren Augen tanzten. Und als Aaron sich durch ihren Orgasmus hindurch weiter bewegte, schrie Teagan lauter als je zuvor bei einem Mann.

Sie war kaum von ihrem Hoch heruntergekommen, als Aaron innehielt und knurrte, als die Krämpfe auch seinen Körper zerrissen. Sie wusste, dass das Kondom aus vielen Gründen notwendig war, aber insgeheim wollte sie spüren, wie er in ihr kam.

Aaron drückte diesen Gedanken schnell beiseite und ließ schließlich die Schultern hängen, als wäre er erschöpft. Teagan lehnte ihren Kopf an Aarons Schlüsselbein und schlang die Arme um seinen Rücken. Sie hatte immer noch ihre Beine um seine Taille, und als Aaron sie in seine starken Arme schloss, seufzte sie.

In diesem Moment musste sie nicht stark, klug und um das Wohlergehen aller anderen besorgt sein. Sie war nur eine Frau in der Umarmung eines Mannes, lauschte seinem Herzschlag und schwelgte in seinem würzigen männlichen Duft.

Die Sehnsucht, die von der Lust überwältigt worden war, kehrte mit voller Macht zurück. Was würde sie nicht dafür geben, eine solche Nähe täglich zu haben.

Aber sie wusste, dass Aaron zu Stonefire gehörte, nicht zu ihr.

Zum ersten Mal wünschte sie sich, er würde bleiben.

Seine angenehme, tiefe Stimme unterbrach ihre Gedanken. „Was denkst du, Liebes?"

Aaron hätte weggehen sollen, sobald er fertig gewesen war. Schließlich waren er und Teagan kein Paar und könnten es wahrscheinlich nie sein.

Aber als er mit Teagan in den Armen dastand und sie sich auf mehr als eine Weise um seinen Körper schlang, konnte er sich nicht dazu durchringen.

Sein Drache meldete sich zu Wort. *Und warum das?*

Lass es.

Warum? Sie ist nicht sie. *Gib Teagan eine Chance.*

Ein Teil von ihm wollte das. *Aber was ist mit unserer Verantwortung zu Hause?*

Teagan hielt ihn fester, und Aaron konzentrierte sich wieder auf sie. Er hatte sie noch nie so still erlebt. „Was denkst du, Liebes?"

Sie seufzte. „Nur, dass ich mehr davon will."

„Sex auf dem Tresen?"

Sie sah ihn mit zusammengekniffenen Augen an. „Ich versuche, ernst zu sein, Aaron."

Er zeichnete Kreise auf ihrem Rücken und antwortete: „Dann sag mir im Detail, was du mit ‚mehr davon' meinst. Ich kann ein Geheimnis für mich behalten, weißt du."

Sie betrachtete seinen Blick, und er hielt den Atem an. Er hatte keine Ahnung, warum er wollte, dass sie sich ihm anvertraute.

Teagan stieß endlich einen langen Seufzer aus. „Wenn ich Sex mit dir sage, wirst du dann anfangen, Scherze darüber zu machen, dass du einen magischen Penis hast?"

Er grinste. „Nun, es schien dir gefallen zu haben."

Sie verdrehte die Augen. „Das ist doch nicht der Punkt."

„Also hat es dir gefallen." Er fuhr mit einer Hand hoch zu ihrem Kopf und packte ihre Haare mit der Faust. „Vielleicht können wir bei einem dieser Male beide gleichzeitig nackt sein. Dann kann ich wirklich meine Magie wirken lassen."

„Ich bin mir aber nicht sicher, wann das sein wird."

Sein Drache summte. *Siehst du? Sie denkt daran, wieder mit uns zusammen zu sein. Es sollte jede Nacht sein. Dann können wir uns immer um sie kümmern.*

Hör auf, meine verdammte Zukunft zu planen.

Er küsste ihren Mundwinkel. „Dann überrasch mich. Selbst wenn ich früh aufstehen und wieder ohne Kaffee auskommen muss, lohnt es sich, wenn ich dich dafür nackt in eines unserer Betten bekomme."

Sie schüttelte den Kopf, und ihre Haare kitzelten seine Brust. „Das sagst du jetzt, aber es könnte heute

Abend oder erst in Tagen sein. Ich habe gerade nicht den vorhersehbarsten Dienstplan."

Er zog sanft an ihren Haaren und küsste ihr Kinn. „Vorfreude ist eine Kopfsache, Teagan O'Shea. Vielleicht kann ich dich eines Tages davon überzeugen."

Sobald die Worte draußen waren, wollte er fluchen. Aaron war nur für kurze Zeit in Glenlough. Er hatte kein Recht, eine Zukunft anzudeuten.

Vor allem, wenn Teagan alles verlieren könnte, sobald der Clan davon erfuhr.

Er nahm ihre Lippen in einem letzten, rauen Kuss, bevor er sich von ihr zurückzog.

Sein Drache schnaubte. *Lass sie nicht los!*

Wovon zum Teufel sprichst du? Ich kann nicht mit Teagan an meinem Schwanz durch den Clan laufen.

Das meine ich nicht.

Er hielt inne und sagte nur, *Ich weiß.*

Aaron nahm Teagans Taille, hob sie vom Tresen und stellte sie auf den Boden. Sie taumelte eine Sekunde und stürzte gegen seine Brust.

Er hielt sie fest, sich mehr als bewusst, dass er sie wegstoßen sollte.

Nach einer Minute flüsterte Teagan: „Ich sollte gehen, Aaron. Es gibt viel zu tun."

Er drückte sie ein letztes Mal und ließ sie widerwillig los. „Komm zu mir, wann immer du mich brauchst, Teagan."

Er erwartete eine abfällige Antwort, aber Teagan nickte nur. „Ich muss gehen."

Sie zog ihr Kleid zurecht und ging zur Hintertür hinaus.

Aaron stand schweigend da, ballte die Fäuste und zwang sich, sich von der Tür abzuwenden. Teagan war nicht die seine, um ihr nachzugehen.

Außerdem hatte er Aufgaben zu erledigen. Bram und Stonefire verließen sich auf ihn. Er würde niemanden wegen einer Frau im Stich lassen.

Kapitel Vierzehn

Ein lautes Geräusch neben ihrem Ohr weckte Teagan, und sie sprang auf die Füße. Sie sah sich in ihrem Arbeitszimmer um und sah ihre Großmutter, die ihren Stock auf den Boden senkte. „Was machst du hier, Gran?", fragte sie.

Orla blickte auf das volle Sofa und zurück auf Teagan. „Ich könnte es vertragen, zuerst meine alten Knochen auszuruhen."

Teagan widerstand dem Drang, die Augen zu verdrehen, und räumte eine Seite des Sofas frei. Scheinbar neigten alle zur Kritik. „Beeil dich, bevor du noch umstürzt und dich verletzt."

Orla machte Tss, während sie ihr Gesäß auf das Kissen manövrierte. „Seltsam, dass du Gesundheitstipps gibst, Enkelin, wo du dich doch um deine eigene kein bisschen kümmerst."

Teagan glättete ihr Haar und setzte sich in ihren

eigenen Stuhl zurück. „Ich esse, schlafe und bin in perfekter körperlicher Verfassung. Bist du sicher, dass du nicht den Verstand verlierst, Gran?"

„Oh, hör auf, Teagan Marie O'Shea. Du hast die letzten drei Tage in diesem Büro gelebt. Ich denke, du brauchst Hilfe, und deshalb bin ich hier, um meine Dienste anzubieten."

Teagan seufzte. „Gran, ich weiß das Angebot zu schätzen —"

„Ich werde nicht alle fünf Minuten einschlafen. Du andererseits wirst niemanden besiegen können, wenn du in diesem Raum eingesperrt bleibst."

Teagan fühlte sich, als wäre sie wieder fünf Jahre alt und müsste sich erklären. „Das MDA hat strenge Fristen, die nicht dadurch besser werde, dass Clan Greenpeak bis zur letzten möglichen Sekunde gewartet hat, um die Namen ihrer Gastrichter einzureichen." Sie klopfte auf einen Stapel Papiere. „Sobald ich die heute rausgeschickt habe, kann ich zu Hause richtig schlafen."

„Noch einmal: Jemand anderes kann auch Papiere ausfüllen." Teagan öffnete den Mund, doch Orla kam ihr zuvor. „Ich verstehe, dass du dich beweisen willst. Schließlich war ich auch mal in deiner Position. Aber wenn du nicht lernst zu delegieren, wirst du dich zu Tode arbeiten, Teagan Marie. Lass mich dir wenigstens helfen, bis die verdammte Herausforderung vorbei ist und du diese Männer mit eingezogenem Schwanz nach Hause schickst." Ihre Stimme wurde weicher. „Ich bin alt, aber ich bin nicht nutzlos."

Für eine kurze Sekunde war Orla nicht die ehemalige Clanführerin voller Biss und mit stählernem Willen. Sie war einfach eine ältere Frau, mit Sehnsucht in den Augen.

Ihr Drache meldete sich zu Wort. *Lass sie helfen. Sie hat keine Urenkel, keinen Gefährten oder Job, um sich die Zeit zu vertreiben. Gib ihr eine Aufgabe. Gran hat es immer gehasst, untätig zu sein.*

Teagan seufzte. „Du kannst helfen, aber unter ein paar Bedingungen." Orla hob eine Augenbraue, und Teagan fuhr fort: „Du musst versprechen, keine meiner Entscheidungen zu ändern oder Befehle in meiner Abwesenheit zu erteilen. Selbst wenn ich bewusstlos bin, fällt es zunächst Killian zu, die Verantwortung zu übernehmen."

„Ich bin es nicht gewohnt, Befehlen anderer zu folgen, aber wenn es mich aus meinem verdammten Cottage bringt und mir etwas zu tun gibt, außer dem Gras beim Wachsen zuzusehen, dann kann ich wohl mein Bestes geben."

Das war das, was einem Versprechen ihrer Gran wohl am nächsten kommen würde. „Gut, dann muss dieser Stapel abgelegt werden – "

Orla wedelte mit einer Hand. „Das MDA hat sein Anmeldeverfahren seit fünfzig Jahren nicht geändert. Ich werde doppelt überprüfen, ob alles ausgefüllt ist, und sicherstellen, dass sie eine Bestätigung senden."

Teagan runzelte die Stirn. „Alles ist, wie es sein sollte, Gran."

„Hör zu, du leidest unter Schlafmangel und bist überarbeitet. An einer kleinen Überprüfung ist nichts verkehrt. Ich versuche nicht, meine Grenzen zu überschreiten. Ich will nur sichergehen, dass die anderen Clans eine Sache weniger gegen dich benutzen können. Könntest du dir vorstellen, dass ein fehlender Buchstabe in einem Namen zu einem Abbruch der Challenge führt? Die anderen würden die Unterstützung sammeln, die sie brauchen, um anzugreifen, und wer weiß was tun. Glenlough mag stark sein, aber wir sind nicht unbesiegbar."

Ihr Tier seufzte. *Sie hat recht. Lass sie helfen. Vielleicht können wir nach einem schnellen Nicker- chen einen kurzen Flug machen. Die Übung wird uns bei Kräften halten. Ich vermisse den Himmel.*

Ich auch, Drache. Ich auch.

Teagan stand auf. „Ich werde deine Hilfe anneh- men, Gran." Sie hielt inne, bevor sie sagte: „Danke."

„Kein Grund, so formell zu sein. Jetzt beeil dich und schleich dich raus, bevor noch jemand klopft."

„Und wenn doch –"

„Nehme ich die Nachricht entgegen und werde so viel wie möglich davon an Killian weiterleiten."

Teagan sah sich im Raum um und fragte sich, ob sie etwas Wichtiges vergessen hatte.

Orla schlug mit ihrem Stock auf den Boden. „Ich werde auch ein bisschen aufräumen. Wenn ich irgendetwas finde, das sofortige Aufmerksamkeit erfordert, wird Killian das klären. Geh, Teagan, bevor ich dir in den Hintern trete und dich rausjage. Egal, wie lange du schon Anführerin bist, ich werde immer an erster Stelle deine Großmutter sein."

Sie lächelte. „Ich liebe dich, Gran."

„Aye, ich weiß. Und jetzt geh!"

Teagan zögerte noch eine Sekunde, bevor sie ihr Handy nahm und zur Tür hinausging. Sie nahm den hinteren Ausgang aus der Kommandozentrale und trat hinaus an die frische Luft.

Da es kaum sechs Uhr morgens war, waren nur wenige Leute wach und unterwegs. Es war einfach genug für Teagan, einen Weg zu finden, auf dem sie nicht von neugierigen oder ängstlichen Clanmitgliedern befragt wurde.

Als sie jedoch die Weggabelung erreichte, blieb sie stehen. Der eine Weg würde sie zurück zu ihrem Cottage bringen, aber der andere führte zu Aaron.

Abgesehen davon, dass er Mahlzeiten in ihr Büro brachte, hatte sie ihn drei Tage lang weder gesehen noch mit ihm gesprochen. Sie sollte sich nicht danach sehnen, seine tiefe englische Stimme zu hören, aber sie suchte viele Träume während ihrer Nickerchen heim.

Sie fragte sich, ob er sie begrüßen würde, wenn sie so früh am Morgen vor seiner Tür auftauchte.

Ihr Drache seufzte. *Geh einfach. Wenn er uns nicht sehen will, dann ist er unserer Zeit überhaupt nicht würdig.*

So müde sie war, wendete Teagan nichts

dagegen ein und nahm die Abzweigung in Richtung Aarons Cottage. Sie erreichte die hintere Mauer seines Gartens, sah sich um und erklomm die Wand. An der Hintertür blieb sie stehen und atmete tief durch, bevor sie leise an das Holz klopfte.

Als die Sekunden verstrichen, überlegte sie, ob sie gehen sollte oder nicht.

Gerade, als sie sich umwenden wollte, öffnete sich die Tür, und eine Stimme, die noch vom Schlaf belegt war, sagte: „Es ist früh."

Sie sah über ihre Schulter. Der Anblick von Aarons vom Schlaf zerzausten Haaren brachte ihr ein Lächeln ins Gesicht. „Wenn du schon allein so zerzaust aussiehst, wie würdest du aussehen, wenn du jemand anderen im Bett hättest?"

Aaron rieb sich eine Hand übers Gesicht und antwortete: „Wenn du denkst, ich werde so früh geistreich sein, wirst du lange warten müssen."

Er gähnte, und sie nutzte das aus, um ihren Blick tiefer wandern zu lassen. Seine nackte Brust lockt sie, genauso wie sein halb erigierter Schwanz, der gegen seine Boxershorts drückte, machte ihr den Mund trocken.

Sie fragte sich, ob er von ihr geträumt hatte.

Ihr Drache seufzte. *Träume spielen keine Rolle, wenn er direkt vor uns steht.*

Sie ignorierte ihr Tier. Sie hielt das Verlangen aus ihrer Stimme, begegnete seinem Blick und hob ihre Augenbrauen. „Dir auch einen guten Morgen. Wenn ich so lästig bin, kann ich auch einfach gehen.

Ich brauche dich nicht gleich am Morgen geistreich, aber ein kleines Willkommen wäre schön."

Sie trat einen Schritt weg, aber Aarons starke Hand griff ihre und riss sie heran. Sie hatte kaum Gelegenheit zu quietschen, bevor er sie an sich zog und sie sanft küsste. „Du weißt, wie ich morgens ohne Kaffee bin. Nicht jedes Wort zu grunzen, ist ungefähr mein Limit. Ein Willkommen erfordert ein wenig Motivation."

Sie schlang ihre Arme um seinen Hals. „Ich möchte nicht der Grund für eine schlechte Ange-wohnheit sein. Ich bewahre meine Verführungen gern für besondere Anlässe auf."

Er strich das Haar von einer ihrer Wangen und über ihre Schulter. „Versteh das nicht falsch, aber warum bist du hier?"

Als sie in seine schönen braunen Augen starrte, die so voller Neugier waren und sonst nichts, beschloss sie, ehrlich zu sein. „Mir wurde befohlen, mich auszuruhen, aber als ich an die Weggabelung kam, wurde ich hierhergezogen." Sie lehnte ihren Kopf an seine Brust. „Du hilfst mir, die Welt draußen zu vergessen, und das brauche ich jetzt."

Aaron stand nur da und rieb schweigend ihren Rücken. Der Zweifel hob wieder einmal seinen häss-lichen Kopf. Sie hatte kein Recht, ihn in eine solche Position zu bringen. Schließlich hatte er von Anfang an gesagt, dass ihre Beziehung rein körperlich war.

Dann trat er zurück und ließ sie los. Die Umar-mung war nur nett gemeint gewesen.

Sie räusperte sich. „Keine Sorge, ich werde gehen und dich in Frieden lassen. Ich hätte nicht kommen sollen."

Bevor sie auch nur mit den Wimpern zucken konnte, hob Aaron sie hoch und drückte sie gegen seine Brust. Er grunzte. „Du gehst nirgendwohin. Du musst dich ausruhen."

Hätte sonst jemand versucht, sie in der Öffentlichkeit hochzuheben, hätte sie ihm die Arme aufgeschlitzt und ihn zu Boden gerungen.

Doch als Aaron sie in seinen Armen trug und zu seinem Schlafzimmer ging, schmiegte sie sich an seine warme Brust. Seine Hitze und sein beständig schlagendes Herz lullten sie in den Schlaf.

Ihr Tier meldete sich zu Wort. *Er wird auf uns aufpassen. Schlaf.*

Warum vertraust du ihm so sehr?

Er ist für uns bestimmt. Er wird an unserer Seite stehen.

Aaron legte sie auf das Bett und kletterte hinter sie. Als er seine Arme um sie legte, küsste er ihr Ohr. „Schlaf, Liebes."

Mit Aarons Hitze am Rücken schloss Teagan die Augen, und die Welt wurde glückselig schwarz.

Aaron lauschte Teagans gleichmäßigem Atmen und zog sie näher an seinen Körper.

Er steckte in Schwierigkeiten.

Als sie vor seiner Haustür aufgetaucht war, kaum in der Lage aufrecht zu stehen, mit Ringen unter ihren Augen, war Wut durch seinen Körper geströmt, gefolgt von Sorge.

Sie arbeitete zu hart.

Er hatte seinen Teil dazu beigetragen, sie zu ernähren, aber da sie weder seine Gefährtin noch auch nur seine Freundin war, hatte er nicht das Recht, sie zu etwas anderem zu zwingen. Er verstand, dass Clan-Führer Pflichten hatten, aber selbst Bram zu Hause machte ab und zu eine Pause, mehr noch, seitdem er Evie Marshall gepaart hatte.

Sein Drache meldete sich zu Wort. *Wenn du mal deinen Kopf aus dem Arsch ziehst, würdest du sehen, dass sie uns gehören sollte. Niemand sonst kümmert sich um sie. Das sollten wir tun können. Stell dir vor, wie viel stärker sie wäre, wenn immer jemand hinter ihr stünde.*

Er umarmte Teagan noch fester. *So einfach ist das nicht.*

Vielleicht ist es das doch.

Aaron wollte sich nicht mit seinem Drachen streiten und vergrub das Gesicht in Teagans Halsbeuge und schloss die Augen. Mit ihrem warmen Rücken an seiner Vorderseite und ihrem wilden, femininen Duft, der seine Nase füllte, schlief er sofort ein.

Aaron stand am Fuße eines Hügels und suchte nach Teagan. Sie spielten Verfolgungsjagd, und er war an der Reihe, sie zu finden.

Endlich erhaschte er einen Blick auf das dunkle Haar, das im Wind auf der Spitze des Hügels wehte. Leise schlich er sich nach oben, entschlossen, sie zu überraschen.

Die letzten paar Meter krabbelte er auf seinem Bauch, bis er Teagan auf dem Boden sitzen sah, auf die Hände gestützt und sich in der warmen Sonne sonnend.

Etwas stimmte nicht. Sie hätte darauf warten sollen, ihn anzugreifen, nicht mit geschlossenen Augen im Freien sitzen.

Sie öffnete die Augen, sah ihn geradewegs an und lächelte. „Aaron. Komm, ich möchte dir meine neueste gute Freundin vorstellen."

Neugierig stand er auf und ging zu Teagan. Als er jedoch bei ihr war, erschien die dunkelhaarige, gebräunte Gestalt von Nerina aus dem Nichts. „Was machst du hier?", verlangte er zu erfahren.

Teagan stand auf und ging zu Nerina. Sie antwortete: „Nerina hat mir erzählt, wie nützlich du warst, um Eifersucht zu schüren. Bei dem Mann, den ich wirklich will, hat es gewirkt." Die blonde Gestalt von Colm stieg über den Hügel und fegte Teagan von ihren Füßen. Teagan sah zu ihm auf und sagte: „Er ist Ire und wird keine Probleme bereiten, wenn ich ihn zum Gefährten nehme." Sie sah Aaron an. „Es ist Zeit für dich, nach Hause zu gehen."

Aaron machte einen Schritt auf Teagan und Colm zu, aber sie verschwanden. Er blieb mit Nerina allein.

Sie lachte. „Du bist die Mühe nicht wert. Geh nach Hause und bleib dort. Warum sollte irgendwer von uns wollen, dass ein englischer Drachenwandler unsere Clans auseinanderreißt? Wenn dich niemand in Stonefire will, dann hat das vielleicht einen Grund."

Nerina schnippte mit den Fingern, und Aaron segelte durch die Luft über die Irische See und landete vor Stonefire. Bram stand vor verschlossenen Toren. Seine Stimme erklang. „Du hast uns enttäuscht, Aaron. Du bist in Stonefire nicht mehr willkommen. Geh und kehre nie wieder zurück."

Aaron versuchte zu wandeln, aber sein Kopf war leer.

Sein Drache war fort.

Die Tore zu Stonefire wurden immer größer, bis Aaron allein in einem Stahlgehege stand. Ein kleines Fenster erschien, durch das seine Mutter hindurchschaute. Enttäuschung leuchtete in ihren Augen. „Du wirst wie dein Vater sein, nutzlos und nicht vertrauenswürdig. Du bist der Grund, warum ich nie ein leichtes Leben hatte. Geh, und vielleicht kann ich dann endlich glücklich sein."

Seine Mutter schloss das Fenster. Aaron stand allein da, das Lachen seines toten Vaters hallte in seinem neuen Gefängnis wider.

. . .

„Aaron."

Teagans Stimme brachte ihn zurück in die Realität, und er öffnete die Augen, um sie über sich gebeugt zu sehen. Sie sah ihm in die Augen. „Geht's dir gut? Du hast gemurmelt und bist ganz verschwitzt."

Er rieb sich eine Hand über das Gesicht. Er konnte sich nicht an das letzte Mal erinnern, dass er einen Albtraum gehabt hatte. Die meisten hatten aufgehört, als sein Vater vor all den Jahren gegangen war.

Die Frage war, ob er Teagan die Wahrheit sagen sollte oder nicht.

Sein Drache knurrte. *Das solltest du.*

Warum? Damit sie mich für schwach halten kann? Ich habe mehr als mein halbes Leben damit verbracht, dem Clan meinen Wert zu beweisen. Als Vertreter von Stonefire darf ich ihr keinen Grund geben, die Allianz in Frage zu stellen.

Es geht hier nicht um die verdammte Allianz, und das weißt du. Wenn du deine Mauern nicht für Teagan abbaust, für wen dann? Es ist nicht schwach, Fehler zuzugeben. Vielleicht ist sie diejenige, die uns hilft, diese Vergangenheit endlich hinter uns zu lassen und in die Zukunft zu blicken.

Teagans Stimme hinderte Aaron daran, auf sein Tier zu antworten. „Es ist schön, dass du mit deinem Drachen auskommst, aber rede mit mir. Was zum Teufel ist los? Und mach dir nicht die Mühe, nichts zu sagen." Sie setzte sich rittlings auf seinen Magen und streckte eine Kralle aus. „Muss ich dich wirklich für die Wahrheit bedrohen?"

Sein Tier schnaubte. *Zwei gegen einen.*

Ausnahmsweise wollte er sie oder seinen Drachen nicht herausfordern. Er seufzte. „Ich hatte einen schlechten Traum."

Teagan hob eine Braue. „Und?"

„Und was? Leute haben ständig schlechte Träume."

„Vielleicht, aber nicht, wenn ich direkt neben ihnen liege. Mir wäre lieber, wenn du mich nicht jede Nacht vollschwitzt, wenn ich es mir aussuchen kann."

Er hielt inne und wiederholte: „Jede Nacht?"

„Wechsel nicht das Thema. Sei einfach ehrlich. Ansonsten gehe ich."

Er antwortete nicht, und sie sah verletzt aus. Sie beugte sich zur Seite, um vom Bett aufzustehen, aber Aaron legte seine Hände an ihre Hüften, um sie an Ort und Stelle zu halten. „Wenn ich es dir sage, wird das die Dinge zwischen uns ändern, Teagan. Bist du dir sicher, dass du das möchtest?"

Sie zog ihre Klaue zurück und strich mit einem Finger über seine Wange. „Wenn man bedenkt, dass ich hierher und nicht in mein eigenes Cottage gegangen bin, bedeutet das, dass sich die Dinge schon längst zwischen uns geändert haben."

Sein Drache schnaubte. *Schieb sie nicht fort.*

Als er in ihre schönen grünen Augen starrte, ihr dunkles Haar, das um ihr Gesicht tanzte, ergriff er die Gelegenheit und wagte einen Sprung. „Ich bin sicher, dass du meine Akte gelesen hast und weißt, dass ich Zeit in Italien verbracht habe." Sie nickte, und er fuhr fort: „Es war für meine Mutter. Der größte Teil ihrer Familie lebt in Italien, und sie hat sie vermisst. Ich wusste nicht, ob sie langfristig bleiben würde oder nicht, aber ich habe sie begleitet, um ihr beim Einleben zu helfen. Ich wollte nur ein paar Monate bleiben, aber dann traf ich eine Frau namens Nerina."

Teagans Kiefer verkrampfte sich, aber sie grunzte, und er fuhr fort: „Sie war hübsch, liebte es zu lachen und wusste immer, wie man sich amüsiert. Nachdem ich den größten Teil meiner Kindheit in Isolation und unter der Kontrolle meines Vaters verbracht hatte, dachte ich, eine sorglose und gesellige Frau wäre das, was ich wollte. Ich dachte, Nerina sei der Schlüssel zu einer solchen Zukunft."

Teagans Augen wurden neugierig. „Was ist passiert?"

Während Aaron nicht blinzelte, wenn er sich einer Herausforderung auf dem Schlachtfeld stellen musste, blickte er zur Seite, um Teagans Mitleid nicht sehen zu müssen. „Sie tat so, als wolle sie mich und benutzte mich nur dafür, den Mann eifersüchtig zu machen, den sie wirklich fangen wollte." Er hielt inne und knurrte. „Als ich versuchte, sie an die guten Zeiten zu erinnern, lachte sie mir ins Gesicht und sagte, dass kein italienischer Drachenwandler, der noch bei Verstand war, den Ärger wolle, einen englischen Drachen als Gefährten zu haben. Außerdem seien englische Drachenwandler kalt und gefühllos. Damit würde sie sich nie zufriedengeben."

„Aaron", flüsterte Teagan.

Entschlossen, es zu beenden, hielt er seinen Blick abgewandt. „Wenn es nur ich gewesen wäre, hätte ich Nerina den Finger gezeigt und wäre entschlossen nach Hause zurückgekehrt. Aber mein Versagen hat auch meine Mutter etwas gekostet. Sie hat mich verteidigt und einige der Höheren im italienischen Clan angesprochen. Daraufhin wurden wir rausgeworfen und gezwungen, nach Stonefire zurückzukehren."

Er hielt inne. Ihr von seinem Traum zu erzählen, könnte seine Chancen bei Teagan ruinieren. Sie würde keinen schwachen Mann wollen.

Und doch, wenn er nicht fortfuhr, würde er sie mit Sicherheit für immer wegstoßen.

Das will keiner von uns, knurrte sein Drache.

Aaron hatte es satt, sowohl sein Tier als auch sich selbst zu belügen. *Nein.*

Egal, wie sehr er Teagans Hand nehmen wollte, er ballte stattdessen seine Finger zu einer Faust und fuhr fort: „Was meinen Traum betrifft, war Nerina darin eine Freundin von dir, und du hast ihr zugestimmt, dass englische Gefährten die Mühe nicht wert sind. Ich war auch nur ein Spielzeug, um den Mann, den du wirklich wolltest, eifersüchtig und begierig danach zu machen, an deiner Seite zu sein."

Er blickte schließlich zu Teagan zurück, erleichtert,

nicht Mitleid, sondern Wut dort zu sehen. Damit konnte er umgehen. „Sagen wir einfach, dass ich Vertrauensprobleme habe. Du hast schon so viel um die Ohren. Bist du sicher, dass ich den zusätzlichen Ärger wert bin? Ich könnte dich sogar deine Position kosten, Teagan. Vielleicht sollte ich frühzeitig nach Hause gehen und nur zurückkommen, um beim Schutz der Richter zu helfen."

Er wartete auf Teagans Antwort, die wahrscheinlich auch seine Zukunft bestimmen würde.

Als Aaron Teagan von seiner Zeit in Italien erzählte, musste sie sich zusammenreißen, um nicht aus dem Raum zu schießen, zu wandeln und direkt zu den Toren des italienischen Clans zu fliegen, um Nerina in den Arsch zu treten.

Zweifellos hatte die Frau die anhaltenden Auswirkungen von Aarons Kindheit und seinen Wunsch nach Akzeptanz ausgenutzt. Wenn sein Vater nicht schon tot wäre, hätte Teagan auch nach Amerika fliegen müssen, um ihm ebenfalls in den Arsch zu treten.

Sie konnte sich nur vorstellen, welche Stärke es brauchte, um die britische Armee zu überleben und ein verdammt guter Beschützer zu sein, ohne jemals sein wahres Ich und seine Ängste zu enthüllen.

Er mochte zwar kein Clan-Führer sein, aber Aaron verstand sie wahrscheinlich fast genauso, wie wenn er es gewesen wäre. Beide führten im Wesentlichen ein Doppelleben – stark in der Öffentlichkeit, aber verletzlich und einsam im Privaten.

Vielleicht sollte er der Mann sein, der an ihrer Seite stand, um die Tradition zu hinterfragen.

Sie schob diesen Gedanken beiseite und konzentrierte sich auf Aaron. Dann spuckte sie aus: „Nerina ist eine Schlampe."

Aaron zog die Brauen zusammen. „Was?"

„Du hast mich gehört. Wenn deine Mutter dort Familie hatte, dann hat Nerina wahrscheinlich davon gehört, was dein Vater euch beiden angetan hat. Verbaler Missbrauch hinterlässt Narben wie jede andere Art von Missbrauch, auch wenn sie nicht sichtbar sind. Nerina hat dieses Wissen zu ihrem Vorteil genutzt und sich nicht darum geschert, ob es Familien zerstört, geschweige denn Leben oder Glück."

Er sah ihr in die Augen. „Wenn man bedenkt, dass du die Frau noch nie getroffen hast, sind das lauter Mutmaßungen."

Teagan wedelte mit einer Hand. „Sie ist meine Zeit nicht wert. Sie hat dich benutzt, und das ist genug, um meine Meinung über sie zu zementieren. Wenn ich sie jemals treffe, wird sie eine oder zwei Lektionen lernen." Sie beugte sich hinab, bis sie ihre Stirn gegen seine legen konnte. „Und wenn du jetzt versuchst zu gehen, werde ich dich fangen und an dieses Bett ketten. Ich brauche dich, Aaron, und nicht nur für ein bisschen Spaß." Sie zögerte, entschied aber, dass auch er die Wahrheit verdient hatte. „Abgesehen von meiner Familie bist du der Einzige, bei dem ich mich entspannen und ich selbst sein kann. Nicht nur das, du respektierst meine Position." Einer ihrer Mundwinkel hob sich. „Nun, zumindest in der Öffentlichkeit."

Er bewegte einen Arm, damit er sanft ihren Nacken halten konnte. „Du willst also, dass ich bleibe? Ich kann dir jetzt schon sagen, dass es Streit und Spaltung auslösen wird. Ich bin kein Ire, denk dran. Mit den britischen und irischen MDA-Büros, ganz zu schweigen von unseren Clans, wird es ein Kampf werden."

„Scheiß auf das, was andere denken. Ich habe bereits Männer mit Ego-Problemen, die drohen, mich anzugreifen. Außerdem, sobald die anderen deine Hingabe für den Clan und mich sieht, kommen sie zu Verstand. Sie haben schon gesehen, wie du meine Großmutter besiegt hast, und das zählt hier viel."

„Orla hat mich gebeten, auf dich aufzupassen. Sie sollte besser auf meiner Seite sein."

Für den Bruchteil einer Sekunde fragte sich Teagan, ob sie einen Fehler gemacht hatte. „Hast du mich deshalb heute gefüttert und so früh ins Bett gebracht? Nur weil meine Gran dich darum gebeten hat?"

Er knurrte und hielt sie fester. „Natürlich nicht. Du brauchst jemanden, der dir sagt, du sollst durchatmen und einen Schritt zurücktreten, wenn auch nur für ein paar Minuten. Vielleicht wollte ich ihr anfangs einen Gefallen tun, aber jetzt, wenn ich sehe, dass du vor Erschöpfung gleich umfällst, und dich doch immer noch jemand anspricht, würde ich am liebsten eingreifen und demjenigen sagen, er soll dich später anrufen." Er drückte ihr sanft den Nacken. „Gibst du mir das Recht, Teagan O'Shea? Ich möchte dein Mann sein."

Ihr Herz schlug schneller, als ihr Bild von sich und Aaron, wie sie den Clan gemeinsam führten, in ihren Gedanken aufblitzte, gefolgt von einem, auf dem sie viel älter waren und ihrer Tochter beibrachten, wie man kämpft. Als das kleine Mädchen mit grünen Augen Aaron zu Boden drückte und grinste, ihr dunkles Haar in der Brise wehte, schwoll Teagans Herz vor Stolz an.

Sie hatte keine Ahnung, wie es laufen würde, aber sie wollte diese Zukunftsausblicke.

Sie flüsterte: „Ich will, dass du bleibst."

Seine Hand bewegte sich von ihrem Hals, um ihre Haare zu packen. „Und als dein Mann?"

Sie nickte. „Und als mein Mann."

„Gut." Er hob den Kopf, um sie sanft zu küssen. „Brich mir nicht das Herz, Liebes, und ich werde mein verdammtes Bestes tun, um der Mann zu sein, den du verdienst. Obwohl ich Bedingungen habe."

Sie setzte sich auf, und Aaron ließ ihre Haare los. Sie verdrehte die Augen. „Natürlich hast du das."

„Ich meine es ernst. Ich kann meine Mutter nicht unbeschützt lassen. Du wirst Bram überzeugen müssen, meine Mutter und mich aufzugeben. Du kannst es dir nicht leisten, dir Stonefire zum Feind zu machen."

Sie zog sein Kinn nach und fragte: „Warum fragst du deine Mutter nicht, was sie will? Glaub mir, ich verstehe das Bedürfnis, jemanden beschützen zu wollen, aber manchmal brauchen Menschen Freiheit, um Glück zu finden. Deine Mutter sollte wissen, dass sie eine Wahl hat."

„Ich werde sie fragen, aber ich werde mir immer Sorgen machen."

„Das ist mit ein Grund, warum ich dich als meinen Mann haben will. Unter den Muskeln und der Morgenmuffeligkeit ist ein fürsorglicher, gütiger Mann, der nicht geblendet wird von Ego und Unsicherheiten über seine Männlichkeit."

Er grunzte. „Ich hoffe, dass du das nicht mit deinem Clan teilen und meinen Ruf ruinieren wirst."

Sie tippte sich ans Kinn und antwortete: „Nun, wir werden sehen. Ich schätze, es kommt darauf an, ob du mich verärgerst oder nicht."

Seine Muskeln spannten sich an, aber sie erlaubte ihm, sie auf den Rücken zu drehen und ihr die Handgelenke über den Kopf zu halten. Seine Stimme war rau, als er sagte: „Streitereien können sein. Schließlich ist das Versöhnen der beste Teil."

Sie hob ihre Hüften und rieb sich an seiner Erektion. „Ich weiß, dass wir uns jetzt nicht versöhnen, aber vielleicht sollten wir für die Zukunft üben. Ich möchte vorbereitet sein."

Er knabberte an ihrem Kiefer. „Solange es eine Zukunft gibt." Er küsste ihren Mundwinkel. „Und um sicherzustellen, dass du darin das Sagen hast, helfe ich dir bei der Vorbereitung auf die Tests mit jedem schmutzigen Trick, den ich mir vorstellen kann. Ich werde dich nicht mehr mit Samthandschuhen anfassen."

Als Aaron sich zu ihrem Ohrläppchen bewegte und ihr Fleisch liebkoste, stieß sie ein Stöhnen aus. „Tests?" Er pustete auf ihr feuchtes Fleisch, und sie erbebte. „Wie soll ich mich auf etwas konzentrieren, wenn du das tust?"

Er knabberte an ihrem Ohr. „Das ist meine Geheimwaffe gegen dich." Als er sich an ihren Hals bewegte, biss er sie vorsichtig und beruhigte den Stich mit seiner Zunge. „Aber im Moment ist es meine Pflicht, dir beim Entspannen zu helfen."

„Deine Pflicht, aye?" Sie bog ihren Rücken, und ihre harten Brustwarzen streiften Aarons Brust. „Dann solltest du besser deine Fähigkeiten unter Beweis stellen, damit ich erkennen kann, ob du auch regelmäßig für die Aufgabe qualifiziert bist."

Aaron nahm ihre Lippen in einem rauen Kuss, seine Zunge fegte in ihren Mund und beanspruchte ihre. Jeder Zungenschlag erwärmte ihren Körper und verursachte Schmerzen zwischen ihren Oberschenkeln.

Der Mann wusste, wie man einen Anspruch erhob.

Als er den Kuss unterbrach, flüsterte er: „Wie war das?"

„Fair."

Er kniff die Augen zusammen, streckte eine Kralle aus und schnitt ihr Oberteil und ihren BH durch. Dann schob er den Stoff beiseite, nahm eine ihrer Brustwarzen in den Mund und saugte.

Teagan stöhnte und versuchte, sich an ihm zu reiben, aber er bewegte seinen Unterkörper außer Reichweite. Sie stieß einen Schrei aus. „Aaron!"

Er ließ von ihrem Nippel ab und sah ihr in die Augen. Die Hitze und das Verlangen in seinen Augen sandten noch mehr Nässe zwischen ihre Beine. „Halt still, oder ich werde dich noch länger foltern." Er leckte ihren anderen Nippel. „Schließlich muss ich beweisen, dass meine Fähigkeiten einer Clanführerin würdig sind."

Sie öffnete den Mund, um zu sagen, dass er den Test mehr als bestanden habe, aber er folterte ihre Brustwarzen mit langsamen Streicheleinheiten und sanften Bissen. Ihr ganzer Körper brannte vor Sehnsucht, und sie wollte Aaron wieder in sich spüren.

Sie packte sein Haar und zog sanft, bis er den Kopf hob. „Ich glaube, es ist Zeit, dass du dich mit deinem Schwanz beweist."

„Solange ich dich herumdrehen und von hinten nehmen kann, bin ich der Aufgabe gewachsen."

„Hör auf zu reden und fang an zu handeln."

Er ließ ihre Handgelenke los und drehte sie auf den Bauch. Seine warmen Hände streichelten ihre Rippen und bewegten sich zu ihren Pobacken. Als er langsam ihre Haut rieb, schmolz Teagan gegen die Matratze. „Ich will später eine Massage."

Aaron küsste ihre Schulter, und sein Atem tanzte gegen ihre Haut, als er sagte: „Die musst du dir erst verdienen."

„Was?"

Eine seiner Hände glitt hinunter und strich über ihre Öffnung. „Ich werde dich dazu bringen, hart zu kommen, und dann die Kontrolle an dich übergeben. Wenn du mich dazu bringst, deinen Namen zu schreien, werde ich tun, was immer du willst."

Sie sah über ihre Schulter. „Das klingt nach einer Herausforderung."

Aaron tauchte einen Finger in sie ein und lachte, als sie kräftig einatmete. „Der Tag, an dem ich aufhöre, dich herauszufordern, ist der Tag, an dem ich sterbe."

Bevor sie seine ernste Bemerkung kommentieren konnte, entfernte Aaron seinen Finger und öffnete ein Kondompäckchen. Sie sah zu, wie er es über seinen Schwanz rollte. „Gefällt mir, dass du an mich denkst."

Er beendete es und hob ihre Hüften. „Ich werde dir deine Zukunft nicht nehmen, Teagan. Wenn der Tag kommt, an dem du ein Kind willst, sag es, und ich bin bereit. Ich kann geduldig sein."

Seine Worte zerrissen ihre Abwehr. Sie begann

zu glauben, dass er sich damit zufriedengeben würde, ihr gleichgestellt zu sein, und sie nicht zwingen würde, jemand zu sein, der sie nicht war.

Aarons Augen blitzten. Sobald sie die Chance hatte, musste sie auch seinen Drachen besser kennenlernen.

Ihr Drache meldete sich zu Wort. *Vielleicht kann ich später die Kontrolle haben.*

Wir werden sehen, Liebes. Ich weiß nicht, wie viel Zeit wir haben, bis ich weggerufen werde.

Wenn ich etwas dazu zu sagen habe, haben wir den Rest unseres Lebens.

Sie wollte zustimmen, aber es gab immer noch so viel Unsicherheit in ihrem Leben.

Aarons raue Stimme unterbrach ihre Gedanken. „Ich denke oft an dich, aber jetzt möchte ich das hier tun." Er positionierte seinen Schwanz an ihrer Öffnung. „Kannst du nehmen, was ich gebe, Liebes?"

Teagan nickte, und er stieß in sie hinein. Aaron nahm ihre Hüften und bewegte sich in schnellen, harten Stößen; jede Bewegung traf sie genau an der richtigen Stelle.

Als sich der Druck erhöhte, konzentrierte sie sich auf das Gefühl, dass Aaron sie füllte, bis sie fast platzte. Bei ihrem Mann gab es keine zaghaften Bewegungen.

Er steigerte das Tempo und bald schrie sie seinen Namen, als die Lust durch ihren Körper strömte.

Aaron brüllte, als er erstarrte und kam.

Teagan sah zu, wie sich die Sehnen in seinem

Nacken lockerten, und er sackte über ihrem Rücken zusammen. Er küsste zärtlich ihren Hals und flüsterte: „Ich glaube nicht, dass du meinen Namen laut genug geschrien hast. Ich werde dich noch einmal kommen lassen, bevor du loslegen darfst."

Sie öffnete den Mund, um dagegen etwas einzuwenden, aber Aaron zog sich heraus und drehte Teagan auf den Rücken. Er legte seinen Kopf zwischen ihre Schenkel und machte sich an die Arbeit. Jedes Lecken und Knabbern an ihrem bereits empfindlichen, pochenden Fleisch drückte sie schnell über den Rand.

Sie konnte nicht mehr zählen, wie oft sie Aarons Namen geschrien hatte, bevor sie schließlich mit ihrem eigenen Mund ein Brüllen aus ihm hervorrief.

Kapitel Fünfzehn

Viel später am selben Tag lag Aaron auf dem Bett und beobachtete Teagan, wie sie mit einer Tasche in der Hand von der Tür zurückkehrte. Sie wackelte mit einem Finger in seine Richtung. „Wenn ich meine Mutter jemals wieder anrufen muss, um mir Kleidung zu bringen, weil du meine zerstört hast, wirst du derjenige sein, der die Tür öffnet."

Er grinste. „Wird mich nicht jucken. Obwohl ich nicht sicher bin, ob du willst, dass deine Mutter meine Kronjuwelen sieht."

Sie hob einen Schuh vom Boden und schleuderte ihn auf ihn. Aaron trat aus dem Weg.

Teagan sah ihn finster an. Er versuchte sein Bestes, nicht zu lachen, als sie knurrte: „Wenn das so weitergeht, wird der gesamte Clan deinen Penis sehen, bevor die Woche zu Ende ist."

Er streichelte müßig seinen halb erigierten

Schwanz, und ihre Augen folgten der Bewegung. „Sie können ihn gern ansehen, aber er ist nur für dich, Liebes."

Sein Drache meldete sich zu Wort. *Warum liegen wir hier? Nimm sie noch einmal. Sie gehört uns und hat uns beansprucht.*

Sie hat Pflichten, genau wie ich.

Eine weitere Stunde sollte keine Rolle spielen.

Teagans Stimme hinderte ihn daran zu antworten. „So gern ich schreien will, ‚Beweis es!', aber ich kann nicht. Heute sind meine wöchentlichen Termine mit unzufriedenen Clanmitgliedern. Ich kann es mir im Moment nicht leisten, jemanden zu verärgern, indem ich absage."

Aaron ließ seinen Schwanz los und rollte vom Bett. Er ging zu ihr, küsste sie und sagte leise: „Wenn ich irgendwie helfen kann, sag es mir." Sie zögerte, und er drängte weiter. „Ich meine es so, Teagan. Je eher das erledigt ist, desto eher kann ich ein Rätsel stellen, um dein Gehirn zu trainieren, und vielleicht sogar in Drachengestalt mit dir kämpfen. Sag mir, was ich tun soll."

„Es wird dir nicht gefallen", sagte sie langsam.

„Versuch's."

Sie neigte den Kopf. „Nun, wenn du, während sie warten, den genauen Grund herausfinden könntest, warum jeder Einzelne da ist, würde das die Zeit, die ich für jeden brauche, drastisch verkürzen. Sie neigen dazu rumzufaseln, weißt du, oder zu schreien.

Bei dir fühlen sie sich vielleicht weniger wohl und geben nur die relevanten Details an."

Einer seiner Mundwinkel zuckte hoch. „Also soll ich mein finsteres Beschützergesicht und -knurren einsetzen, um sie zurechtzustutzen."

Teagan lächelte. „Das könnte helfen." Sie legte eine Hand an seine Brust und fuhr mit ihren Fingern durch sein Brusthaar hin und her. „Das macht dir doch nichts aus? Ich weiß, dass es nicht gerade die beste Nutzung deiner Fähigkeiten ist, aber es würde mir ziemlich helfen."

„Wenn ich Hilfe anbiete, meine ich es, egal, was es ist. Das musst du jetzt verstehen. Ich will nicht, dass du an mir zweifelst oder dich fragst, ob du mich vergraulst. Wenn du mir nicht die Hoden abschneidest, bleibe ich."

Belustigung tanzte in ihren Augen. „Ist das eine Herausforderung zu sehen, was ich mir einfallen lassen kann, um zu sehen, ob du bleibst?"

Er knurrte. „Das ist kein Scherz. Ich bleibe, Teagan. Und meine oberste Priorität ist es, mich um dich zu kümmern, damit du die Kraft hast, dich um alle anderen zu kümmern."

Teagans Gesicht wurde sanfter. Er wollte sie nur küssen, aber er widerstand irgendwie. Er musste ihre Antwort hören.

Sie räusperte sich schließlich. „Danke!"

Er fuhr mit einer Hand ihren Rücken hinunter, um ihren Po durch den Stoff seines Hemdes, das sie angezogen hatte, zu packen. „Hör auf, so förmlich zu sein." Er versetzte ihr einen leichten Klaps auf den Po. „Ich glaube, sobald ich dich dazu gebracht habe, meinen Namen zu schreien, sind alle Vorwände hinfällig."

Sie tätschelte seine Brust. „Aaron."

Er schmiegte sich an ihre Wange. „Ich werde hart arbeiten müssen, damit du aufhörst zu erröten." Er senkte die Stimme und zog sie näher. „Schließlich muss niemand wissen, was zwischen uns passiert, wenn wir allein sind. Du willst doch nicht, dass die Clanmitglieder auf uns zeigen und flüstern, weil deine Wangen rosa werden, wenn du mich siehst."

Teagan drückte gegen seine Brust und lehnte sich zurück. „Dafür kannst du mich später trainieren. Jetzt muss ich duschen und mich umziehen. Mein erster Termin ist mit Renny Walsh, und wenn ich zu spät komme, wird er sich bei jedem, der zuhört, ewig darüber beschweren."

Aaron küsste sie noch einmal, bevor er sie losließ. „Um Zeit zu sparen, lass uns gemeinsam duschen."

Sie sah ihm in die Augen. „Keine Dummheiten!"

„Ich verspreche keinen Sex, aber wenn du denkst, dass ich meine Hände von deinem nassen Körper lasse, dann wirst du eine Überraschung erleben."

Sie lächelte. „Oh, vielleicht kommen auch ein paar Überraschungen auf dich zu."

Teagan nahm seine Hand und führte ihn zum Badezimmer.

Es war schwer zu glauben, dass die sexy, kluge

Anführerin von Clan Glenlough ihn wollte. Aber als sie ihn mit einem teuflischen Glanz in den Augen ansah, verdrängte er rasch sämtliche Zweifel und schloss sich ihr unter der Dusche an. Nur der Tod würde ihn von ihrer Seite reißen können. Sie wusste es vielleicht nicht, aber Teagan O'Shea wäre die seine – sie war seine Zukunft.

Teagans Kopf fing an zu pochen, als ihr erster Termin, Renny Walsh, sie geradeheraus fragte, ob sie mit dem englischen Drachenwandler schlief.

Sie schaffte es, ein Lächeln auf dem Gesicht zu behalten, als sie antwortete: „Bei deinem Termin geht es darum, Beschwerden zu äußern, nicht über mein Privatleben zu reden. Du hast dich geweigert, Aaron den Grund zu nennen, weswegen du hergekommen bist, und ich habe dir trotzdem erlaubt, den Termin wahrzunehmen. Aber wenn du nichts hast, was ich hören und worüber ich entscheiden muss, dann solltest du wahrscheinlich gehen."

Die silbernen Brauen des Mannes zogen sich zusammen. „Wenn du mit ihm schläfst, dann habe ich das Recht, es zu erfahren. Dass er hier ist, wird mein Leben in Gefahr bringen."

Sie sollte ihn nicht ermutigen, aber sie konnte nicht anders, als zu fragen: „Wie das?"

„Du akzeptierst vielleicht Stonefire als Verbündeten, aber die Erinnerungen sind lang. Wir waren einmal Feinde. Einige werden das nicht vergessen."

„Und wir waren auch einmal Verbündete."

„Hass gegen Feinde währt immer länger", erklärte Renny.

Sie zuckte die Schultern. „Darüber habe ich keine Kontrolle. Ich arbeite daran, neue Erinnerungen mit Stonefire zu schaffen. Die Welt verändert sich, und es wird immer schwieriger, sich allein der menschlichen Welt zu stellen. Ich hoffe, dass Stonefire nur der Erste ist. Je mehr Clans wir hinter uns haben, desto einfacher wird es sein, unser Land zu behalten und das Wohlergehen aller im Clan zu gewährleisten."

Er wedelte mit einer Hand. „Die anderen Clans sind mir egal. Glenlough ist alles, was zählt."

Sie faltete die Hände vor sich und schöpfte jedes bisschen Geduld, das sie besaß. „Willst du damit andeuten, dass Glenlough mir egal ist, Renny? Wenn ja, bewegst du dich auf ganz dünnem Eis."

„Ich mache mir keine Sorgen darum, ob es dir egal ist. Die Gerüchte werden bald die Runde machen, Teagan, und deine Unterstützung für die bevorstehende Herausforderung schwächen. Du musst ehrlich zu dem Clan sein, was deine Beziehung mit dem Mann angeht, um die Gerüchte zu stoppen. Du kennst die Konsequenzen, wenn du einen Gefährten nimmst. Die Herausforderung ist möglicherweise gar nicht notwendig, wenn du zurücktrittst."

Ihr Drache schnaubte. *Vielleicht können wir, wenn wir unsere Beziehung zu Aaron enthüllen, damit das alte Denken demontieren und Rennys lächerlichen Vorschlag konterkarieren.*

Ich stimme zu, aber der Zeitpunkt muss stimmen, und das ist jetzt nicht der Fall.

Teagan konzentrierte sich wieder auf den älteren Drachenmann. „Ich bin ehrlich und offen, was die meisten Dinge angeht – mehr als das durchschnittliche Clanmitglied es sicher ist. Würdest du zum Beispiel eine Frage darüber beantworten, mit wem du schläfst? Ich habe auch Gerüchte über dich gehört, Renny. Vielleicht sollten wir über deine Liebschaft mit einer menschlichen Witwe sprechen, die außerhalb von Letterkenny lebt."

Er blinzelte. „Woher weißt du davon?"

„Es ist meine Aufgabe, Dinge zu wissen. Killian hat ihren Hintergrund überprüft, und sie ist sauber. Sonst hätte ich viel früher mit dir gesprochen." Teagan beugte sich vor. „Ich wiederhole meine Frage: Möchtest du, dass der Clan etwas über dein Privatleben weiß? Denn das lässt sich leicht arrangieren, wenn es so wichtig ist, über meines Bescheid zu wissen. Sich mit einer menschlichen Frau einzulassen, mag zwar nicht illegal sein, aber es ist verpönt, vor allem beim irischen MDA. Du müsstest sie entweder paaren oder mit ihr Schluss machen."

Renny kniff die Augen zusammen. „Was ich mit Colleen mache, ist überhaupt nicht dasselbe. Der englische Drachenwandler könnte ein Spion sein, der dich nur für Informationen benutzt. Weiß das MDA überhaupt, dass er hier ist?"

Teagan hob ihre Augenbrauen. „Die Stonefire-Drachenwandler sind hier, um uns allen zu helfen. Wenn du sie meldest, dann zerstörst du jede Hoffnung, eine Allianz mit Northcastle zu bilden. Soweit ich mich erinnere, hast du Cousins dort. Würdest du sie nicht gern wiedersehen?"

Renny antwortete nicht, aber Teagan wusste aus Rennys ständigem Geplauder, dass er einen Cousin besonders vermisste.

Sie fuhr fort: „Nun, ich habe deine Beschwerde gehört und werde es in die Aufzeichnungen aufnehmen. Aaron ist kein Spion, und wann immer ich entscheide, mich zu paaren, wird es meine Entscheidung sein, und ich werde es dem Clan mitteilen. Vorerst ist unsere einzige Priorität, Angriffe anderer Drachenclans zu verhindern."

Renny murrte: „Ein Mann, der das Sagen hat, würde das auch stoppen."

Teagan hob eine Braue. „Ich versichere dir, dass egal, was die Geschichte dich glauben lassen will, ein Penis keine magischen Kräfte verleiht. Ich denke, es ist jetzt Zeit für dich, zu gehen. Andere warten darauf, dranzukommen."

Der ältere Mann erhob sich langsam. „Sag nicht, ich hätte dich nicht gewarnt, Teagan. Die Engländer bringen nichts als Ärger. Du wirst schon sehen."

Sobald Renny die Tür schloss, seufzte Teagan und sprach mit ihrem Drachen. *Wenn er jetzt so ist,* kann ich mir nur vorstellen, wie Renny sein wird, wenn Aaron und ich uns paaren, aber ich weigere mich, zurückzutreten.

Ich bin froh, dass du die Dinge auf meine Art siehst und Aaron als den unseren akzeptierst.

Nur wenige ausgebildete Soldaten würden sich herablassen, als Empfangsdame zu fungieren. Ich glaube, er hat seine Hingabe bewiesen. Er hat sich wenigstens eine Chance verdient.

Du hast immer noch Angst, dass er weglaufen wird.

Sie zögerte, sagte aber schließlich, *Vielleicht. Für ein paar Tage an meiner Seite zu stehen, ist eine Sache, aber langfristig könnte es seine Gefühle für mich zerstören.*

Bei seiner und deiner Vergangenheit bin ich überrascht, dass ihr beide es überhaupt geschafft habt, Mauern niederzureißen.

Fang nicht damit an, Drache. Ich muss vorsichtig sein.

Eine SMS piepte auf ihrem Handy und erregte Teagans Aufmerksamkeit. Sie war von Aaron, und es ging um ihren nächsten Termin: *Ein Typ namens Hugh. Weigert sich, mit mir zu reden. Arschloch.*

Sie schnaubte. Hugh war in der Tat ein Arschloch, obwohl sie sich fragte, was mit ihrem ursprünglichen Termin für diesen Tag geschehen war. Hughs Name stand nicht auf der Liste.

Ein Klopfen an der Tür unterbrach ihre Gedanken. Die große, kahlköpfige Gestalt von Hugh Burns marschierte herein.

Teagan presste die Finger vor sich zusammen. „Ich habe dich nicht in meinen Terminkalender. Warum bist du hier?"

„Donna hat mir ihren Platz überlassen."

Donna Mullins war für diese Zeit eingeplant. Teagan müsste die Frau später aufsuchen, um zu sehen, ob sie auf irgendeine Weise gezwungen worden war, ihren Termin herzugeben.

Ihr ehemaliger Rivale um die Führung des Clans setzte sich auf den Stuhl vor ihrem Schreibtisch. „Und was willst du, Hugh?"

Hugh wedelte mit der Hand zur Tür. „Ich musste es selbst sehen. Du hast dem Engländer ja fast die Eier abgeschnitten."

Teagan hatte jahrelang Hughs Spott ertragen, sodass es leicht war, ihren Ausdruck neutral zu halten. „Was ist deine Beschwerde, Hugh? Andere warten darauf, an die Reihe zu kommen."

„Meine Beschwerde ist, dass Padraig und Orin für eine verdammte Herausforderung in unseren Clan eingeladen sind. Ein Außenseiter hat hier keinen Platz zu herrschen."

Orin Daly war der Anführer des Clan Greenpeak in Killarney und Padraig O'Leary der von Clan Wildheath unweit von Dublin.

„Das ist im Laufe der Jahrhunderte schon oft vorgekommen, Hugh. Glenlough hat ziemlich gute Arbeit geleistet, unsere Anführer intern zu finden, aber die meisten anderen irischen Clans haben das nicht geschafft."

Hugh grunzte. „Nur, weil es schon vorgekommen ist, heißt das nicht, dass es mir gefallen muss. Wir haben hier viele starke Kandidaten."

„Ich erkenne deine Meinung an, aber da ich vor fast fünf Jahren die Herausforderung für die Führung gewonnen habe, ist dies meine Entscheidung von Rechts wegen. Und obwohl ich weiß, dass du meinst, ich könne nicht gewinnen, will ich das Gegenteil beweisen. Der Clan wird informiert, wie sich die Dinge entwickeln", erklärte sie.

„Du wirst nicht gewinnen, weißt du? Dass du Clan-Führerin bist, ist bloßes Glück."

Teagan hatte Hughs Blödsinn über die Jahre ertragen, aber sie war fertig mit dem Rumgeeiere. „Du kannst gehen, Hugh. Wenn du weiter Ärger machst, wird Killian dir einen Besuch abstatten."

„Versteckst dich hinter einem Mann, wie ich sehe. Ohne uns Männer zur Unterstützung hättest du den Clan längst zerstört."

Sie zögerte nicht. „Alle Mitglieder eines Clans sind wichtig, und selbst die Arschlöcher spielen ihre Rolle. Also brauche ich natürlich die Männer zur Unterstützung, sonst gäbe es keine Babys."

Er grinste hämisch. „Witzig zu sein, hilft dir nicht, zu gewinnen. Du hast Fremde ohne unsere Zustimmung in unser Land eingeladen. Ich könnte dich deswegen herausfordern."

Sie hob ihre Brauen und musste sich zusammenreißen, nicht zu lachen. Hugh hatte in den letzten fünf Jahren ziemlich zugenommen und eine schlaffe Mitte bekommen. „Du willst mich herausfordern und ein zweites Mal verlieren? Gut, dann nimm mit den anderen Anführern am Wettbewerb teil. Es sei denn, du hast zu viel Angst, wieder gegen mich zu verlieren?"

Hugh lächelte langsam. „Ich habe gehört, dass die Herausforderung diesmal anders sein wird. Das Coaching eines ehemaligen Anführers wird dir in dieser Runde nicht helfen. Ich werde dort sein und die Führung gewinnen. Und sobald ich das tue, werde ich deine Taten dem Büro des MDA melden. Dann werde ich mich nie wieder mit dir befassen müssen."

Ihr Drache knurrte. *Bist du sicher, dass wir nicht mit ihm kämpfen und ihn aus dem Rennen bringen können? Ich kann nicht viel mehr ertragen von seiner Selbstgefälligkeit, trotz seiner offensichtlichen Fehler. Auch wenn wir alle Fehler haben, aber er ist blind für sie.*

Nein, Drache. Wir können es uns nicht leisten, uns selbst zu verletzen, wenn wir uns mit ihm befassen.

Ihr Tier schnaubte und verstummte.

Teagan setzte ihren besten finsteren Blick auf und wob jede Dominanz, die sie besaß, in ihre Stimme ein, während sie sagte: „Dann weißt, dass, wenn du mich weiter schikanierst, du disqualifiziert werden könntest, und das wird deine Träume frühzeitig zerschmettern. Jetzt geh raus, bevor ich buchstäblich deinen Arsch aus meinem Büro trete. Wir sind fertig."

Er erhob sich. „Wenn ich Anführer bin, wirst du für deine Verbrechen vor Gericht gestellt, Teagan O'Shea. Denk daran."

Hugh marschierte aus ihrem Büro und ließ die Tür hinter sich weit offen.

Einen Herzschlag später sah Aaron zur Tür herein und hob die Augenbrauen. Sie schüttelte ein wenig den Kopf, um ihm zu sagen, dass sie später darüber sprechen würden. Sie sagte nur: „Schick mir die Details der nächsten Person, und lass sie in ein paar Minuten rein."

Mit einem Nicken schloss Aaron die Tür.

In der freien Minute allein rieb Teagan sich die Stirn. *Hugh wird mir in den Arsch treten.*

Vielleicht. Aber wenn er gegen dich und die anderen Anführer verliert, wird jeder Anspruch, den er glaubt zu haben, hinfällig sein.

Die anderen Anführer könnten etwas gegen seine Teilnahme haben.

Du hast nie gesagt, dass der Wettkampf nur für andere Clan-Führer ist. Das wäre dann ihre Annahme und damit ihr Problem.

Teagan seufzte. *Nun, jetzt können wir ohnehin nichts tun. Das ist der einzige Weg, Hugh endgültig zum Schweigen zu bringen.*

Gran würde ihm eine Lektion erteilen, wenn wir sie bitten.

Sie schnaubte. *Das wäre schön. Vielleicht benutze ich das als Strafe, wenn er jemals eines der Clangesetze bricht.*

Bevor ihr Drache antworten konnte, trat ihr nächster Termin ein. Während Teagan dem Rest ihrer Clan-Mitglieder weiter zuhörte und die meisten Probleme löste, ließ ihre Spannung im Laufe des Tages nach. Auch wenn Killian die Aufgabe hatte, alle Unruhestifter aufzuspüren, schien die Mehrheit sich weder an Teagans Handlungen in Bezug auf Aaron noch an den Wettbewerben zu stören.

Sie hoffte nur, dass es so blieb.

Als Aaron den letzten Termin des Tages hinausführte, schloss er die Tür zu Teagans anderen Büros ab und eilte dorthin, wo sie hinter ihrem Schreibtisch saß. Ohne zu fragen, trat er an ihre Seite und beugte sich hinab, um sie sanft zu küssen.

Er löste sich von ihr, und sie machte ein zufriedenes Geräusch in der Kehle. „Als Frau könnte ich mich daran gewöhnen, das jeden Tag zu bekommen."

„Meine Lippen sind ziemlich mächtig. Sie können fast alles heilen, wenn es um dich geht." Sie versetzte ihm einen verspielten Stoß, und Aaron nahm ihre Hand in seine. „Ich bin nur froh, dass du nicht permanent eine Furche zwischen deine Augenbrauen geätzt hast. Einige der Beschwerden waren ja eher kleinlich. Ist ein Baum, der in den Garten eines anderen hineinwächst, wirklich so störend?"

Sie zuckte mit den Schultern und verschränkte die Finger mit seinen. „Manchmal müssen die Leute einfach nur mal Dampf ablassen. Wenn es ihrer psychischen Gesundheit hilft, dann sei es so."

„Ein Clan-Psychologe wäre besser geeignet. Oder vielleicht ein Gärtner", sagte er gedehnt.

Sie hob die Brauen. „Bist du freiwillig bereit, Bäume für den Clan zu fällen?"

Er zwinkerte. „Ich könnte ziemlich bösartig sein, wenn ich eine Motorsäge in den Händen habe. Aber ganz ehrlich, es gibt wahrscheinlich wichtigere Probleme. Ich bin zu stur, um einen Psychologen zu besuchen, aber andere könnten die Hilfe gebrauchen."

„Wir haben keinen, und angesichts der momentanen Instabilität bezweifle ich, dass jemand die Probleme meines Clans in Angriff nehmen möchte. Außerdem macht es mir nichts, ihnen zuzuhören. Es ist schön, sich mit anderen zu verbinden, zumindest auf einer gewissen Ebene."

„Weil du ja normalerweise von ihnen isoliert bist."

Sie starrte ihre Hände an, und Aaron musste sich zusammenreißen, um sie nicht an sich zu ziehen. Er hatte das Gefühl, dass sie ihm nichts sagen würde, wenn er es täte.

Sie sprach zu ihren Händen. „Es ist irgendwie merkwürdig. Ich kenne jeden und die meisten ihrer

Situationen, aber ich kenne sie nicht wirklich, wenn das einen Sinn ergibt. Ich kann nicht zu jeder Geburtstagsfeier gehen oder sie zum Abendessen einladen."

„Du kannst es dir nicht leisten, dass sie dich einfach als Freundin betrachten."

Sie sah ihm wieder in die Augen. „Genau."

Jetzt riss er sie doch hoch und zog sie an sich. Er berührte ihre Wange und sagte: „Ich werde für dich da sein, wenn du den Tag beendet hast, und alles feiern, was gefeiert werden sollte. Du wirst nie allein sein."

Sie spielte mit dem Haar in seinem Nacken. „Halte nur nichts vor mir verborgen, und sei du selbst. Mehr will ich nicht."

Sein Drache meldete sich zu Wort. *Siehst du? Ich hab' dir doch gesagt, dass sie perfekt für uns ist.*

Er ignorierte sein Tier und konzentrierte sich auf Teagan. „Ich werde es versuchen, aber wie du weißt, sind Männer schwer zu knacken."

Sie verdrehte die Augen. „Und das ist eine Ausrede, die ich keine Sekunde glaube."

Er streichelte ihre Wange mit dem Daumen. „Tatsächlich?"

Sie lächelte. „Sagen wir einfach, wenn du aufhörst, ehrlich zu mir zu sein, schläfst du draußen im Regen, bevor du blinzeln kannst."

„Ich hasse den verdammten Regen", knurrte er.

Sie grinste. „Eben."

„Darf ich dann die gleiche Strafe verhängen, wenn du etwas vor mir verbirgst?"

Sie zuckte die Schultern. „Mir macht der Regen nichts. Ich habe auch ein paar Schwächen, aber die musst du selbst herausfinden."

Er gab ihr einen Klaps auf den Po. „Ich denke, du solltest mir wenigstens eine nennen."

Sie hob eine Hand zur Narbe bei seinem Mundwinkel und zog sie nach. „Diese Narbe ruiniert deine perfekten Stoppeln." Sie sah auf. „Wie hast du sie bekommen?"

Er verzog das Gesicht. „Mein Vater."

Teagans Augen wurden ernst. „Je mehr ich von ihm höre, desto mehr hasse ich den Mann."

Er zuckte die Schultern. „Er ist weg und spielt keine Rolle. Du bist viel wichtiger."

Der Ärger verblasste ein wenig aus ihren Augen. „Schöne Worte werden mich nicht davon ablenken, die ganze Wahrheit erfahren zu wollen. Sag es mir einfach, Aaron."

Er hob die Brauen. „Da ist aber jemand etwas fordernd."

Sie knurrte. „Verdammt, ja. Wenn du mich ganz willst, dann ist das Teil des Deals."

Mit dem Feuer in ihren Augen und der Röte auf ihren Wangen wollte Aaron sie nur noch mehr. „Er hat mir ein Buch an den Kopf geworfen. Von der Ecke habe ich die Narbe."

Da sie gleich groß waren, beugte sich Teagan vor

und küsste die kleine Narbe. „Danke, dass du es mir erzählt hast."

„Jetzt werd' mir gegenüber bloß nicht so förmlich, O'Shea."

„Ich kann gern stattdessen sagen, dass du ein Bastard bist, wenn du dich dadurch besser fühlst."

Er zog sie fester an seinen Körper. „Freches Frauenzimmer."

Sie ließ die Zähne aufblitzen, bevor sie sagte: „Wenn ich es nicht wäre, wäre dir langweilig."

Während sie einander in die Augen starrten, lachte Aaron schließlich. „Verdammt, du hast recht." Er küsste sie schnell. „Ich wünschte nur, du müsstest nicht in den nächsten Minuten mit Killian reden, sonst würde ich dich mit nach Hause nehmen und dir zeigen, wie weit entfernt ich davon bin, gelangweilt zu sein."

„Dann nimm dir ein paar Minuten Zeit, um mich zu küssen, und gib mir eine kleine Vorschau. Das wird mir helfen, mich zu entspannen."

Ohne ein weiteres Wort nahm Aaron Teagans Lippen und verschlang langsam ihren Mund. Als sie gegen seine Brust schmolz, setzte sein Herz einen Schlag aus. Und nicht nur, weil eine sexy, kompetente Frau sich gegen ihn lehnte. Nein, zum ersten Mal seit langer Zeit war er glücklich.

Mehr als das, er vertraute Teagan. Ganz zu schweigen davon, dass es düster wäre, sich eine Zukunft ohne sie vorzustellen. Er wollte sich nicht wieder hinter einem falschen Lächeln und Zwinkern verstecken, nur um durch den Tag zu kommen.

Sein Drache meldete sich zu Wort. *Du weißt, was das für ein Gefühl ist.*

Nein, noch nicht. Es ist zu früh.

Feigling.

Nach ein paar Minuten zog sich Teagan schließlich zurück und berührte seine Wange. „Ich würde mich bedanken, aber du magst ja keine Formalitäten." Sie beugte sich an sein Ohr und flüsterte: „Du solltest wissen, dass ich schon feucht für dich werde, wenn du mich nur küsst, Aaron. Denk daran, bis du mich heute Abend siehst."

Sein Tier brüllte. *Sie gewinnt Vertrauen. Mir gefällt das. Können wir sie bald haben?*

Später, Drache.

Er nahm ihre Hand und führte sie zu seiner Scham. Dann seufzte er: „Ich werde die ganze Zeit an dich denken und es mir nicht selbst machen. Ich spare alles für dich auf."

Ihre Pupillen blitzten auf, und Aaron grinste. „Ich finde auch, wir sollten unsere Drachen für die zweite Runde rauslassen. Das sollte es interessant machen und sie vielleicht ein wenig zum Schweigen bringen."

Sein Tier knurrte. *Das ist nicht sehr nett.*

Aye, aber es stimmt.

Sie nickte und öffnete den Mund, aber ihr Handy meldete sich. Sie seufzte. „Das ist wohl Killian."

Er ließ sie widerwillig los. „Geh, aber denk dran, dass der übermütige Aaron zu Hause auf dich wartet."

Teagan legte eine Hand zwischen seine Oberschenkel und schloss die Hände um seine Hoden. Sein Schwanz wurde sogar noch härter, als sie mit ihnen spielte. „Dann sollten wir uns wohl beide besser beeilen und unsere Aufgaben beenden, damit ich den übermütigen Aaron richtig kennenlernen kann."

Aaron nahm ihre Lippen in einem rauen Kuss, und sie stöhnte in seinen Mund.

Was würde er nicht geben, um sie über den Schreibtisch zu beugen und sie schnell zu nehmen.

Sein Tier knurrte. *Warum warten?*

Aaron ignorierte seinen Drachen, unterbrach den Kuss und murmelte: „Du musst gehen, Liebes. Mein Edelmut hat seine Grenzen."

Teagan gab ihm noch einen Kuss, bevor sie zu ihrem Schreibtisch ging. Sie sammelte ihre Sachen zusammen und sagte: „Gott sei Dank, denn meiner wird auch gerade bis an die Grenzen auf die Probe gestellt."

Sie zwinkerte und eilte aus dem Raum. Aaron starrte auf die geschlossene Tür.

Scheiß auf jeden, der versuchte, ihm seine Frau wegzunehmen. Teagan konnte auf sich selbst aufpassen, aber er wäre immer ihr Verbündeter. Er musste andere Wege finden, sie zu unterstützen. Ihr Wohlbefinden bedeutete ihm alles.

Sein Drache meldete sich zu Wort. *Und ich weiß warum, auch wenn du zu feige bist, um es zuzugeben.*

Das letzte Mal, dass ich das L-Wort benutzt habe, war es zu früh. Ich werde nicht noch mal denselben Fehler machen.

Teagan ist anders. Wie oft muss ich das denn noch sagen?

Lass uns vorerst die Momente genießen, die wir mit ihr haben. Es wird nicht viele geben, bis die Wettbewerbe vorbei sind.

Sein Drache schnaubte. *Na schön. Vergiss nur nicht, mich rauszulassen und sie auch zu beanspruchen. Sonst rutscht mir vielleicht was raus, das du nicht sagen willst.*

Verdammter Drache. Als sein Tier schwieg, seufzte Aaron innerlich. *Ich verspreche, du wirst eine Chance bekommen.*

Gut. Dann ist dein Geheimnis für den Moment sicher bei mir.

Er mochte den „für den Moment"-Teil seiner Drachenantwort nicht, aber er würde es erst einmal so nehmen.

Jetzt war es nur wichtig, Teagan eine Zukunft als Glenloughs Anführerin zu sichern.

Kapitel Sechzehn

Zehn Tage später rollte Teagan sich auf die Seite und schmiegte sich an Aarons warmen Körper. Seine starken Arme legten sich gleich um sie, und seine belegte Stimme erfüllte den Raum mit einem schlechten irischen Akzent. „Dir einen wunderschönen guten Morgen."

Teagan seufzte und kniff ihm in die Haut. „Ich sagte doch, du sollst das lassen. Ich bin kein irischer Cartoonkobold."

„Dann solltest du mir vielleicht deinen Topf Gold am Ende des Regenbogens zeigen."

Sie öffnete den Mund, aber sein Finger tanzte zwischen ihren Oberschenkeln, und sie hielt den Atem an. Aaron lachte. „Sieht aus, als hätte ich ihn gefunden."

Sie legte ein Bein über seine Hüfte und antwortete: „Vielleicht sollte ich dir den Zugang verwehren, bis du mit den schrecklichen irischen Akzenten und Koboldwitzen aufhörst."

Er schob langsam einen Finger in ihre Öffnung, die schon nass und geschwollen war. „Du würdest keinen Tag überleben."

Aaron zog seinen Finger zurück, positionierte seinen Schwanz und stieß hinein. Nicht zum ersten Mal war Teagan froh, dass sie schon lange genug verhütete, um jeden Zentimeter von ihm zu spüren. „Möchtest du diese Herausforderung wirklich annehmen?"

Er bewegte seine Hüften in sanften Stößen. „Was ich will, ist, dich ablenken."

Als er gegen ihre Klitoris drückte, stöhnte Teagan. „Eines Tages wird Sex als Ablenkung nicht mehr funktionieren, Aaron Caruso."

Er streichelte ihren empfindlichen Knoten fester und bemerkte: „Das sagst du jedes Mal."

Sie küsste ihn und konzentrierte sich darauf, sich seinem Rhythmus mit ihren Hüften anzupassen. Es dauerte nicht lang, bis sie schrie und Lust durch ihren Körper strömte. Aaron hielt und drückte sie an sich, als er kurz darauf kam.

Teagan legte ihren Kopf auf seine Brust und lauschte dem beruhigenden Klopfen seines Herzens. Sie schätzte das morgendliche Ritual mit Neckereien und Sex. In kurzer Zeit war Aaron ein integraler Bestandteil ihres Lebens geworden.

Sie würde später am Tag erfahren, ob sie das Glück hätte, ihn zu behalten.

Ihr Tier meldete sich zu Wort. *Natürlich werden wir das. Zweifle nicht daran, dass wir gewinnen werden.*

Das will ich auch nicht, aber ich habe das Gefühl, dass etwas Schlimmes passieren wird.

Hast du Aaron nicht gerade wegen seines Aberglaubens gescholten?

Das ist nicht dasselbe.

Aarons tiefe Stimme grollte in seiner Brust. „Bist du nervös?"

Bei jedem anderen musste Teagan stark sein. Nicht bei Aaron. „Ein wenig. Ich weiß, dass ich alles in meiner Macht Stehende getan habe, um mich auf die Herausforderung vorzubereiten, aber es braucht nur eine Person, die gegen die Regeln verstößt und mich tötet, und alles ist vorbei."

Aaron legte einen Finger unter ihr Kinn und zwang sie, den Blick zu ihm zu heben. „Beobachter und Richter werden an verschiedenen Stationen in der Region zusehen. Außerdem werden Ärzte aus mehreren Clans bereit sein. Killian lässt keinen der Teilnehmer sterben."

Sie nickte. „Ich weiß. Wenn uns jemand am Leben halten kann, dann Killian. Es ist nur so, dass es in letzter Zeit etwas zu ruhig war, und das macht mir Sorgen."

Aaron knurrte. „Dir wird nichts passieren, Teagan. Wenn ich abtauchen und eine Kugel einstecken muss, um dich zu beschützen, werde ich es tun. Ich liebe dich."

Sie hielt inne und fragte langsam: „Du liebst mich?"

Aaron seufzte. „Ja, Teagan, ich liebe dich. Tu nicht so überrascht."

Da Aaron sie in den letzten zwei Wochen jeden Tag unterstützt hatte, selbst wenn sie nichts mehr wollte, als zu sparren und der aufgestauten Frustration zu entkommen, sollte sie ihn nicht hinterfragen.

Ihr Drache brüllte. *Ich liebe ihn auch! Warum ist es so schwer, das zu sagen?*

Weil es eine weitere Schlacht auslöst und er es vielleicht leid sein wird zu kämpfen.

Aarons Stimme drang in ihre Gedanken. „Sprich mit mir, nicht mit deinem Drachen. Zweifelst du an meinen Worten?" Er berührte ihre Wange und fuhr fort, bevor sie antworten konnte: „Ich liebe es, wie du dich um deinen Clan sorgst, wie du bereit bist, einen Kampf für das Glück eines jeden aufzunehmen, und deine Selbstlosigkeit. Aber nur weil du dich um deine Leute sorgst, heißt das nicht, dass du dir keine Zeit für dich nehmen kannst. Ich werde die Worte nicht aus dir herauszwingen, aber ich werde für dich da sein, wenn du sie endlich sagst. Ich liebe dich, Teagan O'Shea, und du bist es wert, dass ich auf dich warte."

Teagan starrte in die braunen Augen des Mannes, der sie mehr unterstützt hatte als jede andere Person in der Vergangenheit, die nicht mit ihr verwandt war. Und das alles ohne den Versuch, ihr die Macht oder Kraft zu entreißen oder sie dazu zu zwingen, eine Familie zu gründen, bevor sie bereit war.

Er mochte nicht ihr wahrer Gefährte sein, aber Aaron Caruso passte einfach perfekt zu ihr.

Sie öffnete den Mund, um ihm genau das zu sagen, als ihr Handy klingelte.

Aaron nahm es und reichte es ihr. Die Anruferkennung sagte Killian. Sie meldete sich: „Killian?"

Ihr Bruder antwortete: „Ja, ich bin's. Orin Daly und seine begleitenden Clan-Mitglieder sind an den vorderen Toren."

Teagan hatte die anderen Führer eingeladen, in Glenlough zu übernachten, aber sie hatten alle abgelehnt und sich stattdessen entschieden, erst am Tag der Herausforderung anzukommen. Das Protokoll diktierte, dass sie über die Tore kamen, statt über die Landeplätze. „Bringt ihn in den Besprechungsraum im großen Saal, und ich werde so bald wie möglich dort sein."

Sie schaltete das Telefon aus und drehte sich zu Aaron um. Er nickte und murmelte: „Ich denke, es ist Showtime."

Sie berührte seine Wange, beugte sich vor und küsste ihn. „Es ist an der Zeit, zu sehen, wie sich der Rest unserer Zukunft entwickelt."

„Ich glaube an dich, Teagan. Zeig den anderen, wozu du wirklich fähig bist, auch ohne Penis."

Sie schüttelte den Kopf, bevor sie aus dem Bett rollte. „Wenn man bedenkt, wie verletzlich er euch macht, weiß ich nicht, warum er so eine Bereicherung sein sollte."

Aaron grinste. „Männer spielen einfach gern, also erfinden sie Gründe, warum er so wichtig ist."

Sie schnaubte und sammelte ihre Sachen zusammen. „Das klingt ungefähr richtig." Sie wurde wieder ernst. „Aber ich sollte mich so schnell wie möglich fertig machen. Das bedeutet, wir duschen heute nicht gemeinsam."

Er nickte. „Gute Idee. Und jetzt beeil dich. Männer mögen es auch nicht, wenn man sie warten lässt. Denk daran."

Sie zeigte ihm einen Vogel, bevor sie ins Bad ging.

Während sie sich auf den wichtigsten Tag ihres Lebens vorbereitete, kehrten ihre Gedanken immer wieder zu Aarons Worten zurück. *Ich liebe dich, Teagan O'Shea, und du bist es wert, dass ich auf dich warte."*

Ihr Drache schnaubte. *Du hättest es ihm sagen sollen.*

Es gibt zu viel zu tun, und ich will nicht, dass es gezwungen wirkt. Ich werde es ihm nach meinem Sieg sagen.

Solltest du auch besser. Ich werde ungeduldig. Ich will, dass der ganze Clan seine Pfoten von ihm hält.

Sie seufzte innerlich. *Ich bin mir ziemlich sicher, dass sie das bereits wissen.*

Vielleicht, aber bis wir es vor dem Clan erklären

und ihnen zeigen, dass wir nirgendwo hingehen, werde ich dich weiter damit nerven.

Spar es dir einfach, bis die Herausforderung vorbei ist, aye? Wir müssen zusammenarbeiten.

Ihr Drache grunzte. *Darin stimme ich zu. Machen wir uns fertig, und treten wir jemandem in den Hintern.*

Aaron stand am Rande des hinteren Landeplatzes und beobachtete, wie Faye MacKenzies blauer Drache und Grant McFarlands grüner Drache landeten. Sobald sie auf festem Boden waren, breitete Grant seine Flügel vor Faye aus. Als er sie senkte, stand sie in ihrer menschlichen Gestalt da, in einem einfachen Kleid.

Grant wandelte und stand bald nackt neben ihr in seiner menschlichen Gestalt. Aaron ging zu ihnen und sagte: „Ich habe Faye schon mal wandeln gesehen, McFarland."

Faye verdrehte die Augen. „Lass ihn erst gar nicht loslegen. Er hat versucht, mich davon abzuhalten, überhaupt zu kommen, aber das ist nicht gut ausgegangen."

Grant grunzte. „Du bist schwanger. Du brauchst keinen unnötigen Stress."

„Zu Hause zu bleiben und Däumchen zu drehen, ist bei Weitem stressiger", sagte sie.

Grant runzelte die Stirn. „Du denkst nur, dass es stressiger ist, weil du dich langweilen wirst."

Faye schüttelte den Kopf. „Lass uns nicht wieder damit anfangen. Wir sind hier, und das lässt sich nicht mehr ändern." Sie sah Aaron an. „Und ich kann es nicht abwarten, Teagan O'Shea kennenzulernen. Es wird schön sein, eine weitere weibliche Verbündete in einer männlich dominierten Rolle zu haben."

Aaron hob eine Braue. „Nikki ist Beschützerin, genau wie du."

Nikki Gray war eine junge Beschützerin in Stonefire.

Faye winkte das mit einer Hand ab. „Und ziemlich schwanger. Sonst hätte ich sie zur Unterstützung eingeladen. Nikki und ich haben es beide mit mürrischen, überfürsorglichen Männern zu tun, während wir immer noch welchen in den Arsch treten."

Grant seufzte. „Dir ist schon klar, dass ich direkt hier stehe?"

Faye tätschelte seine Brust. „Und ich liebe dich, Überfürsorge und alles." Sie sah wieder zu Aaron. „Werden wir Teagan vor den Prüfungen treffen können?"

Aaron schüttelte den Kopf. „Nein. Sie muss die Anführerin des Clans spielen und gegenüber den Bastarden, die sie für schwach halten, zivilisiert sein. Die Herausforderung beginnt in zwei Stunden. Meine Aufgabe ist es, euch zur Kommandozentrale zu bringen und euch eure Aufgaben zu erklären." Er deutete mit dem Kopf. „Wir sollten wahrscheinlich los. Obwohl ich vorschlagen würde, dass Grant ein paar Klamotten anzieht, damit die ungebundenen Frauen sich nicht auf ihn stürzen." Aaron zwinkerte. „Schließlich werden hier nicht irische Drachenmänner allmählich populär."

Faye sah ihm in die Augen. „Ja, was das angeht. Stimmt es, dass du mit der Anführerin in wilder Ehe lebst?"

„Das ist keine wilde Ehe."

Faye grinste. „Ich wusste es. Ich schwöre, Bram plant diese Dinge, um seinen Einflussbereich zu erweitern. Zuerst geht Arabella nach Lochguard und jetzt du nach Glenlough. Ich frage mich, was er als Nächstes ins Visier nehmen wird."

Arabella MacLeod kam ursprünglich aus Stonefire und hatte sich im Jahr zuvor mit dem schottischen Clan-Führer gepaart.

Aaron seufzte. „Nicht einmal Bram ist so mächtig oder allwissend, dass er solche Dinge planen könnte." Er bemerkte, dass Grant einen Kilt umgeworfen hatte. „Gehen wir. Je eher ihr informiert werdet, desto eher können wir euch in Position bringen."

Aaron ging los, und die anderen folgten. Grant meldete sich zu Wort. „Werden sie uns endlich sagen, was die Herausforderung ist? Ich kann verdammt nochmal nichts beurteilen, was ich nicht verstehe."

„Ja", antwortete Aaron. „Es wurde vor den

meisten geheim gehalten. Die Richter werden alle den Plan prüfen und können dann Einwände äußern. Wenn Befangenheit festgestellt wird, wird sich die Herausforderung verzögern, weil die Richter dann ausgetauscht werden."

Faye fragte: „Sind die anderen Richter schon hier? Ich habe noch nie jemanden von den französischen Clans getroffen."

„Sollten sie", sagte Aaron. „Clan PerleForet wird von einem der anderen Beschützer bewacht. Das Snowridge-Paar als Richter kennt ihr ja schon, da wir uns alle während der Ausstellung in Schottland getroffen haben. Sie haben Wren und Eira geschickt."

Aaron, Faye, Grant und einige andere Beschützer hatten gemeinsam Künstler ihrer jeweiligen Clans beschützt bei deren Teilnahme an einer Kunstausstellung, die durch Schottland getourt war. Das Ereignis war eine Art Kontaktaufnahme zwischen Menschen und Drachenwandlern gewesen.

Faye lächelte Grant an. „Ich war damit beschäftigt, meinen Gefährten davon abzuhalten, alle mit einem Blick zu töten, also hatte ich nicht so viele Gelegenheiten, mit den Snowridge-Beschützern zu sprechen."

Grant knurrte. „Du hast zu viel Zeit damit verbracht, mit dem Kerl aus Northcastle zu reden."

Faye zuckte mit den Schultern. „Wir mussten doch etwas über den nordirischen Clan erfahren."

Aaron ergriff das Wort: „Vielleicht solltest du diesen Clan vorerst nicht erwähnen. Die Situation zwischen den beiden Clans ist sehr angespannt."

„Ups, tut mir leid. Das wusste ich nicht", erwiderte Faye. „Ich sage immer noch, wir sollten eine große Party veranstalten und alle Clans des Vereinigten Königreichs und Irlands einladen. Mit etwas Alkohol und genau kontrollierten Kampfveranstaltungen würden wir uns alle bald vertragen."

Grant deutete vor sie. „Lass uns das hier zuerst beenden, Liebes, und dann können wir uns Sorgen darüber machen, wie wir alle vereinen."

Faye strahlte. „Ich werde später darauf zurückkommen."

Als Aaron zusah, wie die beiden flirteten und stritten, zweifelte er nicht an ihrer Liebe zueinander. Er fragte sich, ob er das auch mit Teagan hätte. Selbst wenn sie verlor, was er nicht für möglich hielt, würde er sie nicht aufgeben.

Sein Tier meldete sich zu Wort. *Können wir endlich anfangen? Ich will, dass das hier vorbei ist, damit wir uns auf Teagan konzentrieren können.*

Bald, Drache. Ich werde bald anfangen.

Sie erreichten die Kommandozentrale, und Aaron führte die schottischen Drachen hinein. Er hoffte nur, dass die Herausforderung von allen Richtern gebilligt wurde. Er war es verdammt leid, auf das Ende dieses Tages zu warten.

Teagan setzte ein Lächeln auf und ging in den Konferenzraum, in dem Orin Daly und Padraig O'Leary warteten. Auch wenn Hugh an der Herausforderung teilnahm, war das Treffen nur für Clan-Führer bestimmt.

Die beiden Männer sahen sie an. Orin, aus Greenpeak in Killarney, war der Erste, der das Wort ergriff. „Uns warten zu lassen, um deine Autorität zu betonen, wird uns nicht einschüchtern, Mädchen. Merk dir das."

Er hatte sie absichtlich „Mädchen" genannt, aber Teagan würde den Köder nicht schlucken. „Ob du es glaubst oder nicht, ich werde nicht alles stehen und liegen lassen und meinen Clan vernachlässigen, nur um dir einen Gefallen zu tun."

Der ältere der beiden Männer, Padraig aus Wildheath, runzelte die Stirn. „Ich hoffe, du hast mein gefangenes Clan-Mitglied wie versprochen freigelassen."

„Oh, er wird freigelassen, sobald die Wettbewerbe vorbei sind."

Damit er nicht betrügen kann, blieb unausgesprochen. Der Bastard war während seines Aufenthalts in Glenlough nicht zu knacken gewesen.

Teagan fuhr fort: „Die von euch ernannten Richter werden, während wir hier sprechen, eingewiesen. Sobald sie die Herausforderungen genehmigt haben, beginnen wir. Das ist eure letzte Chance, einen Rückzieher zu machen ist, und es abzubrechen."

Orin hob eine Braue. „Kriegst kalte Füße, was?"

„Nein, ich freue mich darauf", sagte Teagan, ohne zu zögern.

Orin schüttelte den Kopf. „Das hier wird nicht gut für dich enden. Es ist keine Arroganz zu sagen, dass Männer stärker sind. Das ist eine reine Tatsache. Männer sind Anführer. Das war schon immer so und wird immer so sein. Sich der Tradition und Logik zu widersetzen, bedeutet, das eigene Volk in Gefahr zu bringen. Selbst wenn ihr sogenannte weibliche Anführer hattet, habt ihr euch immer hinter einem Mann versteckt. Das beweist, dass ihr nicht gut für den Job geeignet seid. Schließlich kann ein wahrer Anführer allein führen."

Ihr Drache knurrte. *Ich bin jetzt bereit für ihn.*

Glaub mir, ich auch. Seine Arroganz wird sein Untergang sein.

Sie antwortete Orin: „Die Zeiten haben sich geändert, meine Herren. Heutzutage braucht es mehr als nur Kraft, um einen Clan zu schützen. Außerdem sind Frauen seit Jahrhunderten klug. Wir hatten in früheren Zeiten Angst davor, getötet zu werden, wenn wir unsere Meinung geäußert haben, aber nicht mehr." Sie sah nacheinander jeden Mann an. „Im Moment spielen unsere individuellen Meinungen jedoch keine Rolle." Sie öffnete einen Ordner auf dem Tisch und nahm zwei Dokumente heraus. Sie reichte jedem Anführer eins. „Das hier sind rechtsverbindliche Erklärungen. Ihr stimmt zu, dass ihr, wenn ich gewinne, mein Recht anerkennt,

Anführerin zu sein, und nicht aus dem Grund angreifen werdet. Wenn ihr doch angreift, wird das MDA euch entsprechend bestrafen."

Padraig murmelte: „Sich hinter dem MDA zu verstecken, ist schwach."

„Unterschreibe, oder gib auf und geh. So einfach ist das."

„Ich freue mich darauf, zu gewinnen und meinen ältesten Sohn zu schicken, um deinen Clan zu übernehmen. Vielleicht ändere ich sogar den Namen des Clans, denn Glenlough klingt verdammt dumm für mich", erklärte Orin.

Ihr Drache meldete sich zu Wort. *Als wäre Greenpeak besser.*

Wähle deine Schlachten, Drache.

Teagan deutete zu den Papieren. „Wenn du so arrogant bist, dann unterschreibe die Papiere. Du wirst nichts zu verlieren haben, wenn du gewinnst."

Sie wich nicht vor den Blicken der beiden Männer zurück. Sie mochten es vielleicht nicht, dass Teagan vorbereitet war, aber das war ihr Problem. Mit dem irischen MDA auf ihrer Seite konnte sie einen Anschein von Frieden bewahren, wenn sie gewinnen würde. Nur ein Narr würde nicht jedes verfügbare Werkzeug nutzen.

Ihr Drache schnaubte. *Es gibt kein ‚Wenn' – wir werden gewinnen.*

Arroganz ist ein sicherer Weg zum Scheitern.

Es gibt eine Balance zwischen Arroganz und Selbstvertrauen. Wir brauchen das, denn wenn wir nicht gewinnen, ist eine Zukunft mit Aaron ungewiss.

Selbst wenn wir verbannt werden, würde ich ihn trotzdem wollen.

Wir lassen nicht zu, dass es so weit kommt.

Sobald die beiden Männer die Papiere gelesen und unterschrieben hatten, sammelte Teagan sie ein. „Wenn das erledigt ist, könnt ihr hier entspannen, bis die Richter ihre Entscheidungen treffen." Sie ging zur Tür, öffnete sie und befahl der Person, die im Flur wartete, einzutreten.

Orla Kelly kam herein und ließ sich auf einen Stuhl fallen. Sie sah die beiden Anführer an. „Obwohl ich ein paar graue Haare mehr habe als ihr zwei, unterschätzt mich nicht." Sie zeigte mit einem Finger auf Padraig. „Dein Vater wollte mich mal gegen meinen Willen küssen. Er hat sich eine Narbe am Hals für diese Übertretung verdient."

Padraig hob die Brauen. „Das warst du?"

„Aye, das war ich." Sie streckte eine Kralle aus. „Also keine Dummheiten!"

Teagan verkniff sich ein Lächeln, als sie die Verwirrung in Padraigs Ausdruck sah. Sie sagte zu ihrer Gran: „Wenn du was brauchst, Brenna wartet im Flur."

Orla lehnte sich vor und ließ Orin und Padraig dabei nicht aus den Augen. „Das ist richtig, Leute. Frauen wurden als Wachen für euch geschickt. Und denkt nicht eine Sekunde lang, dass wir uns ducken und weglaufen."

Orin schüttelte den Kopf. „Das beweist nur weiter, wie dringend Glenlough Struktur braucht. Die Frauen sind außer Kontrolle."

Orla nahm einen kleinen Stein aus einer ihrer Taschen und warf ihn auf Orin. Er prallte von seinem Kopf ab. „Das war nur ein kleiner. Ich habe auch größere, die nur darauf warten, dass dein wahres Arschloch-Ich rauskommt."

Teagan hielt inne, um zu sehen, ob Orin die Kontrolle verlieren würde, aber der Mann zuckte nur mit den Schultern. „Ich habe nicht vor, eine alte Frau zu verletzen. Aber ich freue mich schon darauf, dich einzusperren, sobald ich das Sagen habe."

Als ihre Gran grunzte und einen weiteren Stein nahm, entschied Teagan, dass sie alles im Griff hatte. „Eine Eskorte wird kommen, wenn die Herausforderung genehmigt ist und wir bereit sind anzufangen."

Sie verließ den Raum und blieb neben Brenna stehen. Obwohl der Konferenzraum größtenteils schallisoliert war, flüsterte sie: „Halte die Ohren offen und sieh ab und zu nach ihr. Sie wirft Steine auf sie, und ich bin mir nicht sicher, wie lange sie sich noch zusammenreißen, sie zurückzuwerfen."

Brenna nickte. „Orla kann normalerweise auf sich selbst aufpassen, aber ich werde in ein paar Minuten nach ihr sehen."

Teagan berührte den Arm der Beschützerin und ging den Flur hinunter. Es war Zeit, sich bei Killian zu melden und zu warten. Was als Nächstes geschah, lag in den Händen der Richter.

Kapitel Siebzehn

Eine Stunde später stand Teagan vor den Eingangstoren des Clans mit Orin, Padraig und Hugh in einer Reihe zu ihrer Seite. Ganz Glenlough und die Besucher warteten am Rande.

Die Richter hatten die Herausforderung genehmigt. Und man musste ihnen zugutehalten, dass Orin und Padraig keinen Wutanfall wegen Hugh bekommen hatten, wahrscheinlich, weil der Mann nicht in der besten Form seines Lebens war.

Auch wenn sie nichts anderes wollte, als zu wandeln, in den Himmel zu springen und zu beginnen, musste Colm als Hauptorganisator der Herausforderungen sprechen und offiziell die Veranstaltung beginnen lassen. Erst dann würden die Richter den ersten Hinweis geben.

Rätsel waren nicht Teil der heutigen Clanführerwettbewerbe, aber Teagan freute sich darauf. In gewisser Weise war geistige Schärfe in der Gegenwart wichtiger denn je.

Ihr Drache schnaubte. *Ich mag die körperlichen Tests auf die alte Art. Meine Kraft ist wichtig.*

Natürlich ist sie das. Aber ich glaube fast, es wird ihren Stolz noch mehr verletzen, wenn wir sie so schlagen.

Es ist mir egal, wie wir das machen, aber wir müssen einfach gewinnen.

Bevor sie antworten konnte, erklang ein Gong, und alle verstummten, als Colm seinen Platz auf einem kleinen, erhabenen Podest einnahm. Nach ein paar weiteren Sekunden sprach er. „Orin Daly, Padraig O'Leary und Hugh Burns haben formell beantragt, Glenloughs derzeitige Anführerin Teagan O'Shea herauszufordern. Um alle Zweifel auszuräumen und Krieg zu vermeiden, hat Glenlough beschlossen, einen Führungswettbewerb zu veranstalten. Dieses besondere Ereignis wird jedoch den Herausforderungen der Vergangenheit folgen. Jeder Teilnehmer erhält den ersten Hinweis und muss ihn und die nachfolgenden in einer bestimmten Reihenfolge lösen, um den verborgenen Schatz am Ende zu finden. Um Betrug zu verhindern, hat jeder Teilnehmer unterschiedliche Hinweise, was bedeutet, dass auch die zu findenden Schätze verschiedene sind. Wenn ein Teilnehmer denkt, er müsse nur abwarten und könne den Fund eines anderen stehlen, wissen die Richter Bescheid. Das wäre ein Grund, disqualifiziert zu werden.

Zwei weitere sind das Töten oder Verstümmeln eines Gegners. Es sollte selbstverständlich sein, dass es verboten ist, aber ich sage es aus Gründen der Klarheit. Beobachter wurden in Schlüsselbereichen positioniert, um sicherzustellen, dass es nicht zu Gewalt kommt. Jeder Drache, der gegen diese Regeln verstößt, wird nicht nur disqualifiziert, sondern auch in Glenlough vor Gericht gestellt, sobald jemand die Herausforderung gewinnt.

Schließlich wird, wenn Hilfe von außen entdeckt wird, die betreffende Person aufgeben müssen. Diese eine Prüfung testet die Fähigkeiten des Einzelnen." Colm hielt inne, um sie nacheinander anzusehen. „Wenn die Teilnehmer diese Bestimmungen verstehen, sagt ‚aye'."

„Aye", antworteten Teagan und die anderen.

Colm nickte. „Es gibt keine Zeitbegrenzung, um die Hinweise zu lösen. Ihr müsst jedoch im vorgesehenen Bereich bleiben und dürft keinen Unterschlupf suchen oder Essen in irgendeiner Einrichtung oder privaten Wohnung zu euch nehmen. Kein anderer Mensch oder Drachenwandler darf euch helfen, es sei denn, ihr seid schwer verletzt, und euer Leben ist in Gefahr. Die Rätsel werden eure geistige Schärfe testen, aber ihr müsst auch eure Überlebensfähigkeiten unter Beweis stellen." Colm wandte sich einer Gruppe von Leuten zu, von denen Teagan entschied, dass sie die Richter sein mussten, da ihre Gesichter den Fotos ähnelten, die sie im Vorfeld gesehen hatte. „Die Richter gehen in Position, um den ersten Hinweis zu übergeben."

Als die vier auf sie zukamen, suchte Teagan Aaron und fand ihn an der Seite. Er lächelte und nickte ihr zu.

Ihr Drache meldete sich zu Wort. *Er glaubt an uns.*

Ein weiblicher Drachenwandler mit lockigen braunen Haaren hielt vor Teagan an. Es war Faye MacKenzie.

Obwohl sie einander nie offiziell vorgestellt worden waren, lächelte Faye, und die Wärme erreichte ihre Augen. Teagan wusste sofort, dass sie mit der schottischen Frau gut auskommen würde.

Wir müssen nur erst gewinnen, sagte ihr Drache.

Colms Stimme erfüllte erneut die Luft. „Eine letzte Anmerkung: Den Menschen wurde für die Dauer dieses Wettbewerbs der Eintritt in den Glenveagh-Nationalpark und die umliegenden Gebiete verwehrt. Jeder, den ihr in diesem Gebiet seht, ist Beobachter oder Richter. Sie dürfen nicht verletzt werden." Er hielt inne. Teagan und die anderen nickten. Colm fügte hinzu: „Gut, wenn dann alles klar ist, ist es an der Zeit zu beginnen. Richter, verteilt die Hinweise und zieht euch an eure Ausgangsposition zurück."

Faye überreichte einen Umschlag. In der Sekunde, in der er in Teagans Händen war, riss sie ihn auf und las den Zettel darin:

.   .   .

Deutschland, Österreich und Mexiko schätzen mich. Irland jedoch tötete mich, aber ich wurde wiedergeboren. Finde deine eigene mögliche Wiedergeburt im höchsten Baum in der Nähe der Derryveagh Mountains.

Teagan las den Hinweis noch einmal, bevor sie über die Bedeutung nachdachte.

Deutschland und Österreich hatten beide Adler im Wappen. Sie wusste nicht so viel über Mexiko, aber auf der mexikanischen Flagge war ein Vogel, der einem Adler ähnelte.

Hinzu kam, dass Adler in Irland bis zum Aussterben gejagt worden waren und erst 2001 im County Donegal wiederangesiedelt wurden. In gewisser Weise war das eine Art Wiedergeburt.

Ihr Drache meldete sich zu Wort. *Dann lass uns das Nest im höchsten Baum finden.*

Ich hoffe nur, dass es ein von Menschenhand geschaffenes ist. Ich will den Adlern nicht schaden. Es gibt zu wenige davon.

Wenn Colm es geplant hat, wird es ein falsches sein. Und jetzt lass uns gehen.

Teagan rannte zu einem Platz, der groß genug war, um zu wandeln, riss ihr Kleid herunter und stellte sich vor, wie ihr Arm wuchs, ihre Nase sich zu einer Schnauze dehnte und Flügel aus ihrem Rücken sprossen. Als sie in ihrer goldenen Drachengestalt dastand, sprang sie in den Himmel und schlug ihre Flügel.

Einer der anderen Wettbewerber tat das Gleiche eine Minute nach ihr, aber Teagan konzentrierte sich darauf, so schnell wie möglich in die Derryveagh Mountains zu gelangen. Zweifellos wäre der nächste Hinweis härter, und sie wollte sofort damit anfangen.

Drei Stunden später stand Aaron neben Faye und Grant auf der temporären Aussichtsplattform, die für die Veranstaltung gebaut worden war. Die Herausforderungen waren so angelegt worden, dass jeder Teilnehmer mindestens einmal in der Nähe einer der Aussichtsplattformen vorbeikommen würde. Nun, zumindest, wenn sie die Hinweise richtig gelöst hatten.

Bisher war jedoch niemand in der Nähe der nordwestlichen Ecke des Glenveagh-Nationalparks erschienen. Da so wenig passierte, verging die Zeit langsamer, zumal er nichts anderes tun durfte, als die Richter zu beobachten oder mit ihnen zu sprechen.

Sein Drache schnaubte. *Unser Glück, dass tagelang niemand vorbeikommt. Ich will nicht so lange hier campieren.*

Da ist aber jemand weich geworden.

Sieh dir den grauen Himmel an. Du hasst den Regen genauso sehr wie ich.

Anstatt zu tun, was sein Drache verlangt hatte,

beobachtete Aaron, wie Faye sich an Grants Brust lehnte, während Grants Arme um sie geschlungen waren. Er legte schützend seine Hände auf ihren Unterbauch.

Als er die beiden so ungezwungen miteinander sah, vermisste er Teagan umso mehr. Er konnte es kaum abwarten, seine Frau wieder zu halten, ohne sich um ihre Zukunft zu sorgen. Wenn sie die Herausforderung gewann, konnten sie endlich aufhören, sich hier oder da mal einen Kuss oder eine Umarmung zu stibitzen, und offen damit umgehen.

Er hasste die Geheimniskrämerei, aber er hatte vorhin nicht gelogen, als er sagte, dass Teagan es wert sei, dass er auf sie wartete. Selbst wenn die Herausforderung Wochen dauern würde, würde er es schaffen.

Sein Drache meldete sich zu Wort. *Diese Herausforderung wird nicht länger als zwei Tage dauern.*

Er klopfte mit den Fingern gegen seinen Schenkel. *Selbst wenn das wahr ist, ist das immer noch zu verdammt lang.*

„Wo ist sie?", fragte Aaron. „Ich hatte erwartet, dass sie inzwischen beim vierten Hinweis ist, was sie in unsere Richtung bringen würde."

Grant meldete sich zu Wort. „Da unser erster Kandidat Hugh Burns nicht aufgetaucht ist, bist du übertrieben optimistisch."

Aaron sah Grant in die Augen. „Hugh ist ein Bastard und nicht so brillant, wie er vorgibt zu sein.

Meiner Meinung nach ist er vielleicht nicht in der Lage, den Hinweis überhaupt zu lösen, und wird nie hier vorbeikommen."

„Hat er Teagan nicht schon einmal herausgefordert und verloren?", fragte Faye. Aaron nickte, und sie fügte hinzu: „Dann hat er vielleicht etwas Finsteres geplant."

Aaron grunzte. „Wenn ja, werden ihn die anderen Richter auf ihren Plattformen und die Beschützer, die über ihnen fliegen, aufhalten, und er wird aus dem Wettbewerb geworfen. Sobald er aufgibt, wird Teagan die Macht haben, ihn zu verbannen, und damit hat sie ein Problem weniger, um das sie sich Sorgen machen muss."

Grant ergriff das Wort: „Verbannung ist vielleicht nicht die beste Lösung. Sieh dir an, was in Lochguard passiert ist."

Der schottische Clan hatte die unkooperativen Mitglieder gebeten, zu gehen. Sie hatten daraufhin eine gefährliche Bande von Drachenwandlern gegründet, die sich derzeit in Schottland versteckte. Sie griffen häufig an und machten Ärger.

Aaron schüttelte den Kopf. „Ich würde mir darüber noch keine Gedanken machen. Teagan ist diejenige, die die Entscheidung trifft, wenn es darum geht, ein Clan-Mitglied zu verbannen, und ich bin mir nicht sicher, ob sie jemanden wegstoßen möchte. Anders als Finn ist sie seit fast fünf Jahren Anführerin, und es gibt nur eine Handvoll Andersdenkender. Glenlough hatte in der Vergangenheit viele weibliche Führungspersönlichkeiten, einschließlich ihrer Großmutter. Apropos, Faye muss sie kennenlernen. Sie ist voller Feuer."

Faye grinste. „Das wäre fantastisch. Obwohl ich Finn nie herausfordern würde, kann meine Tochter vielleicht eines Tages den Clan anführen, und ich könnte alle Hinweise gebrauchen, die ich für sie sammeln kann."

„Du wirst also enttäuscht sein, wenn wir einen Sohn bekommen?", fragte Grant.

Faye verdrehte die Augen. „Fang nicht wieder damit an. Ich werde jedes Kind lieben, das wir bekommen. Aber sagen wir einfach, ich bin offen dafür, ein paar Mal zu versuchen, eine Tochter zu bekommen. Ich hätte gern etwas Gleichgewicht in unserem Cottage."

„Du hast schon ein Gleichgewicht", bemerkte Grant. „Ich lasse dich darin tun, was du willst."

Sie seufzte. „Mit Ausnahme der lächerlichen Menge an Sicherheitsvorkehrungen."

„Das ist notwendig", erklärte Grant.

Während die beiden weiter stritten, gab Aaron ihnen etwas Privatsphäre und betrachtete den Himmel erneut.

Er klopfte mit den Fingern gegen die Brüstung der Aussichtsplattform. *Komm schon, Teagan. Wo bist du?*

Sein Drache antwortete: *Sie wird hier sein, wenn sie bereit ist. Hab Vertrauen.*

Fayes Stimme, die seinen Name rief, erregte

seine Aufmerksamkeit. Er sah sie an, und sie fragte: „Weiß jemand in Glenlough, dass du sie liebst, auch Teagan selbst?"

Aaron blinzelte. „Woher zur verdammten Hölle weißt du, dass ich sie liebe?"

Grant starrte ihn für seinen Tonfall finster an, aber Aaron ignorierte ihn, um sich auf Fayes Antwort zu konzentrieren. „Ausgehend von eurem nonverbalen Austausch und davon, wie nervös du gerade jetzt bist, mit deinen blitzenden Drachenaugen, und nachdem du ständig verlangst, zu erfahren, wo sie ist, ist es nicht so schwierig, sich das auszumalen. Aber ich schätze, ihr seid keine wahren Gefährten, aye?"

Er konnte grunzen und sich weigern zu antworten, aber mit den schottischen Drachen darüber zu reden, würde Teagans Ruf nicht schaden. Er kannte sie gut genug, um zu wissen, dass sie ein Geheimnis für sich behalten konnten, also antwortete er: „Nein, wir sind keine wahren Gefährten. Aber ich sage: Scheiß auf das Schicksal. Teagan gehört mir, und niemand wird sie mir wegnehmen."

Grant grunzte. „Sei dir deiner Wahl sicher, Caruso, denn wenn du versuchst, sie zu ändern, wird es nicht gut enden."

Faye blickte auf und reckte den Hals, um ihren Gefährten anzusehen. „Jetzt gibst du also einen Rat, den du kaum selbst befolgen kannst?"

Grant küsste ihre Nase. „Ich versuche, ihn zu

befolgen, aber ich bin nicht immer erfolgreich. Es ist das Bemühen, das zählt."

Faye seufzte. „Ich bin mir nicht sicher, dass ich zustimme." Sie sah wieder zu Aaron. „Aber er hat recht. Wenn du hoffst, dass sie ihren Clan aufgibt, um ein leichteres Leben zu führen: Das wird nicht passieren. Ich weiß, dass Finn lieber sterben würde, als zurückzutreten, egal wie viel Stress es ihm und Arabella mit drei kleinen Babys macht."

Finn und seine Gefährtin Arabella hatten vor Kurzem Drillinge bekommen.

Aaron runzelte die Stirn. „Natürlich werde ich sie verdammt nochmal nicht ändern. Und bevor du fragst: Ich habe kein Interesse daran, selbst die Verantwortung zu übernehmen. Weißt du, wie viel Papierkram Clanführer erledigen müssen? Sie kann die Führung und die damit einhergehenden Hand-krämpfe gern für sich behalten. Ich bin zufrieden damit, sie und die anderen im Clan zu beschützen. „Zusammen sind wir ein gutes Team."

Faye lächelte. „Gut. Es ist ein bisschen egois-tisch, aber wenn du hier lebst, bekomme ich die Chance, zu Besuch zu kommen. Wer weiß, was ein paar starke, kluge Frauen sich einfallen lassen können, wenn sie sich treffen?"

Grant blickte finster drein, aber bevor er etwas sagen konnte, erschien ein roter Drache in der Ferne. Angesichts des Timings und der Reihenfolge der Hinweise sowie der Tatsache, dass Hugh der einzige rote Drache war, der teilnahm, musste er es sein.

Aaron knurrte: „Das ist der Glenlough-Idiot, von dem ich euch erzählt habe. Der, der es nicht auf sich beruhen lassen kann, Hugh Burns."

Der rote Drache glitt hinunter und landete am Fuße eines großen Hügels in der Nähe. Faye trat aus Grants Armen. „Endlich etwas zu tun. Mal sehen, was dieser Bastard vorhat."

Laut dem Hinweis sollte Hugh in den Boden graben. Er setzte sich jedoch auf die Hinterbeine, hob sein Gesicht und brüllte in den Himmel.

„Etwas stimmt nicht. Er kann auf keinen Fall den Hinweis interpretieren und glauben, dass es bedeutet, er müsse brüllen." Aaron zog sein Hemd aus und knöpfte seine Hose auf. „Nur für den Fall, dass meine Vermutung stimmt, werde ich unten bereit sein, zu wandeln und mir das genauer anzusehen. Ich brauche euch beide als Zeugen, falls Hugh beschließt, eine Geschichte zu erfinden, in der ich ihn unprovoziert angegriffen habe oder so einen Scheiß."

Grant holte sein Handy heraus. „Wenn er wirklich versucht, etwas abzuziehen, habe ich Killians Nummer bereit."

Er war froh, dass er dem Lochguard-Paar zugeteilt worden war. Sie arbeiteten schon lange zusammen, und er musste keine Streitereien ertragen, wenn es um vernünftige Aktionen ging.

Aaron zog sich zu Ende aus und war froh, dass Grant kein Aufheben um Faye wegen einer möglichen Bedrohung in der Nähe gemacht hatte. Selbst überfürsorgliche Gefährten wussten, wann sie sich konzentrieren sollten, besonders, wenn es um Beschützer ging.

Hugh brüllte erneut, und Aaron betrachtete den Himmel. Er war immer noch leer. „Ich gehe runter", sagte er und kletterte die Leiter nach unten. Er würde nicht unnötig wandeln, aber er wollte bereit sein.

Nachdem er den Boden erreicht hatte, lauschte er angestrengt. Zunächst nichts. Aber bald wurde ein leises Summen hörbar. Es war zu gleichmäßig, um irgendein Insekt zu sein, das er schon einmal gehört hatte. Und obwohl er nicht die ganze Fauna in diesem Teil Irlands kannte, hätte er alles gewettet, dass es eine Maschine war.

Drohnen, sagte sein Drache. *Hugh muss mit den Drachenrittern zusammenarbeiten.*

Da die verdammten Drachenritter Aarons Mutter mit einer Drohne betäubt hatten und er sie fast verloren hatte, hielt er ein Auge auf den Himmel. Aber selbst nach einer Minute sah er nichts. *Wo sind sie? Ich werde mich nicht wegen eines Summens in die Sache stürzen.*

Sein Drache antwortete: *Vielleicht sind sie winzig. Alles ist möglich.*

Hugh brüllte erneut. Er folgte ganz offensichtlich nicht den Befehlen seiner Hinweise.

Ein Teil seiner Pflicht war es, die Teilnehmer zu befragen, wenn sie sich seltsam verhielten, um sicherzustellen, dass sie nicht böse Absichten hatten, also rannte Aaron direkt zu Hughs Drachengestalt. Obwohl er keine Beweise hatte, hatte Aaron das Gefühl, dass der Mann leicht die Richter und vielleicht sogar die anderen Teilnehmer loswerden würde, um Glenlough zu übernehmen, wenn er Hilfe hätte.

Zu schade, dass Bram angewiesen worden war, den zweiten Stonefire-Beschützer Sebastian erst zu schicken, wenn der Führungswettbewerb abgeschlossen war. Aaron hätte den Mann gern hinter sich gehabt.

Doch Aaron vertraute Faye und Grant, also wandelte er in seine grüne Drachengestalt. Sobald er damit fertig war, sah Hugh ihm in die Augen, bevor er in den Himmel sprang. Aaron hockte sich hin, um ihm zu folgen, als Fayes Stimme mit einem Hauch von Panik schrie: „Grant!"

Zwischen den Aufgaben hin- und hergerissen sah Aaron schließlich zu den Richtern zurück, die er bewachen sollte. Faye war in der Hocke, und Grant lag auf dem Boden der Plattform.

Fluchend ignorierte er Hugh und lief zur erhöhten Struktur. Schnell wandelte er in seine menschliche Gestalt zurück und stieg die Leiter hoch. Sobald er oben angekommen war, sah er Grants bewegungslosen Körper und fragte: „Was ist passiert?"

Man musste Fayes hoch anerkennen, dass sie noch nicht angefangen hatte zu weinen. Aber ihre Stimme brach, als sie antwortete: „Etwas, das wie ein

Vogel aussah, ist angeflogen gekommen, und in der nächsten Minute lag Grant unten." Sie hob den kleinen Pfeil hoch. „Das hier war in seinem Nacken."

Aaron ballte die Fäuste. „Lochguard hatte keine Probleme mit den verdammten Drohnen, aber Stonefire und Glenlough schon. Ich wette, es ist derselbe verdammte Haufen, der für Unruhe sorgt, und Hugh hat was damit zu tun. Wenn das so ist, braucht Grant so schnell wie möglich das Gegenmittel. Der Pfeil ist zweifellos mit dem Serum gefüllt, das den inneren Drachen dazu bringt, verrückt zu werden und die Kontrolle zu verlieren. Lass mich Killian anrufen."

Er nahm sein Handy heraus und rief Killian an. Es klingelte immer weiter, bis seine Mailbox ansprang.

Aaron beendete den Anruf und versuchte als Nächstes, Brenna zu erreichen, die beim zweiten Klingeln abnahm. Bevor er ein Wort äußern konnte, sagte Brenna: „Sag mir nicht, dass dort, wo du bist, jemand angegriffen wurde."

„Grant wurde angegriffen und ist bewusstlos. Faye hat einen kleinen Pfeil in seinem Hals gefunden. Ich vermute, dass es mit den Angriffen auf Stonefire und Glenlough vor Kurzem zusammenhängt. Du musst Dr. O'Brien und ein paar Beschützer hierherschicken, damit sie Grant helfen, nur sicherheitshalber."

Dr. Ronan O'Brien war Glenloughs Chefarzt.

Aaron hatte ihn zum ersten Mal während einer früheren Krise in Stonefire getroffen.

Brenna fluchte. „Damit hat die Hälfte der Aussichtsplattformen in den letzten Minuten einen Vorfall gemeldet."

Aaron fragte: „Wurden die anderen auch mit einem Pfeil betäubt?"

„Das denken wir", antwortete Brenna, „obwohl die Details bestenfalls skizzenhaft sind. Die Beschützer sind unterwegs, um die Aussichtsplattformen zu bewachen, während wir sprechen."

Aaron grunzte. „Wurde Hugh an jedem der Orte gesehen, und hat er eine Reihe von Brüllern ausgestoßen, wie er es hier getan hat?"

„Nein", sagte Brenna. „Aber Padraig und Orin sind in der Nähe einer Aussichtsplattform angekommen und haben gebrüllt, anstatt zu tun, was ihr Hinweis verlangte."

Aaron knurrte. „Die verdammten Bastarde arbeiten also anscheinend zusammen. Das hatte ich nicht erwartet. Hat jemand Teagan gesehen?"

„Nein. Nach dem, was ich zuletzt gehört habe, ist sie in der Nähe von Glenveagh Castle", antwortete Brenna. „Wir haben dort keine Beobachter postiert, da die Menschen Sicherheitskameras auf dem ganzen Gelände haben, und wir dachten nicht, dass jemand dumm genug wäre, da etwas zu versuchen."

„Gut, dann bringe ich Faye und Grant in die nächste Unterkunft und suche dann selbst nach

Teagan. Da jeder Teilnehmer von den Überwachungskameras in der Burg weiß, werden sie warten, bis sie geht. Sie muss ein Ziel sein. Wenn ich sie erreichen kann, bevor sie das Gelände verlässt, kann ich wahrscheinlich verhindern, dass sie angegriffen wird. Angesichts dessen, was sie repräsentiert, könnten die anderen mehr tun, als ihr nur Drogen zu geben."

Sein Drache knurrte. *Nein, das werden wir nicht zulassen.*

Aaron ignorierte sein Tier, um sich auf Brennas Antwort zu konzentrieren. „Ich würde ja versuchen, dich aufzuhalten, aber Killian wird vermisst, und ich bin mir nicht sicher, wem ich noch trauen kann. Melde dich nur bitte unbedingt, Aaron. Sosehr du es auch manchmal denkst, aber du bist nicht unbesiegbar."

Aaron grunzte. „Ich werde in Verbindung bleiben. Und die Snowridge-Beschützer sollten vertrauenswürdig sein und ebenfalls auf dem Laufenden gehalten werden. Kai hat sie überprüft, während ich in Schottland war."

Sobald Brenna zustimmte, legte Aaron auf und sah zu Faye. Nachdem er das Gespräch zusammengefasst hatte, deutete er zu den Hügeln in der Ferne. „Es gibt einige höhlenartige Räume, die gerade groß genug sind, damit du und Grant euch hineindrängt. Wenn ich den Eingang größtenteils mit einem Felsen schließe, solltet ihr sicher sein und euer Handy benutzen können, bis Hilfe kommt."

Faye nickte. „Und ich werde auf jeden Fall Lochguard kontaktieren, während wir warten, und Finn auf den neusten Stand bringen. Soll ich auch Stonefire anrufen und dasselbe tun?"

„Ja", antwortete er. „Ich muss Teagan finden und kann nicht die Zeit erübrigen, Brams Fragen zu beantworten. Wenn alle drei Herausforderer zusammen Teil einer Verschwörung sind, müssen sie und ich uns darauf konzentrieren, dieses Problem zu lösen, bevor es außer Kontrolle gerät, besonders, wenn Killian ebenfalls ins Visier genommen wurde." Er sah zu Grant und zurück in ihre Augen. „Er sollte in Ordnung sein. Stonefire hat Lochguard und Glenlough die Formel für das Gegenmittel mitgeteilt, sobald sie sie gefunden hatten. Selbst wenn das Serum verändert wurde, sollte der Arzt von Glenlough in der Lage sein, es anzupassen. Ronan O'Brien war damals Teil des ursprünglichen Forschungsteams."

Faye grunzte. „Gut, dann hilf mir zuerst, Grant in Sicherheit zu bringen. Ich kann ihn hochheben, wenn ich in einen Drachen wandle, aber du musst mir den Rücken freihalten, falls jemand anderes kommt."

Ohne ein weiteres Wort stieg Aaron die Leiter hinab. Je eher er Faye und Grant in Sicherheit brachte, desto eher konnte er Teagan suchen und herausfinden, was zum Teufel los war. Er hatte nicht erwartet, dass Orin, Padraig und Hugh zusammenarbeiten würden, um Teagan auszubremsen. Ihr Hass gegenüber Veränderungen musste tief verwurzelt sein.

Er fragte sich auch, ob Hugh derjenige gewesen war, der die Informationen an die anderen beiden weitergegeben und sich dann an sie gewandt hatte.

Sein Drache knurrte. *Sie werden bald ihre Lektion lernen. Das irische MDA wird eingreifen.*

Das hoffe ich, Drache, aber darüber denke ich gerade nicht nach. Teagan zu finden, ist unsere oberste Priorität.

Dann hör auf zu reden und wandle.

Als Aaron sich vorstellte, dass sein Körper seine Gestalt veränderte, hoffte er nur, dass er es rechtzeitig zu Teagan schaffte. Normalerweise konnte sie auf sich selbst aufpassen, aber Mini-Flugmaschinen, die Pfeile abschossen und wie Vögel aussahen, würden jeden überraschen, wenn er es nicht erwartete.

Kapitel Achtzehn

Teagan stand am Rand eines Teichs, der Wind wehte ihr das Kleid sanft um den Körper, und sie suchte nach irgendetwas, das man als Insel hätte bezeichnen können. Da sie sich in den Gärten von Glenveagh Castle befand, wusste sie, dass sie für ihren nächsten Hinweis kein Eigentum würde zerstören müssen. Das würde die Menschen nur gegen sie aufbringen.

Ihr Drache schnaubte. *Wir müssen wahrscheinlich in den Teich waten.*

Da es auf dem Burggelände nicht erlaubt war, zu wandeln, bedeutete dies, dass Teagan es in ihrer menschlichen Gestalt tun musste.

Sie betrachtete das Wasser erneut, um sich zu überlegen, wo sie anfangen sollte. Da flog das Spiegelbild eines Drachen über die glatte Oberfläche.

Als sie aufblickte, sah sie einen grünen Drachen, den sie gut kannte – Aaron.

„Was zum Teufel macht er denn hier?"

Vor zwei Wochen hätte sie sich gefragt, ob er an ihren Fähigkeiten zweifelte. Aber jetzt, da sie ihn besser kannte, würde Aaron seinen Posten nur verlassen, wenn es wichtig wäre.

Scheiße, war was passiert?

Ihr Drache knurrte. *Lass es uns herausfinden.*

Teagan wandte sich vom Teich ab und lauschte auf ungewöhnliche Geräusche.

Die Vögel zwitscherten, der Wind ließ die Blätter rascheln, und sie hörte einen Drachen in der Ferne brüllen. Das Brüllen klang nicht nach Schmerz, sondern es war ein wildes Gebrüll, das für den Kampf oder zum Ausdruck von Wut verwendet wurde.

Sie hatte in den letzten zwanzig Minuten schon ein paarmal Brüllen gehört, aber sie hatte angenommen, dass es einer der anderen war, der geflucht hatte, weil er etwas missverstanden hatte.

Wenn sie nur ihr Handy hätte, damit sie es überprüfen könnte. Aber keiner von ihnen durfte eines bei sich haben.

Ihr Tier meldete sich. *Deshalb müssen wir Aaron fragen, ob etwas nicht stimmt.*

Das würde uns disqualifizieren.

Dann lautet die Frage: Wie sehr vertraust du Aaron? Wenn er hier ist, dann, denke ich, weil wir mit ihm über etwas Wichtiges reden müssen.

Nach einer Sekunde antwortete Teagan, *Du hast recht.*

Aaron würde ihre Rolle nie unnötig gefährden.

Da kein Drache in der Nähe ihres Standorts landen konnte, lief Teagan den Weg zum Anfang des View Point Trails hinunter. Das war der nächste offene Raum, an dem Aarons Drache landen konnte.

Sie lief schneller, und die Steinmauer, die das Gelände umgab, kam in Sichtweite. Weniger als eine Minute später ging sie zum Tor hinaus und sah Aarons nackte menschliche Gestalt und wie er den Himmel musterte. „Aaron!", rief sie.

Er drehte sich zu ihr um und antwortete: „Bleib da, Teagan! In der Nähe der Burg gibt es mehr Verstecke."

Obwohl ihre Neugierde brannte, blieb sie stehen, als Aaron zu ihr gelaufen kam. Er war weniger als einen halben Meter entfernt, als er fluchte.

Bevor sie mehr tun konnte, als den Mund zu öffnen, hechtete er vor und ließ sich auf ihrem Körper nieder. Er sagte: „Halt ein paar Minuten still", bevor sein Körper schlaff wurde.

Ihr Herz hämmerte in der Brust. *Etwas stimmt nicht.*

Mach, was er gesagt hat, oder wir könnten beide in Gefahr sein.

Nur weil sie Aarons Herz schlagen hörte, wenn auch langsam, blieb sie still. Nach den längsten Minuten ihres Lebens bewegte sie sich genug, um unter Aarons Körper hervorzulugen. Sie lauschte und sah sich nach Anzeichen von Ärger in der Nähe um, aber sie hörte nichts Ungewöhnliches. Nicht mal einen brüllenden Drachen in der Ferne.

Erleichtert, dass die Bedrohung verschwunden war, zumindest für den Moment, wand sie sich unter Aarons Gewicht hervor und untersuchte schnell seinen Körper. Da fielen ihr zwei winzige Pfeile auf, einer in seinem Nacken und der andere in seiner Seite.

Wenn sie wetten würde, würde sie sagen, es war dieselbe Art von Drogenpfeil, die vor nicht allzu langer Zeit gegen eines der Kinder ihres Clans eingesetzte worden war. Aaron war gesprungen, um den Zweiten einzufangen, der für sie bestimmt gewesen war.

Jemand sabotierte ihren Wettkampf.

Sie entdeckte den kleinen Beutel, den Aaron nach der Landung beiseite geworfen hatte. Sein Handy wäre sicher da drinnen, aber sie konnte es nicht riskieren, raus ins Freie zu gehen, um es zu holen. Schließlich sollte sie bewusstlos sein und durfte nicht riskieren, entdeckt zu werden. Wer wusste schon, was auf den Ländereien des Clans vor sich ging.

Ihr Drache knurrte. *Finde einen anderen Weg.*

Sie ignorierte ihren Drachen, als ihr eine Idee kam. Obwohl es sie in Schwierigkeiten mit dem MDA bringen konnte, musste sie in die Burg gehen und ihren Clan von dort anrufen.

Sie holte die Pfeile aus Aarons Körper, vergrub

sie sorgfältig an einem sicheren Ort und markierte sie mit einer Reihe von Steinen, bevor sie unter seine Achseln griff. Sie nahm ihre Kraft beisammen und zerrte ihn weiter in den Garten. Sie konnte ihn zwar nicht den ganzen Weg zur Burg schleppen, aber sie musste ihn an einem relativ sicheren Ort unterbringen, damit sie den Anruf tätigen konnte.

Ein weiterer Drache brüllte in der Ferne, und Teagan drängte ihre Muskeln an ihre Grenzen. Sobald Aaron sich in einem geschützten Bereich mit Bäumen und Unterholz befand, drehte sie sich um und rannte zum Haupteingang der Burg. Sie zog das Kleid über den Kopf, wickelte es um ihre Faust und schlug das Glas der Tür ein. Dann griff sie hinein und öffnete sie.

Eine Rezeption, die für Besucher genutzt wurde, befand sich an einer Seite. Teagan ging zum Telefon dort und wählte die Nummer der Kommandozentrale der Beschützer. Sie hoffte nur, dass sie verdammt nochmal ans Telefon gingen, obwohl sie von einer fremden Nummer aus anrief.

Die vertraute Stimme von Lyall O'Dwyer meldete sich. „Wer da?"

„Lyall, Teagan hier. Aaron ist bewusstlos. Was zum Teufel ist denn los?"

„Eine Sekunde", antwortete Lyall.

Teagan wollte schreien, aber Brenna Rossis Stimme kam über die Leitung. „Gott sei Dank geht's dir gut."

„Aaron nicht. Er wurde unter Drogen gesetzt. Was ist los? Wo ist Killian?"

„Niemand kann ihn finden. Was die Frage betrifft, was los ist: Richter und Beschützer wurden von etwas angegriffen, das wir für Tarndrohnen halten. Zunächst waren es nur die an den Aussichtsplattformen, aber jetzt sind auch einige Beschützer getroffen worden, die das Gebiet patrouillieren. Ich vermute, es ist nur eine Frage der Zeit, bis sie in den Toren des Clans zuschlagen."

„Was wurde unternommen?", fragte Teagan.

Brenna zögerte nicht zu antworten: „Finn und Bram wissen beide, was los ist, und schicken Hilfe. Das irische MDA hat sich nicht die Mühe gemacht, meine Anrufe zu erwidern."

„Verdammtes MDA. Gut, wir werden ohne sie auskommen, bis alles geklärt ist und ihnen die Verräter ausliefern können. Haltet alle drinnen und wendet euch an einen unserer Männer namens Kerrin Dunne. Er könnte ein paar Dinge haben, die jede Art von elektrischen Objekten in einem bestimmten Radius kurzschließen können. Wenn niemand die Angriffe hat kommen hören, dann habe ich so das Gefühl, dass wir es mit einer anderen Art von Drohne zu tun haben."

„Denke ich auch, und ich habe Kerrin bereits kontaktiert. Orla hat ihn vorgeschlagen, und er bereitet alles vor. Orla hat sich auch an ein paar Leute gewandt, die sie in Clan Seagate kennt."

Clan Seagate befand sich im Connemara-Nationalpark südwestlich von Glenlough. Obwohl sie nicht offiziell Verbündete waren, hatte ihr Anführer seinen Unmut über Orins Plan geäußert, Glenlough anzugreifen, nur weil sie eine Anführerin hatten.

Es schien gut zu sein, dass ihre Gran nie wirklich in den Ruhestand gegangen war. „Ich bringe Aaron ins Glenveagh Castle und suche dann nach Hugh, Orin und Padraig. Es sei denn, ihr habt sie in Gewahrsam?"

„Nein."

„Gut, also, da die Pfeile zu zart aussehen, um Drachenhaut zu durchdringen, sollte ich in Sicherheit sein, solange ich als Drache unterwegs bin."

„Es sei denn, sie haben eine andere Art von Waffe, die nur darauf wartet, uns in Drachengestalt anzugreifen", sagte Brenna.

Teagan zögerte nicht. „Dieses Risiko werde ich eingehen. In der Zwischenzeit habt ihr Roarke Bell noch in Gewahrsam, aye?"

„Ja", erwiderte Brenna.

„Dann befragt ihn noch einmal. Jetzt, da wir mit einer Klage wegen Verrats drohen können, öffnet er sich vielleicht."

„Ich werde sehen, was wir tun können. Aber eine letzte Sache: Beschützer patrouillieren überall die Gegend. Wenn du also einen der drei fängst, dann signalisiere jemandem, der über dir fliegt. Riskiere nicht, dich in deine menschliche Gestalt zu wandeln, um rufen zu können."

Teagan stimmte zu und legte den Hörer auf.

Zeit, Aaron in Sicherheit zu bringen und sich um die Arschlöcher zu kümmern, die dachten, sie könnten sich mit ihrem Clan und ihrem Mann anlegen.

Fünfzehn Minuten später flog Teagan hoch durch die Luft. Sie hatte auf dem Gelände der Burg gewandelt und bezweifelte, dass das MDA sie dafür bestrafen würde, wenn sie damit einen möglichen Drachen-Bürgerkrieg verhindert hatte.

Denn wenn Teagan Orin, Padraig und Hugh nicht aufhielte, würden sich zweifellos andere ihrer Sache anschließen, um Teagan zu verdrängen. Oder sich vielleicht ihr anschließen, um zurückzuschlagen.

Und das alles nur, weil sie keinen Penis hatte.

Einige Männer trieben ihre Unsicherheit auf die Spitze.

Ihr Tier knurrte. *Wir werden uns um sie kümmern.*

Der schwierige Teil wird darin bestehen, sie nicht zu töten.

Vielleicht können wir sie einfach ein wenig aufmischen?, fragte ihr Tier eifrig.

Wie wär's, wenn wir sie zuerst finden und von da aus weiter überlegen?

Da das Gebrüll anderer Drachen aufgehört hatte, musste Teagan die verräterischen Drachenmänner auf die schwierige Weise finden, indem sie jeden Zentimeter ihres Landes und darüber hinaus durchsuchte.

Als sie über eine der Aussichtsplattformen flog, sah sie Dr. Ronan O'Brien, wie er einen der französischen Drachenwandler-Richter untersuchte, der bewusstlos dalag. Zwei Beschützer in Drachengestalt schirmten den Arzt und seinen Schützling größtenteils mit ihren Flügeln ab, ohne Zweifel als Barriere gegen weitere Pfeile.

Da Orins Clan die französischen Richter eingeladen hatte, schienen nicht einmal Verbündete verschont worden zu sein. Sie fragte sich, wie Orins langfristiger Plan aussehen könnte. So oder so, wenn sie den Bastard gefangen nahm und seine Schuld bewies, könnte sie seinen Verrat nutzen, um ihre eigenen Bündnisse zu schließen.

Ihr Drache grunzte. *Auch ohne Beweise wird es nützlich sein.*

Das MDA wird ein Geständnis benötigen. Obwohl ich glaube, dass es ein zu großer Zufall ist, dass meine drei Konkurrenten sich alle gleich verhalten haben und gleichzeitig verschwunden sind, brauchen wir mehr.

Dann lass uns sie finden und den Männern zeigen, aus welchem Holz wir wirklich geschnitzt sind.

Teagan schlug ihre Flügel und flog höher, bis sie einen besseren Aussichtspunkt in den Glenveagh-Nationalpark hatte. Drachen befanden sich auf jeder

der Aussichtsplattformen. Ihre drei Konkurrenten hatten den Park wahrscheinlich schon verlassen, wenn ihre Annahme korrekt war.

Sie musste nur entscheiden, wohin sie sich wenden sollte. Da ein Flug nach Nordirland sowohl den Clan Northcastle als auch das britische MDA provozieren könnte, hätten die drei Männer keine andere Wahl, als die Küste entlangzufliegen, um die Spitze Nordirlands zu umrunden, bevor sie weiter ins Landesinnere zu einem ihrer Clans gelangen konnten. Und da das Fliegen auffällig wäre, würden sie wahrscheinlich ein Auto nehmen, um ihre Flucht zu tarnen.

Wenn es nicht allzu schwer war, musste sie das Trio finden, bevor sie Donegal erreichten, sonst könnte sie sie verlieren. Die Stadt war nicht riesig, aber es gab genug Verkehr, um dort unterzutauchen.

Teagan drehte ihren Körper nach Süden und schlug schnell mit den Flügeln. Die Gegend war weitgehend unbewohnt, und sie sah bald zwei Autos, die in die gleiche Richtung fuhren, aber ziemlich weit voneinander entfernt. Das eine war ein SUV und das andere ein Kleinwagen, den die meisten Familien in der Gegend fuhren.

Ihr Tier meldete sich zu Wort. *Drachen hassen winzige Autos. Wir sind nicht nur zu groß dafür, sondern es ist auch leicht für einen Drachen, sie anzugreifen.*

Vielleicht haben sie das kleine Auto genommen, um uns zu täuschen.

Der SUV bog wenige Minuten später von der Straße Richtung Westen ab. Da sie die Stadt Donegal noch nicht erreicht hatten, fuhr der SUV wahrscheinlich nicht nach Süden.

Ihr Bauch sagte ihr, sie solle dem kleinen Auto folgen. *Mal sehen, ob ich recht habe.*

Teagan kreiste langsam herum, um sicherzustellen, dass keine anderen Autos in der Nähe waren. Sie konnte keine Unschuldigen gebrauchen, die dann von ihren Feinden als Geiseln genommen wurden.

Sie sah niemanden, nur hier und da ein Farmhaus, und sie stürzte hinab, bis sie fast am Boden war. Im letzten Moment streckte sie ihre hinteren Krallen aus und packte den kleinen Wagen. Sie spannte ihre Muskeln an, stieg etwa drei Meter hoch und nutzte die Windströmungen, um es weiter zu tragen.

Ihr Tier schnaubte. *Ich wünschte, ich wüsste, dass es wirklich sie sind. Dann könnten wir das Auto aus großer Höhe fallen lassen.*

Nein. Sie müssen eine faire Chance bekommen.

Dumme menschliche Methoden.

Als Teagan eine Reihe von sanften Hügeln und nichts als unbewohntes Land für ein paar Kilometer in alle Richtungen erreichte, stellte sie das Auto vorsichtig auf den Boden. Gerade, als sie daneben landete, schoss etwas aus dem Fenster, und ein brennendes Gefühl explodierte in ihrem hinteren Bein.

Der Schmerz brachte sie aus dem Gleichgewicht, aber sie benutzte ihre Flügel, um sich selbst auszubalancieren. Ein kurzer Check sagte ihr, dass die betrügerischen Männer irgendeine Art Drachengewehr benutzt hatten und die Munition ihr Bein gestreift hatte.

Mit einem Brüllen schlug sie mit ihrem Schwanz auf das Auto, und es rollte. Sobald es anhielt, platzte ein roter Drache aus dem Auto und schickte Metallsplitter in jede Richtung. Sobald er ganz gewandelt hatte, zischte das Tier.

Es war Hugh.

Er sprang und stürzte sich auf sie. Teagan wartete bis zur letzten Sekunde und schwang ihren Schwanz herum, um ihn aus der Luft zu schlagen. Hugh stürzte zu Boden, und Teagan sprang auf ihn. Er versuchte, ihr in den Hals zu beißen, aber sie lehnte sich weg und zog ihre Krallen über seine Wange.

Mit einem Knurren benutzte Hugh sein Gewicht und seine größere Größe, um sie herumzurollen. Doch bevor er sie zu Boden drücken konnte, schlitzte Teagan ihm die Brust auf. Hugh schrie vor Schmerzen, und sie schlug seine Wunde mit dem Vorderlauf.

Er stieß ein schrilles Brüllen aus. Teagan hielt ihn an der Kehle fest und suchte schnell nach einem Felsbrocken, den sie benutzen konnte. Im Bruchteil der Sekunde, in der sie wegsah, befreite er einen Arm und schlug nach ihrer Kehle. Der Schmerz explodierte, als sie fühlte, wie etwas Warmes an ihrer Haut hinabtropfte.

Sie konzentrierte sich darauf, einfach lebend aus der Situation zu kommen, hielt sich an ihren Plan und fand einen Felsbrocken. Sie hielt ihn in der Pfote und schlug Hugh auf den Kopf, um ihn bewusstlos zu machen, ihn aber nicht zu töten.

Keuchend drehte Teagan sich zum Wagen um. Sie hinkte schnell zum Wrack und ignorierte den schrillen Schmerz, den jede Bewegung ihr Bein hinauf und durch ihren Hals schickte.

Als sie das Auto erreichte, seufzte sie. Ein Stück verdrehtes Metall ragte aus Orins Brust hervor, und er starrte mit gläsernen Augen ins Nichts; wahrscheinlich eine Folge von Hughs plötzlichem Wandel. Padraig hingegen hatte ein klaffendes Loch in der Brust; es sah so aus, als hätte er sich versehentlich erschossen, als das Auto sich überschlagen hatte. Beide waren tot.

Ihr Tier knurrte. *Gut. Sie haben es verdient.*

Vielleicht, aber die Folgen werden ein riesiger Kopfschmerz sein.

Das ist mir egal. Wir müssen den Clan kontaktieren und uns nach Aaron und den anderen erkundigen.

In der Unruhe hatte sie Aaron kurzzeitig vergessen. *Er ist stark und wird es gut machen. Er ist auch zu stur, um zu sterben.*

Trotzdem will ich ihn sehen und sichergehen. Hoffentlich ist auch Killian zurück.

Sie sah ein Handy am Boden des Autos. *Ich muss nur die anderen anrufen, um nach ihnen zu hören und sie über das zu informieren, was passiert ist. Ich werde wandeln und es riskieren müssen.*

Ist das klug? Wir heilen schneller in Drachengestalt.

Teagan riss den Seitenspiegel vom Auto ab und hob ihn an. Die Wunde an ihrem Hals musste zwar genäht werden, aber Hugh hatte die Arterie um ein paar Zentimeter verpasst. *Solange ich schnell bin und Druck ausübe, sollte es mir gut gehen.*

Mir gefällt das nicht, aber es ist die einzige Option. Sogar ich gebe zu, dass wir zu schwach sind, um zu fliegen. Und wenn wir noch einmal getroffen werden, wer weiß, was mit dem Clan passiert.

Als ob ich das nicht wüsste, Drache, antwortete Teagan trocken.

Teagan stellte sich vor, dass ihre Flügel in ihren Rücken verschmolzen, ihre Gliedmaßen sich in Arme und Beine verwandelten und ihre Schnauze in eine Nase und ihr Gesicht schrumpfte. Der Wandel verursachte einen plötzlichen Schmerzanstieg und ließ ihr Bein mehr pochen als ihren Hals, aber sie biss die Zähne zusammen, übte Druck auf die Wunde an ihrem Hals aus und ignorierte die Schmerzen so gut sie konnte.

Sie blickte auf ihr Bein, um es genauer zu sehen und sicherzustellen, dass sie nicht sterben würde. Die tiefe Furche mit den verbrannten Rändern würde sicher ärztliche Hilfe benötigen, aber die Wunde war nicht tödlich; das Wichtigste war, dass die Blutung aufgehört hatte.

Beeil dich und ruf an, sagte ihr Tier.

Sie konzentrierte ihre Aufmerksamkeit auf das Auto, hob und zog am Griff, aber nichts passierte. Als sie das größtenteils kaputte Fenster sah, riss sie ein Stück Stoff von Orins Hemd ab, und achtete darauf, die saubersten Teile als Bandage um ihren Hals verwenden zu können. Sie umwickelte ihre Hand und zerbrach das restliche Glas, bis sie sich sicher in das Auto lehnen und das Handy herausholen konnte.

Nachdem sie es erwischt hatte, steckte sie es zwischen die Knie, damit sie auch von Orins Ärmel ein Stück abreißen konnte. Sie band es um ihren Hals, gerade fest genug, um die Blutung zu stoppen, aber nicht zu ersticken. Noch nie war sie so dankbar für Killians Feldmedizin-Training gewesen.

Sie wandte den Rücken zu den Trümmern und hockte sich hin, damit nichts sie von hinten erschießen konnte. Sie riss außerdem eine Radkappe ab, um damit ihren Kopf zu bedecken. Dann wählte sie die Nummer der Kommandozentrale, und Brenna meldete sich. „Ja?"

„Teagan hier. Ich hab' nicht viel Zeit, aber Orin und Padraig sind tot, und Hugh ist bewusstlos. Ich brauche so bald wie möglich Verstärkung." Sie sah zu Hughs Drachengestalt. „Und ein Auto und eine Spritze, um ihn in seine menschliche Gestalt zu zwingen, und Fesseln für Hugh."

„Was ist mit dem MDA? Wissen sie Bescheid?"

Teagan war froh, dass Brenna keine Zeit

verschwendete. „Ich kümmere mich darum, sobald ich aufgelegt habe. Muss ich noch etwas wissen, bevor ich auflege? Ist Aaron in Ordnung?"

„Sie haben ihn in der Burg gefunden, und er ist immer noch bewusstlos. Dr. O'Brien arbeitet an einem Gegenmittel für das veränderte Serum, ist aber zuversichtlich, dass er es bald finden wird. Die beiden Ärzte aus Stonefire, die das ursprüngliche Heilmittel gefunden haben, Trahern Lewis und Emily Davies, sind ebenfalls auf dem Weg hierher."

„Und Killian?"

Brenna seufzte. „Er hat sich noch nicht gemeldet. Wir suchen noch."

Sie schob den Stich in ihrem Herzen für ihren Bruder beiseite. „Killian wird auftauchen, da bin ich mir sicher. Ich gebe dir meinen Standort und warte hier." Teagan gab ihr die Wegbeschreibungen und Orientierungspunkte ihrer Position durch, bevor sie fortfuhr: „Wenn ihr medizinisches Personal erübrigen könnt, sollte vielleicht auch jemand mitkommen. Einer der Bastarde hat auf mich geschossen, und ein anderer hat mich mit seinen Klauen aufgeschlitzt. Es tut höllisch weh."

„Ich würde ja fragen, ob es dir gut geht, aber du würdest es wahrscheinlich einfach als Kratzer abtun, selbst wenn deine Eingeweide heraushingen."

Teagan schnaubte. „Ich bin noch bei Bewusstsein. Ich rufe dich wieder an, wenn ich dich brauche."

Sie legte auf, atmete tief durch und wählte die

Nummer der Verbindungsbeamtin des MDA. Sie musste den Vorfall melden, während das Adrenalin sie noch am Laufen hielt.

Als die Frau ranging, hielt Teagan ihre Stimme ruhig, während sie sagte: „Teagan O'Shea vom Clan Glenlough hier. Ich möchte einen Vorfall melden."

Kapitel Neunzehn

Brenna Rossi befahl einigen Beschützern, Teagan zu Hilfe zu eilen, legte dann auf und sah zu Orla an ihrer Seite. „Ich bin mir nicht sicher, was wir jetzt noch tun können, außer zu warten."

Die alte Drachenfrau schlug ihren Stock gegen den Boden. „Manchmal ist das alles, was man tun kann. Setz dich, bevor du noch umfällst, Kind."

Brenna nutzte die wenigen Momente der Ruhe, trank ihren Kaffee und setzte sich. Sie sagte zu ihrem Drachen, *Ich wünschte, Killian wäre hier.*

Warum? So gern ich ihn auch ficken würde, es gibt wichtigere Dinge, um die wir uns jetzt kümmern müssen.

Schön zu sehen, dass du deine Prioritäten klar gesetzt hast, Drache.

Ihr Tier schnaubte. *Wenn er nicht bald auftaucht, werden wir ihn suchen.*

Nein –

Versuch nicht einmal, mich aufzuhalten. Außerdem ist es nicht nur, um mein Jucken zu stillen. Glenlough braucht ihn auch.

Und sie sollten, nein, werden *ihn finden. Wenn er verletzt ist, wird er einen Weg finden, seinen Clan zu erreichen. Er lebt und atmet Glenlough.*

Ihr Drache grunzte. *Vielleicht. Aber er ist ein hartnäckiger Arsch, der denkt, dass seine Existenz allein darin besteht, zu schützen und nichts weiter. Irgendwann muss er auch mal etwas lockerlassen.*

Richtig, und du bist diejenige, die ihn dazu bringen kann?

Aber natürlich. Ich habe mit dir immerhin ziemlich gute Arbeit geleistet.

Orlas Stimme bewahrte Brenna davor, mit ihrem Drachen zu argumentieren und zu streiten. „Du machst es gut dafür, dass du so jung bist, Brenna Rossi."

Brenna blinzelte. „Ähm, danke?"

Orla runzelte die Stirn. „Steh zu deinen Leistungen, Kind. Bescheidenheit bringt dich nicht dorthin, wo du sein willst. Ich kann mir dich eines Tages als oberste Beschützerin oder Clanführerin vorstellen."

„Ich weigere mich zu glauben, dass Killian nicht zurückkommt."

„Ich habe nie gesagt, dass du dir diese Rollen hier verdienen wirst, und auch nicht sofort." Orla musterte sie kurz, bevor sie sagte: „Ich glaube, du magst meinen Enkel, stimmt's?"

Ihre Wangen wurden rot. „Das ist nicht wichtig. Er ist ein guter Beschützer und dein eigenes Fleisch und Blut. Dir sollte etwas mehr an seinem Wohlbefinden liegen, anstatt mich wegen etwas Unwichtigem zu verhören."

Orla schnalzte mit der Zunge. „Killian kann in diesen Angelegenheiten auf sich selbst aufpassen. Er ist jedoch nicht so geschickt darin, gute potenzielle Gefährtinnen zu erkennen. Deswegen braucht er mich. Sonst wird er nie eine finden. Er braucht ein wenig Führung."

Brenna sollte die Sache auf sich beruhen lassen, doch sie fragte: „Wovon sprichst du?"

Orla lächelte. „Wirst schon sehen, Kind. Du wirst schon sehen. Wenn es das Letzte ist, was ich auf dieser Erde tue, werde ich meine beiden Enkel verpaart und glücklich sehen."

„Hör auf, so albern zu sein, Orla. Du wirst uns alle überleben."

Orla zuckte mit den Schultern. „Ich werde nicht ewig leben, und ich will das auch nicht. Aber ich kann meine Unsterblichkeit durch die Fortsetzung meiner Linie sichern. Ich hoffe sehr, dass sowohl Killian als auch Teagan Nachkommen haben, die von der Persönlichkeit her wie ich sind. Das würde sie beide auf Trab halten."

Ihr Tier meldete sich zu Wort. *Hör ihr zu. Nur weil Killian viel älter ist, spielt das keine Rolle.*

Für mich schon. Er sieht uns als ein Kind.

Ihr Drache knurrte. *Wir sind einundzwanzig*

340

und haben zwei Jahre in der britischen Armee gedient. Die meisten Menschen mittleren Alters könnten nicht ertragen, was wir durchgemacht haben.

Selbst wenn ich die Altersfragen beiseitelege, bin ich nicht bereit, mich niederzulassen. Der Aufenthalt in Glenlough hat mich inspiriert. Ich will mehr tun, als ich mir je erträumt habe.

Du kannst alles tun. Ich dagegen interessiere mich nicht für das Zölibat.

Lyall kam herbeigerannt. Brenna seufzte innerlich erleichtert und konzentrierte sich auf den Beschützer. „Was ist?"

„Kerrin ist bereit", antwortete der ältere Mann. „Soll er weitermachen?"

Kerrin Dunne war Elektroingenieur und Glenloughs bester Amateur-Erfinder.

Sie stand auf und nahm das Headset, das sie mit Kerrin verband. „Kerrin, gib mir eine Minute, damit alle bereit sind, bevor wir anfangen."

„Sag einfach Bescheid, Brenna. Ich lege den Schalter um, sobald du das tust", antwortete Kerrin.

Sie sah zu Lyall. „Sind alle wichtigen Ausrüstungen geschützt und die notwendigen Schilde um die Kommandozentrale herum angebracht?" Er nickte.

Das bedeutete, dass, wenn alles nach Plan lief, Kerrins Gerät die geschützte Elektronik nicht beeinträchtigen würde.

Brenna schaltete die Frequenz auf eine um, die

sowohl den gesamten Clan als auch die Beobach-
tungsplattformen erreichen würde. „Jabberwocky."

Das war das aktuelle Codewort, das für jeden
Clannotfall verwendet wurde und allen signalisierte,
dass etwas passieren würde. Es wechselte alle paar
Wochen, aber das hier mochte Brenna besonders.
Wenn sie jedoch das Sagen hätte, gäbe es spezielle
Worte für bestimmte Arten von Notfällen. Sie
würde Killian die Idee vortragen, sobald er sein
Gesicht wieder blicken ließ.

Sie nahm die Verbindung mit Kerrin wieder auf.
„Okay. Leg den Schalter in sechzig Sekunden um.
Sobald das erledigt ist, schick deine Freiwilligen raus,
um das Gebiet nach abgestürzten Maschinen
abzusuchen."

„Verstanden."

Kerrins Gerät würde einen elektromagnetischen
Impuls aussenden, oder EMI, der jedes elektronische
Gerät innerhalb eines bestimmten Radius lahmlegen
sollte. Er und sein Team hatten sie an strategischen
Standorten rund um den Clan und die umliegenden
Gebiete aufgestellt. Die Hoffnung war, dass sie
einige der Maschinen – sie wussten noch nicht, ob es
sich um Drohnen handelte – aus dem Himmel holen
und sie studieren konnten. Arabella MacLeod in
Lochguard, wartete darauf, das Betriebssystem und
die Informationen eines von ihnen zu hacken, falls
Kerrins Plan erfolgreich war.

Sie kreuzte die Finger, zählte bis sechzig und
wartete auf Neuigkeiten von Kerrin. Als die

Minuten vergingen, fragte sie sich, ob etwas schiefgelaufen war. Dann kam ein Anruf auf der Hauptleitung, und sie nahm ihn an. „Ja?"

„Kerrin hier. Es hat funktioniert, wenn auch mit einer viel kleineren Reichweite, als ich erwartet hatte. Ich muss später noch ein paar Dinge ändern. Trotzdem gehen wir jetzt zur Suche raus."

„Schick mir alle fünf Minuten ein Update oder bei jedem Fund, den ihr macht", sagte Brenna. „Es gibt vielleicht Feinde, die sich in den Wäldern verstecken. Seid vorsichtig und scheut euch nicht, einen Beschützer um Hilfe zu bitten. Du hast deine Fackeln, oder? Da ihre Mobiltelefone wahrscheinlich nicht funktionieren werden."

„Ja, ich habe alles. Du wirst bald von mir hören."

Er legte auf, und Brenna stieß ein Seufzen der Erleichterung aus. Sie sah zu Orla. „Kerrin sagte, es sei größtenteils ein Erfolg gewesen. Scheinbar funktionieren auch die Schilde um die Kommandozentrale. Er und seine Teams suchen jetzt nach heruntergefallenen Fremdkörpern."

Orla neigte den Kopf. „Hoffen wir, dass sie eines dieser verdammten Dinger finden. Wenn diese Arabella Standorte zurückverfolgen kann, können wir uns um die Schädlinge kümmern."

„Arabella sagte, es sei nur vielleicht möglich, je nachdem, wie ausgefeilt die Hardware ist. Es ist auch keine exakte Wissenschaft", betonte Brenna.

Orla winkte das mit einer Hand ab. „Egal. Diese Drohnen-was-auch-immer-Dinger können nicht billig sein. Wenn wir einige konfiszieren und sie für eine Weile zurücksetzen können, reicht das für jetzt erst einmal aus." Sie zeigte auf Brenna. „Jetzt geh und iss was. Du hast ununterbrochen gearbeitet und brauchst eine Pause."

„Ich kann unmöglich —"

„Streite nicht mit mir, Kind. Ich werde schon nicht in den nächsten zwanzig Minuten tot umfallen. Ich kann schon ein Auge und ein Ohr darauf haben, was vor sich geht. Wenn sich etwas ändert, schicke ich jemanden, der dich abholt."

Ihr Drache meldete sich zu Wort. *Wir können Orla vertrauen. Achte darauf, dich auch um uns zu kümmern. Glenlough braucht uns, und wenn du bleiben willst, müssen wir uns für sie als lebenswichtig erweisen.*

Zu müde, um zu streiten, winkte Brenna Orla zu und wanderte in Richtung des Lagerbereichs, wo es fertige Mahlzeiten für die diensthabenden Beschützer gab.

Orla hatte recht, sie brauchte die Energie. Der Tag war noch lange nicht vorüber, und nur weil sie nicht in Glenlough zur Welt gekommen war, bedeutete das nicht, dass sie sich nicht leidenschaftlich um den Clan sorgte. Außerdem, wenn sie nicht helfen konnte, es in einem Stück zu bewahren, würde sie zurück nach Stonefire geschickt. Und so sehr Brenna ihr Zuhause liebte, sie hatte mehrere Gründe, in Glenlough bleiben zu wollen, sowohl für sich selbst als auch für ihre erhoffte Zukunft.

Sie konnte es sich nicht leisten, sie alle zu enttäuschen.

Teagan schaltete das Handy aus und schloss die Augen.

Das MDA war nicht glücklich.

Nicht nur, weil zwei Drachenwandler tot waren und sie eine öffentliche Schlägerei mit Hugh in Drachengestalt gehabt hatte, sondern das Gesetz diktierte, dass das MDA die anderen Clans kontaktieren würde, um den Tod ihrer Führer zu melden.

Angesichts der Tatsache, dass das MDA es vorzog, sich aus der Clanpolitik herauszuhalten, würden sie nun stärker involviert sein als seit Jahrzehnten.

Ihr Tier knurrte. *Das ist ihr Job. Sie verdienen unsere Sorge nicht.*

Vielleicht nicht, aber ich habe mehr Angst vor einem Krieg.

Ich bezweifle, dass es dazu kommen wird. Orin und Padraig haben uns verraten. Das wird bei den meisten Drachenwandlern nicht gut ankommen.

„Bei den meisten" ist das Schlüsselwort.

Der Wagen, der Teagan zurück nach Glenlough fuhr, verlangsamte sich, als sich die vorderen Tore öffneten. Wegen der Medikamente, die man ihr verabreicht hatte, waren ihre Schmerzen in ihrem Bein und ihrem Nacken nur leicht zu spüren. Und dank der Schwester, die sie zusammengeflickt hatte, war Teagan noch bei Bewusstsein, was angesichts ihres Blutverlustes eine ziemliche Leistung war.

Nicht zum ersten Mal war sie froh, dass Drachenwandler schneller heilten als Menschen.

Ihr Drache meldete sich zu Wort: *Wenn wir in Drachengestalt geblieben wären, wären wir noch näher dran, geheilt zu sein.*

So gern du auch in Drachengestalt hinten auf einem Lastwagen fahren möchtest, das hätte zu viel Aufmerksamkeit auf uns gezogen und zu viel Zeit in Anspruch genommen. Ganz zu schweigen davon, dass es uns zu einer großen Zielscheibe gemacht hätte.

Mit den drei Männern, die jetzt kein Problem mehr sind, und der Tatsache, dass die Pfeile wahrscheinlich nicht bei Drachenhaut funktionieren, wäre es uns gut gegangen. Jedenfalls kannst du dich nicht über den Schmerz beschweren und solltest besser wach bleiben, bis wir sowohl Aaron als auch Killian sehen.

Bei der Erwähnung der beiden wichtigsten Männer in ihrem Leben sammelten sich Emotionen in ihrem Hals. Sie war optimistisch, aber auch realistisch. Wenn Aaron oder Killian etwas zustoßen sollte, wäre sie stark für den Clan, im Privaten aber würde sie sich die Seele aus dem Leib weinen. Sie konnte es sich nicht leisten, dass etwas sie schwach erscheinen ließ, besonders in der aktuellen Lage.

Da Teagan eine Ablenkung und Zeit brauchte, um sich selbst zu sammeln, richtete sie ihre Aufmerksamkeit aus dem Autofenster. Während sie die Straße hinunterfuhren, stellte sie fest, dass die Straßen und Fußwege leer waren. Zumindest gab es kein Chaos in ihrem eigenen Clan.

Die Kommunikation war spärlich gewesen, seit Teagan Brenna vorhin kontaktiert hatte, aber sie vertraute darauf, dass Brenna und Orla die Sicherheitsprotokolle implementiert und alles im Griff hatten.

Apropos, sie würde versuchen, die Kommandozentrale anzurufen, um alles zu überprüfen. Während der Fahrt waren ihre Anrufe nicht durchgegangen, weil der Clan etwas versuchte, wahrscheinlich hatte es mit Kerrin zu tun. Als Brenna endlich ranging, seufzte Teagan innerlich erleichtert. „Teagan?"

„Ja, ich bin's. Du hast bestimmt gesehen, dass das Auto, das mich abgeholt hat, angekommen ist, aber ich wollte dir sagen, dass ich zuerst zur Klinik fahre und dann rüberkomme."

„Wir können zu dir kommen", antwortete Brenna. „Du bist nicht nur verletzt, sondern ich bin mir sicher, dass du auch Zeit mit Aaron verbringen willst."

Ja, Aaron. Wir müssen ihn festhalten, sagte ihr Drache.

Nicht, bis wir die Zeit haben. Es gibt viel zu tun, und ungeachtet meiner eigenen Wünsche muss es erledigt werden.

Teagan antwortete Brenna: „Ich werde nach

Aaron sehen, während ich dort untersucht werde, aber bis Dr. O'Brien das Gegenmittel optimiert hat, kann ich wenig für ihn tun. Es ist wichtiger, auf dem neuesten Stand zu sein. Stell sicher, dass bei meiner Ankunft ein Briefing für mich bereit ist."

„Natürlich." Brenna hielt inne und fügte dann hinzu: „Du sollst nur wissen, dass der Clan dir mehr denn je den Rücken stärkt, Teagan. Die Leute rufen immer wieder an, um zu fragen, wie sie helfen können oder ob es dir gut geht, und das in überwältigender Zahl." Sie senkte die Stimme. „Nach dem, was ich erlebt habe, bin ich mir ziemlich sicher, dass sie auch Aaron unterstützen würden, zu bleiben. Seine heutigen Taten haben sich im Clan bereits herumgesprochen. Er hat sein Leben riskiert, um dich zu retten, und das ist verdammt heldenhaft."

„Und ich bin sicher, er wird mich bei jeder Gelegenheit daran erinnern, wenn wir unter uns sind", bemerkte Teagan.

Brenna schnaubte. „Ich bin mir sicher, das wird er. Aber ich kenne Aaron schon fast mein ganzes Leben lang. Er würde es wieder tun, ohne mit der Wimper zu zucken. So ist er einfach: ein brillanter Mann an deiner Seite."

Teagan öffnete den Mund, um zu sagen, dass sie das bereits wüsste, aber Orlas Stimme kam über die Leitung. „Ignoriere den Heldenquatsch. Dass du und Aaron zusammen seid, ist das am schlechtesten gehütete Geheimnis in Glenlough. Es interessiert niemanden, dass er Engländer ist. Nun, zumindest die meisten nicht. Ich vermute, einige sind eifersüchtig auf deinen Fang."

Teagan seufzte. „Gran, bitte. Ich habe keine Zeit für sowas."

Orla antwortete: „Lass dich einfach untersuchen, und dann sieh nach deinem Mann. Wenn sich etwas ändert, lassen Brenna und ich es dich wissen. Brenna ist ein ziemlich fähiges Mädel. Wenn Killian sich jemals entschließt, sein Gesicht wieder zu zeigen, könnte er einen Rivalen für seine Position haben."

Ein kleiner Teil von Teagan war besorgt, weil Killian immer noch verschwunden war, aber sie traute ihrem Bruder zu, einen Weg nach Hause zu finden. Sobald sie die Gelegenheit bekäme, würde sie als Vorsichtsmaßnahme mit einigen Beschützern sprechen.

Ihr Drache meldete sich zu Wort. *Killian würde wollen, dass wir uns zuerst auf den Clan konzentrieren, also sollten wir das tun.*

Ich weiß, was er verdammt nochmal wollen würde, aber er ist Familie. Ich gebe ihm noch ein paar Stunden, aber dann werde ich auf meine Sorge reagieren und sehen, ob ich Beschützer schicken kann, die ihn suchen.

Brennas Stimme kam über die Leitung zurück, was ihren Drachen daran hinderte, etwas darauf zu erwidern. „Das Adrenalin in deinem Körper ist längst abgebaut, Teagan. Geh zum Arzt und kümmere dich um dich selbst und deinen Mann. Wir brauchen euch beide wohlbehalten. Das hier ist noch lange nicht vorbei. Ich glaube, Glenlough wurde auf die Zielliste mindestens der Drachenritter gesetzt, zusammen mit Stonefire und Lochguard. Ganz zu schweigen davon, dass wir schon einmal von den Drachenjägern ins Visier genommen worden sind. Wir brauchen dich gesund."

Die Leitung war tot, und Teagan seufzte, bevor sie zu ihrem Drachen sagte, *Vor Kurzem noch hab' ich alles selbst gemacht, und jetzt habe ich so viele willensstarke Helfer.*

Gut. Vielleicht können wir ab jetzt mehr tun, als Papiere auszufüllen oder uns Beschwerden anzuhören. Ich möchte öfter fliegen.

Wir werden sehen, Drache. Wir werden sehen.

Das Auto rollte zum Hintereingang der Klinik. Sobald das Fahrzeug anhielt, öffnete sie die Tür und rutschte langsam in Richtung Sitzkante. Bevor sie sie jedoch erreichen konnte, sah Arlanna, eine von Glenloughs Krankenschwestern, sie stirnrunzelnd an, bevor ihr Blick auf Teagans behelfsmäßig bandagierten Oberschenkel und dann auf ihren Hals fiel. „Denk nicht einmal daran, auf diesem Bein zu stehen oder die Wunde am Hals wieder zu öffnen. Du musst es ruhig angehen." Sie schnippte mit den Fingern, und ein Rollstuhl tauchte auf. „Komm und setz dich."

Da jede Bewegung einen Schmerzstich durch ihr Bein jagte, ganz zu schweigen vom ständigen Brennen an ihrem Hals, gehorchte Teagan. Als sie in dem Stuhl saß, schob Arlanna sie in die Klinik. „Aus

Sicherheitsgründen teilst du dir mit Aaron ein Zimmer."

Teagan bezweifelte, dass es etwas mit der Sicherheit zu tun hatte, aber sie wollte sich nicht beschweren.

Während Arlanna den Korridor hinunterging, ließ jede verstreichende Sekunde Teagans Herz schneller schlagen. Nachdem die Hauptbedrohungen für ihren Clan beseitigt worden waren, wollte sie Aaron sehen.

Und nicht nur, weil er einen Pfeil für sie eingesteckt oder sein Leben riskiert hatte, um sie vor der Bedrohung zu warnen. Nein, sie musste sehen, wie seine Brust sich hob und senkte, und seine raue Hand in ihrer spüren.

Durch den ganzen Scheiß, der ihr bevorstand, sagte ihr Bauch ihr, dass er sie unterstützen würde, ganz zu schweigen davon, dass er sie davon abhalten würde, sich die Haare zu raufen oder sich einen Herzinfarkt von zu viel Stress einzuhandeln.

Und so selbstsüchtig es auch sein mochte, sie sehnte sich nach ein paar Sekunden seiner Berührung, um sich zu erden. Nach ein paar Minuten mit ihrem Mann wäre Teagan bereit, sich allem zu stellen, was noch zu bewältigen war.

Ihr Drache knurrte. *Wenn ich dran denke, dass du zu feige warst, ihm zu sagen, dass wir ihn lieben.*

Teagan zögerte nicht mit ihrer Antwort: *Sobald er aufwacht, sage ich es ihm.*

Gut, denn wenn du weiter behauptest, dass er

351

nicht mehr kämpfen will oder es leid sein wird, dass wir das Sagen haben, dann muss ich vielleicht die Kontrolle übernehmen und ihn selbst als unseren Gefährten beanspruchen, bis du es klar siehst.

Dramatik ist nicht nötig. Ich liebe Aaron und will, dass er bleibt, egal, was es kostet.

Gut.

Arlanna rollte sie schließlich in eines der Zimmer. Ihre Augen richteten sich sofort auf Aaron.

Er lag bewusstlos in einem Bett.

Es war seltsam, ihren Mann regungslos und hilflos zu sehen. Und das alles, weil er sich geopfert hatte, um sie zu beschützen. Sie wollte nicht sagen, dass es allein ihre Schuld war, da Aaron genau gewusst hatte, was er tat, aber es war ihre Verantwortung, dafür zu sorgen, dass er wieder aufwachte.

Die Krankenschwester blieb neben Aaron stehen und sagte: „Nimm dir einen Moment mit ihm. Ich hole, was ich brauche."

Arlanna ging.

Lorna nahm Aarons Hand. Sie fuhr seine Knöchel und seine starken Finger nach. Es gab noch so viel, was sie von seinen Händen fühlen und erfahren musste. So viele Jahre der Lust und der Nähe.

Selbst wenn seine Finger wegen des Alters knorrig und voller grauer Haare waren, wollte sie die Möglichkeit haben, sie zu berühren, wann immer ihr danach war, und jede Erinnerung aufzurufen.

Verdammt, wie sehr sie ihn wollte. Nein, es war

mehr als das. Sie liebte ihn mehr als sonst jemals jemanden.

Sie flocht schließlich ihre Finger durch seine und drückte sie sanft. „Du wachst besser auf, damit ich dich für dein Opfer schlagen und dich dann küssen kann, um zu zeigen, wie sehr ich dich liebe." Sie senkte die Stimme. „Ich brauche dich, Aaron. Bitte verlass mich nicht. Wenn Killian nicht zurückkehrt ..." Sie sprach nicht weiter, um ihre Augenlider zu schließen. Sie konnte es sich nicht leisten, zu weinen. Wenn es nur sie und Aaron wären, würde sie nicht zögern. Aber der Clan zählte auf sie.

Sie atmete tief durch, öffnete die Augen und hob ihre ineinander liegenden Hände an ihre Wange. Die Wärme seiner Haut half ihren Muskeln, sich einen Bruchteil zu entspannen.

Sie begnügte sich damit, Aarons Atmung zu beobachten und sich von seinem vertrauten Duft und seiner Hitze Trost spenden zu lassen. Schließlich lebte er, und das war der wichtigste Faktor.

Gerade als ihre Augenlider zufielen, kehrte Arlanna zurück.

Teagan schob ihre Schläfrigkeit beiseite, ließ jedoch Aarons Hand nicht los und suchte auch keine Ausreden. Sie sah Arlanna nur an. Die Krankenschwester nickte und sagte: „Jeder Mann, der bereit ist, einen zu beschützen, ist es wert, behalten zu werden."

„Dem stimme ich zu."

Arlanna hob ihre Utensilien hoch. „Ich muss

deine Wunden richtig säubern. Wir können weder riskieren, dass sie eitern, noch wer weiß was sonst. Der Arzt wird sich das auch ansehen und einige Tests durchführen. Wenn du Glück hast, war das, was auch immer dich gestreift hat, nicht mit einer unbekannten Chemikalie überzogen."

Teagan küsste Aarons Hand und legte sie sanft auf das Bett. „Hoffen wir es. Wer auch immer die Drohnen kontrolliert hat, wird nun auch ein Ziel der irischen Regierung sein."

„Bastarde. Aber was auch passiert, du wirst einen Weg finden, uns zu beschützen. Da bin ich mir sicher."

Teagan lächelte Arlanna an. Der Blick der Schwester war warm und vertrauensvoll. Mit ihrem Volk und Aaron könnte sie sich der Zukunft stellen.

Wie sie je gedacht hatte, sie sei allein, wusste sie nicht.

Sie beobachtete Aarons Gesicht, während Arlanna daran arbeitete, ihre Bein- und Nackenwunden zu reinigen, die im Vergleich zu den Schmerzen vorher kaum wahrnehmbar waren.

Mit Träumen von einer glücklichen Zukunft und einem vertrauenswürdigen Mann an ihrer Seite war Teagan entschlossener denn je, um ihren Clan zu kämpfen. Ein Treffen mit dem MDA wäre nicht angenehm, aber sie würde sie dazu bringen, die Bedrohung zu verstehen, und ihre Unterstützung erlangen. Wenn die Drachenritter beteiligt waren oder ein anderer Feind, müsste sie mit so vielen

Verbündeten wie möglich zusammenarbeiten. Sonst könnte es nicht mehr lange einen Clan Glenlough geben. Nicht einmal Teagan konnte Angriffe von allen Seiten stoppen.

Jetzt musste sie sich nur noch die Zeit nehmen, zu genesen. Dann konnte sie alles angehen, mit ein wenig Hilfe von denen, denen sie vertraute.

Und Killian sollte besser einer von ihnen sein. Denn wenn er immer noch vermisst wurde, während sie größtenteils geheilt war, würde sie ihren Bruder aufspüren und ihn eigenhändig töten.

Kapitel Zwanzig

Brenna blickte auf die winzige Maschine, die nicht viel größer sein konnte als ein Rotkehlchen. „Wie viele davon hast du gefunden?"

Kerrin antwortete: „Vier. Zwei waren am südlichen Ende des Parks. Ich glaube, sie wollten auf Teagans Position zusteuern, wo sie sich diesen Drachen gestellt hat."

„Darf ich sie anfassen?", fragte sie.

Kerrin nickte. „Alle verbleibenden Pfeile wurden entfernt, und es gibt keine schädliche Beschichtung auf der Oberfläche. Wir haben es überprüft."

Sie hob vorsichtig das fünfzehn Zentimeter, etwa einen halben Fuß lange Objekt an. Es war an einem Ende dicker als am anderen und hatte Flügel an beiden Seiten. Die Oberfläche war im Gewand eines Vogels mit braunen Federn bemalt.

Kerrins Stimme füllte den Raum. „Es ist ziemlich ausgeklügelt und teuer in der Herstellung. Wer auch immer das getan hat, hat Geld übrig."

Sie sah auf. „Deine Freiwilligen sollen nach weiteren suchen. Wir können es uns nicht leisten, dass irgendeines dieser Dinge gefunden und gestohlen wird."

„Natürlich. Ich arbeite auch an einer vorübergehenden Lösung, um sie davon abzuhalten, über Clan-Land zu fliegen. Auch wenn ich vielleicht eine Art elektrische Barriere bauen kann, die durch einen Bewegungssensor ausgelöst wird, besteht das Problem darin, sicherzustellen, dass ein junger Drache oder ein unschuldiger Vogel dabei nicht gebraten wird."

Orla setzte sich an ihre Seite und schnaubte. „Ja, gebratener Drachenwandler wäre eine schlechte Sache." Sie deutete auf die Tür. „Ich weiß, dass du wieder an deine Arbeit gehen willst, Kerr. Überlass das hier vorerst uns und geh nur."

Mit einem Nicken verließ Kerrin den Raum.

Brenna sah zu Orla. „Teagan sollte das tun, nicht ich."

„Teagans Halswunde ist schlimmer als erwartet und zeigt Anzeichen einer Infektion. Selbst mit der Drachenwandlerfähigkeit schnell zu heilen, könnte es ihre Gesundheit gefährden, wenn sie sich nicht ausruht. Außerdem kommen wir erstmal klar. Vielleicht zeigt Killian ja wieder seinen Arsch. Dann kann er übernehmen."

Trotz Orlas unbeschwertem Tonfall hatte Brenna im Laufe des Tages mehr als ein paar besorgte Blicke auf dem Gesicht der älteren Frau gesehen. Killian würde nie so lange schweigen. Alle in der Kommandozentrale dachten, er sei gefangen genommen worden.

Oder schlimmer.

Ihr Drache meldete sich zu Wort. *Das weißt du nicht sicher. Außerdem, sobald es Teagan besser geht, können wir vielleicht auf die Suche gehen. Ich bin ziemlich gut darin, Dinge zu finden, die verloren gegangen sind.*

Ein Licht blitzte am Computer auf und signalisierte eine Videokonferenz-Anfrage. Schnell sagte sie zu ihrem Drachen, *Wir besprechen das später.* Brenna ging näher an den Bildschirm, prüfte den Namen und klickte auf ‚Annehmen‘. „Hast du irgendwelche Informationen für uns, Arabella?"

Der Oberkörper von Arabella MacLeod aus Lochguard erschien auf dem Bildschirm. Die Narbe in ihrem Gesicht und die verheilte Verbrennung an ihrem Hals standen im Kontrast zum schlafenden Baby an ihrer Schulter. „Sprich leise, Brenna. Ich will nicht riskieren, dass er aufwacht. Declan kann mit seinen Schreien fast Glas zerbrechen. Ich bin überzeugt, dass er zum Teil ein Banshee ist und überhaupt kein Drachenwandler."

Da Brenna und Arabella beide ursprünglich aus Stonefire stammten, war sie nicht beunruhigt vom Tonfall der Frau oder den beiläufigen Bemerkungen. Brenna fragte leiser: „Also? Hast du was gefunden?"

„Ich versuche immer noch, die Verschlüsselung zu knacken", sagte Arabella. „Ich konnte jedoch die Reichweite des Dings bestimmen. Jemand musste im Umkreis von einer Meile sein, um es zu kontrollieren."

Brenna fluchte. „Was bedeutet, dass sie sich innerhalb oder in der Nähe des Clanlandes befanden."

Arabella nickte und klopfte ihrem Sohn sanft auf den Rücken. „Zu diesem Zeitpunkt kann ich nicht sagen, ob es das gleiche Design und die gleiche Programmierung ist wie die Geräte, die zuvor Stonefire und Glenlough angegriffen haben. Sobald ich das herausfinde, werde ich es dir mitteilen. Ich habe einige von Lochguards besten und vertrauenswürdigsten IT-Mitarbeitern hier, die mit mir daran arbeiten."

Das Baby, das in hellgrünen Dinosaurierstoff gekleidet war, wand sich an Arabellas Schulter, und sie schmiegte das Kleine noch näher. Trotz allem, was vor sich ging, lächelte Brenna. „Schön, dich glücklich zu sehen, Ara."

Arabellas Gesicht wurde weicher, als sie ihr Kind ansah. „Find' ich auch." Sie sah zu Brenna zurück. „Wir sprechen uns bald."

Der Bildschirm wurde schwarz.

Orla meldete sich zu Wort. „Die Welt wird bald von Frauen regiert werden, und das wird auch Zeit."

Brenna runzelte die Stirn. „Ich denke, wir sollten alle gemeinsam und gleichberechtigt regieren."

„In gewisser Weise gleichberechtigt, aber ein paar mehr Frauen an der Macht wäre nett. Und vorzugsweise bevor ich sterbe."

„Deine Liste der Dinge, die passieren sollen, bevor du stirbst, wird ziemlich lang, Orla." Ein Klopfen an der Tür verhinderte, dass die ältere Frau antwortete. Brenna rief: „Herein!"

Lyall tauchte in der Tür auf, mit deutlicher Besorgnis in seinen Augen. „Wir haben Killian gefunden."

Brenna kam näher. „Was ist passiert?"

Der ältere Mann seufzte. „Einer der Freiwilligen hat ihn bewusstlos im Wald um Glenlough gefunden."

Orla stand auf. „Wo ist er jetzt?"

Lyall antwortete: „Er ist in einem der Konferenzräume. Wach, aber ... anders."

Brennas Magen verdrehte sich. „Inwiefern anders?"

„Es geht schneller, wenn du es dir ansiehst, als wenn ich es erkläre. Komm, ich bringe euch zu ihm."

Ihr Drache schnaubte. *Das gefällt mir nicht.*

Mir auch nicht. Aber Killian lebt, und das ist der wichtigste Faktor.

Auf dem Weg dorthin, während Orlas Stock auf den Boden klopfte, fragte Brenna: „Weiß Teagan, dass ihr ihren Bruder gefunden habt?"

Lyall schüttelte den Kopf. „Der Arzt hält es für

das Beste, sie sich etwas länger ausruhen zu lassen, bis ihr Fieber zurückgeht. Wenn Orla denkt, wir sollen uns den Anweisungen des Arztes widersetzen, werde ich es tun. Aber angesichts all dessen, was Teagan heute durchgemacht hat, dachte ich, ich sollte zuerst zu euch beiden gehen."

Orla antwortete: „Gut. Ich kann am besten darüber entscheiden, ob es sich lohnt, meine verletzte Enkelin zu stressen oder nicht, vor allem, wenn man bedenkt, dass das MDA morgen zu Besuch kommt und sie dafür ihre Stärke braucht."

„Man sollte doch meinen, dass das MDA warten könnte, bis sie wieder gesund ist", sagte Brenna.

Orla schüttelte den Kopf. „Du magst eine gute Beschützerin sein, Brenna, aber du kannst noch viel über den Umgang mit der irischen Regierung oder überhaupt irgendeiner Regierung lernen. Für sie sind wir Schädlinge und bestenfalls Bürger zweiter Klasse."

Lyall blieb vor der Tür eines Konferenzraums stehen. Er ignorierte Orlas Meinung und sagte: „Bereitet euch einfach vor, und denkt daran, dass er nicht der Killian ist, den wir kennen."

Als sie nickte, trat Lyall in den Raum ein. Brenna atmete einmal tief durch und folgte dem Drachen-mann hinein.

Killian saß auf einem Stuhl an der anderen Seite des Konferenzraums. Seine Handgelenke waren mit Handschellen gefesselt und an langen Ketten, die am Boden verankert waren.

Die Fesseln waren kein gutes Zeichen.

Als sie genauer hinsah, bemerkte sie, dass Killians dunkles Haar zerzaust und sein Oberkörper nackt war, aber ansonsten sah er ziemlich normal aus. Wenn er Verletzungen hatte, waren sie irgendwo, wo sie sie nicht sehen konnte.

Und doch, als Killian sie schweigend ansah, mit gefurchten Augenbrauen und Verwirrung im Blick, spürte ihr Bauch, dass etwas nicht stimmte. Brenna trat einen Schritt auf ihn zu und sagte: „Killian? Geht's dir gut?"

Er musterte sie eine Sekunde, bevor er fragte: „Wer bist du? Bist du diejenige, die mich losmacht? Ich warte darauf, dass die verdammte Anführerin sich mit mir trifft."

Ihr Herz blieb eine Sekunde stehen. Das konnte nicht sein. Killian musste einen Scherz machen.

Vielleicht würde er ihr die Wahrheit sagen, wenn sie ihm den Gefallen tat. Sie berührte ihre Brust und sagte: „Ich bin Brenna."

„Wer?", verlangte Killian zu erfahren.

Orla trat an ihre Seite und beugte sich vor. „Was ist los mit dir, Killian? Du arbeitest seit Monaten mit Brenna zusammen. Und ich hoffe verdammt nochmal, dass du dich an mich erinnerst."

Killian verschränkte die Arme vor der Brust und lehnte sich in seinem Stuhl zurück. „Sollte ich? Und was los ist, ist, dass Fremde mich gegen meinen Willen in diesem Raum einsperren."

Orla beugte sich vor. „Killian O'Shea, ich bin deine Großmutter. Hör auf, Spiele zu spielen."

Er stand auf, dehnte seine Ketten so weit es ging, und da bemerkte Brenna, dass das Tattoo an seinem Arm weggelasert worden war. Die Haut war noch etwas gerötet, wo früher das Muster gewesen war, aber es gab keine Tinte mehr.

Höchst alarmiert beobachtete Brenna seine Pupillen. Doch sie blitzten kein einziges Mal.

Etwas war sehr falsch.

Sie ergriff das Wort: „Erinnert sich dein innerer Drache an irgendetwas?"

„Drache? Wovon zum Teufel sprichst du? Ich habe keinen verdammten inneren Drachen. Alles, was ich weiß, ist, dass ich von Fremden umgeben aufgewacht bin, und jetzt stellen alle mir immer wieder Fragen und sagen, ich sollte wissen, wer verdammt sie sind."

Ihr Tier meldete sich zu Wort. *Und doch erinnert er sich daran, wie man spricht, und hat noch grundlegende Kenntnisse über die Funktionsweise der Welt.*

Brenna entschied, dass, wenn sie etwas erfahren wollte, sie Killian als Fremden behandeln musste, der auf Glenloughs Land entdeckt worden war. Vielleicht würde er besser auf diesen Ansatz reagieren.

Sie legte eine Hand an ihre Hüfte und richtete sich zu ihrer vollen Größe auf. „Bevor ich Antworten geben kann, muss mein Arzt dich untersuchen. Wir können das auf die einfache Art und Weise tun, bei der du kooperierst, oder auf die harte Tour, und wir betäuben dich. Was von beiden soll es sein?"

Killian musterte ihren Blick kurz, bevor er antwortete: „Wenn ich kooperiere, wirst du dann die Fesseln entfernen?"

Sie zuckte mit der Schulter. „Lass uns erst mal sehen, wie du es machst."

„Das ist besser als eine vollkommene Ablehnung", bemerkte Killian. „Aber wenn irgendjemand versucht, mich während des Prozesses aufzuschneiden, werde ich denjenigen hart genug schlagen, um Knochen zu brechen."

Sie sollte nicken und weggehen, aber sie konnte nicht anders, als zu sagen: „Ich würde gern sehen, wie du das versuchst. Ich werde dabei sein, wenn sie dich untersuchen, und glaub mir, ich weiß ein paar Dinge darüber, wie man einen Mann umhaut."

Killian grunzte zurückhaltend. „Vielleicht, vielleicht auch nicht. Ich muss nur ein guter Junge sein, damit du meine verdammten Fesseln abnimmst. Dann können wir richtig kämpfen."

Ihr Drache ergriff das Wort. *Er ist gesprächiger als zuvor.*

Ist es falsch, dass ich die Veränderung mag?

Aber dann fiel ihr Blick auf Killians verschwundenes Tattoo, und Schuld überschwemmte ihren Körper. Egal, ob sie die neue Version von Killian schon besser mochte, sie würde nie egoistisch genug sein, sich zu wünschen, dass er so blieb. Teagan und Orla hatten Brenna vertraut und ihr Möglichkeiten geboten, die sie sich nie erträumt hatte. Das Mindeste, was sie tun konnte, war, ihr verdammtes Bestes zu geben, um Killians früheres Selbst wiederherzustellen.

Sie sprach schließlich wieder. „Setz dich vorerst hin. Ich rufe den Arzt."

Brenna nahm ihr Handy heraus und rief Dr. O'Brien an. Mit ihm und den Stonefire-Wissenschaftlern, die jeden Moment ankommen würden, hoffte sie nur, dass sie herausfinden könnten, was Killian angetan worden war, und es rückgängig machen würden.

Denn auf keinen verdammten Fall würde sie akzeptieren, dass Killians Erinnerung und Drache für immer verschwunden waren. Schließlich hatte eine Ärztin in Stonefire – Dr. Cassidy Jackson – ihren Drachen verloren und wiedergefunden.

Ihr Drache fragte, *Und was, wenn er ihn nie wieder bekommt? Was dann?*

Aus Angst, die Wahrheit auszusprechen, konzentrierte sich Brenna auf das Telefon. Dr. O'Brien meldete sich, und sie machte sich an die Arbeit.

Teagan erwachte, als jemand ihr in die Schulter pikste und ihren Namen sagte. Obwohl ihre Augenlider schwer waren und das Bewegen eines Fingers eine enorme Anstrengung erforderte, zwang sie ihre

Augen langsam auf. Brennas braunes Haar und grüne Augen kamen in den Fokus. „Brenna?"

Brenna verzog das Gesicht. „Tut mir leid, dass ich dich aufgeweckt habe, Teagan. Der Arzt sagt, du musst dich ausruhen, aber wir haben ein Problem."

Jetzt vollkommen wach, bemerkte Teagan den Schweiß an ihrem Körper und dass jede Bewegung mühsam war. Die Kombination aus Fieber und Schmerzmitteln machte sie langsam. Sie setzte sich schließlich auf und sagte: „Sag mir, was los ist." Sie warf einen Blick zu Aarons Bett, aber er war noch da. Die Maschinen, an die er angeschlossen war, piepten genauso wie zuvor.

Brenna schüttelte den Kopf. „Es nicht Aaron. Es ist Killian. Er erinnert sich nicht mehr daran, wer er ist oder dass er ein verdammter Drachenwandler ist."

Teagan blinzelte, jetzt vollkommen wach. „Wovon zum Teufel sprichst du?"

Brenna erklärte ihr die Details, bevor sie sagte: „Er sitzt bei deiner Mutter, während wir hier sprechen. Orla hofft, dass ihm das helfen kann, sein Gedächtnis wiederherzustellen."

Teagan ignorierte die Schwere in ihrem Herzen. Ein Leben mit ihrem Bruder, der sie nie erkannte, wäre undenkbar. Killian hatte ihr, seit sie erklärt hatte, sie wolle Clanführerin werden, den Rücken gestärkt.

Ihr Drache meldete sich zu Wort: *Wir werden alles versuchen. Es muss einen Weg geben, ihn zurückzubringen.*

Brennas Stimme hinderte sie daran zu antworten. „Dr. O'Brien ist gerade mit Killian fertig und hat Blutproben entnommen. Er wird sie jetzt analysieren und sehen, ob er etwas Ungewöhnliches findet. Aber es gibt jemanden, den ich persönlich kenne, der seinen Drachen verloren und wiedergefunden hat – Dr. Sid in Stonefire. Vielleicht kann sie uns helfen oder auch nicht. Aber ich wollte mich nicht an sie wenden, ohne, dass du die Erlaubnis erteilt hast. Das ist schließlich eine Clanangelegenheit."

Teagan erinnerte sich vage an die Geschichte von Dr. Sid Jackson und dass das Finden ihres wahren Gefährten ihren Drachen nach mehr als zwanzig Jahren Schweigen zurückgebracht hatte.

Teagan hatte jedoch keine verdammte Ahnung, ob Killian jemals seine wahre Gefährtin gefunden hatte oder überhaupt wusste, wer sie war. Teagan konnte sich nicht auf dieselbe Taktik verlassen. Erstens konnte sie generell schlecht warten. Und sie wollte ihren Bruder nicht damit belästigen, dass er seine wahre Gefährtin suchen sollte.

Sie atmete tief durch und zwang sich, sich auf die Lösung des Problems zu konzentrieren. Sie würde jede Hilfe nehmen, die Stonefire anbot. „Lass Ronan seine Tests machen, und dann wende ich mich an Stonefire. Bram wird jemanden schicken wollen, und ich würde lieber warten, bis ich mit dem MDA fertig bin. Ich kann keine Überraschungsinspektion gebrauchen und dass sie dann Leute finden, die nicht hier sein sollten."

„Natürlich", erwiderte Brenna. „Willst du, dass Killian hergebracht wird? Er ist momentan in Fesseln, also sollte es sicher sein, ihn zu transportieren."

Teagan schüttelte den Kopf und bereute es sofort, als ihr Hals stach. „Nein. Ihn zu transportieren erhöht das Risiko einer Flucht. Selbst wenn sein innerer Drache schweigt, ist er stark und kann die meisten Beschützer in menschlicher Gestalt überwältigen. Ganz zu schweigen davon, dass, wenn er das Wissen behalten hat, wie man sich aus Handschellen befreit, er entkommen könnte, wenn ich wieder schlafe. Sobald ich stark genug bin, besuche ich ihn. Aber stell sicher, dass jeder Beschützer in Alarmbereitschaft ist. Außerdem müssen sie vorerst seinen Gedächtnisverlust für sich behalten. Wir können jetzt gerade keine Panik gebrauchen."

Brenna zögerte nicht. „Sie wurden bereits angewiesen, es vertraulich zu behandeln. Außerdem hat Killian nie einen Stellvertreter erwähnt. Hat er einen? Ich sollte ihm oder ihr wahrscheinlich die Zügel überlassen, jetzt, da sich die Dinge etwas beruhigt haben."

„Er hatte Schwierigkeiten, jemanden zu finden, der passt. Aber nach allem, was du heute getan hast, solltest du vorerst das Kommando behalten."

„Bis Killian wieder er selbst ist", fügte Brenna schnell hinzu.

„Ich bin nicht gut mit falschen Hoffnungen, Brenna. Ich werde alles in meiner Macht Stehende

tun, um meinen Bruder zu seinem alten Ich zurückzubringen, aber es besteht die Möglichkeit, dass es
nicht umgekehrt werden kann. Wenn es dazu
kommt, werde ich die Situation neu bewerten. Klingt
das fair?" Brenna nickte, und Teagan fuhr fort: „Was
ist mit den Stonefire-Wissenschaftlern? Arlanna hat
sie erwähnt, als sie meine Wunde gesäubert hat. Sind
sie schon hier?"

„Sie sind vor zehn Minuten gelandet und
werden gerade von Dr. Guinness informiert."
Sullivan Guinness war Glenloughs Assistenzarzt.
Brenna musterte sie eine Sekunde lang. „Ich sollte
Arlanna holen, damit sie nach dir sehen kann. Du
bist immer noch blass und wahrscheinlich schwach
vom Fieber."

„Mir geht's gut!", bellte Teagan.

Brenna hob die Augenbrauen. „Sicher nicht.
Und denk nicht mal daran aufzustehen, bis du für
gesund erklärt wurdest. Als vorübergehende oberste
Beschützerin habe ich die Vollmacht, dich ans Bett
zu ketten, bis der Arzt dich für gesund erklärt hat."

Brenna richtete sich auf. Teagan musste sich
zusammenreißen, um nicht über die Haltung der
jungen Drachenfrau zu lächeln.

Ihr Tier meldete sich zu Wort. *Sie ist noch jung,
denk dran.*

*Vielleicht, aber sie zeigt definitiv, was sie
draufhat.*

„Das würde mir im Traum nicht einfallen."
Teagan deutete mit einer Hand zur Tür. „Hol die

Krankenschwester und geh zurück, um meiner Familie zu helfen. Killian wird alle Hilfe brauchen, die er bekommen kann."

Brennas Pupillen flackerten, aber die junge Frau war weg, bevor Teagan noch etwas sagen konnte.

Ihr Drache meldete sich zu Wort. *Wenn jemand Killian helfen kann, dann sie.*

Erzählst du mir etwas nicht, Drache?

Nein. Sie sind keine wahren Gefährten; Killians kam und ging vor Jahren. Aber unterschätze niemals eine Soldatin, die sich vorgenommen hat, sich zu beweisen.

Teagan sank zurück auf ihren Rücken, zu müde, um die Bemerkung ihres Drachen über Killians wahre Gefährtin zu hinterfragen. *Mir ist egal, wer ihm hilft, solange Killian seine Erinnerungen zurückbekommt.*

Und wenn nicht, haben wir wenigstens Aaron.

Teagan wandte ihren Kopf zu Aarons Bett. *Seine Chancen stehen besser als Killians, aber es gibt keine Garantie.*

Er wird überleben. Du wirst schon sehen.

Je länger sie starrte, desto schwerer wurden Teagans Augen. Nachdem sie sich Aarons schlafendes Gesicht noch einmal angesehen hatte, ließ sie zu, dass sie zufielen.

Bei Killians misslicher Lage sollte ihr Mann verdammt nochmal aufwachen. Sie brauchte ihn mehr denn je.

Kapitel Einundzwanzig

Elektrizität lief durch Aarons Körper. Seine Augen öffneten sich, und er setzte sich mit einem Keuchen auf. „Was zum Teufel?"

Alles war für eine Sekunde verschwommen, aber als sich sein Puls beruhigte und der Raum ins Blickfeld kam, sah er in die braunen, bebrillten Augen von Dr. Trahern Lewis, dem walisischen Drachenwandler, der kürzlich nach Stonefire gezogen war.

Trahern rutschte seine Brille zurecht. „Wer bist du, und wo warst du zuletzt?"

Aaron sah sich langsam im Raum um. Ein Vorhang schuf einen geschlossenen Raum, der sein Bett, Trahern, Dr. Emily Davies und Dr. Ronan O'Brien einschloss.

Eine sehr wichtige Person fehlte. „Wo ist Teagan?", verlangte er zu erfahren.

Dr. O'Brien sah zu den anderen Ärzten. „Er erinnert sich wenigstens an sie."

Aaron knurrte. „Ich bin direkt hier. Wo zum Teufel ist Teagan?" Er versuchte, seine Füße zu bewegen, aber sie wurden zurückgehalten. „Und warum zum Teufel bin ich an ein Bett gefesselt?"

Traherns ruhige Stimme antwortete: „Weil wir Angst hatten, dass du gefährlich sein könntest. Du wurdest mit einem Präparat angeschossen, das dem ähnelt, was deine Mutter bekommen hat."

Aaron bemerkte schließlich seinen stillen Drachen. Sein Tier lag zusammengerollt in seinem Hinterkopf. Kein mentales Anstupsen konnte ihn bewegen. „Mein Drache schläft noch."

„Ja", antwortete Emily. „Angesichts dessen, was kürzlich passiert ist, wollten wir sicherstellen, dass du dich daran erinnerst, wer du bist, bevor er aufwachen darf." Die Menschenfrau beugte sich vor. „Apropos, du hast uns deinen Namen noch nicht gesagt."

Er knurrte. „Aaron Caruso, und das Letzte, woran ich mich erinnere, ist, dass ich Teagan warnen wollte und dann gesprungen bin, um sie zu beschützen." Er legte jede Dominanz in die Stimme, die er aufbringen konnte. „Ich frage also noch einmal: Wo ist sie?"

Dr. O'Brien deutete zum Vorhang. „Sie ist auf der anderen Seite und schläft."

Aaron warf seine Decke beiseite und beugte sich zu den Fesseln. Da sein Drache jedoch schlief, konnte er keine Krallen ausfahren. Er war auch nicht flexibel genug, um sich zu beugen und die Verriegelungen zu erreichen. Er sah Dr. O'Brien direkt an. „Nimm diese verdammten Dinger sofort ab, und lass mich sie sehen."

Emily hob die Brauen. „Fluchen und Schreien werden uns nicht schneller machen, Aaron. Du hast gerade einen gesunden Stromschlag bekommen. Deine Muskeln brauchen eine Minute, um sich zu erholen. Ich bezweifle, dass du schon laufen könntest."

Er krallte mit den Fingern in die Laken. „Okay, dann bringt mich mit allem anderen auf den neuesten Stand. Ich habe bewiesen, dass meine Ohren funktionieren. Vielleicht fangt ihr damit an, warum zum Teufel ihr mir einen Elektroschock verpassen musstet?"

Trahern antwortete: „Weil das neueste Gegenmittel einen gesunden Ruck brauchte, um die Abgabe und seine Wirksamkeit zu beschleunigen."

Aaron runzelte die Stirn, aber Emily sprach, bevor er antworten konnte. „Was Trahern zu sagen versucht, ist, dass das Aufwachen oberste Priorität war. Der Schock bringt das Gegenmittel in dein System und breitet sich fast einen Tag schneller aus als ohne."

„Und Teagan?", fragte Aaron. „Wurde sie auch getroffen?"

Emily schüttelte den Kopf. „Sie wurde nicht mit den Pfeilen getroffen, aber sie hat eine Nackenverletzung, die sich entzündet hat. Ihr Fieber ist vor einer Stunde gesunken, also ist sie außer Gefahr. Da sie aber auch noch eine Beinwunde hat, braucht sie Ruhe, damit sie heilen kann."

Bilder von Teagan mit einer aufgeschlitzten Kehle stürzten ihm in den Kopf. Aber dann erinnerte er sich, dass Emily gesagt hatte, Teagan sei außer Gefahr, also atmete er tief durch und konzentrierte sich auf die anderen Probleme, bei denen er vielleicht helfen könnte. Er fragte: „Und was ist mit Killian? Ich erinnere mich, dass er vermisst wurde."

Alle drei Ärzte sahen einander an.

Etwas stimmte nicht. „Sagt es mir verdammt nochmal. Ich bin wach und erinnere mich an alles. Da Teagan außer Betrieb ist, könnte ich vielleicht helfen."

Dr. O'Brien räusperte sich. „In diesem Fall wahrscheinlich nicht." Er hielt einen Schlag inne und fügte hinzu: „Killian hat seine Erinnerungen daran verloren, jemals ein Drachenwandler oder ein Mitglied des Glenlough-Clans gewesen zu sein."

Aaron wünschte, sein Drache wäre wach, weil er das Gefühl hatte, selbst brüllen zu wollen. „Wie wär's, wenn ihr von vorn anfangt?" O'Brien gab ihm die allgemeinen Details zu Teagans Angriff und Killians Rückkehr. Sobald der Arzt fertig war, fragte Aaron: „Dann holt mir Brenna oder Orla. Sobald meine Muskeln wieder richtig funktionieren, möchte ich nach Teagan sehen und mich daran machen, dem Clan zu helfen."

Emily meldete sich zu Wort. „Du wirst für ein paar Tage körperlich schwach sein und unter Beobachtung bleiben, was bedeutet, dass du nicht in der Lage sein wirst, dich mit voller Kraft ‚daranzumachen‘, wie du es formuliert hast. Aber wir werden sie wissen lassen, dass du wach bist. Es liegt dann an Orla und Brenna, ob sie kommen oder nicht.“

Er grunzte. In den meisten Bereichen seines Lebens war Aaron kein geduldiger Drachenmann. „Und wie wäre es, mir ein verdammtes Telefon zu besorgen? Ich möchte mit Bram reden.“

Dr. O'Brien meldete sich zu Wort. „Der Anführer von Stonefire ist sich der Situation bewusst, ebenso wie der schottische.“

Bei der Erwähnung des schottischen Drachenwandlers erinnerte sich Aaron an etwas anderes. „Und was ist mit Grant McFarland? Er wurde getroffen. Ist er wach?“

Er hat das Gegenmittel bekommen, aber es wird mindestens achtzehn Stunden dauern, bis er aufwacht. Und ich bezweifle, dass Ms. MacKenzie seine Seite verlassen wird, um zu Ihnen zu kommen“, antwortete Dr. O'Brien.

Aaron fuhr sich mit einer Hand durchs Haar. „Ich hasse es, hier herumzusitzen und nichts tun zu können. Lasst Orla und Brenna einfach wissen, dass ich wach bin.“ Er riskierte es, mit den Zehen zu wackeln. Das Laken über ihnen bewegte sich, obwohl jede Bewegung Stifte und Nadeln an seinen Beinen hochrasen ließ. „Und zieht wenigstens den verdammten Vorhang beiseite. Ich will Teagan selbst sehen.“

Ohne ein Wort ging Emily zum Vorhang und zog ihn zur Seite, um Teagan zu enthüllen, die in einem Bett lag.

Während ihr Gesicht etwas blasser als normal war und er Ringe unter ihren Augen erkennen konnte, hob und senkte sich ihre Brust in einem konstanten Rhythmus. Dann fiel sein Blick auf die Bandage um ihren Hals.

Aarons Frau war im Kampf untergegangen und hatte gewonnen, einen weiteren Tag zu leben. Stolz vermischt mit Liebe schwamm durch seinen Körper.

Sein Drache schwang seinen Schwanz, als ob er zustimmte, aber er bewegte sich nicht aus dem Hinterkopf und machte keine Geräusche.

Dr. O'Briens Stimme füllte den Raum. „Sie ist stabil und sollte sich vollständig erholen."

Es juckte ihm in den Fingern, ihre Hand zu nehmen und sie sich auf die Wange zu legen. Sie zu sehen und zu hören, dass es ihr gut ging, war nicht das Gleiche, wie ihre warme Haut an seiner zu fühlen und ihrem Herzschlag zu lauschen.

Nachdem er eine Sekunde den Anblick ihres Gesichts in sich aufgenommen hatte, blickte er zurück zu den drei Ärzten. „Und was ist mit den Bastarden, die uns verraten haben? Ihr habt mir nicht die Einzelheiten von Teagans Schlägerei mit den drei Männern erzählt."

„Orin und Padraig sind tot. Hugh ist in Gewahrsam. Das MDA sollte jeden Moment eintreffen, um ihn abzuholen und den Clan über Teagans Taten zu befragen."

Er runzelte die Stirn. „Wer macht das?"

„Es sollte Teagan sein, aber Orla hat es verboten. Sie wird es stattdessen erledigen."

Heilige Scheiße! „Nein, lasst mich raus und bringt mich zu Orla. Selbst wenn es in einem verdammten Rollstuhl ist, muss jemand da sein, um Schadensbegrenzung zu betreiben. Orla war vielleicht einmal eine große Führungspersönlichkeit, aber im Alter neigt sie dazu, ihre Meinung zu äußern. Das könnte nicht gut enden."

O'Brien hob eine Braue. „Wir werden sehen, ob ich deine Worte Orla gegenüber erwähne oder nicht." Aaron öffnete den Mund, doch der Arzt kam ihm zuvor. „Egal, Brenna ist da. Die beiden können damit umgehen. Ich habe das Gefühl, dass Orla das Stonefire-Mädel zu ihrem Schützling macht, damit sie eines Tages Clan-Führerin wird, aber wo, habe ich keine Ahnung."

Aaron mochte sich erinnern, wer er war, aber es begann sich anzufühlen, als wäre er mitten in einem anderen Clan gelandet. „Seit wann ist Brenna für irgendwas in Glenlough verantwortlich? Das hättest du früher erwähnen sollen."

O'Brien antwortete: „Da alle anderen mit höherem Rang aus dem Dienst genommen wurden und keiner ihrer Landsleute eingesprungen ist."

Gerade, als er versuchte, sich einen anderen Weg zu überlegen, um sie davon zu überzeugen, ihn aus dem Bett zu lassen, erregte Teagans schwache Stimme seine Aufmerksamkeit. „Musst du immer so laut sein, Aaron? Ich versuche zu schlafen."

Zuerst hatte Teagan gedacht, sie hätte geträumt, als sie Aarons Stimme hörte. Aber als alle Ärzte sich einmischten und über Dinge sprachen, an die sie nie allein gedacht hätte, begann sie sich zu fragen, ob die Stimmen echt waren.

Es dauerte länger, als sie wollte, ihre Augen zu öffnen, da das Fieber den größten Teil ihrer Energie zerstört hatte, aber sobald sie Aarons Gesicht sah, wollte sie nur aus dem Bett springen und in seine Arme rennen.

Ihr Drache meldete sich zu Wort. *Er lebt und ist er selbst. Das ist alles, was zählt. Sei geduldig.*

Hat das Fieber dein Gehirn in Mitleidenschaft gezogen? Du bist doch sonst so ungeduldig, wenn es um Aaron geht.

Es ist viel los. Wir müssen uns zuerst um den Clan kümmern.

Sie seufzte innerlich. *Ich weiß. Aber ich möchte zumindest Aarons Hand in meiner spüren, bevor ich den Scheißhaufen vor unserer Haustür in Angriff nehme. Niemand würde weniger von uns halten, nur, weil wir unseren Gefährten für eine Minute berühren wollen.*

Sie wartete nicht darauf, dass ihr Drache antwortete, sondern sprach, und ihre Stimme war schwächer, als sie wollte. „Musst du immer so laut sein, Aaron? Ich versuche zu schlafen."

Aarons braune Augen sahen sofort in ihre. Erleichterung und dann Liebe erfüllten seinen Blick. „Teagan? Du bist wach!"

Sie versuchte, nicht zu lächeln. „Sie können mich niederschlagen, aber ich werde gleich wieder aufstehen."

Er wandte den Blick nicht von ihr ab, als er knurrte: „Lasst mich aus diesem Bett!"

Ronan O'Brien wandte sich ihr zu. „Wir sollten noch ein paar Minuten warten, Teagan, um sicherzustellen, dass seine Muskeln entspannt sind und dass es keine negativen Auswirkungen durch den beschleunigten Gegenmittelprozess gibt."

Teagan setzte sich langsam auf und versuchte, nicht das Gesicht zu verziehen, als Schmerz in ihr Bein schoss. Zumindest tat ihr Hals kaum weh, was bedeutete, dass der Schlaf seinen Job erfüllt hatte. „Dann steige ich aus dem Bett und gehe zu ihm."

Ronan seufzte. „Verliebte tun immer dumme Dinge. Ich bin mir nicht sicher, warum ich mir überhaupt die Mühe mache." Er zeigte mit einem Finger auf sie. „Du bleibst da. Ich helfe Aaron zu dir zu bringen, denn wenn er durch einen Herzinfarkt umkippt, kann der Clan überleben. Ich kann nicht dasselbe von dir behaupten."

Aaron murmelte ein paar auserlesene Worte

darüber, was der irische Arzt sich wohin schieben konnte.

Teagan blickte zu Aaron zurück und bemerkte kaum, dass die Ärzte die Gurte um seine Beine lösten. Sie sagte: „Wenn du Hilfe brauchst, um hierherzukommen, nimm sie an. Ich werde nicht zusehen, wie du umstürzt und dir ein oder zwei Knochen brichst."

Aarons Mundwinkel zuckte hoch. „Wenn es dir gut ginge, könnte ich mir überlegen, mir einen Knochen zu brechen. Dann müsstest du nett zu mir sein und kochen."

Sie kämpfte gegen ein Lächeln und verlor. „Denk nicht einmal daran. Wenn du dir absichtlich die Knochen brichst, überlasse ich es dir, für dich selbst zu sorgen."

„Und dann wirst du bald danach verhungern. Wenn schon nichts anderes, dann denk daran, dass du deinen persönlichen Koch verlierst. Du willst ihn zurück." Er senkte die Stimme. „Vergiss auch nicht, worin ich sonst noch gut bin."

Ronan verdrehte die Augen, aber Teagan bemerkte es kaum. Sie und Aaron schmunzelten einander an, und für den Bruchteil einer Sekunde vergaß sie alles außer dem Mann, den sie liebte. Aaron hatte ein Händchen dafür, ihre Probleme vorübergehend verschwinden zu lassen.

Wenn sie könnte, würde sie ihn nie loslassen.

Ihr Drache grunzte. *Ich sagte doch, er wird nicht*

vor einer Herausforderung davonlaufen. Er wird nie müde werden, an unserer Seite zu kämpfen.

Sie ignorierte ihr Tier und sah zu, wie Aaron sich mit Ronans Hilfe vom Bett manövrierte. Aaron musste sich auf den Arzt stützen, um über den Boden zu kommen. Jeder Schritt schien ein Jahr zu dauern.

Sie streckte ihre Hand aus. Als Aaron sie endlich nahm, löschte seine warme Berührung den größten Teil ihrer Schläfrigkeit. „Küss mich schnell, Aaron, denn es gibt viel zu tun, aber ich möchte zuerst sichergehen, dass du echt bist und das alles kein Traum ist."

Belustigung tanzte in seinen Augen. „Da spricht aber jemand poetisch."

Mit einem Knurren riss sie ihn zu sich. Er stürzte und landete halb auf ihrem Körper, achtete aber darauf, nicht an ihr Bein zu kommen.

Sie erwartete, dass er schreien würde, aber stattdessen manövrierte er sich so, dass seine Lippen ihre berührten.

Sie öffnete sie, und er ließ seine Zunge zwischen ihre Lippen gleiten und ihren Mund erforschen. Bei seinem Geschmack stöhnte sie. Es konnte nicht so lange her sein, seit sie ihn das letzte Mal geküsst hatte, aber es fühlte sich an wie Jahre.

Ja, sie musste ihn bei sich behalten. Dann konnte sie ihn küssen, wann immer sie wollte.

Aaron unterbrach den Kuss endlich. Er flüsterte

gegen ihre Lippen: „Vergiss auch nicht, dass ich die beste Medizin bin."

„Herrje!", sagte Ronan, während Teagan den Kopf schüttelte.

Sie sagte: „Spar dir deinen Charme für das MDA. Wir sprechen mit ihnen."

Aaron runzelte die Stirn. „Du musst noch geschlafen haben, als O'Brien mir erzählt hat, dass Orla und Brenna diese Aufgabe erledigen."

„So sehr ich ihre Hilfe schätze, ich sollte diejenige sein, die mit dem MDA spricht. Jegliche Strafen, die sie verhängen, muss ich erleiden, nicht sie. Nicht, dass ich das Meeting auf die leichte Schulter nehme. Ich werde sie bei jedem Schritt herausfordern. Schließlich hat ihr mangelndes Engagement dazu beigetragen, das Vertrauen zu kultivieren, dass die anderen Clans mich stürzen würden."

Aaron stieß einen Pfiff aus. „Ich kann es nicht abwarten, das zu sehen. Denk nicht mal daran, mich weghalten zu wollen."

„Komm, und setz dich an meine Seite. Ein paar deiner finsteren Blicke werden sie in ihren Stiefeln zittern lassen."

Ronan ergriff erneut das Wort. „Ich rate dringend davon ab, Teagan. Du bist schwach." Sie öffnete den Mund, aber Ronan kam ihr zuvor. „Jeder, der deine Verletzungen und das Fieber danach durchgemacht hätte, wäre schwach. Trotz deines idiotischen Verhaltens in Bezug auf den Stonefire-Mann gerade bist du eine gute Anführerin. Das hast du immer wieder bewiesen. Ich bin auf deiner Seite, aber ich will keinen Rückfall. Es besteht immer die Möglichkeit, dass dein Zustand sich weiter verschlechtert, und du könntest sterben."

Teagan antwortete: „Mein Hals fühlt sich schon besser an. Außerdem benutze ich einen verdammten Rollstuhl, und du kannst mich selbst dorthin schieben, Ronan, um Energie zu sparen. Aber ich werde keine Kompromisse eingehen. Ich bin Zeugin für Padraigs, Orins und Hughs Verrat. Mein Wort wird Gewicht haben, und das weißt du."

Teagan und Ronan starrten einander an. Der Arzt warf schließlich die Hände in die Luft. „Na schön. Aber du wirst nur reden, und dann kommst du hierher zurück, wo ich dich untersuchen werde. Dann ruhst du dich aus. Verstanden?"

Da Ronan der Chefarzt war, war er einer der wenigen, der Teagan Befehle erteilen konnte, wenn es um ihre Gesundheit ging. „Ja. Jetzt beeil dich. Wenn die Uhr im Raum stimmt, sollte das MDA inzwischen hier sein." Sie sah zu Dr. Trahern Lewis. „Ruf die Kommandozentrale an und sag ihnen, dass ich komme. Bitte Orla und Brenna, das hier auszusitzen. Außerdem sollen sie das MDA so lange wie möglich hinhalten, bis ich dorthin komme."

Der Mann blinzelte sie nur an. Glücklicherweise meldete sich die andere Ärztin aus Stonefire, Emily, zu Wort. „Ich mache das. Aber dann müssen wir wieder den anderen helfen, die angegriffen wurden."

Teagan nickte, und das Paar aus Stonefire verließ

den Raum. Ronan drückte die Ruftaste und ging zu Teagans Bett. „Nur eine kurze Untersuchung, bevor du gehst."

Aaron fragte: „Und ich?"

Ronan sah auf die Monitore, an denen Teagan angeschlossen war, während er Aaron antwortete: „Stirb einfach nicht, bis du zurückkommst."

Teagan biss sich auf die Lippe, um bei Aarons Stirnrunzeln nicht lachen zu müssen. Irgendwann würde sie mit Ronan darüber sprechen, dass er ein bisschen netter zu ihrem Mann sein sollte. Aber im Moment trommelte sie nur mit den Fingern auf das Bett, ungeduldig, sich um das MDA zu kümmern. Erst dann konnte sie ihren Clan wieder aufbauen und ihre eigene Zukunft gestalten.

Kapitel Zweiundzwanzig

Als die Krankenschwester Arlanna sie in den Konferenzraum rollte, blickte Teagan zu Lara und Trevina, die beiden menschlichen Verbindungsfrauen des irischen MDA.

Da es für eine Menschenfrau immer noch illegal war, einen Drachenwandler zu paaren – Irland fehlten die Freiheiten oder auch nur das Opferprogramm des Vereinigten Königreichs – schickte das MDA fast immer Frauen, um mit den Drachenclans zu verhandeln. Auf diese Weise würden keine Bindungen gebildet oder auch nur angestrebt, es sei denn, die MDA-Mitarbeiterinnen wollten inhaftiert werden.

Ihr Drache schnaubte. *Ich weiß nicht, warum es in Irland in Ordnung ist, dass menschliche Männer eine Drachenwandlerin paaren, aber Frauen nicht.*

Wie bei den meisten Dingen gewinnen Männer normalerweise zuerst das Recht, es sei denn, es gibt

besondere Umstände, wie das britische Opfer-
programm.

Das britische Opferprogramm verpflichtete kompatible Menschenfrauen, Verträge zu unterzeichnen und sechs Monate lang bei den Drachenwandlern zu leben. Während ihres Aufenthalts versuchte die Frau, ein Kind mit einem ihr zugewiesenen Drachenwandler zu empfangen; wenn es erfolgreich war, blieb sie bis zur Geburt des Kindes. Als Gegenleistung für ihre Teilnahme erhielt sie eine Phiole mit Drachenblut, das viele Krankheiten heilen konnte, oder konnte es für Geld verkaufen. Da das Programm in den 1980er Jahren in Großbritannien begonnen hatte, war Irland zu beschäftigt mit anderen innenpolitischen Problemen gewesen, um diesem Beispiel zu folgen.

Teagan hatte nie viel über das Recht von Menschenfrauen nachgedacht, männliche Drachenwandler zu paaren, aber vielleicht war es noch etwas, das sie ihrer Liste hinzufügen sollte.

Ihr Tier meldete sich zu Wort. *Kümmern wir uns zuerst um das hier, und dann kannst du planen, wie du Irland zum Besseren verändern kannst.*

Als Aaron neben ihr Platz nahm, konzentrierte sich Teagan wieder auf die MDA-Frauen. Da sie schon mal mit Trevina zu tun gehabt hatte, lächelte sie den Menschen an. „Wir scheinen uns nie unter glücklichen Umständen zu treffen, oder?"

Der Mensch lächelte nicht. „Wir haben heute keine Zeit für Witze oder Plaudereien, Teagan. Zwei

Drachenwandler sind tot, einer ist in Gewahrsam, und Bilder sowie ein kurzes Video sind im Internet durchgesickert. Das MDA muss sich fast zerreißen, um Chaos zu verhindern, und meine Vorgesetzten wollen einen Sündenbock."

Teagan antwortete: „Ich habe sorgfältig geprüft, ob die Umgebung leer war. Die Einzigen, die etwas haben durchsickern lassen können, waren die Bauern in der Umgebung."

„Aye, aber mehr brauchte es auch nicht", sagte Trevina. „Das einzig Gute daran ist, dass das Video damit beginnt, wie die andere Partei dich angreift. Wir werden" – sie sah in ihre Akte hinab – „Hugh Burns später befragen. Vorerst brauchen wir eine offizielle Erklärung von dir. Erzähl uns, was passiert ist, und ich melde es meinem Vorgesetzten. Es sollte besser überzeugend sein, sonst wirst du vielleicht zum Sündenbock und musst die Konsequenzen tragen."

Teagan hob ihre Augenbrauen. „Es sollte keine Konsequenzen für Notwehr geben."

Trevina zuckte mit den Schultern. „Vielleicht. Aber du musst verstehen, dass wir die Ängste der Öffentlichkeit beseitigen und dafür sorgen müssen, dass Drachen nicht kommen, um ihre Häuser zu terrorisieren. Unsere Quellen berichten von einem möglichen Drachenkrieg. Braut sich da einer zusammen?"

Teagan richtete sich in ihrem Stuhl weiter auf. Sie fragte sich, ob sie jemals ihre Geschichte würde erzählen können, wenn Trevina von einem Thema zum nächsten sprang. „Diejenigen, die mich angegriffen haben, waren aufgebracht, weil Glenlough einen weiblichen Anführer hat. Die durchgesickerten Bilder und Videos haben eine weitere Konsequenz: Sie sollten jeden anderen davon abhalten, mich herauszufordern, weil ich kein Mann bin. Dadurch, dass es ein Kampf Drachenwandler gegen Drachenwandler ist, durch die daraus resultierenden Todesfällen und dadurch, dass es die Aufmerksamkeit des MDA auf uns gelenkt hat, sollten weitere Gedanken an Krieg oder Eroberung unterdrückt sein."

Zumindest vorerst, nicht, dass Teagan das aussprechen würde.

Der andere Mensch, Lara, äußerte sich schließlich. „Oder wird ihr Tod nur die dummen Macho-Leute dazu ermutigen, beweisen zu wollen, dass sie besser sind?"

„Schau, es wird immer männliche Arschlöcher geben, die denken, sie seien besser als Frauen, da die Geschichte lehrt, dass Männer in jeder Hinsicht überlegen sind, abgesehen von der Geburt. Ich bin mir sicher, dass ihr selbst damit zu tun habt, innerhalb des MDA. Es gab noch nie eine MDA-Direktorin in Irland. Die meisten Höhergestellten sind ebenfalls Männer. Führt das nicht dazu, dass ihr euch mehr bemüht und ihnen zeigen wollt, dass ihr durch eure Handlungen bessere Arbeit leisten könnt?", fragte Teagan.

Trevina räusperte sich. „Ich bin für Gleichberechtigung, Teagan. Aber es ist ein bisschen anders, wenn man sich durch die Ränge arbeiten und Beförderungen anstreben muss. Wir verwandeln uns nicht in Drachen und erschrecken die anderen zu Tode."

Ihr Drache knurrte. *Warum stellen sie uns immer als Monster dar?*

Weil es einfacher ist und mehr Blicke anzieht.

Als Teagan noch nach einem anderen Weg suchte, legte Aaron unter dem Tisch seine Hand auf ihren Oberschenkel und drückte ihn.

Er glaubte an sie.

Auf seine Unterstützung hin sagte Teagan: „Wenn es einen weiteren Vorfall gibt und mehr Männer kommen und eine Herausforderung fordern, werde ich zurücktreten und mich euch ausliefern." Sie fokussierte ihren Blick auf Trevina. „Du arbeitest seit Jahren mit mir zusammen, Vina. Obwohl mein Wort gut genug sein sollte, unterschreibe ich alles, was du möchtest, um das MDA zufriedenzustellen, sofern es fair ist."

Die beiden MDA-Mitarbeiterinnen starrten einander an. Es war Lara, die zuerst sprach. „Das könnte unsere Vorgesetzten beruhigen. Es gibt jedoch eine weitere Bedingung. Jeder, der zu den Führungsprüfungen angereist ist und nicht offiziell Teil von Glenlough ist, muss so schnell wie möglich nach Hause zurückkehren. Ich habe gehört, dass einige von ihnen krank sind; ihnen wird Zeit zur Genesung gegeben. Aber wir werden in den nächsten Wochen noch einmal nachsehen, um die Einhaltung der Vorschriften zu gewährleisten. Jede Verletzung des Besuchsrechts ohne unsere Zustimmung führt ebenfalls dazu, dass du deine Position verlierst."

Der erste Gedanke, der Teagan in den Sinn kam, war, dass Aaron nach England gehen müsste.

Allein sich ihr Cottage wieder leer vorzustellen, ohne dass ein Mann sich über ihr Chaos lustig machte oder ihr Abendessen kochte, machte ihr Herz schwer.

Ihr Drache knurrte. *Sie dürfen ihn nicht wegschicken. Er gehört uns.*

Nicht offiziell. Mal abgesehen davon, dass er vielleicht keine Gefährtin nehmen will, wird es noch mehr Probleme verursachen.

Der Clan wird dir beistehen. Die einzige Frage ist, ob du Aaron willst, unabhängig von den Konsequenzen, oder nicht.

Sie sah Aaron an. *Das tue ich.*

Dann werden wir einen Weg finden. Werd' erstmal das MDA los, und dann können wir mit ihm reden.

Aaron klopfte ihr auf den Oberschenkel und brachte sie damit zurück in die Gegenwart. Sie ergriff noch einmal das Wort. „Solange die Regel bezüglich der Besucher in ein oder zwei Monaten noch einmal besprochen werden kann, stimme ich zu."

Trevina schloss ihre Hände vor sich. „Du bist nicht in der Position zu verhandeln, Teagan."

„Da bin ich anderer Meinung. Wenn ihr die Regel noch einmal aufgreift, werde ich die anderen irischen Clans kontaktieren und an der Bildung von Allianzen arbeiten. Wenn einige oder alle einen Vertrag unterzeichnen, wird das eure Arbeit erleichtern."

„Wir können möglicherweise anderen irischen Drachenwandlern den Besuch gestatten, zumal viele Mitglieder von Glenlough zweifellos Verwandte in anderen Teilen des Landes haben. Wenn die höheren Ebenen das befürworten, wie wäre es dann, wenn wir, sobald mindestens ein Clan den Vertrag unterzeichnet, die Regel, dass keine Besucher aus anderen Ländern kommen dürfen, überarbeiten. Ich kann nicht garantieren, dass sich die neue Einschränkung ändert, selbst wenn ihr eine Allianz mit jedem Drachenclan in Irland unterzeichnet, aber dein Verhalten wird dazu beitragen, Mitglieder des MDA dazu zu bringen, für dich zu kämpfen."

Teagan wusste, dass das das beste Angebot war, das sie bekommen würde. Sie nickte. „Abgemacht. Haltet das schriftlich fest. Sobald es unterschrieben ist, werde ich anfangen, Kontakt zu den anderen Clans aufzunehmen, aber nicht vorher. Ich werde auch meinen Bericht schriftlich verfassen und bezeugen lassen. Das sollte es für beide Seiten leichter machen, die Wahrheit herauszufinden."

Trevina stand auf, und Lara folgte ihr. Erstere nahm ihre Papiere und sagte: „Wir schicken die Unterlagen in den nächsten Tagen. Ich erwarte deinen Bericht vor diesem Zeitpunkt." Trevina blickte auf die Bandage um Teagans Hals und zurück in ihr Gesicht. „Aber wenn sich dein Zustand verschlechtert, hast du meine direkte Durchwahl. Lass es mich wissen, und ich werde dafür sorgen, dass du noch ein paar Tage bekommst."

„Vielen Dank, Vina."

Trevina winkte das mit einer Hand ab. „Nicht einmal Drachenwandler sind unbesiegbar. Und um ehrlich zu sein, ist es einfacher, mit dir zu arbeiten als mit vielen anderen, daher ist mein Angebot nicht ganz selbstlos."

Wenn Lara nicht im Raum gewesen wäre, hätte Teagan auf noch mehr Zeit mit Trevina gedrängt, um die Menschenfrau für zukünftige Verhandlungen besser zu verstehen. Lara war jedoch neuer und ehrgeiziger; Teagan würde nichts tun, um Trevinas Ruf für Ergebnisse mit Drachenwandlern zu gefährden, indem sie ihre viel wichtigere Aufgabe, Hugh mitzunehmen, verzögerte.

Lara meldete sich zu Wort. „Wir müssen nur den Gefangenen sichern und kehren dann nach Galway zurück."

Das Hauptquartier des irischen MDA befand sich in Dublin, aber Galways Zweigstelle kümmerte sich um Glenlough.

Teagan sah Aaron an. Obwohl er nur ihr Bein berührt hatte, hatte seine Präsenz ihr geholfen.

Trotzdem hatte er es verdient, mehr zu tun. Vielleicht würde Trevina sich dann auf die Idee einlassen, Aaron in Glenlough bleiben zu lassen, auch ohne Paarung.

Ihr Tier schnaubte. *Lass uns hoffen, dass es nicht so weit kommt.*

Sie ignorierte ihren Drachen und fragte Aaron: „Begleitest du sie?" Aaron nickte, und Teagan blickte zurück zu den Menschenfrauen. „Ich entschuldige mich dafür, dass ich euch nicht selbst begleiten kann, aber ich erhole mich neben meinen Wunden auch noch vom Fieber. Aber ruft mich an, wenn ihr Fragen habt oder etwas aus Hugh herausbekommt."

Trevina hob eine dunkle Augenbraue. „Er hat nicht mit dir gesprochen?"

„Nicht viel. Jetzt, da ich auf dem Weg der Besserung bin, werde ich eine umfassende Untersuchung einleiten. Du wirst eine der Ersten sein, die erfahren, was ich herausfinde, Vina."

Aaron stand auf. Er lächelte die Frauen an, seine Zähne blitzten, und Teagan wollte knurren. Sie kannte dieses Lächeln. Er würde mit ihnen flirten.

Ihr Drache meldete sich zu Wort. *Das MDA könnte ein wenig Charme gebrauchen. Es bedeutet ihm nichts.*

Ich weiß. Eifersucht ist ganz untypisch für mich. Aber wir haben ihn gerade erst zurückbekommen, und ich möchte Zeit mit ihm verbringen.

Das werden wir, bald genug. Und sobald er offi-

ziell unser Gefährte ist, wird die Eifersucht verblassen.

Teagan war sich nicht sicher, ob sie ganz verschwinden würde, aber es würde helfen. Schließlich war Aaron ein seltener Drachenmann, der bereit war, eine Frau zu unterstützen, und nicht ständig unsicher war oder versuchte, ihren Job zu übernehmen. Dass er sie während des Treffens unterstützt hatte, hatte alle verbleibenden Zweifel daran weggewaschen, dass er sich ändern oder es leid sein würde, dass sie Clanführerin war.

Ihr Drache schnaubte. *Wurde auch Zeit.*

Ein paar Sekunden, nachdem Aaron die MDA-Frauen hinausgebracht hatte, kam die Krankenschwester in den Raum, um sie zurück zur Krankenstation zu bringen.

Doch obwohl sie Ronan gesagt hat, dass sie gleich nach ihrem Treffen zurückkehren würde, musste sie noch etwas erledigen. Teagan sah zu Arlanna auf. „Meine Großmutter sollte in meinem Büro sein. Ich muss sie sehen."

Man musste Arlanna hoch anerkennen, dass sie den Kurs ohne ein Wort änderte und auf Teagans Büro zuging.

Aber Teagan war nicht darauf aus, ihre Gran zu sehen. Nein, ihr Ziel war es, ihren Bruder zu sehen.

Killian O'Shea, oder zumindest war das der Name, mit dem man ihn immer wieder anredete, sah zum zehnten Mal die Fotos vor sich durch. Er sollte jeden kennen, den er sah.

Aber sie waren alle Fremde. Nicht einmal der Hintergrund war bekannt. Sich selbst auf einigen Fotos zu sehen, frustrierte ihn nur noch mehr.

Er schob den Ordner weg, stand auf und ging auf und ab. Nun, er ging so weit auf und ab, wie seine Ketten es zuließen.

Aufzuwachen und seine Identität nicht zu kennen, war eine Sache, aber Leute zu haben, die einem ständig sagten, er solle es wissen, und es ihm förmlich in die Kehle zwangen, eine ganz andere. Und er wusste vielleicht nicht genau, was für ein Mann er war, aber er wusste in seinen Knochen, dass er nicht der Typ war, der rumsaß und nichts tat. Verdammt, allein die Muskeln und Narben an seinem Körper sprachen von einem aktiven und möglicherweise gefährlichen Lebensstil.

Und doch schienen all die Leute, die sich angeblich um ihn sorgten, diese Tatsache nicht zu erwähnen, geschweige denn, dass sie ihn den verdammten Himmel sehen ließen.

Er hörte, wie sich die Tür öffnete, und drehte sich um. Da stand die junge und irgendwie hübsche Frau namens Brenna mit ihren kurzen, dunklen Haaren und braunen Augen. Da sie die Einzige war, die seine Amnesie akzeptierte und ihn nicht weiter drängte, sich an sie zu erinnern, war er tatsächlich froh, sie zu sehen. Frei zu interagieren könnte ihm ein besseres Verständnis von sich geben.

Brenna stellte ein mit Scones, Schinkensandwiches und Tee beladenes Tablett ab und schob es näher an ihn heran. Sie deutete auf das Angebot. „Ich habe sowohl Süßes als auch Herzhaftes mitgebracht. Irgendwas davon sollte deine Geschmacksknospen ansprechen."

Er runzelte die Stirn. „Es würde mich noch viel mehr ansprechen, wenn du meine Ketten abnehmen würdest."

„Das kann ich nicht machen, Killian. Das weißt du, also hör auf zu fragen." Sie trat einen Schritt näher, war aber immer noch außerhalb seiner Reichweite. „Außerdem hast du einen Besucher."

„Wenn das eine weitere verdammte Person ist, die mir erzählt, wie wir zusammen aufgewachsen sind oder unsere verdammten Drachen zusammen fliegen, werfe ich einen Stuhl nach ihm."

Sie stemmte die Hände in die Hüften. „Tu das, und du wirst nie freikommen. Nutz deinen gesunden Verstand."

Er knurrte. „Warum können mich nicht alle in Ruhe lassen?"

Brenna flüsterte: „Weil du zu wichtig bist."

Bevor er darauf antworten konnte, klopfte jemand an die Tür. Brenna öffnete sie, um eine dunkelhaarige Frau im Rollstuhl zu enthüllen. Sie hatte eines dieser Tattoos auf ihrem Bizeps, die alle zu haben schienen.

Wie das, das er auf einem der Bilder an seinem eigenen Arm gesehen hatte, aber es war anscheinend von seinem Arm gelasert worden.

Da er nicht darüber nachdenken wollte, dass das wahrscheinlich die Geschichten bestätigte, die er gehört hatte, musterte er den Neuankömmling. Im Gegensatz zu den meisten seiner Besucher waren ihre Augen neutral und beurteilten ihn. Sie strahlte auch Selbstvertrauen aus und hatte eine Haltung, die sagte, er solle sich nicht mit ihr anlegen. Der Rollstuhl minderte den Eindruck nicht ein bisschen.

Er musste zugeben, dass er neugierig war zu hören, was sie über ihn sagte.

Als sich das Schweigen ausdehnte, grunzte er. „Ich würde ja fragen, wer Sie sind, aber die Antwort wird mir nichts bedeuten. Also, was wollen Sie?"

Etwas flackerte in den Augen der Frau, verschwand aber schnell. Sie zuckte die Schultern. „Ich wollte nur sehen, wie es dir geht. Du solltest vielleicht nett zu mir sein. Ich bin die Person, die sagt, wo du bleibst, und auch entscheidet, was mit dir passiert."

Er bewegte sich so weit, wie es seine Ketten zuließen, aber die Frau war um einige Meter außer Reichweite. „Dann sag mir: Wann kann ich frei gehen?" Er schüttelte die Ketten. „Ich bin kein Tier, das angekettet werden muss."

„Es dient mehr als alles andere zu deinem eigenen Schutz."

Er knurrte. „Komm mir nicht mit diesem Scheißgrund. Wäre ich eine Bedrohung, hättet ihr mich schon getötet. Ihr würdet mir auch keine Bilder von euren Leuten zeigen. Soweit ich weiß, ist das eine Art enge Gemeinschaft. Deshalb müsst ihr mir vertrauen."

„Für jemanden, der sich nicht an sein früheres Ich erinnert, bist du aber ziemlich aufmerksam", sagte die Frau. „Das hatte ich nicht erwartet."

Da er keine Erinnerungen hören wollte, die ihm nichts bedeuteten, lehnte er sich vor. „Entweder sagst du mir, was mit mir passieren wird, oder verschwinde. Ich bin nicht in der Stimmung für Humor."

Die Frau musterte ihn kurz, bevor sie sagte: „Nenn mich Teagan. Und ich werde dich in ein sicheres Haus bringen lassen, mit Security und Wachen. Du kannst dich frei im Haus bewegen, aber wenn du versuchst zu fliehen, wirst du um jeden Preis betäubt oder eingesperrt."

„Wenn du darauf wartest, dass ich weine und dir für die Semmelbrösel danke: Das wird nicht passieren."

Sie hob die Brauen. „Ich habe dich um nichts gebeten, oder? Wirst du mich jetzt zu Ende reden lassen? Sonst kannst du noch ein paar Tage mehr hier verrotten. Dann sehen wir, in welcher Stimmung du bist. Ich bin mir sicher, dass du dann verdammt dankbar sein wirst."

Nun, es schien, als müsste er noch eine Frau zu seiner Liste derer hinzufügen, die er nicht vollkommen hasste. Ihre Ehrlichkeit war besser als Mitleid oder Hoffnung.

Er gestikulierte ihr, fortzufahren, und sie sagte: „Was deine Freilassung betrifft, solltest selbst du wissen, dass es gefährlich ist, jemanden mit Amnesie herumlaufen zu lassen. Meine Leute werden sich um dich kümmern, bis der Arzt denkt, du kannst allein überleben."

„Ich bin kein verdammtes Kind", spuckte er aus.

„Nein, bist du nicht. Aber was dir vielleicht nicht bewusst ist, ist, dass du eine wandelnde Zielscheibe bist, wahrscheinlich mit einem Preisgeld auf dem Kopf. Ich weiß, dass du im Moment nicht weißt, warum, aber du wirst es noch rechtzeitig herausfinden. Es wäre sinnlos und zeitaufwändig, es jetzt zu erklären. Falls nötig, wirst du informiert, wenn ich es sage." Teagan sah Brenna an. „Ich überlasse dir die Verantwortung, ein leeres Cottage zu sichern und seine Sicherheit zu planen. Sobald die Grundlagen vorhanden sind, komm zu mir. Wir müssen reden."

Brenna runzelte die Stirn. „Mir gefällt gar nicht, wie sich das anhört, Teagan. Was ist los?"

Teagans Augen zuckten zu ihm und zurück zu Brenna. „Nicht hier."

Er ballte die Fäuste. Noch mehr verdammte Geheimnisse. Wie sollte er versuchen, sich an etwas zu erinnern, wenn ihm niemand etwas Wichtiges erzählte?

Mit einem Nicken rollte Teagan sich selbst aus

dem Zimmer. Er sah Brenna an. „Ich schätze, das bedeutet, dass ich deinen Launen ausgeliefert bin."

Einer ihrer Mundwinkel hob sich. „Schätze schon. Benimm dich, dann lasse ich dich nicht in die alten Kerker in der großen Halle bringen."

Er kämpfte gegen den Drang an, sie zu necken. Das Lächeln der Frau war ansteckend.

Stattdessen grunzte Killian. „Geh einfach. Je eher du alles fertig hast, desto eher kann ich diesen verflixten Raum verlassen."

Nach einer weiteren Sekunde ging Brenna mit einem Winken.

Killian setzte sich wieder an den Tisch und blätterte erneut durch die Seiten im Ordner, bis er das Bild der Frau namens Teagan fand. Sie stand gekleidet in einem fließenden Kleid da, das über eine Schulter gebunden war. Etwas an ihr kam ihm bekannt vor, aber er konnte es nicht einordnen.

Er schloss den Ordner und warf ihn gegen die Wand.

Kapitel Dreiundzwanzig

Teagan behielt ihr lächelndes Gesicht und ihre aufrechte Haltung bei, bis sie aus ihrem Rollstuhl aufstand und in ihr Krankenhauszimmer ging. Aaron saß auf einem Stuhl auf der anderen Seite. In der Sekunde, in der die Tür zufiel, sackte sie dagegen und stieß einen erwürgten Schrei aus. „Killian hat keine Ahnung, wer ich bin!"

Aaron war im Bruchteil einer Sekunde vor ihr und schlang seine Arme um sie. „Vielleicht jetzt nicht, aber du bist nicht der Typ, der so leicht aufgibt. Wenn es einen Weg gibt, seine Erinnerungen zurückzubekommen, wirst du ihn finden, Liebes."

Sie schmiegte sich an seine Brust, schloss die Augen und ließ sich von Aarons gleichmäßigem Herzschlag trösten. „Ich gebe nicht auf, aber es ist immer noch nicht leicht, es zuzugeben. Er war von

Anfang an mein Unterstützer und ist zu meinem vertrauenswürdigen zweiten Mann geworden." Sie zog sich zurück, um Aarons Blick zu begegnen. „Selbst wenn wir mal seine Fähigkeiten als oberster Beschützer beiseitelassen, ist er immer noch zuerst mein Bruder. Stell dir vor, deine Mutter würde dich nicht erkennen und könnte es vielleicht nie wieder tun."

Er strich ihr die Haare von der Wange. „Ich will deinen Schmerz nicht abtun, Liebes. Aber du bist müde und erholst dich nicht nur von einem Drachen-kampf, der zu einer lebensbedrohlichen Situation geführt hat, sondern auch von einem Fieber, das seinen Tribut von deinem Körper gefordert hat. Schlaf ein wenig, und du wirst dich stärker fühlen. Vielleicht erwachst du sogar mit einer brillanten neuen Idee."

Sie schüttelte den Kopf. „Ich kann nicht schla-fen. Es gibt zu viel zu tun." Aaron öffnete den Mund, aber sie kam ihm zuvor. „Und, nein, ich kann es nicht an jemand anderen abgeben. Erstens muss ich über uns reden."

Er runzelte die Stirn. „Das klingt nach einem verhängnisvollen Gespräch."

„Das ist es. Du hast das MDA gehört – alle Nicht-Glenlough-Mitglieder müssen nach Hause zurückkehren. Das schließt dich ein, es sei denn ..."

Er streichelte ihre Wange. „Es sei denn, was? Du hast deine Schläge noch nie zurückgehalten, Teagan. Fang jetzt nicht damit an."

Ihr Drache meldete sich zu Wort. *Das ist okay. Er wird Ja sagen.*

Teagan legte eine Hand an Aarons Kiefer und rieb ihre Finger über seinen kurzen Bart. „Willst du mein Gefährte sein, Aaron?"

Er knurrte und zog sie näher seinen Körper. „Natürlich tue ich das, verdammte Frau. Der einzige Grund, warum ich nicht gefragt habe, abgesehen von der Hölle, die dann losbricht, ist, weil du deine Position verlieren könntest, wenn du einen Gefährten nimmst. Ich wollte dich nicht zwingen, mich zu wählen und mich vielleicht für den Rest deines Lebens zu hassen."

Sie lächelte. „Ich liebe dich aus vielen Gründen, Aaron. Deine Rücksichtnahme auf Gefühle ist einer davon."

Er grunzte. „Lass nicht alle davon wissen. Ich habe einen Ruf zu verlieren." Sein Blick wurde weicher. „Aber da wir unter uns sind, kannst du mir vielleicht richtig sagen, dass du mich liebst, anstatt es nur nebenbei zu erwähnen."

Teagan hatte nicht einmal gemerkt, wie ihr die Worte herausgerutscht waren. Aber sie bereute sie kein bisschen. Aaron war schnell ein wesentlicher Bestandteil nicht nur ihres Lebens, sondern auch des Clans geworden. Der Clan wusste es vielleicht noch nicht, aber Aaron würde ihr helfen, ihre Zukunft zu verbessern.

Ihr Drache schnaubte. *Sag es ihm einfach*

endlich. Kein Grund, es zu rationalisieren oder darüber nachzudenken.

Sie berührte seine Wange und sagte: „Ich liebe dich, Aaron Caruso, Morgenmuffeligkeit hin oder her."

Mit einem Knurren nahm er ihre Lippen in einem groben Kuss. Jede Bewegung seiner Zunge oder Lippen zeigte ihr, wie sehr auch er sie schätzte.

Er zog sich viel zu früh zurück, und sein Atem war heiß gegen ihre Lippen, als er flüsterte: „Ich liebe dich auch, Teagan. Und wenn ich nach Stonefire zurückkehren und auf dich warten muss, bis wir einen Weg finden, über den du sowohl Clanführerin sein als auch einen Gefährten nehmen kannst, dann tue ich es. Ich habe es schon einmal gesagt, aber du bist es wert, dass ich auf dich warte." Er schmiegte sich an ihre Wange. „Sag mir nur, was du möchtest, Liebes. Und ich werde darum kämpfen, dass es Realität wird."

Tränen brannten in Teagans Augen. „Ach, Aaron."

Er lehnte sich zurück, um ihrem Blick zu begegnen. Während er ihre Wange streichelte, sagte er sanft: „Nächstes Mal will ich hören, wie du meinen Namen mit mehr Lust als Schmerz sagst."

Sie versetzte ihm einen Klaps auf die Brust. „Kein Schmerz, Dummkopf. Ich bin glücklich. Und vielleicht ein kleines bisschen müde. Aber ich sollte auch klarstellen, dass es nicht einfach sein wird, mein Gefährte zu werden. Daher gebe ich dir eine letzte Chance, dich zurückzuziehen."

„Selbst wenn du mir tausend Chancen geben würdest, mich zurückzuziehen, werde ich es nicht tun. Ich will nur dich, Teagan O'Shea. Obwohl ich eine Bedingung habe – du darfst nicht meinetwegen als Anführerin zurücktreten. Du darfst nur zurücktreten, wenn du das für dich selbst tun willst. Es muss aus deinem eigenen Grund sein und nicht für jemand anderen."

Teagan legte die Arme um seinen Hals. „Wir finden schon einen Weg, das hinzubekommen. Ich für meinen Teil kann den Clan jetzt nicht verlassen. Aber die Paarung muss bald sein. Das MDA wird innerhalb von Wochen zurück sein, um zu überprüfen, ob alle Besucher nach Hause zurückgekehrt sind."

Er strich ihr die langen Haare über die Schulter. „Ich bin jederzeit bereit, wenn du es bist. Meine letzte Bedingung ist, dass du erst etwas Schlaf bekommst."

„Du und deine Bedingungen", sagte sie. „Es werden immer neue dazukommen, nicht wahr?"

Er zwinkerte. „Nun, ich habe von der Besten gelernt. Und wenn du schon das MDA dazu bringen kannst, Bedingungen zuzustimmen, habe ich noch viel zu lernen."

Wäre sie eine normale verliebte Frau gewesen, die kurz davor stand, sich zu paaren, hätte sie gelächelt, ihren Mann geküsst und ihn einfach gehalten, um den Moment zu genießen.

Aber Teagan hatte diesen Luxus nicht. „So sehr ich es liebe, dass du mich beruhigst, wir müssen uns konzentrieren." Er runzelte die Stirn, und sie fügte hinzu: „Aber du sollst wissen, dass ich mich innerlich an deine Brust kuschele, während ich einschlafe."

Er hob die Brauen. „Und in Wirklichkeit?"

Sie seufzte. „Ich muss Brenna sagen, dass sie nicht bleiben kann. Sosehr ich sie jetzt als Teil von Glenlough betrachte, genau genommen kommt sie aus Stonefire. Das MDA wird sie zwingen, zu gehen. Und wenn man bedenkt, wie sie sich eingesetzt und dass sie so viel für den Clan getan hat, muss ich es ihr persönlich sagen. Die Gerüchte werden bald genug laut werden, dass die Nicht-Iren gehen müssen, und ich möchte nicht, dass sie es aus zweiter Hand erfährt."

Aaron legte seine Arme fester um sie und zog sie an seine Brust. „Wir haben noch etwas Zeit, um eine Lösung zu finden. Machen wir ein kurzes Nickerchen und wenden uns dann an Bram. Er könnte eine Idee haben."

Teagan hob den Kopf. „Und wenn nicht?"

„Dann muss Brenna sich entweder verpaaren oder nach Hause zurückkehren."

Brenna konnte an einer Hand die Male abzählen, die sie in ihrem Erwachsenenleben geweint hatte, und sie war kurz davor, der Zählung einen weiteren Finger hinzuzufügen.

Teagan musste sie nach Stonefire zurückschicken.

Ihr Drache meldete sich zu Wort. *Das ist nicht ihre Wahl, und du weißt das. Sie würde uns wahrscheinlich vorübergehend zur obersten Beschützerin machen, wenn sie könnte.*

Aber sie kann nicht. Und das alles nur, weil ein paar Idioten die Aufmerksamkeit des Ministeriums für Drachenangelegenheiten auf uns gelenkt haben.

Ihr Tier sandte tröstende Gedanken. *Wir haben noch ein oder zwei Wochen, um einen Plan zu entwickeln. Ich gebe die Hoffnung nicht auf, und du solltest das auch nicht.*

Ich möchte ja optimistisch sein, aber ich glaube nicht, dass es in diesem Fall helfen wird. Sie näherte sich dem Raum, in dem Killian war, und fügte für ihren Drachen hinzu: *Wir werden das später besprechen. Ich muss Killian für die Nacht zu den Zellen begleiten.*

Er wird sich nicht darüber freuen.

Ich kann es nicht ändern. Das Cottage wird erst am Morgen sicher sein.

Brenna betrat den Raum, um Killian beim Fernsehen vorzufinden. Er drehte sich zu ihr um. „Ich hoffe, du bist hier, um mich in mein neues temporäres Zuhause zu bringen."

„Das werde ich morgen. Ich habe Eskorten hier, die dich zu einer der Arrestzellen bringen."

Killians Augen wurden dunkel. „Nach allem, was die Leute anscheinend ständig darüber zu sagen haben, wie nah wir einander waren, scheinen sie aber doch begierig darauf zu sein, mir meine Freiheiten zu nehmen."

Mit den schlechten Nachrichten, dass sie würde gehen müssen, und mit Killians mürrischem Tonfall brach etwas in Brenna, und sie ging zu ihm. „Hör zu, wir alle haben schlechte Tage. Ich werde den einzigen Ort verlieren, dem ich mich je zugehörig gefühlt habe. Du wirst wenigstens die Möglichkeit haben zu gehen, wenn deine Erinnerungen nicht wiederkehren und du die Gefahren verstehst. Ich komme vielleicht nie wieder."

Er runzelte die Stirn. „Du gehst? Warum?"

„Du musst meinen Akzent inzwischen bemerkt haben. Ich komme nicht von hier."

„Ich habe vielleicht keine Erinnerungen, aber ich erkenne einen nervigen englischen, wenn ich ihn höre."

Sie krümmte ihre Finger zu einer Faust, und ihr Drache warnte, *Ihn zu schlagen ist eine schlechte Idee.*

Brenna hörte nicht auf ihr Tier und wollte Killians Kiefer schlagen. Doch er fing ihre Faust, erhob sich, drehte sie um und wickelte seinen freien Arm um ihre Taille.

Ein kleiner Teil von ihr war sich der gefährlichen

Situation bewusst, aber die Hitze von Killians Brust gegen ihren Rücken machte es schwer, sich zu konzentrieren.

Ihr Tier knurrte. *Sei nicht unvorsichtig.*

Brenna riss sich aus ihrer Trance und trat ihre Ferse gegen Killians Knie. Er ließ sie los und schrie: „Verdammte Hölle!", als er auf sein Hinterteil fiel.

Brenna stürzte auf die andere Seite des Raumes, außerhalb von Killians Reichweite. „Ich mag ja jünger und eine Frau sei, aber vielleicht wirst du dich beim nächsten Mal erinnern, dass ich mich behaupten kann."

Killian rieb sich das Knie, als er sie vom Boden aus musterte. Jede Sekunde, in der sich seine grünen Augen in ihre bohrten, beschleunigte sich ihr Herzschlag.

Schließlich sprach er wieder. „Warum gehst du?"

Sie blinzelte. „Mehr hast du nicht zu mir zu sagen?"

Er knurrte. „Entschuldige, dass ich meine verdammte Sorge gezeigt habe, obwohl ich dir versichere, dass es nicht ganz selbstlos ist. Du bist die Einzige, die ich hier ertragen kann." Er senkte die Stimme. „Ich möchte nicht, dass du gehst."

Sie öffnete den Mund, schloss ihn dann aber sofort. Monatelang hatte sie davon geträumt, dass Killian bei ihr bleiben wollte, sie an sich zog und sie um den Verstand küsste.

Jetzt, als ihm seine Erinnerungen fehlten und sie kurz davor war zu gehen, bemerkte er sie.

Wie verdammt perfekt.

Ihr Tier meldete sich zu Wort. *Da kommt mir eine Idee. Frag, ob er wirklich will, dass wir bleiben und wie weit er dafür gehen würde.*

Warum?, fragte sie vorsichtig.

Frag ihn einfach.

Killians Stimme unterbrach ihr inneres Gespräch. „Ich sollte beunruhigt sein, dass deine Pupillen sich gerade in Schlitze verwandelt haben, aber das bin ich nicht. Ich habe keine Ahnung wieso."

Brenna hatte Gespräche über innere Drachen vermieden. Killian hatte offensichtlich seinen verloren, und das Letzte, was sie tun wollte, war, ihm Schmerz zu bereiten, wenn er sich daran erinnerte, wer er war. Zumindest bis die Ärzte noch etwas Zeit gehabt hatten, ihre Tests durchzuführen und Dr. Sid in Stonefire zu kontaktieren, um hoffentlich einen Behandlungsplan aufzustellen.

Er verdient es, es zu wissen, sagte ihr Drache. *Außerdem, je wichtiger wir werden, desto wahrscheinlicher wird er meinem Plan zustimmen.*

Und der wäre?

Noch nicht. Antworte ihm.

Zu müde, um sich zu streiten, räusperte sie sich und sagte zu Killian: „Ich bin eine Drachenwandlerin, was bedeutet, dass ein Mensch und ein Drache sich ein Gehirn teilen, jeder mit einer eigenen Persönlichkeit. Wenn ich mit ihm rede, verändern sich meine Pupillen."

„Ist es nicht nervig, ständig jemanden im Kopf zu haben?"

„Normalerweise nicht. Es ist, wie wenn man einen Zwilling hat, nur intimer. Wir sind ein Ganzes."

Er schnaubte. „Das klingt lächerlich."

Sie zuckte die Schultern. „So funktioniert es. Aber so gern ich dir mehr erzählen möchte, wir müssen bald aufbrechen, und ich habe noch ein paar Fragen an dich, bevor die anderen Begleitpersonen eintreffen."

Er verschränkte die Arme vor der Brust. „Dann stell sie."

Sie zögerte, und ihr Tier brüllte. *Frag ihn endlich!*

Bevor sie ihre Meinung ändern konnte, sagte sie: „Wie weit würdest du gehen, um mich hierzubehalten?"

„Ich werde keine großen Reden schwingen. So viel weiß ich immerhin über mich. Aber wenn ich etwas tun kann, um dich dazubehalten und als meine Hauptwache, werde ich es höchstwahrscheinlich tun."

„Warum?", platzte sie heraus.

Er hob die Brauen. „Spielt das eine Rolle?"

Nein, tut es nicht. Ihr Drache summte. *Bitte ihn, uns zu paaren.*

Brenna prustete laut. Sie ignorierte Killians Blick und sagte zu ihrem Tier, *Das kann ich aus vielen Gründen nicht tun, unter anderem, weil er unter Amnesie leidet und das hieße, ihn auszunutzen.*

Da bin ich anderer Meinung. Das ist unsere einzige Option. Sobald sich das irische MDA beruhigt und Fremden erlaubt, wieder in Glenlough zu bleiben, können wir die Paarung auflösen. Ganz einfach.

Da ist nichts Einfaches dran.

Es ist deine Wahl. Entweder machst du das, oder wir gehen zurück nach Stonefire, vielleicht für immer.

Killians Stimme unterbrach ihr Gespräch. „Für jemanden, der sagt, wir müssen uns beeilen, lässt du dir aber viel Zeit, mir deinen Plan zu erzählen."

Als sie Killian anstarrte, sah sie, dass die Zukunft glücklich oder verheerend sein könnte. Wenn seine Erinnerungen zurückkehrten, könnte er sie fortschicken. Abgesehen von der Zusammenarbeit bei Missionen hatte er das zuvor immer getan.

Und wenn sie es nie taten, könnte Killians Amnesieversion ihr eine Chance geben.

Um ehrlich zu sein, hatte sie keine Ahnung, welchen Weg sie einschlagen sollte. Nicht zu wollen, dass er sich an alle erinnerte und seinen Drachen zurückbekam, wäre egoistisch von ihr. Und doch mochte sie Killians neue Version immer mehr.

Sie wünschte, es gäbe eine andere Möglichkeit, zu bleiben und ein Problem zu vermeiden, aber das war die letzte Karte, die sie spielen konnte. „Wenn du mich als deine Gefährtin nimmst, kann ich in Irland bleiben."

Er blinzelte nicht einmal. „Gefährtin? Wie eine

Ehefrau? Ich liebe dich nicht. Verdammte Hölle, ich kenne dich nicht mal."

„Ich verlange keine echte Paarung, die einer menschlichen Ehe ähnelt, sondern nur eine zum Schein. Ich kann deine Wache bleiben, denn wir werden uns ein Zuhause teilen. Sobald genug Zeit vergangen ist, können wir sie auflösen und unser eigenes Leben führen."

Killian schwieg weiter. Während die Sekunden vergingen, fragte sie sich, ob er ihr eine Antwort geben würde, bevor die anderen Begleiter sich in den Raum drängten.

Sie öffnete schon den Mund, um ihn anzustupsen, doch Killian sprach zuerst. „Ich bin einverstanden. Aber du solltest wissen, dass ich nicht die Absicht habe, es zu einer echten Paarung zu machen, wie du es ausdrückst. Wir teilen uns ein Cottage, erwarte aber keine Romantik. Ich bin nicht in der Lage, mich auf irgendwen außer mich selbst zu konzentrieren."

Eine Mischung aus Erleichterung und Traurigkeit strömte durch ihren Körper. Brenna hatte nicht viel über Paarungen nachgedacht, da sie erst einundzwanzig Jahre alt war; aber eine falsche mit einem Mann, für den sie schon lange schwärmte, der aber keine Erinnerung an sie hatte, war nicht genau das, was sie sich vorgestellt hatte.

Tu es einfach, knurrte ihr Tier. *Dann können wir bleiben.*

Brenna atmete tief durch und antwortete, bevor

sie die Nerven verlor. „Dann ist das abgemacht. Ich werde die Details mit Teagan so schnell wie möglich ausarbeiten. Leider musst du dennoch die Nacht in den Zellen verbringen."

Einer seiner Mundwinkel hob sich zu ihrer Überraschung. „Die Drohung, mich zu fesseln, nimmt eine ganz neue Bedeutung an, wenn wir Gefährten werden."

„Wenn du Sex erwartest, wann immer du willst: Das ist nicht Teil des Deals."

Er betrachtete langsam ihren Körper, und Wärme folgte seinem Blick. Als er ihr endlich wieder in die Augen sah, bemerkte sie Selbstgefälligkeit. Seine Stimme war leise, als er murmelte: „Wir werden sehen. Ein bisschen Sex könnte die Situation für alle authentischer machen. Wir können sie doch nicht denken lassen, dass es nur zum Schein ist, damit sie dich wegschicken, oder?"

Sie sollte von seinen Worten beleidigt sein, aber ihr Herz klopfte schneller, und ihr Verlangen sammelte sich zwischen ihren Beinen.

Ihr Tier summte. *Ja, ein bisschen Sex wäre nett. Aber lass ihn dafür arbeiten.*

Die Worte ihres Drachen rissen sie aus der Trance. „Wenn du irgendwas willst, musst du es dir verdienen, Killian. Merk dir das."

Belustigung tanzte in seinen Augen, und Brenna musterte Killians Gesicht. Wer war dieser Mann, und was war mit ihm passiert?

Ein Klopfen an der Tür lenkte ihre Aufmerksamkeit auf sich. Sie flüsterte schnell: „Halte das vorerst geheim, okay?" Er nickte, und sie ließ die anderen Beschützer rein.

Während sie neue Fesseln anlegten und dann die ersten entfernten, wandte sie ihren Blick nicht von Killians.

Ja, sie wollte in Glenlough bleiben, aber welcher Sache hatte sie da zum Teufel zugestimmt? Sie hoffte nur, dass sie dieser Sache gewachsen war.

Kapitel Vierundzwanzig

Zwei Tage später stand Aaron mit Teagan in einem der Konferenzräume der Kommandozentrale. Orla, Brenna, Teagans Mutter Caitlin und Colm MacDermot waren ebenfalls im Raum.

Um Sabotage oder Rückschläge zu vermeiden, paarten er und Teagan sich privat. Teagan hatte Colm gebeten, Zeuge zu sein, falls das MDA die Paarung in Frage stellte; das Wort eines Nichtverwandten würde mehr Gewicht haben. Als Aaron Colms Blick von der anderen Seite des Raumes erhaschte, nickten sie einander zu.

Sein Drache meldete sich zu Wort. *Siehst du? Ich habe dir doch gesagt, dass er keine Bedrohung ist.*

Vielleicht nicht, aber er musste sich erst beweisen. Seine Hilfe bei der Koordination von Such- und Rettungsteams nach den Angriffen hat ihm mehr als meinen Respekt eingebracht.

Gut, denn wir müssen unsere eigenen Verbündeten innerhalb des Clans aufbauen.

Sein Drache verstummte, und Aaron blickte zurück zu Teagan. Sie lächelte ihn an. Die Tatsache, dass sie seine Gefährtin war, von den anderen fernzuhalten, wäre verdammt schwierig. Das Wichtigste war jedoch, dass das MDA so schnell wie möglich von der Paarung erfuhr, sowohl in Irland als auch in Großbritannien, und dass sie ihm erlauben würden, zu bleiben.

Sobald der Clan stabil war und das MDA ihnen nicht mehr im Nacken saß, würden er und Teagan es offiziell verkünden.

Er musterte Teagans Gesicht auf Spuren von Bedauern, sah aber nur Liebe. Dennoch sollte Teagan als Anführerin zuerst sprechen. Doch sie hatte in den letzten sechzig Sekunden noch kein Wort gesagt.

Aaron fragte leise: „Hast du Zweifel?"

„Natürlich nicht", antwortete Teagan. „Ich habe versucht, mir in letzter Minute etwas einfallen zu lassen, damit auch Killian dabei sein könnte. Es fühlt sich falsch an, wenn mein Bruder nicht an einem der wichtigsten Tage meines Lebens teilnimmt."

Er nahm ihre Hand in seine und drückte sie. „Ich weiß, Liebes. Aber du hast alle Risiken aufgezeigt, wenn er hier wäre. Er könnte es nicht nur als Gelegenheit zur Flucht nutzen, sondern auch unser Geheimnis ausplaudern, bevor es sicher ist. Wenn er irgendwann seine Erinnerungen zurückbekommt, wird er dir vergeben."

„Das hoffe ich", flüsterte sie. „Und es tut mir leid, dass wir auch deine Mutter nicht hier haben können. Das MDA beobachtet uns zu genau, um sie heimlich ins Gebiet des Clans zu bekommen."

Aaron lächelte traurig. „Mir tut es auch leid. Aber sobald sich die Dinge etwas beruhigt haben, finden wir ein Schlupfloch, damit sie zu Besuch kommen kann. Verschwägert zu sein, sollte doch wohl auch zählen."

Orla klopfte mit ihrem Stock. „Ja, ja, es ist eine Schande. Und jetzt lasst uns anfangen. Wir alle müssen heute noch Termine einhalten."

Sein Drache schnaubte. *Ich fühle mich schlecht für ihren verstorbenen Gefährten. Er muss ein Heiliger gewesen sein.*

Anstatt seinem Tier zu antworten, drückte er erneut Teagans Hände. Sie nickte und atmete tief durch, bevor sie sagte: „Aaron Caruso, du bist die beste Art von Mann. Du unterstützt mich, wenn nötig, weißt aber auch, wann es notwendig ist, Verantwortung zu übernehmen. Zusätzlich zu deiner Stärke und Intelligenz hast du so eine Art, meine Zweifel und Frustrationen auf eine Weise zu löschen, wie kein anderer Mann es zuvor getan hat. Dein Humor und deine Kochkünste sind nur das Sahnehäubchen. Mit anderen Worten, ich liebe dich, Aaron Caruso, und ich möchte, dass du an meiner Seite stehst, um nicht nur mein Gefährte zu sein, sondern mich auch beim Führen des Clans zu unterstützen. Wirst du meinen Gefährtenanspruch akzeptieren?"

„Ich sollte dich bitten, weiter meine positiven Eigenschaften aufzuzählen und mich davon zu überzeugen, dass deine Liebe echt ist." Sie knurrte, und er lachte. „Schon gut, schon gut. Natürlich akzeptiere ich deinen verdammten Anspruch, Frau."

Er ließ eine ihrer Hände los. Teagan nahm den schlichten silbernen Armreif, in den später ihr Namen eingraviert würde, und schob ihn auf Aarons nicht tätowierten Bizeps. „Dann symbolisiert dieses Band meinen Anspruch. Ich werde ihn später gravieren lassen, also denk nicht daran, in der Zwischenzeit dein eigenes Design zu machen."

Er zwinkerte. „Wir werden sehen, wie lange es dauert, bis du das erledigt hast. Wenn es zu lange dauert, muss ich vielleicht ‚Teagans brillanter Liebhaber' in der alten Sprache draufschreiben." Sie sah ihn finster an, und er streichelte sanft ihre Wange. „Ich freue mich darauf zu sehen, was du dir einfallen lässt."

Bei seiner Berührung entspannte sie sich sichtlich. Sie öffnete den Mund, aber Aaron sprach noch einmal, bevor sie es konnte. Er hatte es lange genug hinausgezögert. „Teagan O'Shea, du bist eine verdammt brillante Anführerin. Du kümmerst dich um deine Leute und setzt dein Leben buchstäblich aufs Spiel, um für sie einzustehen. Ich liebe deine Fähigkeit zu führen, aber ich liebe auch deinen temperamentvollen Humor und deine innere Stärke. Ganz zu schweigen von deiner Klugheit und deinem schnellen Denken. Ach, und natürlich deinem sexy Körper." Sie verdrehte die Augen, und er fügte hinzu: „Ich liebe das ganze Paket und fühle mich geehrt, den Clan an deiner Seite führen zu können. Was auch immer du von mir brauchst, ich werde es tun, solange es nicht darum geht, dass du mich mitten in der Nacht nackt an einen Stab bindest, draußen im Freien, damit der Clan mich morgens sehen kann."

Sie lächelte breiter. „Diese Option wird immer auf dem Tisch sein."

„Das werden wir sehen." Er hob ihre Hand an seine Lippen und küsste den Handrücken. „Ich liebe dich, Teagan O'Shea. Wirst du meinen Gefährtenanspruch akzeptieren?"

„Ich schätze schon."

Sein Drache brüllte. *Das ist keine ausreichend gute Antwort.*

Dann grinste Teagan und fügte hinzu: „Natürlich tue ich das. Jetzt beeil dich!"

Er nahm den kleineren, schlichten Silberarmreif und schob ihn an ihren Arm. Sein Tier grunzte. *Ich will unseren Namen darauf haben.*

Alles zu seiner Zeit.

Aaron zog sie an sich und drückte seine Lippen zu einem groben Kuss auf ihre. Da es ihm egal war, dass ihre Familie da war, vertiefte er den Kuss. Teagan schlang ihre Arme um ihn und kam ihm

Schlag für Schlag entgegen. Erst als sie Luft holen musste, zog er sich zurück.

Der Anblick ihrer vom Küssen geschwollenen Lippen und ihre Kurzatmigkeit ließen sofort ein Bild von ihr nackt in ihrem Bett aufblitzen, wie sie auf seine letzte Folter wartete.

Sein Tier meldete sich wieder zu Wort. *Wir sollten uns beeilen. Ich bin sicher, wir können sie dazu bringen, unseren Namen mindestens einmal zu schreien, bevor die nächste Clanangelegenheit auftaucht. Sie hat sich erholt und ist stark genug. Sie könnte etwas Übung gebrauchen.*

Gerade als Aaron Teagan den Vorschlag zuflüstern wollte, durchbrach Orlas Stimme den glücklichen Moment. „Ja, ja, du bringst sie später ins Bett. Vorerst müsst ihr beide euch beeilen. Whelan Ferrell sagte, er habe wichtige Informationen für dich. Du musst gehen."

Whelan war einer von Glenloughs Geheimdienstanalysten.

Teagan runzelte die Stirn. „Wann hatte Whelan denn Gelegenheit, dir irgendwas zu sagen?"

„Kurz bevor ich hierherkam", antwortete Orla. „Aber ich wollte, dass die Paarung erst beendet ist, bevor Aaron noch seine Meinung änderte."

Aaron knurrte. „Ich hätte meine verdammte Meinung nicht geändert."

Orla neigte den Kopf. „Gut. Du hast einen weiteren meiner Tests bestanden, Aaron Caruso."

Aaron seufzte ein wenig. Seine frisch angeheirateten Verwandten würden nie einfach sein.

Teagan ergriff das Wort. „Worüber will er reden, Gran?"

Orla stützte sich auf ihren Stock. „Er hat die Verbindung zwischen Hugh, dem fehlenden Geld und den jüngsten Angriffen gefunden. Und bevor du fragst: Mehr weiß ich auch nicht. Whelan wollte die Details für dich aufsparen."

Teagan fluchte. „Du hättest es uns so schnell wie möglich sagen sollen, Gran."

Orla zuckte mit den Schultern. „Keiner von uns hat eine Zeitmaschine, also nehmt die silbernen Armreifen ab und geht zu ihm."

Aarons Drache brüllte. *Es gefällt mir nicht, es geheim halten zu müssen. Sie ist unsere Gefährtin. Die anderen müssen es wissen.*

Und das werden sie. Aber warte, bis sich die Dinge etwas beruhigt haben, aye?

Ich mag es nicht, immer geduldig sein zu müssen, jammerte sein Drache.

Dann lass uns das Haus gründlich putzen, und wir werden viele glückliche Jahre haben.

Sein Drache grunzte nur. Aaron zog den Rand von Teagans Armreifen nach. „Das hier ist wichtig, Liebes. Solange ich weiß, dass du die meine bist, ist das alles, was zählt."

Ich stimme nicht zu, sagte sein Tier.

Aaron baute ein Labyrinth und warf seinen Drachen hinein. Er würde sich später entschuldigen.

Mit einem Seufzen nahm Teagan ihren Armreifen ab, und Aaron machte es ihr nach. Sobald die Ringe wieder in der schwarzen Zierschatulle waren, übergab Teagan sie ihrer Mutter. „Ich vertraue sie dir an, bis wir sie endlich gravieren lassen können." Orla öffnete den Mund, aber Teagan schüttelte den Kopf. „Streite nicht darüber, dass du älter bist und diejenige, die sich um sie kümmern sollte, anstatt Mam. Ich weiß, du würdest sie am Ende einfach auf deine Art gravieren lassen. Außerdem müssen Aaron und ich uns um dringende Angelegenheiten kümmern." Sie sah Brenna an. „Wir werden deinen Termin mit mir verschieben müssen, Brenna. Tut mir leid!"

Brenna richtete sich höher auf. „Das verstehe ich, aber ich muss bald mit dir reden, Teagan. Das kann ich gar nicht genug betonen."

„Und wir reden, versprochen. Nach allem, was du in letzter Zeit für mich und den Clan getan hast, schulde ich dir was."

Aaron hätte schwören können, dass er Brenna murmeln hörte: „Ich hoffe, du erinnerst dich daran", aber niemand sonst hatte es mitbekommen.

Ungeduldig, herauszufinden, was los war, damit er seine Gefährtin in ihrem eigenen Haus richtig beanspruchen konnte, zog er Teagan an der Hand und durch die Tür. „Jetzt lass uns diesen Whelan-Typen aufsuchen und sehen, ob wir endlich die MDA-Prüfung für eine Weile aus dem Nacken bekommen."

Teagan nickte. Als sie den Flur hinuntergingen und dann noch einen, sagte sie: „Die meisten Opfer des Angriffs sollten innerhalb der nächsten Woche nach Hause zurückkehren. Sobald sie das tun und auch Brenna, werden wir mehr Freiheit haben, wenn es darum geht, für eine Zukunft zu kämpfen, die wir wollen."

Er drückte ihre Hand und ging schneller. So aufgeregt wie er, passte Teagan sich ohne zu zögern an.

Teagan wartete darauf, dass Whelan vor ihrem Schreibtisch saß, bevor sie fragte: „Was hast du zu melden?" Whelan sah Aaron über die Schulter an, und sie fügte hinzu: „Aaron ist vollkommen unbedenklich. Was immer du mir sagen würdest, kannst du auch vor ihm sagen."

Der über fünfzigjährige Mann mit grauem Haar und blauen Augen nahm eine Mappe aus seiner Aktentasche. Teagan nahm sie ihm ab, und Whelan sagte: „Heute kamen Informationen, die alles zum Klicken brachten." Er deutete auf das Papier. „Wir wussten dank Killians Entdeckung bereits, dass seit mehreren Monaten Gelder von den Konten des Clans entwendet wurden. Es war schwierig, die Überweisung von einem geheimen Konto auf ein anderes internationales Geheimkonto zu verfolgen."

Teagan runzelte die Stirn. „International?"

„Ja, das geht über Irland hinaus", antwortete Whelan.

„Erzähl weiter."

Der ältere Mann legte die Hände in seinem Schoß ineinander. „Wie ich bereits sagte, war es schwierig, den endgültigen Bestimmungsort der Gelder zu ermitteln. Arabella MacLeod hat jedoch Informationen geliefert, die sie von den Vogeldrohnen gehackt hatte. Nach zufällig gelöschten Daten stammten sie alle aus einem Punkt in der Nähe von Belfast in Nordirland."

Da Clan Northcastle nicht weit von Belfast lebte, fragte Teagan: „Northcastle?"

Whelan schüttelte den Kopf. „Nein, die Koordinaten sind ziemlich weit von ihrem Land entfernt. Laut den Quellen ist es jedoch die Basis der wachsenden Belfast-Drachenjägerbande."

Die Drachenjäger hatten den britischen Drachenclans viel Chaos und Schaden zugefügt, insbesondere Stonefire und Lochguard. Ihre Versuche, sich in Irland niederzulassen, waren teilweise dank Stonefires Hilfe gescheitert, aber Gerüchten zufolge hatten sie erfolgreich eine große Gruppe in der Nähe von Belfast in Nordirland gegründet. Es schien, als wären die Gerüchte wahr.

Aaron meldete sich zu Wort. „Ich dachte, die Drohnen wären die Visitenkarte der Drachenritter."

„Das waren sie ursprünglich, aber es ist durchaus möglich, dass die Jäger die Technologie gekauft oder gestohlen haben", antwortete Whelan.

Wenn das stimmte, würde es Teagans Aufgabe als Clanführerin erheblich schwieriger machen.

Da sie sich nicht mit einer Vielleicht-Situation befassen wollte, hakte sie nach: „Und?"

Whelan fuhr fort: „Die vermissten Gelder mögen um die Welt gesprungen sein, um ihre Spuren zu verwischen, aber sie endeten bei einer lokalen Filiale in der Nähe ihrer Basis."

„Und woher kamen sie ursprünglich? Hast du das auch herausgefunden?", fragte Teagan.

„Aye, aus Letterkenny."

Letterkenny war eine Stadt in Irland, unweit von Glenlough. „Wo in Letterkenny? War es einer von uns?"

Whelan nahm einen Laptop aus seiner Aktentasche, legte ihn auf den Schreibtisch, tippte etwas und sagte: „Um zu beantworten, wer es getan hat, musst du das hier sehen."

Er drehte den Bildschirm zu ihr und Aaron um und drückte auf Play.

Ein Video wurde ohne Ton wiedergegeben, aber das war nicht wichtig. Wichtig war die Person, die mit einem Bankmitarbeiter an einem Schreibtisch saß und wahrscheinlich eine Banküberweisung tätigte. Teagan hatte vor nicht allzu langer Zeit während eines Briefings mit Killian ein Bild der Frau gesehen, vor dem Führungswettkampf.

Es war die Menschenfrau, mit der ihr Clan-Mitglied Renny Walsh zusammen gewesen war, sie hieß Colleen.

Ihr Drache brüllte, aber Teagan ignorierte ihn. „Wir müssen sowohl mit der Frau als auch mit Renny reden."

„Bereits geschehen. Ich wollte dich nicht ohne Beweisstücke belästigen", erwiderte Whelan.

Aaron ergriff das Wort. „Dann sag uns, was du herausgefunden hast."

Whelan zögerte nicht, obwohl der Befehl von Aaron kam. „Rennys Frau war diejenige, die die Informationen an Killarney weitergegeben hat. Renny hatte keine Ahnung – die Witwe hat ihn nur für Informationen benutzt. Jemand in ihrer Familie wurde vor fünfzig Jahren von einem abtrünnigen Drachen getötet. Die Familie hegt immer noch einen Groll und wollte Rache. Als Renny sie zufällig auf dem Land traf, nutzte sie eine Idee."

Aaron stieß einen Pfiff aus. „So viel zum Thema Schwanzblindheit."

Whelan ignorierte die Bemerkung und fuhr fort: „Darüber hinaus wurde Hugh erst später eingeladen, an dem Plan teilzunehmen. Ursprünglich wurde er ohne ihn gemacht. Aber als sich die Nachricht verbreitete, dass er sich der Herausforderung anschloss, nutzte Orin Daly die zusätzliche Ablenkung. Orin und Padraig wussten nur von Teagans Geheimnis und hatten keine Ahnung, dass die Information von der Witwe kam."

Teagan beugte sich vor. „Und das Geld? Renny kann kaum sein Handy bedienen. Auf keinen verdammten Fall kann er etwas von unseren Konten unterschlagen haben."

„Nein, er war das nicht", antwortete Whelan. „Aber der Neffe der Menschenfrau arbeitet mit Computern. Kurz gesagt, er hatte die nötigen Fähigkeiten und hat geholfen. Der Neffe und die Witwe dachten sich, dass die Spende an die Drachenjäger in Belfast nur ihre Chancen erhöhen würde, uns zu stürzen. Dank der Beziehung der Witwe zu Renny erfuhr sie von Zeit und Ort der Prüfungen, die sie dann den Drachenjägern mitteilte. Orin und Padraig hatten keine Ahnung von den Geldern. Und, na ja, der Rest ist Geschichte."

Und wenn man daran dachte, dass sie die ganzen Kopfschmerzen der letzten Woche nur hatten, weil eine Familie seit über fünfzig Jahren einen Groll hegte.

Ihr Tier sagte, *Es sollte dich nicht überraschen. Wir müssen von nun an eben vorsichtig sein, welche Menschen unsere Clanmitglieder sehen dürfen.*

Gelinde gesagt. Wenn das so weitergeht, werden wir viele Dinge ändern müssen.

„Keine Sorge, uns wird es gut gehen.

Aarons Stimme füllte den Raum. „Du hast gesagt, du hast schon mit ihnen gesprochen, oder? Wo sind sie jetzt?"

„Noch in Gewahrsam." Whelan sah zu Teagan. „Was möchtest du mit ihnen tun?"

Sie seufzte. „Ich habe keine andere Wahl, als sie dem MDA zu übergeben. Sonst werden die Belfast-

Jäger denken, dass es okay ist, uns wieder anzugreifen. Wenn sich die irische Regierung jedoch ihrer Einmischung bewusst wird, werden sie sich sowohl an das britische Parlament als auch an die nordirische Versammlung wenden. Hoffentlich werden die Belfast-Jäger dann an die Spitze ihrer Beobachtungslisten gesetzt." Whelan nickte, und Teagan fügte hinzu: „Aber vielleicht lassen wir den Teil über Arabella MacLeods Beteiligung aus und sagen, einer unserer eigenen Techniker habe die Vogeldrohnen gehackt. Obwohl es nicht illegal für unsere Clans ist, zusammenzuarbeiten, möchte ich keine zusätzliche erleben, wenn es nicht sein muss."

„Natürlich", sagte Whelan. „Wenn ihr sonst keine weiteren Fragen habt, werde ich die Dinge jetzt in Gang setzen."

Teagan lächelte den älteren Drachenmann an. „Du hast brillante Arbeit geleistet, Whelan. Danke. Du kannst gehen."

Sobald Teagan und Aaron wieder allein in ihrem Büro waren, legte Aaron seine Hände auf ihre Schultern und drückte sie sanft. „Ich hatte keine Ahnung, dass jemand heimlich mit einer Menschenfrau zusammen war." Er sah sich im Raum um. „Ich werde dein System zerstören müssen, um aufzuholen. Sonst werde ich fast nutzlos für dich sein."

Sie legte eine Hand auf eine seiner Hände. „Für dich könnte ich vielleicht in Erwägung ziehen, mein System zu optimieren. Alles, was es einfacher macht, mehr Hilfe zu haben. Wenn wir nicht aufpassen, geraten die Dinge in Irland außer Kontrolle. Nicht nur das, uns könnte auch ein weiterer Krieg mit Northcastle bevorstehen, wenn ich nicht bald die Dinge zwischen uns glätte. Vor allem, wenn die Jäger sie aus Nordirland vertreiben. Dann wird Northcastle nach einem neuen Territorium suchen."

„Wir werden es nicht dazu kommen lassen, Liebes. Ich habe keine Angst vor harter Arbeit. Ich werde dir helfen, den Clan so schnell wie möglich in Ordnung zu bringen."

Sie wollte Aaron gerade sagen, wie sehr sie ihn liebte, aber ihr Handy piepte mit einer Nachricht. Es war eine Erinnerung an ihre Verabredung mit Brenna.

Aaron beugte sich hinab und küsste ihre Wange. „Geh! Ich werde hier anfangen zu arbeiten."

Sie begegnete seinem Blick. Wie erwartet, sah sie weder Wut noch Schmerzen, sondern nur Verständnis. „Wir werden unsere Feiernacht mit heißem Sex haben, sobald ich es schaffen kann. Das verspreche ich."

Er zwinkerte. „Das gibt mir nur mehr Zeit, zu planen, was ich mit dir machen will."

Sie drehte sich um und zog seinen Kopf für einen Kuss herunter. Sobald sie seine Lippen losließ, sagte sie: „Gut. Weil ich mich vielleicht sogar von dir fesseln lasse, wenn du dich als nützlich erweist."

Er knurrte, und sie lachte.

Aaron löste sich und half ihr auf die Füße. „Geh,

bevor die Versuchung, dich auf dem Schreibtisch zu nehmen, zu groß wird."

So sehr Teagan seinen Vorschlag auch versuchen wollte, sie zwang sich, zur Tür zu gehen. „Sag mir Bescheid, wenn du mich brauchst. Ich werde mein Treffen mit Brenna so kurz wie möglich halten."

Mit einem Winken verließ sie den Raum. Es war an der Zeit, ihr möglicherweise letztes Treffen mit Brenna zu haben, bevor die englische Frau nach Stonefire zurückkehren musste.

Bei dem Gedanken überflutete Traurigkeit ihren Körper. Die Frau war mehr als nützlich; Teagan fühlte eine verwandte Seele in Bezug auf Ziele und darauf, sich selbst zu beweisen.

Aber Teagan schob ihre eigenen Wünsche beiseite. Sie konnte nichts anderes tun, als die Drachenfrau nach Hause zu schicken.

Kapitel Fünfundzwanzig

Brenna ging im vorderen Raum von Killians gesichertem Cottage auf und ab. Um Zeit zu sparen, falls Teagan Killian befragen wollte, hatte Brenna Teagan gebeten, sie bei ihm zu treffen, um über ihre Zukunft zu sprechen.

Auch wenn sie verstand, dass Teagan die Anführerin war, kam sie immer noch zu spät, und Brenna wollte dieses Gespräch einfach nur hinter sich haben.

Killian erschien in der Tür zwischen dem Eingangsbereich und dem Esszimmer. „Dass du hin- und hergehst, bewirkt nichts anderes, als mich zur Hölle nochmal wütend zu machen. Setz dich und warte."

Brenna drehte sich zu ihm um. „Ich dachte, wir hätten besprochen, dass keiner von uns dem anderen Befehle erteilen kann. Wir stellen nur Anfragen."

Er hob eine Braue. „Würden Sie sich dann bitte

setzen, Mylady? Bevor Sie noch ein verdammtes Loch in meinem Teppich laufen."

Ihr Drache knurrte. *Bist du sicher, dass wir ihn nicht zu Boden ringen und ihm eine Lektion erteilen können? Er war früher vielleicht stärker, aber jetzt hat er sein Tier nicht. Wir werden gewinnen.*

Nein.

Sie kam näher. „Du solltest netter zu mir sein. Schließlich bin ich der Grund, warum du keine Fesseln trägst und aus dieser Gefängniszelle raus bist."

„Es ist vielleicht etwas größer, aber dieses Cottage ist immer noch ein Gefängnis."

Gerade als sie ihren Mund öffnete, klopfte jemand an die Haustür. Sie hob ihr Kinn und sagte: „Wir werden das später besprechen, es sei denn, du nimmst es zurück?"

„Auf keinen verdammten Fall. Du bist wahrscheinlich meine beste Chance auf Freiheit."

Sie wollte fragen, wovon zum Teufel er sprach, aber das Klopfen wurde hartnäckiger, also rannte sie zur Tür. Als sie sie öffnete, stand Teagan da. Brenna trat beiseite. „Komm herein!"

Brenna erwartete halb, dass Killian verschwand und es ihr überließ, die Nachricht zu übermitteln, aber als sie und Teagan den Raum betraten, saß er ausgebreitet in einem Sessel. Er salutierte übertrieben. „Clan-Führerin."

Brenna beobachtete Teagans Gesicht genau.

Dass ihr Bruder das Arschloch spielte, konnte nicht leicht für sie sein.

Und dennoch blieb Teagans Ausdruck unverändert neutral. Sie wandte ihren Blick Brenna zu. „Worüber wolltest du mit mir reden? Sollen wir irgendwo hingehen, wo wir unter uns sind?"

Brennas Herzfrequenz stieg an, als sie sich neben Killians Sessel stellte. Sie blickte schnell nach unten, und er nickte fast unmerklich.

Sie musste träumen. Die unter Amnesie leidende, launische Version von Killian konnte sie unmöglich ermutigen.

Ihr Tier schnaubte. *Vergiss ihn vorerst. Wir brauchen Teagans Erlaubnis.*

Brenna räusperte sich und sah Teagan erneut in die Augen. „Wie du weißt, hat das irische MDA gesagt, dass alle Fremden den Clan auf absehbare Zeit verlassen müssen."

Teagan runzelte die Stirn. „Ich würde es umkehren, wenn ich könnte, Brenna, aber du weißt, dass ich das nicht kann."

Ihr Herz schlug schneller. Sie atmete einmal tief durch und nickte. „Ich bin mir dessen bewusst. Aber ich habe eine Möglichkeit gefunden zu bleiben." Sie deutete auf Killian. „Killian hat zugestimmt, mich zu paaren."

Teagan blinzelte. „Was?"

„Es ist wahr, o große Anführerin", sagte Killian gedehnt. „Brenna ist der einzige Grund, warum ich noch nicht versucht habe zu fliehen. Wenn du willst, dass ich an einem Ort bleibe, lass uns die Tat vollbringen."

Teagan streckte eine Hand aus. „Warte. Hab' ich was verpasst?"

Brenna antwortete: „Du hattest viel zu tun, sonst hätte ich es dir schon früher gesagt. Aber denk mal darüber nach – ich könnte bleiben, um dir beim Schließen der Lücken mit den Beschützern zu helfen. Und sobald das irische MDA seine Beschränkungen lockert, können Killian und ich die Paarung auflösen. Alles, was wir tun müssen, ist, zu Beginn so zu tun, als wäre es real, und Killian hat zugestimmt, das zu tun."

Ja, ja, sagte ihr Drache. *Ich sage immer noch, Sex macht es authentisch.*

Sei vorerst still. Das hier ist wichtig.

Teagan sah Brenna an, dann Killian und zurück. „Sagen wir, ich stimme zu. Mit ein paar Ausnahmen muss der Clan denken, dass es eine wahre Paarung ist und keine Farce. Andernfalls könnte das MDA herumschnüffeln. Das könnte uns am Ende alle in Schwierigkeiten bringen. Werdet ihr beide wirklich in der Lage sein, das für euch zu behalten? Während ich dir vertraue, Brenna, weiß ich nicht mehr, wer Killian ist."

Killian legte eine Hand an Brennas unteren Rücken. Die Hitze seiner Handfläche strömte durch ihren Körper und endete zwischen ihren Schenkeln.

Ihr Drache knurrte. *Ist doch bloß eine Berührung. Beruhige dich.*

Killian rieb langsame Kreise an ihrem Rücken und sagte: „Wir können beide unsere Rolle spielen." Er sah zu ihr auf. „Nicht wahr, Liebling?"

Sie räusperte sich und legte eine Hand auf seine Schulter. „Natürlich können wir das, *Liebster*." Sie sah zu Teagan zurück. „Und? Wirst du es erlauben?"

„Das könnte auf so vielen Ebenen schlecht enden."

Brenna zwang sich, von Killian fortzugehen. Der Verlust seiner warmen Hand ließ ihren Drachen wimmern, aber sie ignorierte ihn und ging zu Teagan. „Es wird schon alles gut gehen. Es ist nur eine vorübergehende Vereinbarung, die allen zugutekommt. Aber wir können es nicht ohne deine Erlaubnis tun. Du wirst für uns bürgen müssen, wenn das MDA die Paarung in Frage stellt."

Teagan sah ihr in die Augen. „Ich schulde dir was für deinen Anteil daran, den Clan neulich beschützt zu haben. Das würde diese Schulden begleichen. Möchtest du das wirklich dafür verschwenden?"

Brenna nickte. „Ja. Ich habe mich noch nie so zu Hause gefühlt wie in Glenlough. Ganz zu schweigen davon, dass ich viel von dir und deiner Großmutter zu lernen habe. Ich kann nichts davon machen, wenn ich nach Stonefire zurückkehre. Außerdem bin ich jung und habe noch viele Jahre lang kein Interesse daran, einen richtigen Gefährten zu finden. Also wird es kein Problem sein, mit ihm" – sie deutete auf Killian – „zu leben. Nun, abgesehen davon, dass ich sein Verhalten ertragen muss."

Man musste Killian zugutehalten, dass er keine Bemerkung machte. Aus welchem Grund auch immer, er wollte, dass Teagan zustimmte.

Für die gefühlt längste Minute in Brennas Leben starrte sie Teagan nur an und wartete.

Als Glenloughs Anführerin endlich seufzte, erblühte Hoffnung in Brennas Brust. Teagan meldete sich erneut zu Wort. „Na schön. Aber macht schnell. Wir nutzen die Paarungszeremonie und die anschließende Feier, um die Stimmung im Clan zu verbessern. Aber –" Sie hielt inne und starrte Killian mit Dolchen im Blick an. „– du musst den Clan davon überzeugen, dass dies eine echte Paarung ist. Beim ersten Anzeichen eines Zweifels löse ich die Paarung selbst auf und schicke Brenna zurück nach Stonefire. Dazu gehört auch, wenn du versuchst, ohne sie wegzulaufen. Verstanden, Killian?"

Brenna beobachtete Killians Gesicht. Obwohl er seine Erinnerungen und seinen Drachen verloren hatte, war er immer noch verdammt gut darin, sich keine Emotionen anmerken zu lassen. Er faltete die Hände vor dem Bauch, bevor er antwortete: „Ich bleibe erst einmal hier. Mehr sage ich im Moment nicht."

Brenna runzelte die Stirn. „Killian."

Er verdrehte die Augen. „Gut, ich verspreche, in naher Zukunft nicht zu fliehen." Er sah ihr in die Augen. „Ist das besser, *Liebling*?"

„Ja, *Liebster*.“

So, wie sie die Kosenamen benutzten, hätten sie genauso gut *Bastard* sagen können.

Ihr Tier summte. *Gut. Die Spannung wird den Sex nur heißer machen.*

Ich habe noch nicht zugestimmt.

Das wirst du schon.

Teagan klatschte in die Hände. „Dann ist es an der Zeit, alles in Bewegung zu setzen. Ich möchte, dass das so schnell wie möglich erledigt wird, nur für den Fall, dass das MDA alle gesunden ausländischen Besucher sofort abreisen lässt. Folgendes ist zu tun.“

Als Teagan eine Liste von Anweisungen herunterratterte, was zu erledigen war, versuchte Brenna aufzupassen. Das tat sie wirklich.

Aber Killian wandte seinen Blick nicht von ihrem Gesicht. Als er ihren Körper schließlich langsam begutachtete, meldete sich ihr Drache zu Wort. *Lecker. Es wird Spaß machen, mit ihm zu ficken und zu spielen.*

Er sah ihr schließlich wieder in die Augen, und bei der Hitze in seinen Augen höre Brenna auf zu atmen.

Verdammt! An diesen Blick könnte sie sich gewöhnen.

Zum millionsten Mal hoffte Brenna, sie sei der Sache gewachsen. Die Paarung wäre nur zum Schein, und sie musste sich daran erinnern.

Später am Abend drückte Aaron Teagans nackten Körper enger an seine Brust. Es war seltsam, wenn man darüber nachdachte, dass er am selben Tag ein neues Zuhause und eine neue Gefährtin gewonnen hatte, nachdem er gedacht hatte, er würde nie eine Frau finden, mit der er sein Leben verbringen könnte.

Sein Drache meldete sich zu Wort. *Wir werden nie wieder allein sein. Das Böse hat uns zum Guten gebracht.*

Verdammt, du und deine philosophischen Sprüche.

Sein Tier gähnte. *Die kommen mir einfach nach dem Sex. Also gewöhn dich daran, es sei denn, du willst ein getrenntes Schlafzimmer von Teagan haben?*

Niemals.

Das habe ich mir gedacht.

Sein Drache döste ein, und Aaron begnügte sich damit, Teagans Atmen zu lauschen und ihre Hitze an seiner Brust zu schätzen.

Doch egal, wie sehr er ihr den Rücken streichelte, sie entspannte sich nicht gegen ihn. Er murmelte: „Bitte sag mir, dass du immer noch nicht an Brenna und Killian denkst. Das wäre seltsam, wenn man bedenkt, dass wir beide nackt sind und nach Sex riechen."

Teagan seufzte. „Nein. Aber ich denke darüber nach, wie falsch es ist, unsere Paarung vor dem Clan zu verbergen."

Er legte einen Finger unter ihr Kinn und zwang sie vorsichtig, den Blick zu ihm zu heben. „Ich bin bereit, es ihnen mitzuteilen, wann immer du es bist, Liebes. Aber ich überlasse es dir, deine Leute am besten einschätzen zu können."

„Das sind jetzt auch deine Leute, Aaron." Sie fuhr ihre Hände über sein Brusthaar vor und zurück. „Sag mir, was du denkst, dass wir tun sollen."

Sein Drache hob den Kopf. *Ich sage, verkünde so schnell wie möglich in der großen Halle, dass sie uns gehört. Zu viele Männer haben begonnen, sie in einem neuen Licht zu betrachten, als wäre sie jetzt ein köstliches Leckerli zum Verzehr.*

Aaron ignorierte sein Tier, um Teagan zu antworten. „So sehr ich es auch von den Dächern aus rufen möchte, denke ich, dass wir zuerst ganz leise sicherstellen müssen, dass in Glenlough keine anderen potenziellen Verräter oder Komplizen leben. Sowohl Greenpeak als auch Wildheath befinden sich ohnehin schon in einer Führungskrise, nachdem Orin und Padraig tot sind. Zu viel zu früh könnte Chaos verursachen."

Sie seufzte. „Ich habe genau dasselbe gedacht."

Er küsste ihre Stirn. „Wir sollten ein paar Wochen Zeit haben, bevor das MDA anfängt, nach Fremden zu suchen, die noch in unserem Land sind. Solange wir unsere Paarung vorher bekanntgeben, sollte es uns gut gehen. Diese Menschenfrau Trevina schien dich zu mögen. Hoffentlich wird sie uns

warnen, bevor weitere Mitarbeiter des MDA Glenlough besuchen."

Als Teagan weiter schwieg, knurrte Aarons
Drache. *Sie ist immer noch besorgt und angespannt.*
Wir sollten das in Ordnung bringen. Eine Pause wird
ihr gut tun.

Ohne ein weiteres Wort rollte Aaron herum, bis
Teagan unter ihm war. Er drückte ihre Hände über
den Kopf und verflocht seine Finger mit ihren. „Teagan." Als sie ihm in die Augen sah, fuhr er fort: „Ich
liebe dich und werde dich nie bitten, den Clan an
zweite Stelle zu setzen. Du hast es jedoch verdient,
dich eine Stunde zu entspannen. Und in dieser
Stunde werde ich dich alles außer meinem Namen
vergessen lassen. Danach können wir unsere
nächsten Schritte bis in die frühen Morgenstunden
planen. Deal?"

Sie lächelte. „Ich könnte es bereuen, dir zwei
Stunden jeden Tag gegeben zu haben, um zu tun,
was du willst, außer im Notfall."

Er schob seine Hüfte gegen ihre. „Wenn du
jemals anfangen solltest, es zu bereuen, Liebes, dann
mache ich nicht meinen Job."

Sie schlang ein Bein um seine Taille und flüsterte: „Dann erinnere mich daran, warum ich dich
für diese Aufgabe eingestellt habe."

Mit einem Knurren nahm Aaron ihre Lippen,
während er seinen Schwanz in sie stieß. Er bewegte
seinen Unterkörper, und Teagan stöhnte bald in
seinen Mund und schmolz dahin.

Ja, ja, sie gehört uns, immer und für immer.

Aaron beschleunigte seinen Rhythmus, und bald unterbrach Teagan ihren Kuss, um seinen Namen zu schreien. Aaron folgte ihr, und Lust strömte durch seinen Körper, als er losließ.

Als sie herunterkamen, kuschelte er sie eng an sich, zufrieden damit, seine Zukunft in den Armen zu halten und zu hoffen, dass alles so funktionierte, wie es das sollte. Er hatte viele Fehler machen müssen, um herauszufinden, wohin er wirklich gehörte, aber jetzt, wo er sie gefunden hatte, würde er sie nie wieder loslassen.

Epilog

Viele Monate später

Teagan lehnte sich gegen Aarons Seite, während sie zusah, wie der Clan auf der unteren Ebene aß, tanzte und sich amüsierte. Nach allem, was im letzten Jahr passiert war, konnten sie endlich alle erleichtert aufatmen.

Mit dem Verrat, Killians Reise und der Tatsache, dass Teagan noch Anführerin war trotz ihres Gefährten, hatte es viele Veränderungen gegeben.

Ihr Tier grunzte. *Lauter gute.*

Zum größten Teil. Trotzdem freue ich mich auf Jahre mit langweiligem Papierkram und Handkrämpfen.

Aarons Flüstern unterbrach das Gespräch mit ihrem Tier. „Du bist nicht allzu müde, oder? Sosehr ich auch denken möchte, dass ich unwiderstehlich bin und du deine Hände nicht von mir lassen kannst, dein Energielevel war in letzter Zeit niedrig."

Sie schüttelte den Kopf und legte eine Hand an ihren Bauch. „Nein. Das Baby benimmt sich im Moment, und mir ist nicht übel."

„Wie er oder sie es sollte. Schließlich ist es mein Kind."

Sie schenkte ihm ein halbherziges Lächeln. „Tu nicht so, als ob du das alles allein gemacht hättest. Das Baby ist genauso meins."

Er zog sie fester an seine Seite. „Das hoffe ich wirklich. Sonst will ich nicht wissen, was für ein Alien dich besucht und dir sein Alien-Baby in deine Gebärmutter gesteckt hat."

„Aaron, hör auf, so albern zu sein."

Er lachte leise. „Okay, ich werde mich vorerst zurückhalten, obwohl das ein Befehl war und keine Bitte." Sie zeigte ihm den Finger, und er fügte hinzu: „Nun, mit den laufenden Verträgen und den Bedrohungen, die auf absehbare Zukunft beseitigt wurden, wirst du viel mehr Zeit mit mir allein haben. Ich hoffe, du änderst deine Meinung nicht und wirst mich nicht so bald leid."

Sie hob den Kopf und sah zu ihrem Gefährten auf. „Mach nicht einmal Scherze darüber, Aaron. Wenn du immer noch nicht weißt, wie sehr ich dich liebe, dann wirst du es nie tun."

Er fuhr einen Finger über ihre Wange. „Ich glaube mittlerweile, wir lieben einander gleich stark.

Obwohl, wenn du etwas Überzeugungsarbeit brauchst, könnten wir uns eine Stunde davonschleichen. Mein Drache und ich können dich abwechselnd beschlafen, damit du weißt, wie sehr wir beide dich schätzen."

Sie kämpfte gegen ein Lächeln und verlor. Aaron verwöhnte sie wirklich. „So verlockend das auch ist, wir müssen zuerst tanzen, sonst merkt der Clan, dass wir weg sind."

Er hob die Brauen. „In deinem Zustand kannst du sicher eine Ausrede finden."

Sie verdrehte die Augen. „Richtig, und den Gerüchten Futter geben, dass ich nicht mit einem kleinen Drachenwandler umgehen kann, der in mir wächst. Nein, wir müssen das Gegenteil tun." Sie lehnte sich zurück und stand auf. Sie streckte eine Hand aus und sagte: „Würden Sie mit mir tanzen, Aaron Caruso?"

Ohne zu zögern, erhob er sich und fädelte seinen Arm durch ihren. „Zeigen wir allen, wie es geht. Aber keinen verdammten irischen Tanz."

Sie grinste. „Du wirst besser." Er knurrte, und sie lachte. „Okay, dann machen wir dasselbe wie bei unserem ersten Tanz. Den kannst du ziemlich gut. Und da ich Kleidung anhabe, solltest du nicht abgelenkt werden."

Sein Blick fiel auf ihre Brüste, und Teagans Brustwarzen zogen sich zusammen, als er sagte: „Es gibt genug, um mich abzulenken."

Sie atmete tief ein und dachte an MDA-

Vorschriften und Trainingsübungen, um ihre Wangen davon abzuhalten, rot anzulaufen. Nach einer Menge Übung hatte sie es endlich raus, sich ihr Begehren nicht deutlich anmerken zu lassen.

Ihr Tier schnaubte. *Ich verstehe nicht, warum du versuchst, es zu verbergen.*

Das ist eine menschliche Sache. Das sollte als Erklärung genügen.

Was auch immer. Beeil dich einfach und tanze, damit wir mit Aaron und seinem Drachen spielen können. Ich habe da ein paar neue Ideen, wie wir ihn necken können.

Ihr Drache verstummte, als sie an Orla vorbeikamen und mit Aarons Mutter und Teagans Mutter sprachen. Sie winkte ihrer Schwiegermutter zu. Molly Caruso und ihre eigene Mutter hatten sich schnell angefreundet. Zusammen gewannen sie manchmal sogar gegen Orla.

Sie und Aaron erreichten bald den, der für die Musik zuständig war. Teagan bestellte das Lied und führte Aaron auf die Tanzfläche. Als die ersten Noten die Luft füllten, starrte Teagan ihren Gefährten an und konnte nicht aufhören zu lächeln.

Mit ihrem Gefährten, ihrem zukünftigen Kind und ihrer Familie hatte sie so viel Liebe. Und der Clan fügte nur noch mehr hinzu.

Gemeinsam würden sie die bestmögliche Zukunft gestalten.

Den Drachen finden

Die Stonefire-Drachen #10

Diese Geschichte ist kein Stand-Alone-Roman. Bitte lesen Sie vorher zumindest *Den Drachen wiedererwecken* (Stonefire Drachen Nr. 5).

An dem Tag, an dem Jane Hartleys Online-Videoserie endlich startet, bekommen sie und Kai die Nachricht, dass seine jüngere Halbschwester Delia vermisst wird. Sobald Kai und Jane die Erlaubnis erhalten, in Wales nach ihr zu suchen, arbeiten sie gemeinsam daran, die junge Drachenwandlerin zu finden, bevor sie in die Hände der Drachenjäger gerät, oder Schlimmeres.

Während die Situation immer gefährlicher wird, wird Kais und Janes Beziehung auf die ultimative Probe gestellt. Werden Kai und sein Drache Jane vor allem anderen wählen? Oder wird ein Geist aus Kais Vergangenheit sie auseinanderreißen?

Bücher von Jessie Donovan

Die Stonefire-Drachen

Dem Drachen geopfert

Den Drachen verführen

Die Drachen offenbaren

Den Drachen heilen

Den Drachen wiedererwecken

Vom Drachen geliebt

Dem Drachen ergeben

Vom Drachen geheilt

Dem Drachen helfen

Den Drachen finden

Vom Drachen ersehnt

Den Drachen überzeugen

Vom Drachen geschätzt

Dem Drachen Vertrauen - erscheint demnächst

Lochguard Highland Drachen

Das Dilemma des Drachen

Der Drachenwächter

Das Drachenherz

Der Drachenkrieger

Über die Autorin

Jessie Donovan hat mehr als eine halbe Million Bücher verkauft, Hunderttausende weitere kostenlos an ihre Leser*Innen verschenkt und es sogar auf die Bestsellerlisten der *NY Times* und *USA Today* geschafft. Sie ist vor allem für ihre Drachenwandler-Serie bekannt, schreibt aber auch über Elfenhexen, Vampire, Alien-Krieger und hat sogar eine verrückt-komische Liebesromanreihe aufgelegt, die in Schottland spielt. Wenn sie nicht gerade ein Buch liest, auf ihrem Laufband joggt oder mit nur wenigen Groschen in der Tasche durch ein fremdes Land reist, findet man sie oft auf Facebook oder TikTok, wo sie mit ihren Lesern interagiert. Sie lebt in der Nähe von Seattle. Dort regnet es zwar oft, doch der Regen macht auch alles grün.

Besuchen Sie ihre Website unter: www.JessieDonovan.com